Morir por complacer

books4pocket

Linda Howard

Morir por complacer

Traducción de Alicia del Fresno

EDICIONES URANO

Argentina - Chile - Colombia - España
Estados Unidos - México - Uruguay - Venezuela

Título original: *Dying to please*
Copyright © 2002 by Linda Howington

© de la traducción: Alicia del Fresno
© 2003 by Ediciones Urano
            Aribau, 142, pral. – 08036 Barcelona
            www.edicionesurano.com
            www.books4pocket.com

1ª edición en books4pocket marzo 2009

Diseño de la colección: Opalworks
Imagen de portada: Getty images
Diseño de portada: Alejandro Colucci

Impreso por Novoprint, S.A.
Energía 53
Sant Andreu de la Barca (Barcelona)

Fotocomposición: books4pocket

ISBN: 978-84-92516-49-0
Depósito legal: B-4.696-2009

Impreso en España – *Printed in Spain*

*Para Phyllis y Basil Bacon,
dos personas maravillosas
y amigos muy queridos.
Vuestra amistad es un tesoro.*

Agradecimientos y Nota de la autora

Muchas gracias al detective Jay Williams, del departamento de policía de Mountain Brook, que dedicó gran parte de su día libre a contestar muchas más preguntas de las que había supuesto y que me dio una visita guiada por la ciudad. Todos los miembros del departamento se portaron maravillosamente cada vez que les llamé para comprobar algún detalle. Si se me ha escapado algo o lo he entendido mal, la culpa es totalmente mía.

Todas las direcciones de este libro, así como los personajes que aparecen en él, son ficticios.

Para Susan Bailey, George Edwards, Chad Jordan, Glenda Barker, Jim Robbins, Tom Comer. El personaje de Trevor Densmore no está *en absoluto* inspirado en ninguno de vosotros, os doy mi palabra. Debo una mención honorífica a Linda Jones, que inventó el SSP (Sexo salvaje de los primates).

Si algún lector se encuentra alguna vez en el área de Birmingham, le aconsejo que pruebe las hamburguesas de Milo's. Cualquier lugareño le indicará dónde encontrar el restaurante Milo's más cercano. Y le recomiendo que dé un paseo en coche por Mountain Brook, donde ya hace cinco años que no se ha producido ningún asesinato y donde el reloj del pueblo es un Rolex.

Linda Howard

1

El ventilador del techo se detuvo.

Sarah Stevens estaba tan acostumbrada al leve zumbido del ventilador que cuando dejó de oírlo se despertó inmediatamente. Entreabrió un ojo y echó un vistazo al despertador digital, pero no vio brillar en él ningún número rojo. Parpadeó, todavía adormilada y confundida, y entonces se dio cuenta de lo que ocurría.

Se había ido la luz. Vaya, genial.

Se giró hasta quedar tumbada boca arriba y escuchó. La noche estaba en silencio; no se oía el rugido del trueno que indicara el azote de una violenta tormenta de primavera en la zona, lo que habría explicado el corte del suministro eléctrico. Sarah no corría las cortinas por la noche ya que sus habitaciones daban a la parte de atrás, donde las plantas bajas contaban con vallas de privacidad, y desde las ventanas de su habitación pudo ver el débil resplandor de la luz de las estrellas. No sólo no llovía, sino que el cielo ni siquiera estaba nublado.

Quizá hubiera estallado un transformador o un accidente hubiera derribado un poste eléctrico. Había muchos factores que podían provocar un corte de electricidad.

Sarah suspiró, se sentó y buscó la linterna que guardaba en la mesita de noche. Fuera cual fuese la causa de aquel corte de luz, su trabajo era minimizar el efecto que ese imprevisto pudiera tener sobre el juez Roberts y asegurarse de que éste no sufriera las molestias más de lo necesario. El juez no tenía ninguna cita esa mañana, pero el anciano era muy quisquilloso sobre la hora en que tomaba el desayuno. Y no es que fuera irritable al respecto, pero lo cierto es que últimamente cualquier cambio en su rutina le molestaba incluso más que hacía un año. Tenía ochenta y cinco años. Se tenía bien merecido tomar su desayuno a la hora que quisiera.

Descolgó el teléfono. Era una línea de toma a tierra, por lo que el corte de electricidad no le afectaba. Los inalámbricos eran fantásticos, hasta que se iba la luz. Aparte de ése, Sarah se había asegurado de que unos cuantos teléfonos estratégicamente colocados en la casa principal fueran líneas de toma a tierra.

No oyó ningún tono de llamada.

Salió de la cama confundida y ligeramente preocupada. Sus dos habitaciones estaban situadas encima del garaje. El salón, que también comprendía la cocina, daba a la parte de delante, y su habitación y el baño a la de atrás. No encendió la linterna. Estaba en su casa y no necesitaba de ayuda para llegar a la otra habitación. Corrió las cortinas que cubrían las ventanas que daban a la calle y miró fuera.

Ninguna de las luces estratégicamente colocadas en el césped perfectamente cuidado del juez estaban encendidas, pero a la derecha, el suave resplandor de las luces de seguridad del vecino dibujaba largas y densas sombras sobre la hierba.

Eso quería decir que no había habido ningún corte de electricidad. Quizá hubiera saltado algún fusible, pero eso sólo habría afectado a parte de la casa, o a la planta baja, pero no a ambas. Sarah se quedó muy quieta, combinando lógica e intuición: (A) Se había ido la luz. (B) La línea telefónica estaba cortada. (C) El vecino de al lado tenía luz. La conclusión a la que llegó no requería demasiado esfuerzo: alguien había cortado los cables, y la única razón para hacer algo así era entrar en la casa.

Regresó corriendo al dormitorio, silenciosa como un gato sobre sus pies descalzos, y cogió su nueve milimetros automática de la mesita de noche. Maldita sea, tenía el móvil en el 4x4, que había dejado aparcado bajo el pórtico de la parte de atrás de la casa. Fue hacia la puerta a toda prisa después de considerar sólo brevemente la posibilidad de dar la vuelta a la casa para coger el móvil del coche. Su prioridad número uno era proteger al juez. Tenía que llegar hasta él y asegurarse de que estaba a salvo. Había recibido un par de creíbles amenazas de muerte durante su último año en el estrado, y aunque él siempre les había hecho caso omiso, Sarah no podía permitirse ser tan arrogante.

Su apartamento conectaba con la casa por una escalera, franqueada por puertas tanto en la parte baja como en lo alto. Tuvo que encender la linterna cuando empezó a bajar para no saltarse un escalón y tropezar, pero en cuanto llegó abajo apagó la luz. Se detuvo un instante para dejar que sus ojos se acostumbraran a la oscuridad, y mientras tanto se quedó escuchando, aguzando los oídos para captar cualquier ruido extraño. Nada. En silencio giró la manilla y abrió la puerta poco a poco, centímetro a centímetro, con cada uno de los nervios del cuerpo en estado de alerta. No fue recibida por ningún ruido extraño, de manera que siguió adelante.

Se encontraba en un pequeño vestíbulo. A su izquierda estaba la puerta que daba al garaje. Sin hacer el menor ruido intentó abrirla, pero la encontró cerrada con llave. La siguiente puerta era la del cuarto de la lavadora, y justo al otro lado del vestíbulo estaba la cocina. El reloj a pilas de la cocina dejaba oír su monótono tic tac, que ahora se oía con fuerza ya que el zumbido de la nevera no amortiguaba su sonido. Sarah entró en la cocina y sintió el frío de la cerámica vidriada en las plantas de los pies. Rodeó el enorme office que ocupaba el centro del espacio y volvió a hacer una pausa antes de entrar en la sala de desayuno. Allí había más luz, gracias al inmenso ventanal circular que daba al jardín de rosas, pero eso quería decir que corría mayor peligro de ser vista si había algún intruso vigilando. Llevaba un pijama de algodón azul celeste, un color que resultaba casi tan visible como el blanco. Sería un objetivo fácil.

Era un riesgo que debía correr.

El corazón le golpeaba contra las costillas y Sarah inspiró lenta y profundamente para calmarse mientras intentaba controlar la adrenalina que le recorría el cuerpo a toda velocidad. No podía permitir que el remolino de ansiedad la dominara. Tenía que controlarlo, mantener la cabeza fría y despejada, recordar su adiestramiento. Volvió a inspirar con profundidad y siguió adelante, minimizando su exposición pegándose a la pared cuanto pudo sin llegar a rozarla. Despacio y tranquila, pensó. Paso a paso, colocando sus pies descalzos con cuidado para no perder el equilibrio, fue rodeando la habitación hasta llegar a la puerta que daba al vestíbulo trasero. De nuevo se detuvo a escuchar.

Silencio.

No. Un sonido amortiguado, tan leve que no llegó a estar segura de haberlo oído. Esperó, conteniendo la respiración y desenfocando deliberadamente la mirada a fin de poder detectar cualquier movimiento con su visión periférica. El vestíbulo estaba vacío, pero un instante después volvió a oír aquel sonido, un poco más fuerte esta vez, que procedía de... ¿el solarium?

Además del comedor, la parte delantera de la casa albergaba dos solemnes salones. La cocina, el salón de desayuno, la biblioteca y el solarium estaban en la parte trasera. El solarium era una habitación esquinera, con dos de sus paredes compuestas básicamente de ventanas y de dos pares de puertas corederas de cristal que daban al patio. Sarah decidió que, si hubiera planeado entrar en la casa, habría escogido el solarium como el mejor punto de acceso. Evidentemente, alguien más había pensado lo mismo.

Avanzó furtivamente hasta el vestíbulo, se detuvo durante una décima de segundo y a continuación dio dos ligeros pasos que la llevaron hasta uno de los laterales del viejo y enorme buffet centenario que ahora se utilizaba para guardar manteles y servilletas. Apoyó una rodilla en la gruesa alfombra, quedando oculta por la masa del buffet, justo en el momento en que alguien salía de la biblioteca.

El hombre vestía ropa oscura y cargaba con algo grande y voluminoso. El terminal del ordenador, pensó Sarah, aunque el vestíbulo estaba demasiado oscuro para estar segura. El hombre llevó su carga al solarium y Sarah volvió a oír más ruidos amortiguados, muy semejantes al roce de zapatos sobre una alfombra.

El corazón le palpitaba en el pecho, aunque, por otro lado, estaba un poco aliviada. Sin duda, el intruso era un ladrón y no un criminal que tuviera como objetivo vengarse del juez. Aunque eso no significaba que no corrieran peligro. El ladrón podía ser violento, a pesar de que, hasta el momento, sus movimientos eran los de alguien concentrado en robar lo que pudiera y desaparecer después. Por cómo había cortado los cables de la luz y del teléfono, estaba claro que era organizado y metódico. Probablemente había cortado la electricidad para desactivar el sistema de alarma y después había hecho lo mismo con las líneas telefónicas como precaución añadida.

La pregunta era: ¿Qué debía hacer?

Sarah era muy consciente de que llevaba un arma en la mano, pero la situación no requería medidas mortales. Dispararía en caso de que fuera necesario hacerlo para salvar la vida del juez, o la suya, pero no pensaba disparar a alguien porque se estuviera llevando un equipo electrónico. Sin embargo, eso no quería decir que estuviera pensando dejarle escapar.

También cabía la posibilidad de que el hombre fuera armado. Por norma los ladrones no llevaban armas porque, en caso de que la suerte no estuviera de su parte, la condena a prisión por robo a mano armada era mucho más rígida que por un simple robo. Pero el hecho de que la mayoría de ladrones no fueran armados no significaba que pudiera dar por hecho que éste no lo fuera.

Era un hombre corpulento. Por lo que Sarah había podido ver en la oscuridad del vestíbulo, se trataba de un hombre de un metro ochenta, y fornido. Probablemente podría enfrentarse a él cuerpo a cuerpo, a menos que fuera armado. En ese caso, todo el adiestramiento del mundo no sería suficiente para detener una bala. Su padre le había dicho que había una gran diferencia entre estar seguro de uno mismo y ser arrogante. La arrogancia provocaría que te mataran. Lo mejor sería pillarle por sorpresa, por la espalda, antes que arriesgarse a que le disparara.

Un susurro puso a Sarah sobre aviso, y se quedó quieta mientras el hombre entraba en el vestíbulo, recorriendo en dirección inversa el camino que llevaba del solarium a la biblioteca. Era un buen momento para pasar a la acción y cogerle cuando volviera a salir con los brazos llenos de objetos robados. Sarah dejó la linterna en el suelo y luego transfirió la pistola a su mano izquierda. Sin hacer ruido empezó a ponerse en pie.

Otro hombre salió del solarium.

Sarah se quedó helada, con la cabeza asomando por encima del buffet. El corazón le latía con enfermiza violencia, casi dejándola sin aliento. Al hombre le bastaba con mirar hacia donde ella estaba. El rostro de Sarah, pálido y claro en la oscuridad, resultaría claramente visible.

El hombre no se detuvo, sino que siguió sigilosamente los pasos del primero hacia la biblioteca.

Sarah volvió a agazaparse contra la pared, temblando de alivio. Inspiró varias veces, en silencio y profundamente, reteniendo el aire en los pulmones durante unos segundos para calmar los acelerados latidos de su corazón. Le había ido de muy poco. Un segundo más y el hombre la habría encontrado de pie, totalmente visible.

El hecho de que fueran dos los hombres, y no uno, sin duda daba un cariz diferente a las cosas. Ahora Sarah corría doble riesgo, y sus posibilidades de éxito se habían reducido a la mitad. La mejor opción empezaba a ser salir sigilosamente hasta el 4x4 y llamar a la policía desde el móvil, suponiendo que consiguiera llegar hasta allí sin ser vista. Para Sarah el mayor problema era dejar a juez desprotegido. El juez no oía bien. Los ladrones podían entrar en su habitación antes de que él se diera cuenta. No tendría la menor oportunidad de esconderse. El anciano era lo bastante valiente para luchar contra un intruso, lo que en el mejor de los casos le dejaría herido, y, en el peor, muerto.

La misión de Sarah era asegurarse de que eso no ocurriera. Pero no podía hacerlo si estaba fuera hablando por teléfono.

Sintió un calambre nervioso que no tardó en calmarse. Había tomado una decisión; debía olvidarse de todo excepto de su adiestramiento.

Desde la biblioteca llegaron sonidos apagados y un débil gruñido. A pesar de lo tensa que estaba, Sarah empezó a sonreír. Si estaban intentando levantar la televisión de cincuenta y cinco pulgadas, se las verían con más de lo que podían manejar y tendrían las manos ocupadas. Quizá no hubiera mejor momento que aquél para pillarles.

Sarah se levantó y entró sin hacer ruido en la biblioteca, pegando la espalda contra la pared situada junto a la puerta y echando un rapidísimo vistazo dentro. Uno de los ladrones llevaba entre los dientes un bolígrafo linterna, por lo que Sarah pudo ver que en efecto estaban viéndoselas y deseándolas con el enorme televisor. Benditos, también habían arruinado su visión nocturna, con lo que les era realmente difícil verla.

Sarah esperó y, tras unos cuantos gruñidos y una susurrada maldición, uno de los ladrones empezó a salir de la biblioteca de espaldas, utilizando las dos manos para agarrar un lado del televisor mientras el otro cargaba con el lado opuesto. Sarah casi podía oír cómo sus huesos crujían bajo el peso del aparato, y, gracias al fino rayo de luz proyectado por el bolígrafo linterna que iluminaba de pleno el rostro sudado del primer hombre, logró ver su expresión de esfuerzo.

Aquello era pan comido.

Sarah sonrió. En cuanto el primer ladrón atravesó la puerta, Sarah tendió su pie descalzo y trabó con él el tobillo izquierdo del hombre, tirando de él hacia arriba. El ladrón soltó un grito de sorpresa y cayó de espaldas en el vestíbulo. El enorme televisor golpeó de lado contra el marco de la puerta y luego cayó hacia adelante. El hombre que estaba en el suelo soltó un grito de alarma, que se convirtió de pronto en un agudo chillido cuando el televisor le aplastó la pelvis y las piernas.

Su compañero agitó los brazos, intentando recuperar el equilibrio. Se le cayó el bolígrafo linterna de la boca y en mitad de la repentina oscuridad, se lanzó hacia adelante y dijo:

—¡Joder!

Sarah le ayudó, pivotando y soltándole un puñetazo en plena sien. No pudo golpearle con todas sus fuerzas, ya que le había pillado en plena caída, pero bastó para clavarle los nudillos y dejarle tumbado inerte encima del televisor, lo que provocó nuevos gritos desde debajo del aparato. El hombre inconsciente se deslizó lentamente a un lado, desplomado y fláccido. Un golpe en la sien solía tener ese efecto.

—¿Sarah? ¿Qué ocurre? ¿Por qué no hay luz?

La voz del juez venía de lo alto de las escaleras traseras y se elevaba por encima de los gritos del hombre que había quedado inmovilizado debajo del televisor.

Considerando acertadamente que ninguno de los dos hombres iba a ir a ninguna parte en los minutos siguientes, Sarah fue hasta el pie de las escaleras.

—Han entrado dos hombres en la casa —dijo. Entre la sordera parcial del juez y los gritos de dolor, tuvo que chillar para asegurarse de que el juez la oyera—. Está todo controlado. Quédese ahí hasta que encuentre la linterna.

Lo último que necesitaba era que el juez intentara bajar a ayudarla y se cayera por las escaleras en la oscuridad.

Sarah cogió la linterna del suelo, junto al buffet, y luego volvió a las escaleras para alumbrar el descenso del juez, que éste ejecutó a una velocidad con la que puso en jaque sus ochenta y cinco años.

—¿Ladrones? ¿Has llamado a la policía?

—Todavía no. Han cortado el teléfono, y no he podido coger el móvil de la camioneta.

El juez llegó al final de la escalera y miró a su derecha, en dirección a todo aquel barullo. Sarah iluminó servicialmente la escena, y un segundo después el juez se echó a reír:

—Creo que si me das esa pistola puedo tener controlados a estos dos mientras haces esa llamada.

Sarah le dio la pistola por la culata y luego arrancó el cable del teléfono del vestíbulo y se agachó sobre el ladrón que había quedado inconsciente. De los dos, aquél era el corpulento, y Sarah gruñó por el esfuerzo que requirió darle la vuelta. Rápidamente le puso los brazos a la espalda, le ató las muñecas con el cable del teléfono y a continuación le dobló la rodilla y le sujetó el tobillo a las muñecas. A menos que fuera extraordinariamente ágil saltando sobre un solo pie, y encima con una conmoción, nada más y nada menos, no iría a ninguna parte, tuviera o no una pistola apuntándole. Lo mismo podía decirse del tipo que había quedado aplastado bajo el televisor.

—Volveré enseguida —le dijo al juez, y le dio la linterna.

Haciendo gala de su integral caballerosidad, el juez intentó devolvérsela.

—No, necesitarás luz.

—Las luces de la camioneta se encenderán cuando la desbloquee con el control remoto. No necesito más luz —le respondió Sarah, mirando a su alrededor—. Uno de ellos llevaba un bolígrafo linterna, pero se le cayó y no sé dónde está—. Hizo una pausa antes de continuar—: De todos modos no me apetece tocarlo. Lo llevaba en la boca.

El juez volvió a reírse.

—A mí tampoco.

Sarah vio brillar en el reflejo de la luz de la linterna una chispa en los ojos del juez. ¡Vaya, así que estaba disfrutando con todo aquello! En realidad, y pensándolo bien, la jubilación podía resultar casi tan interesante como ocupar un estrado federal. El juez debía de estar sediento de aventura, o al menos de un poco de drama, y justo era eso lo que acababa de caerle limpiamente sobre las rodillas. Pasaría el mes siguiente contando los detalles de lo ocurrido a sus amigotes.

Sarah le dejó a cargo de la custodia de los dos ladrones y volvió sobre sus pasos, cruzando el salón de desayuno y la cocina. Tenía las llaves en el bolso, de manera que se agarró con cuidado a la barandilla de la escalera mientras subía por ella, envuelta en una oscuridad casi total. Menos mal que había dejado abierta la puerta situada en lo alto de las escaleras. El pálido rectángulo le ayudó a orientarse un poco. En cuanto llegó a sus dependencias, dio la vuelta al office de la cocina y sacó otra linterna del cajón de un armario, luego fue a toda prisa a su dormitorio y cogió las llaves.

Gracias a la linterna, bajó las escaleras mucho más rápido que lo que había tardado en subirlas. Abrió la puerta trasera y pulsó el botón «liberar» de su control remoto en cuanto salió al exterior. Las luces delanteras y traseras de su TrailBlazer con tracción en las cuatro ruedas se encendieron, así como las luces interiores del vehículo. Sarah cruzó rápidamente hasta la camioneta, sintiendo bajo sus pies descalzos el frío y la aspereza de las baldosas. Maldita sea, no se había acordado de ponerse zapatos mientras estaba arriba.

Se deslizó al asiento del conductor, cogió el diminuto móvil del posavasos donde lo guardaba, y pulso el botón «on», esperando con impaciencia mientras el aparato se activaba y pulsando a continuación los números con el pulgar mientras volvía cautelosamente sobre sus pasos por las baldosas y entraba de nuevo en la casa.

—Cero noventa y uno.

La voz que contestó era la de una mujer, sosegada y casi aburrida.

—Ha habido un robo en Briarwood Road, en el número dos mil setecientos trece —dijo Sarah, y empezó a explicar la situación, pero fue interrumpida por la voz de la operadora del 091.

—¿De dónde llama?

—De la misma dirección. Llamo desde un móvil porque han cortado la línea telefónica —aclaró, dando la vuelta al office de la cocina y entrando en el salón de desayuno.

—¿Está usted en la casa?

—Sí. Hay dos hombres…

—¿Siguen en la casa?

—Sí.

—¿Están armados?

—No lo sé. No he visto ningún arma, pero también han cortado la luz, de manera que no he podido ver en la oscuridad si iban armados.

—Señora, salga de la casa si puede. He mandado ya unidades de patrulla y deberían estar ahí en unos minutos, pero debe salir de la casa ahora.

—Envíe también una ambulancia —dijo Sarah, haciendo caso omiso del consejo de la operadora mientras entraba en el vestíbulo y añadía la luz de su linterna a la del juez, iluminando así a los dos hombres que yacían en el suelo. Sarah dudó de que ninguno de los dos fuera capaz de huir por su propio pie. Los gritos del que estaba aplastado por el televisor habían quedado reducidos a una mezcla de gemidos y maldiciones. El que se había llevado el puñetazo en la sien no se había movido.

—¿Una ambulancia?

—Un enorme televisor se le ha caído encima a uno de los ladrones y puede que le haya roto las piernas. El otro está inconsciente.

—¿Cómo? ¿Que les ha caído un televisor encima?

—Sólo a uno de ellos —dijo Sarah, con estricta honestidad. Estaba empezando a disfrutar de la llamada—. Es un aparato de cincuenta y cinco pulgadas, muy pesado. Intentaban sacarlo entre los dos de la casa cuando uno de ellos tropezó y el televisor se le cayó encima. El otro fue a dar sobre él.

—¿Y el hombre sobre el que cayó el televisor está inconsciente?

—No, está consciente. Es el otro el que ha perdido la conciencia.

—¿Por qué está inconsciente?

—Le golpeé en la cabeza.

El juez Roberts miró a su alrededor y le sonrió, y logró darle su aprobación levantando el pulgar de la mano con la que sostenía la linterna.

—Entonces, ¿los dos hombres están incapacitados?

—Sí —respondió Sarah. Mientras hablaba, el tipo que estaba inconsciente movió un poco la cabeza y gimió—. Creo que está volviendo en sí. Acaba de moverse.

—Señora…

—Le he atado con el cable del teléfono —dijo.

Se produjo una pausa mínima.

—Voy a repetirle lo que me ha dicho para asegurarme de que lo he entendido bien. Un hombre estaba inconsciente, pero ahora está volviendo en sí, y usted le ha atado con el cable del teléfono.

—Correcto.

—El otro hombre está inmovilizado por un televisor de cincuenta y cinco pulgadas y puede que tenga las piernas rotas.

—Correcto.

—Genial —oyó decir Sarah a una voz de fondo.

La operadora del 091 mantuvo su tono de profesionalidad.

—Ya he enviado un equipo médico y dos ambulancias. ¿Hay algún otro herido?

—No.

—¿Tiene usted algún arma?

—Una. Una pistola.

—¿Tiene una pistola?

—El juez Roberts tiene la pistola.

—Le ruego que le diga que deje la pistola, señora.

—Por supuesto.

Ningún agente de policía en su sano juicio deseaba entrar en una casa en la que alguien llevaba una pistola en la mano. Sarah comunicó el mensaje al juez Roberts, que por un instante pareció rebelarse y que luego suspiró y metió la pistola en uno de los cajones del buffet. Teniendo en cuenta el estado de los dos ladrones, no era necesario apuntarles con una pistola, aunque hacerlo atrajera a su instinto de macho.

—Hemos metido la pistola en un cajón —informó Sarah.

—Gracias, señora. Las patrullas estarán ahí en cualquier momento. Querrán poner el arma a buen recaudo, de manera que le pido que cooperen.

—No hay problema. Ahora voy a la puerta a esperarles.

Dejó al juez Roberts vigilando a los cautivos, fue al vestíbulo principal y abrió una de las puertas dobles de cuatro metros y medio de altura justo cuando dos coches de policía de Mountain Brook con luces de emergencia en el techo entraban por la curva del camino y se detenían delante de los amplios escalones.

—Ya están aquí —informó a la operadora del servicio de emergencia, saliendo para que los oficiales pudieran verla. Los rayos de luz de unas potentes linternas juguetearon sobre ella, y Sarah levantó una mano para protegerse los ojos de la luz—. Gracias.

—Ha sido un placer serle de ayuda, señora.

Sarah terminó la llamada mientras dos policías de uniforme se acercaban a ella con las manos en el arma. Desde la radio de los coches llegaba un torrente de mensajes estáticos y entrecortados que Sarah no podía entender, y las luces giratorias de los coches daban al césped impecable el aspecto de una extraña y desierta discoteca. A la derecha, los focos exteriores de los Cheatwood se encendieron cuando los vecinos quisieron ver lo que ocurría. Sarah intuyó que el vecindario entero no tardaría en despertarse, aunque sólo unos pocos serían tan obtusos como para investigar personalmente lo ocurrido. El resto utilizaría el teléfono para conseguir información.

—Hay una pistola en el buffet del vestíbulo —dijo, dando a los agentes esa información de sopetón. Ya estaban bastante nerviosos. No habían desenfundado las armas, pero todos tenían la mano en la pistola por si acaso—. Es mía. No sé si los ladrones van armados, pero ambos están incapacitados. El juez Roberts les está vigilando.

—¿Cómo se llama usted, señora? —le preguntó el más fornido de los dos mientras entraba por la puerta abierta de la casa, balanceando la luz de su linterna de lado a lado.

—Sarah Stevens. Soy la mayordomo del juez Roberts.

Sarah vio la mirada que intercambiaban los policías: ¿una mujer mayordomo? Estaba acostumbrada a esa reacción, pero lo único que dijo el agente fue:

—¿Juez?

—Lowell Roberts, juez federal retirado.

El oficial murmuró algo en la radio que llevaba colgada al hombro mientras Sarah les conducía por la oscura entrada, dejaban atrás la imponente escalera y llegaban al vestíbulo trasero. Los oficiales barrieron a los dos hombres que estaban en el suelo con la luz de sus linternas y también al hombre alto, delgado y de pelo blanco que les vigilaba de pie a una distancia prudencial.

El ladrón al que Sarah había propinado el puñetazo ya había recuperado la conciencia, pero quedaba claro que no estaba al corriente de lo ocurrido. Parpadeó varias veces y logró balbucear «¿Qué ha ocurrido?», pero nadie se molestó en responderle. El que estaba debajo del televisor sollozaba y maldecía alternadamente, empujando el peso que tenía sobre las piernas, pero no tenía fuerzas suficientes y habría hecho mejor en limpiarse la nariz; al menos así habría conseguido algo.

—¿Qué le ha pasado a ése? —preguntó el oficial más alto, iluminando con su linterna la cara del que estaba atado.

—Le golpeé en la cabeza.

—¿Con qué? —preguntó, agachándose junto al hombre y sometiéndole a un rápido aunque detallado reconocimiento.

—Con el puño.

El oficial levantó la mirada sorprendido, y Sarah se encogió de hombros.

—Le di en la sien —explicó, y él asintió. Un golpe en la sien noquearía a King Kong. No añadió que se había entrenado durante horas para llegar a ser capaz de dar aquel puñetazo. Elaboraría su respuesta en caso de que fuera necesario, pero hasta que un policía le preguntara específicamente por sus habilidades, Sarah y su cliente preferían mantener en privado la faceta de guardaespaldas que sus obligaciones incluían.

El registro se saldó con un cuchillo de una hoja de seis pulgadas que el hombre tenía escondido en una funda que llevada atada al tobillo.

—Se estaban llevando cosas por ahí —dijo Sarah, señalando a la puerta del solarium—. Hay puertas correderas de cristal y un patio fuera.

A lo lejos se oyó el ulular de sirenas, muchas sirenas, lo cual indicaba la llegada de una flota completa de policías y de personal médico. En poco tiempo la casa iba a llenarse de gente y Sarah todavía tenía cosas que hacer.

—Voy a sentarme allí para dejarles trabajar —dijo, señalando a las escaleras.

El policía asintió y Sarah se sentó en el cuarto escalón sobre sus pies descalzos. Lo más urgente era devolver la electricidad a la casa y luego el teléfono, aunque podían arreglárselas con el móvil. La alarma anti robo tenía una reserva de pilas, de manera que Sarah asumió que los ladrones también la habían manipulado, o al menos habían sido lo bastante inteligentes para burlarla. De cualquier modo, los de seguridad tendrían que comprobarlo todo. Probablemente también tendrían que remplazar las puertas correderas de cristal, aunque eso podía esperar hasta la mañana.

Con su lista de prioridades clara y firme en la cabeza y móvil en mano, Sarah llamó a Alabama Power para informar de un corte en el suministro eléctrico. Un buen mayordomo memorizaba todos esos números pertinentes, y Sarah era una buena mayordomo.

2

A las dos de la mañana la radió le alertó sobre la llamada de Briarwood. Thompson Cahill iba de camino a casa, pero la llamada sonaba mucho más interesante que lo que allí le esperaba, de modo que dio la vuelta a la camioneta y emprendió el camino de regreso a la Autopista 280. Los agentes de patrulla no habían pedido ningún investigador, pero, qué demonios, la llamada prometía y a su vida le vendría bien un poco de diversión.

Salió de la 280 y tomó Cherokee Road. A esa hora de la mañana el tráfico era prácticamente nulo mientras serpenteaba por las silenciosas calles, así que en cuestión de minutos llegó a Briarwood. No le costó dar con la dirección: era la casa donde estaban aparcados todos los vehículos con luces giratorias. Por eso era investigador: era capaz de dilucidar misterios como aquél. Bah.

Se colgó la placa del cinturón y cogió la chaqueta deportiva de la percha que colgaba del respaldo del asiento y se la puso por encima de la camiseta negra desteñida. Guardaba una corbata en el bolsillo de la chaqueta. No la cogió, ya que no llevaba ninguna camisa que ponerse encima de la camiseta. Esta vez tendría que optar por el *look Miami Vice.*

El surtido habitual de uniformes se arremolinaba allí: policías, bomberos, médicos, personal de ambulancia. Todas las ventanas de las casas colindantes estaban iluminadas y ocupadas por mirones, aunque sólo unos cuantos habían sido lo bastante curiosos para salir de sus casas y agruparse en la calle. Al fin y al cabo, eso era Briarwood Road, y Briarwood era sinónimo de antiguas fortunas.

George Plenty, el supervisor de turno, le saludó.

—¿Qué haces aquí, Doc?

—Yo también te deseo unos buenos días. Iba de camino a casa y oí la llamada. Parecía prometer, así que aquí estoy. ¿Qué ha ocurrido?

George disimuló una sonrisa. La gente de la calle no tenía ni idea de lo divertido que era el trabajo de policía. Algunas facetas, como las que podían abocar a un policía a la bebida, eran siniestras y peligrosas, pero en general el trabajo era muy divertido. En pocas palabras, la gente estaba chalada.

—Los dos tipos sabían lo que hacían. Cortaron los cables de la luz y del teléfono e inhabilitaron el sistema de alarma. Al parecer pensaban que aquí vivía sólo un anciano, de modo que supusieron que nunca se despertaría. Pero resultó que tiene mayordomo. Los tipos listos transportaban una televisión de pantalla gigante cuando ella le puso la zancadilla al que iba delante. El tipo tropezó, el televisor se le cayó encima, y para asegurarse la aguafiestas le dio al otro un puñetazo en la cabeza mientras caía y lo dejó tieso. Luego lo ató con el cable del teléfono —concluyó George echándose a reír—. Ya ha vuelto en sí, pero no se aclara demasiado.

—¿Ella? —preguntó Cahill, pensando que George había utilizado el pronombre erróneo.

—Ella.

—¿Una mujer mayordomo?

—Eso dicen.

Cahill soltó un bufido.

—Ya, seguro.

El anciano podía tener a una mujer viviendo con él, pero dudaba de que fuera su mayordomo.

—Eso es lo que dicen e insisten en ello —dijo George, mirando a su alrededor—. Ya que estás aquí, ¿por qué no echas una mano a los chicos con las declaraciones y dejamos esto resuelto?

—Claro.

Fue a paso lento hacia la enorme casa. En el vestíbulo habían colocado lámparas a pilas y el charco de luz, unido a la congestión de gente, le indicaron el camino hasta la escena. Automáticamente, olisqueó el aire. Era una costumbre típica de un policía: ver si olía a alcohol o a hierba. ¿Cuál era el problema con las casas de la gente rica? Olían distinto, como si la madera que cubría las paredes fuera diferente de la madera corriente que se utilizaba para construir casas normales. Su olfato detectó flores frescas, abrillantador de muebles, un ligero aroma de comida suspendido en el aire, algún plato italiano, pero nada de alcohol ni de ningún tipo de humo, ni legal ni ilegal.

Llegó hasta el vestíbulo y se quedó a un lado durante un minuto, estudiando la escena. Un equipo de médicos estaba agachado alrededor del tipo tendido en el suelo; vio cerca de allí la carcasa de un enorme televisor roto. El tipo que estaba tumbado en el suelo gimoteaba y siguió haciéndolo mientras le inmovilizaban la pierna izquierda. Otro hombre, un tipo grande, estaba sentado en el suelo con las manos esposadas a la espalda. Respondía a las preguntas que le hacía un médico mientras le iluminaba los ojos con una linterna, pero estaba claro que todavía tenía pajaritos dándole vueltas alrededor de la cabeza.

Un anciano enjuto con una desordenada mata de pelo blanco estaba de pie a la izquierda, a un lado, prestando con calma declaración a un agente. Portaba su dignidad como una toga, a pesar de que iba en pijama y bata y llevaba zapatillas. Estaba pendiente de lo que ocurría a su alrededor incluso mientras contestaba a las preguntas del policía, como si quisiera asegurarse de que todo se manejaba correctamente.

A la derecha había unas escaleras. En el cuarto escalón estaba sentada una mujer con un pijama de fino algodón que hablaba por un móvil. Estaba descalza y tenía los pies muy juntos, perfectamente alineados. Tenía la densa mata de pelo oscuro despeinada, como si acabara de salir de la cama. Bueno, probablemente así era. Dando una nueva muestra de su astuta capacidad detectivesca, Cahill dedujo que se trataba de la mayordomo, si no ¿cómo se explicaba que estuviera en pijama? Maldición, esa noche estaba sembrado.

Incluso en pijama, sin pizca de maquillaje y con el pelo hecho un desastre, era una mujer guapa. No, más que guapa. Era indudablemente hermosa. Por lo que Cahill podía ver, puede que le diera un ocho, y eso sin maquillaje. Quizá el dinero no comprara la felicidad, pero sin duda permitía a los viejos pagarse una zorrita de primera, suponiendo que todavía pudiera hacer algo más que vivir de recuerdos.

La rabia que tan bien conocía volvió a azuzarle. Cahill llevaba viviendo, durmiendo y comiendo con aquella rabia desde hacía ya dos años, y se daba perfecta cuenta de que no estaba siendo en absoluto justo con aquella mujer. Haber descubierto que su mujer era una zorra mentirosa y tramposa y haber pasado por un divorcio largo y amargo bastaba para agriarle el ánimo a cualquier hombre. Sin embargo, apartó la rabia a un lado para concentrarse en el trabajo. Eso era algo que conseguía hacer bien: el trabajo.

Se acercó a uno de los agentes. Era Wilkins: bastante joven, bastante nuevo y buenísimo, aunque tenía que ser realmente bueno para haber conseguido entrar en el departamento de policía de Mountain Brook. Wilkins estaba de pie a cargo del tipo fornido que llevaba las esposas y que había sufrido la conmoción, vigilándole mientras el médico le atendía.

—¿Necesitas que te eche una mano con las declaraciones?

Wilkins se giró, un poco sorprendido de verle. En aquella décima de segundo de despiste, el tipo que estaba en el suelo se lanzó hacia adelante, derribando al médico y poniéndose en pie con sorprendente agilidad. Wilkins se dio la vuelta, veloz como un gato, pero Cahill fue más rápido. Vio de reojo a la mujer ponerse en pie mientras él pivotaba sobre la base de su pie izquierdo y plantaba su bota derecha talla cuarenta y dos justo en el plexo solar del ladrón. Golpeó sólo con la fuerza necesaria para doblegar en dos al voluminoso tipo, que se había quedado sin respiración e intentaba recuperar el aliento. Wilkins se abalanzó sobre él antes de que el tipo llegara a caer al suelo y dos agentes acudieron en su ayuda. Después de asegurarse de que le tenían controlado, aunque, de hecho, el tipo todavía no podía respirar, Cahill se retiró y echó una mirada al médico, que estaba limpiándose la sangre de la nariz mientras se levantaba.

—Parece que no estaba tan malherido como intentaba hacernos creer.

—Eso parece —respondió el médico. Cogió una gasa de sus provisiones, se la llevó a la nariz y luego dio un profundo suspiro—. ¿Cree que ahora sí lo está?

—Sólo se ha quedado sin respiración. No le he dado muy fuerte.

Una patada bien dada podía llegar a producir una parada cardiaca, destrozar el esternón y provocar todo tipo de trastornos internos. Había tenido cuidado de no llegar siquiera a romperle las costillas al tipo.

Wilkins se incorporó, todavía jadeante.

—¿Todavía quieres ocuparte del papeleo, Cahill?

El papeleo era la cruz de la vida del policía. El «claro» de Cahill fue prueba de hasta qué punto estaba aburrido.

Wilkins señaló a la mujer con la barbilla. Se había sentado de nuevo en las escaleras y había vuelto a concentrarse en la conversación que mantenía por el móvil.

—Tómale declaración mientras metemos a Rambo en una unidad.

—Será un placer —murmuró Cahill, y realmente lo pensaba. Le había llamado la atención ver cómo ella se había movido cuando el ladrón intentaba escapar. No había chillado, ni tampoco había intentado apartarse a lo loco, sino que se había movido suavemente, con total equilibrio y fijando toda su atención en el ladrón. Si él no hubiera detenido al tipo, ella misma lo habría hecho, o al menos lo habría intentado, lo cual planteaba un montón de preguntas que Cahill deseaba hacerle.

Se acercó a las escaleras. Las lámparas a pilas estaban tras él y el rostro de Sarah quedaba totalmente expuesto a la luz. Ella seguía hablando por el móvil. Por su expresión estaba tranquila y concentrada, aunque levantó un dedo al ver acercarse a Cahill para indicarle que terminaría de hablar en un momento.

Cahill era policía y no estaba acostumbrado a que le hicieran esperar. Se sintió ligeramente irritado, aunque enseguida la situación le pareció en cierta medida divertida. Vaya, quizá sí era un idiota arrogante, como tanto le gustaba a su esposa repetírselo. Además, aunque aquella mujer fuera el adorno del brazo de un anciano, era una alegría para la vista.

Y ya que mirarla era todo un placer, Cahill no dejo de hacerlo, catalogando a la vez todos sus detalles: pelo oscuro, casi hasta los hombros, y ojos también oscuros. Si estuviera tomando nota de su descripción, tendría que especificar «castaño» y «castaños», pero eso no se ajustaba del todo a la verdad. Las luces se reflejaban en sus cabellos, dándoles un color parecido al del sabroso chocolate negro, y sus ojos eran más oscuros.

Calculó que tendría unos veintitantos, quizá treinta y pocos. Altura… metro sesenta y cinco, quizá sesenta y siete. Estuvo a punto de darle cuatro o cinco centímetros más, pero se dio cuenta de que en realidad parecía más alta debido a su porte casi militar. Peso: entre sesenta y sesenta y cinco kilos. Tenía la piel suave y perfecta, cuya cremosa textura le hizo pensar en la acción de lamer el helado de un cucurucho.

Sarah terminó su llamada y le tendió la mano.

—Gracias por esperar. Había llegado ya al final del sistema de marcación automática de la compañía eléctrica y no quería volver a empezar. Soy Sarah Stevens.

—Detective Cahill.

Sintió la mano de Sarah, pequeña y fría entre la suya, pero cuando se la apretó le sorprendió su fuerza.

—¿Podría darme una idea de lo que ha ocurrido aquí esta noche?

La mujer no tenía acento sureño. De hecho no era un acento que pudiera identificar. Sí, por supuesto que no podía identificarlo. La mujer no tenía ningún acento.

—Será un placer —respondió Sarah, indicándole las escaleras—. ¿Quiere sentarse?

Desde luego que quería, pero si lo hacía quedarían hombro con hombro, a buen seguro rozándose, y eso no era una buena idea mientras estaba de servicio. Desde que la había visto, había estado pensando un poco fuera de lugar, y eso no estaba bien. Se le dispararon los frenos mentales y se apartó del peligro, esforzándose por concentrarse en su trabajo.

—No, gracias. Me quedaré de pie —respondió mientras sacaba la libreta del bolsillo de la chaqueta y la abría por una página en blanco—: ¿Cómo se escribe su nombre?

—Sarah con «h», Stevens con «v».

—¿Fue usted quien descubrió que habían entrado en la casa?

—Sí.

—¿Sabe aproximadamente a qué hora fue eso?

—No, tengo un despertador eléctrico, aunque calculo que, desde que desperté, ha pasado una media hora.

—¿Qué la despertó? ¿Oyó algún ruido?

—No. Mis dependencias están situadas encima del garaje. Desde allí no puedo oír nada. Cuando cortaron la electricidad, el ventilador que tengo en el techo de mi habitación se detuvo. Eso fue lo que me despertó.

—¿Qué ocurrió entonces?

Sarah relató el curso de los acontecimientos con la mayor concisión posible, aunque era perfectamente consciente de su fino pijama y de sus pies descalzos. Se arrepentía de no haberse puesto una bata y unas zapatillas o de haberse pasado un cepillo por el pelo. O incluso de no haberse sometido a una sesión completa de maquillaje y haberse puesto un salto de cama, un poco de perfume y haber colgado del cuello un cartel en el que pusiera «Estoy libre». Entonces podría llevarse al detective Cahill a sus dependencias y sentarlo a un lado de la cama mientras ella le contaba lo ocurrido.

Su propia estupidez la hizo sonreír para sus adentros, pero el corazón se le había acelerado al ver al detective y seguía latiendo a trompicones, a demasiada velocidad. Debido a algún capricho de la química o de la biología, o quizá a causa de una combinación de ambas, Sarah se había sentido físicamente atraída por él. Aquel repentino zumbido que le recordaba lo que hacía girar el mundo se presentaba en muy raras ocasiones, aunque hacía bastante que no lo había sentido, y, desde luego, nunca antes con tanta fuerza. Sarah disfrutó de ese secreto placer. Era como montar en la montaña rusa sin despegar los pies del suelo.

Miró la mano izquierda del detective. No llevaba anillo, aunque eso no significaba necesariamente que estuviera soltero, o que no tuviera pareja. Los hombres con ese aspecto muy raras veces estaban totalmente libres. Y no es que fuera guapo. Tenía el rostro un poco duro, la barba pasaba ya de ser la mera sombra oscura de media tarde, y lleva el pelo oscuro demasiado corto. Pero era uno de esos hombres que de algún modo parecían más machos que los hombres que le rodeaban, casi como si la testosterona le saliera a chorros por los poros, y no había duda de que eso era algo que las mujeres notaban. Además, tenía pinta de tener un cuerpo estupendo. La chaqueta que llevaba encima de la camiseta negra de algún modo lo disimulaba, pero Sarah había crecido rodeada de hombres para los que su condición física era prioridad número uno y conocía perfectamente cómo se movían y cómo se conducían.

Desgraciadamente, también daba la sensación de que al detective Cahill iba a rompérsele la cara si sonreía. A Sarah podía gustarle su cuerpo, pero por lo que podía ver, su personalidad daba asco.

—¿Qué relación tiene usted con el juez Roberts? —preguntó el detective con un tono tan neutro que sonó casi falto de interés. Levantó la mirada hacia ella y su rostro quedó delineado por afiladas sombras que hacían imposible leer su expresión.

—Es mi jefe.

—¿A qué se dedica usted?

—Soy mayordomo.

—Mayordomo —dijo Cahill, como si nunca hubiera oído esa palabra.

—Estoy a cargo de la casa —explicó Sarah.

—¿Y eso comprende…?

—Muchas cosas, como, por ejemplo, supervisar al resto de empleados, programar reparaciones y servicios, cocinar un poco, asegurarme de que la ropa del juez esté siempre limpia y sus zapatos brillantes, de que tenga el coche siempre a punto y limpio, pagar las facturas, y, en general, que no se le moleste con nada con lo que no quiera ser molestado.

—¿Hay más empleados?

—Ninguno a jornada completa. Cuento como empleados al servicio de limpieza, dos mujeres que vienen dos veces por semana; al jardinero, que trabaja tres días a la semana; al interino, que viene una vez por semana, y al cocinero, que viene de lunes a viernes, comida y cena.

—Ya veo —dijo Cahill mientras consultaba sus notas, como si estuviera revisando la lista detalladamente—. ¿Ser mayordomo también le obliga a estudiar artes marciales?

Ah. Sarah se preguntó cómo la habría descubierto. Naturalmente ella se había dado cuenta de aquella patada maravillosamente calculada con la que él había derribado al fornido ladrón, sabiendo al acto que también Cahill se entrenaba lo suyo.

—No —dijo Sarah con suavidad.

—¿Es acaso un interés que cultiva usted en su tiempo libre?

—No exactamente.

—¿Podría ser más específica?

—También soy guardaespaldas profesional —respondió Sarah, bajando la voz para no ser oída—. Al juez no le gusta que se sepa, pero ha recibido algunas amenazas de muerte en el pasado y su familia insistió para que contratara los servicios de alguien adiestrado en la seguridad personal.

Hasta el momento Cahill había sido un completo profesional, pero ahora la miraba con auténtico interés y cierta sorpresa.

—¿Alguna de esas amenazas ha sido reciente?

—No. En realidad no creo que el juez esté en peligro real. Llevo con él casi tres años y durante ese tiempo no ha recibido ninguna amenaza. Pero cuando estaba en el estrado, varias personas habían amenazado con matarle, y en particular su hija no se sentía tranquila con respecto a su seguridad.

Cahill volvió a echar un vistazo a sus notas.

—Entonces, su puñetazo no fue exactamente lo que se dice un golpe afortunado, ¿verdad?

Sarah sonrió levemente.

—Espero que no. Del mismo modo que su patada nada tuvo que ver con la suerte.

—¿Qué disciplina practica?

—Sobre todo karate, para mantenerme en forma.

—¿Qué cinturón?

—Marrón.

Cahill asintió brevemente.

—¿Algo más? Ha dicho usted «sobre todo».

—También practico kick-boxing. ¿Qué tiene esto que ver con la investigación?

—Nada. Era sólo curiosidad —confesó Cahill cerrando la pequeña libreta de notas—. Y no hay ninguna investigación. Simplemente estaba tomando una declaración preliminar. Todo aparece en el informe.

—¿Por qué no hay ninguna investigación? —preguntó Sarah indignada.

—Fueron sorprendidos en el acto, con objetos propiedad del juez Roberts en su camioneta. No hay nada que investigar. Lo único que queda por hacer es el papeleo.

Quizás para él sí, pero Sarah todavía tenía que vérselas con la compañía de seguros y hacer que repararan las puertas correderas del solarium, además de reemplazar el aparato de televisión roto. El juez, como todo hombre, estaba encantado con su pantalla gigante y ya había mencionado que esta vez estaba pensando en comprar una televisión de alta definición.

—¿Es necesario que conste en el informe que soy la guardaespaldas del juez? —preguntó.

Cahill estaba a punto de alejarse. Se detuvo y la miró desde arriba.

—¿Por qué lo pregunta?

Sarah bajó aun más la voz.

—El juez prefiere que sus amigos no lo sepan. Creo que le avergüenza que sus hijos le insistieran para que contratara a un guardaespaldas. De hecho, ahora resulta que es la envidia del grupo porque tiene una mujer mayordomo; pero ya puede imaginarse las bromas que le gastan. Además, si se ve amenazado de algún modo, me da cierta ventaja que nadie sepa que estoy entrenada para protegerle.

Cahill se golpeó la palma de la mano con la libreta con una expresión todavía ilegible en el rostro, pero entonces se encogió de hombros y dijo:

—No es relevante para el caso. Como ya le he dicho, era pura curiosidad.

Puede que él nunca sonriera, pero ella sí lo hacía. Le dedicó una amplia sonrisa de alivio.

—Gracias.

Cahill asintió y se alejó al tiempo que Sarah suspiraba, arrepentida. El envoltorio estaba bien, pero el contenido dejaba mucho que desear.

La mañana resultó todavía mucho más que ajetreada. Por supuesto, no hubo manera de dormir más, pero lograr hacer algo fue casi igual de imposible. Sin electricidad Sarah no podía preparar el desayuno favorito del juez, tostada francesa con canela; tampoco podía hacer la colada, ni siquiera planchar el diario de la mañana para que la tinta no manchara los dedos del juez. Le sirvió cereales fríos, yogur desnatado y fruta fresca, desayuno que provocó en él una buena retahíla de gruñidos entre los que refunfuñaba que la comida sana iba a matarle. Tampoco había café caliente, lo que no supuso ninguna alegría para ninguno de los dos.

Una idea emprendedora envió a Sarah a la casa de los Cheatwoods, los vecinos de al lado, donde hizo un trato con Martha, la cocinera: los entresijos de lo que había ocurrido la noche anterior a cambio de un termo de café recién hecho. Armada con cafeína, Sarah volvió a casa y calmó las turbulentas aguas. Tras su segunda taza estaba lista para volver a lidiar con los problemas del día.

No le importaba lo más mínimo ponerse pesada si conseguía los resultados deseados. Dos llamadas más a la compañía telefónica se materializaron en una furgoneta de reparaciones y un hombre desgarbado que se puso manos a la obra sin ninguna prisa. Media hora más tarde, la casa volvió a la vida con un zumbido y el hombre se marchó.

Hostigar a la compañía telefónica ya resultó más complicado. La compañía, es decir, los desconocidos «ellos» que estaban a su cargo, habían dispuesto las cosas de tal modo que, o bien se dejaba un mensaje en el contestador, sacrificando la comodidad de hablar con un humano real en pos de ahorrar tiempo, o se podía tolerar ser puesto en espera durante una cantidad de tiempo obscena, con la esperanza de que algún supuesto humano quedara libre para poder hostigarle. Sarah era testaruda. Su móvil pesaba sólo unos gramos y disponía de todo el tiempo del mundo. Esperó, y por fin llegó el momento en que su insistencia se vio recompensada, justo antes de mediodía, con la aparición de una segunda furgoneta de reparaciones en la que iba él más preciado de los seres humanos: Alguien Que Podía Arreglar las Cosas.

Naturalmente, en cuanto la línea telefónica estuvo reparada, el teléfono se volvió loco. Todos los amigos del juez se habían enterado de la aventura nocturna y querían una descripción con todo lujo de detalles. Algún entrometido llamó a Randall, el hijo mayor del juez, que a su vez llamó a sus dos hermanos, Jon y Barbara. Al juez no le importaba demasiado que sus hijos se enteraran, pero arrugó la nariz de espanto cuando el número de su hija apareció en la pantalla del identificador de llamadas. Barbara no sólo se preocupaba de su padre en exceso, sino que además tenía con mucho la personalidad más fuerte de sus tres hijos. Según Sarah, Barbara era más fuerte que un tanque blindado. Por eso sentía una profunda simpatía por aquella mujer; Barbara tenía buen corazón y, a pesar de lo implacable que era, siempre estaba de buen humor.

El agente de la compañía de seguros llegó mientras el juez seguía hablando con su hija, así que Sarah le mostró los desperfectos y ya estaba en proceso de darle la información pertinente para que rellenara la reclamación (incluso tenía el recibo de la compra de televisión del juez, con lo que dejó totalmente impresionado al agente de seguros), cuando el juez Roberts entró deambulando en la diminuta oficina de Sarah, con aspecto de estar totalmente satisfecho consigo mismo.

—Adivina quién ha llamado —dijo.

—Barbara —respondió Sarah.

—Después de ella. Gracias a Dios que entró la llamada o todavía seguiría hablando con ella. Un reportero de televisión quiere venir a hacernos una entrevista.

—¿Hacernos? —preguntó Sarah con la mirada en blanco.

—De hecho, es a ti en quien está interesado.

Sarah miró fijamente al juez, atónita.

—¿Por qué?

—Porque has desbaratado un robo, eres una mujer joven y encima eres una mayordomo. Quiere saberlo todo acerca de la labor del mayordomo. Dijo que sería un maravilloso reportaje de gran interés humano. Qué frase tan estúpida, ¿no le parece? «De interés humano». Como si hubiera alguna posibilidad de que pudiera interesar a los monos o las jirafas.

—Qué fantástico —dijo entusiasmado el agente de seguros—. ¿En que canal?

El juez arrugó los labios.

—No me acuerdo —dijo un instante después—. ¿De verdad importa? Pero estarán aquí mañana por la mañana, a las ocho.

Sarah ocultó su espanto. Su rutina diaria quedaría totalmente destruida por segundo día consecutivo. Sin embargo, el juez estaba evidentemente entusiasmado con la idea de que su mayordomo fuera entrevistada. Tanto él como sus amigos estaban retirados, de manera que no existía ninguna fuente de competitividad externa aparte de ellos mismos. Jugaban al póquer y al ajedrez, intercambiaban fanfarronadas y trataban de aventajarse unos a otros. Aquél iba a ser para él un gran golpe de efecto. E incluso si no lo era, Sarah no podía negarse. Por mucho que adorara al juez, nunca olvidaba que era su jefe.

—Estaré preparada —dijo mientras reorganizaba su día mentalmente para que todo saliera tan perfecto como fuera posible.

3

Siempre veía una de las cadenas locales por la mañana, mientras bebía su té caliente y leía la sección de economía del «Birmingham News». Le gustaba estar al corriente de los sucesos y de la vida política de la comunidad para poder hablar de ello con sus socios. De hecho, le interesaba mucho lo que ocurría en Birmingham y en sus alrededores. Ahí estaba su hogar; tenía un interés personal en el desarrollo de la zona.

Sin duda Mountain Brook gozaba de muy buena salud. Se sentía inmensamente orgulloso de que una pequeña ciudad situada justo al sur de Birmingham tuviera el nivel de renta per cápita más alto de la nación. Parte de ello se debía a todos los médicos que vivían allí y tenían sus consultas en Birmingham y alrededores, que había pasado de ser una ciudad que vivía del acero a un importante centro médico, con un desproporcionado número de hospitales por número de habitantes. Venía gente de todos los rincones del país y, sin duda, de todas partes de mundo para recibir tratamiento en los hospitales de Birmingham.

Pero en Mountain Brook no sólo vivían médicos. Se instalaban allí profesionales de todo tipo. En Mountain Brook convivían las viejas fortunas y los nuevos ricos. Había pequeñas casas de jóvenes parejas que deseaban vivir en la zona por el prestigio que ello suponía y también por la calidad del sistema educativo. También había mansiones y propiedades inmensas que dejaban boquiabiertos a los visitantes que las veían desde sus coches al pasar.

Su casa era su alegría y su orgullo: una belleza de tres pisos construida en piedra gris, maravillosamente amueblada y conservada. Tenía cinco mil ochocientos metros cuadrados, seis dormitorios y ocho baños y un aseo. Las cuatro chimeneas eran auténticas, el mármol era italiano, el alfombrado Berber de cinco centímetros de grosor era el mejor que podía encontrarse en el mercado. La piscina había sido diseñada de forma que pareciera una maravillosa gruta, con una sutil iluminación subterránea y agua plateada que caracoleaba entre las piedras hasta caer suavemente en la piscina.

La casa estaba rodeada por dos hectáreas de terreno. Dos hectáreas era mucha tierra en Mountain Brook, donde el valor del suelo alcanzaba cotas astronómicas. La propiedad estaba totalmente protegida por un muro de piedra gris de tres metros de altura. Salvaguardaban el acceso a sus dominios unos enormes portones de hierro forjado y contaba con la protección del mejor sistema de seguridad: sensores de movimiento, cámaras y detectores de calor, así como las alarmas estándares por contacto y de rotura de cristales.

Si deseaba entrar en contacto con el mundo, era él quien iba en su busca. El mundo no tenía permitido entrar a por él.

Un servicio de jardinería se encargaba de la propiedad, y un equipo de mantenimiento de piscinas tenía la piscina resplandeciente. Había contratado a un cocinero que llegaba a las tres de la tarde y que le preparaba la cena, tras lo cual se iba sin dilación. Prefería estar solo por la mañana, con su taza de té y su periódico, y una magdalena inglesa. Las magdalenas eran comida civilizada, no como el asqueroso beicon, los huevos y las galletas que al parecer tanta gente prefería. Si metías una magdalena en el tostador no había nada que limpiar después, ni necesitaba a nadie que se la preparara.

En general, estaba muy satisfecho con su mundo. Pero estaba más satisfecho aún al deleitarse con el secreto de cómo había conseguido llegar donde estaba. Si se hubiera limitado a dejar que las cosas siguieran su curso nada de todo aquello le pertenecería. Pero había sido lo suficiente perspicaz para darse cuenta de que, si no se le controlaba, su padre habría tomado una cadena de decisiones erróneas que habrían terminado por completo con la empresa. No le había quedado más remedio que intervenir. Al principio su madre lo había pasado mal, pero al final de sus días se lo había tomado mejor; había vivido rodeada de lujos y comodidades hasta que, siete años más tarde, una enfermedad del corazón terminó con su vida.

Resultaba realmente reconfortante saber que uno podía actuar según era su deber. Los únicos límites que reconocía eran los que él mismo se imponía.

Mientras hojeaba el periódico, se oía la televisión como ruido de fondo. Tenía la capacidad de concentrarse en varias cosas a la vez; si daban alguna información interesante, se enteraría. Todas las mañanas, el canal de televisión daba un reportaje sin importancia y que él solía pasar por alto, aunque a veces daban algo marginalmente original, así que siempre estaba atento a lo que se decía.

—¿Se han preguntado ustedes alguna vez cómo sería tener mayordomo? —ronroneó la dulce voz del presentador matinal—. No es necesario pertenecer a la realeza. De hecho, hay un mayordomo empleado en una de las casas de Mountain Brook, y el mayordomo es… una mujer. A continuación, y tras la publicidad, les presentaré a Super Mayordomo.

Levantó la mirada. El anuncio le había llamado la atención. ¿Un mayordomo? Bueno, eso no tenía nada de… interesante. Nunca se había planteado tener servicio interno porque consideraba totalmente intolerables ese tipo de intrusiones en su intimidad, aunque la idea de una mujer mayordomo se le antojó intrigante. A buen seguro la gente hablaría de ello, así que necesitaba estar atento al reportaje.

En cuanto terminaron los anuncios, el presentador dio paso a la introducción, y la pantalla ofreció un plano de una casa grande de estilo Tudor rodeada de exuberante vegetación y de un elaborado jardín de flores. El plano siguiente mostraba a una mujer joven y de pelo moreno, con elegantes pantalones negros, camisa blanca y una chaqueta negra ajustada que planchaba un… ¿periódico?

—Su nombre es Sarah Stevens —dijo el reportero—, y su día nada tiene que ver con el día laborable de cualquiera de ustedes.

—El calor fija la tinta, así no mancha los dedos ni ensucia la ropa —explicó la mujer con voz grave y vigorosa mientras pasaba la plancha por el papel, dedicando al reportero una breve mirada.

Se incorporó como si algo le hubiera picado, y siguió mirando sin parpadear a la pantalla. Sarah. Se llamaba Sarah. Un nombre tan perfecto como ella, clásico en vez de moderno o llamativo.

Tenía los ojos muy oscuros y la piel pálida y suave. Se había apartado el pelo negro y liso de la cara y se lo había recogido en la nuca con un moño perfecto. Tan electrizado estaba que no podía apartar los ojos de la imagen televisada.

Era… perfecta. En muy contadas ocasiones había visto tanta perfección, y cuando eso ocurría, siempre se había propuesto adquirirla. A pesar de lo oscuro de su piel y de sus cabellos, la mujer no era hispana ni pertenecía a ningún otro grupo étnico que pudiera reconocer. Simplemente era un poco exótica; no llamativa, ni voluptuosa, simplemente… perfecta.

El corazón le latía aceleradamente y tuvo que tragar la saliva que se le había acumulado en la boca. Aquella mujer era elegante y pulcra, y sus movimientos, económicos y vigorosos. Dudaba de que algo tan fútil como una carcajada hubiera jamás pasado por sus labios.

El siguiente plano mostró a su jefe: un señor mayor alto y delgado de pelo blanco, con gafas y un rostro enjuto y vivaz dominado por una nariz grande y ganchuda.

—No podría hacer nada sin ella —decía animadamente—. Sarah se ocupa de todos los detalles de la casa. Pase lo que pase, ella siempre lo tiene todo controlado.

—Sin duda lo tenía todo bajo control a principios de esta semana cuando hubo un robo aquí, en la casa —continuó el reportero—. Sin ayuda de nadie, Sarah frustró el robo haciendo tropezar a uno de los ladrones mientras llevaba una televisión de pantalla gigante.

El plano volvió a ella.

—La televisión pesaba mucho, y habían perdido el equilibrio —respondió Sarah con simple modestia.

Escalofríos de excitación le recorrieron la espalda mientras miraba y seguía escuchando, deseando volver a oírla hablar. Quería escuchar más su voz. El siguiente plano era de ella abriendo la puerta de atrás de un Mercedes clase S para su anciano jefe y a continuación dando la vuelta al vehículo para sentarse tras el volante.

—También es una experta conductora —entonó el reportero—, y ha tomado varios cursos de defensa personal.

—Me cuida —dijo el anciano, sonriendo de oreja a oreja—. Incluso a veces cocina para mí.

De nuevo la cámara mostrándola a ella.

—Mi trabajo es hacer que la vida de mi jefe sea lo más cómoda posible —explicó—. Si quiere el periódico a una hora determinada, lo tendrá a esa hora aunque tenga que levantarme a las tres de la mañana e ir a buscarlo en coche a algún sitio.

Nunca había envidiado a nadie, pero ahora envidiaba a aquel anciano. ¿Para qué necesitaba que alguien como ella cuidara de él? Estaría mucho mejor con una enfermera interna llamada Bruce o Helga. ¿Cómo podía apreciar el tesoro que tenía en ella, toda esa perfección?

El reportero de nuevo:

—Ser mayordomo es una vocación altamente especializada y hay muy pocas mujeres que consigan hacerse un sitio en el gremio. Los mayordomos de primera clase estudian en una escuela de Inglaterra, y desde luego no son nada baratos. Sin embargo, para el juez Lowell Roberts, de Mountain Brook, el precio no tiene ninguna importancia.

—Es un miembro de la familia —dijo el anciano, y el último plano mostraba a Sarah sirviendo una bandeja de plata con el servicio para el café.

Ella tendría que estar aquí, pensó con violencia. Tendría que estar sirviéndole a él.

Recordó el nombre del anciano: Lowell Roberts. ¿Así que el precio no importaba? Bien. Ya verían. La conseguiría, de un modo u otro.

* * *

El juez Roberts se dio una palmada de satisfacción en las rodillas.

—No ha estado mal el reportaje, ¿no te parece?

—Ha sido menos doloroso de lo que imaginé —respondió Sarah con sequedad mientras retiraba las cosas del desayuno—. Desde luego, tanto rato aquí para grabar sólo sesenta segundos que valieran la pena.

—Oh, ya sabes cómo es la televisión: filman rollos y rollos y luego lo descartan casi todo en la edición. Al menos no han dado mal ningún detalle. Cuando estaba en el estrado, cada vez que daba una entrevista o hacía alguna declaración, había como mínimo un detalle equivocado.

—¿Le dará el reportaje derecho al fanfarroneo durante su partida de póquer?

El juez parecía un poco avergonzado, aunque también encantado.

—Por lo menos durante dos semanas —confesó.

Sarah no pudo evitar una sonrisa.

—Entonces ha valido la pena.

El juez apagó el vídeo puesto que, naturalmente, había grabado el reportaje.

—Mandaré que me hagan copias para los niños —dijo.

Sarah levantó la mirada.

—Yo puedo hacer las copias, si le parece bien. Mi aparato tiene dos cabezales.

—No empieces a usar tecnicismos conmigo —la avisó el juez, agitando la mano mientras sacaba la cinta del aparato—. Eso de «doble cabezal» suena a algo que tuviera que ser corregido por los equipos de cirujanos, y que, al hacerlo, uno de los cabezales fuera a morir en el intento. Creo que tengo una cinta virgen en la biblioteca.

—Yo tengo un montón de cintas vírgenes.

Sarah siempre tenía provisiones de cintas por si el juez necesitaba alguna.

El juez metió la cinta en la funda de cartón y escribió con cuidado «Entrevista de Sarah en televisión» en la tira adhesiva antes de darle la cinta a Sarah.

—Las echaré al correo hoy mismo. Y no olvide que hoy tiene la visita con el doctor a las dos.

El juez pareció a punto de rebelarse durante unos segundos.

—No entiendo por qué necesito volver a hacerme un análisis de sangre. He estado comiendo mejor, y el colesterol me debería haber bajado.

Había estado comiendo mejor de lo que creía; cuando le preparaba la tostada francesa, Sarah utilizaba huevina en vez de huevos para la mezcla de leche y huevos, aderezándola con un poco de aroma de vainilla, y usaba pan bajo en calorías y rico en fibra. Además, compraba dos tipos de sirope: uno era normal y el otro libre de grasas, y los mezclaba, cuidando mucho que el sabor de la mezcla no levantara las sospechas del juez. El juez había accedido a comer un sustituto del beicon si podía seguir desayunando su tostada francesa. También le servía fruta fresca todas las mañanas. En colaboración con la cocinera, se las había ingeniado para reducir drásticamente la cantidad de grasa de las comidas del juez sin que él sospechara nada.

Ni que decir tenía que el juez atribuiría cualquier descenso apreciable en su nivel de colesterol al hecho de estar comiendo el sustituto del beicon en vez de beicon auténtico, y que se opondría a cualquier otro cambio en cuanto se enterara de su existencia. Engañarle requería un esfuerzo progresivo y constante.

—A las dos —volvió a decir Sarah—. Y si vuelve a cancelar la cita se lo diré a Barbara.

El juez se llevó las manos a la cintura.

—¿Saben tus padres la fiera que criaron?

—Por supuesto —respondió Sarah con aire satisfecho—. Mi padre me dio clases de fanfarroneo. Salí hecha una experta.

—Sabía que no tenía que contratarte —murmuró el juez mientras se retiraba a la seguridad de su biblioteca—. En cuanto vi en tu currículum que venías de una familia de militares, supe que me estaba metiendo en un lío.

De hecho, había sido su procedencia militar lo que le había decantado en su favor. El juez había sido Marine; había combatido en el Pacífico durante la Segunda Guerra Mundial. El hecho de que el padre de Sarah fuera coronel de Marines retirado, obligado a abandonar el servicio porque un accidente de coche le había dañado seriamente la cadera y la pierna izquierdas, había pesado mucho a la hora de decidirse por Sarah.

Sarah suspiró. Mientras sacaba copias de la cinta también tendría que hacer otra para sus padres. Sus padres vivían en un lujosa villa para jubilados en Florida, y estarían encantados de poder enseñársela a todos sus amigos. Sarah no tenía la menor duda de que su madre enviaría copias a su hermana y a sus dos hermanos; entonces recibiría una llamada de al menos uno de sus hermanos, probablemente de ambos, diciéndole que tenían un amigo que quería salir con ella.

Lo bueno de eso era que estaba en Alabama, mientras que uno de sus hermanos vivía en California y el otro estaba destinado temporalmente en Texas. Salir con cualquier tipo que ellos conocieran era geográficamente imposible. Pero tenía treinta años y todos estaban empezando a preocuparse visiblemente porque ella todavía no había mostrado el menor interés por casarse y ayudar a producir la siguiente generación familiar. Sarah sacudió la cabeza, sonriendo para sus adentros. Esperaba casarse algún día, pero hasta el momento estaba llevando adelante su Plan.

Un mayordomo estaba bien pagado. Un buen mayordomo estaba muy bien pagado. Un mayordomo guardaespaldas ganaba más de cien mil dólares al año. Su propio sueldo llegaba ya a los ciento treinta mil. Sus gastos eran mínimos. Se compró la furgoneta y ropa, pero eso era todo. Todos los años invertía la mayor parte del sueldo en bonos y en acciones, y, a pesar de que en ese momento el mercado bursátil estaba a la baja, Sarah no se desprendía de sus inversiones. Cuando estuviera lista para poner en práctica su Plan, el mercado habría vuelto a subir.

Aunque jamás dejaría al juez, era realista y sabía que él no viviría muchos años más. Ahí estaban todas las señales: Sarah podía conseguir que le bajara el colesterol, pero el juez ya había sufrido un grave ataque al corazón y su cardiólogo, un viejo amigo, se mostraba preocupado. Estaba visiblemente más frágil que hacía sólo seis meses. Aunque seguía totalmente lúcido, el invierno había sido testigo de una enfermedad tras otra, y cada una de ellas habían pasado factura a su cuerpo. Quizá le quedaran dos años buenos, pensó Sarah mientras se le llenaban los ojos de lágrimas, eso siempre y cuando no sufriera otro ataque al corazón.

Pero, después de que el juez muriera, Sarah quería tomarse un año sabático y viajar por el mundo. Por ser hija de militar, y acostumbrada a mudarse cada uno o dos años, había desarrollado una auténtica ansia por ver mundo. Como no tenía nada de masoquista, quería viajar cómodamente. Deseaba viajar en primera clase y alojarse en buenos hoteles. Con una cuenta corriente saludable y sus inversiones como apoyo, podía ir donde el ánimo y las ganas la llevaran. Si quería pasar un mes entero en Tahití, podría hacerlo.

Era una sencilla ambición: un año de descanso en mitad de una vida dedicada al trabajo. Le gustaba su trabajo y algún día quería casarse y tener un hijo, quizá dos, pero antes deseaba poder dedicarse un año solamente a ella. Desde que había entrado en la universidad se había negado a involucrarse en cualquier relación sentimental profunda, porque en el fondo nunca dejó de ser consciente de que a ningún hombre le gustaría que su novia, prometida o esposa, se fuera por ahí a dar vueltas por el mundo durante un año... sin él.

Su padre no lo entendía. Sus hermanos menos aún, puesto que constantemente eran enviados en misiones temporales a todos los rincones del mundo. Su hermana opinaba que estaba loca por no casarse cuando todavía era joven y guapa. Sólo su madre, o eso creía Sarah, comprendía las ganas de mundo de su hija pequeña.

Pero el plazo de su Plan dependía del juez Roberts, ya que, mientras él siguiera vivo, Sarah tenían la intención de cuidarle.

4

En cuanto sus quince minutos de fama hubieron quedado atrás y se hicieron todas las declaraciones y se firmó todo el papeleo, Sarah regresó encantada a su rutina. Disfrutaba de los retos diarios que suponía llevar una casa grande. No tenía que supervisar a mucho personal, pero la casa en sí era una entidad que requería constantemente pequeñas reparaciones y reposiciones, y tenía que estar siempre atenta para detectar problemillas antes de que estos se convirtieran en algo más serio.

A media semana, las llamadas de todos los vecinos, amigos y familia del juez habían menguado, lo cual resultó ser una buena noticia, dada cuenta de que el miércoles era el día libre de Sarah. Normalmente era el día más flojo de la semana, el día en que poca cosa pasaba. Los lunes y martes Sarah se ocupaba de las cosas que habían surgido durante el fin de semana, y los jueves y los viernes organizaba y disponía todo lo necesario para cumplir con los planes que el juez tuviera para el fin de semana. Además del miércoles, Sarah disponía de medio día libre el sábado o el domingo, dependiendo de la agenda del juez. Se mostraba muy flexible a fin de adaptarse a sus necesidades, pero a cambio él era muy respetuoso con su tiempo libre.

En sus horas libres, y muy de vez en cuando, Sarah tenía alguna cita, pero siempre muy ocasionalmente, ya que no tenía la menor intención de que ninguna relación fuera más allá de algo meramente casual. También iba de compras y hacía «cosas de chicas», como se referían a ellas sus hermanos, y también entrenaba.

Había instalado una serie de mancuernas en el sótano y había colgado un saco de boxeo. Se las ingeniaba para entrenar al menos media hora diaria, además de correr durante otra media hora. Algunos días estaba demasiado ocupada para poder con tanto, pero si tenía que levantarse más temprano de lo habitual para cumplir con su rutina, lo hacía. Consideraba que estar en buena forma era parte de su trabajo, aunque también le encantaba sentirse así: ligera, fuerte y llena de energía.

Además del karate y del kick-boxing, iba a clases de judo y de tiro al arco y pasaba una hora a la semana practicando tiro en el campo de prácticas local. Era buena, pero quería ser aún mejor, incluso si se tenía a sí misma como única competidora. Cierto, también quería ser mejor que sus hermanos. Daniel y Noel habían sido considerados expertos en puntería, como también lo había sido su padre antes que ellos, de manera que si Sarah tenía intenciones de manejar un arma, para ella era una cuestión de honor mantener el nivel de la familia. Siempre que la familia se reunía, lo cual ocurría normalmente una vez al año, en Navidad, para ser más exactos, Sarah, sus hermanos y su padre terminaban en un campo de tiro practicando contra alguna diana. El que ganaba tomaba posesión de la moneda de dólar con el rostro de Susan B. Anthony con el agujero perfectamente dibujado en el centro. Noel había pasado una cadena de oro por el agujero y, si él o Daniel ganaban el premio a la mejor puntería del año, eran lo bastante obtusos para llevar la moneda colgando del cuello cuando no estaban de servicio, y hacer alarde de ella siempre que podían. Como Sarah ya les había informado con cierta altanería, tanto ella como su padre tenían demasiada clase para caer en eso.

Ella no llevaba la moneda, aunque sí la conservaba. La guardaba, junto con la cadena, en su joyero. Para consternación de sus hermanos, había ganado la moneda en los dos últimos años consecutivos. Como Daniel era un Army Ranger y Noel estaba en la Marine Force Recon, ninguno de los dos se tomaba la competición a la ligera. Pensándolo mejor, quizá sus hermanos no la llamaran para hablarle de algún amigo que quería conocerla después de haber visto la cinta; no les iba a gustar que sus amigos se enteraran de que su hermana pequeña era mejor tiradora que ellos.

Sarah estaba segura de que de algún modo se le iba a escapar alguna información al hablar, y de que ninguno de sus hermanos creería jamás que había sido un accidente. Maldición.

Así que el miércoles, después de hacerse la pedicura por la mañana y de pintarse las uñas de un rosa oscuro y brillante, se fue a su hora habitual de entreno en un gimnasio privado. A los chicos puede que no les hiciera demasiada gracia recibir patadas de un pie desnudo con las uñas pintadas de un rosa irisado, pero la visión le alegró la mañana. Se podía simplemente dar patadas o también se podía dar patadas con estilo. Sarah siempre había preferido el estilo.

Después del entrenamiento, tras una ducha fresca y vigorizante, se invitó a sí misma a comer en el Summit, hizo algunas compras y luego se fue a practicar tiro a un campo al aire libre. Sólo los civiles lo utilizaban, ya que los policías tenían sus propias instalaciones. Había un campo cubierto, pero si se practicaba siempre a cubierto, cuando se disparaba fuera —como era su caso en Navidad, durante las competiciones contra los hombres de la familia—, las inclemencias del tiempo y los cambios de luz podían ser perjudiciales.

El día había amanecido cálido y primaveral, a pesar de que estaban sólo a mediados de marzo. Los árboles estaban en flor; la Forsythia y los Junquillos habían florecido desde hacía tiempo; la hierba de los jardines estaba verdeando y creciendo. Allí, en el soleado sur, el invierno era más breve, casi la mitad de largo de lo que supuestamente debía ser según el calendario. Podía hacer frío, podía haber nieve y hielo, pero en general el invierno sólo tocaba el sur ligeramente, lo justo para que los árboles de hoja caduca perdieran las hojas y la hierba se volviera marrón. Unas seis semanas después de ese sinsentido, normalmente a mediados de enero, los Junquillos empezaban a asomar sus verdes antenas y los árboles se llenaban ya de carnosos capullos. Los perales Bardford de pera blanca estaban en plena floración, rociando la hierba y algunos retazos de bosques con explosiones de color. En términos generales, aquél no era un mal lugar para vivir. Sarah todavía recordaba algunos de los destinos a los que había sido enviado su padre y donde ella había tenido la sensación de no haberse quitado el abrigo en seis meses seguidos. Exageraba, naturalmente, pero habían tenido que soportar algunos inviernos largos y fríos.

Cuando llegó al campo de tiro soplaba una suave brisa, pero la temperatura sobrepasaba los veinte grados y la brisa, aunque llevara sandalias y una camiseta de punto de manga corta, resultaba agradable. Supuestamente, un frente frío iba a provocar un descenso en las temperaturas al día siguiente y a desencadenar una ronda de tormentas durante la noche anterior, aunque hasta el momento el tiempo era perfecto.

Pagó la entrada y seleccionó la diana. Luego se puso las protecciones para los oídos y se dirigió a su banco. El campo de tiro había sido construido en una pendiente. Las balas que no daban en su marca quedaban enterradas en un banco de arcilla de siete metros de altura. Había balas de heno repartidas por los alrededores como medida de precaución contra los disparos perdidos, aunque desde que Sarah había empezado a ir allí, nunca había visto ningún accidente. Los que iban hasta allí a practicar su puntería solían ser muy serios sobre cuestiones de seguridad y sabían muy bien lo que hacían.

Iba por su cuarta diana cuando alguien se le acercó por la espalda y se quedó justo detrás de su hombro. Totalmente concentrada en lo que hacía, Sarah terminó de disparar, sacó el cartucho vacío y activó el mecanismo de devolución de diana antes de girarse hacia su visitante.

Sintió un pequeño impacto en el plexo solar en cuanto le reconoció. Se quitó las protecciones de los oídos.

—Detective —dijo, y entonces se dio cuenta de que no había manera de recordar su apellido—. Lo siento, pero no recuerdo su nombre.

—Cahill.

—Eso es. Lo siento —dijo de nuevo, y no ofreció ninguna excusa por haber estado tan confundida la otra noche. Así había sido, sobre todo por él, más que por los acontecimientos de la noche y por las llamadas telefónicas que había estado haciendo, pero desde luego no pensaba decírselo.

Él iba vestido de forma muy parecida a la noche del robo, aunque ya no llevaba la chaqueta y sí unas botas, vaqueros y una camiseta. La de ese día era azul. El tejido ajustado de la camiseta se adaptaba a sus hombros anchos, sus gruesos bíceps y la firmeza de sus voluminosos pectorales. No se había equivocado al evaluarlo: era un hombre fibroso sin llegar a ser musculoso.

Sarah iba a tenerlo difícil para mirarle a los ojos, ya que su mirada no deseaba subir tan arriba. De cuello para abajo, ese hombre era la definición de bombón.

La diana llegó hasta ellos por el cable automático. Cahill tendió la mano y la arrancó de la pinza, estudiando el dibujo.

—Llevo observándola desde que llegó. Es muy buena.

—Gracias —dijo Sarah mientras empezaba a recargar—. ¿Qué hace aquí? Los policías normalmente usan su propio campo.

—He venido con un amigo. Hoy es mi día libre, así que estoy sólo holgazaneando un poco.

Oh, vaya. Sarah no deseaba saber que el día libre de Cahill coincidía con el suyo. Él parecía bastante más amistoso, aunque todavía no había conseguido verle lo suficientemente relajado como para que en su cara se dibujara una sonrisa. Sarah le miró, estudiándolo rápidamente. A la luz del día, el rostro de Cahill todavía parecía rudo, como si hubiera sido modelado con una sierra mecánica en vez de con el cincel preciso de un escultor. Al menos se acababa de afeitar, aunque ello no hacía más que revelar aún con mayor claridad las líneas graníticas de la mandíbula y barbilla. Definitivamente no era un chico guapo. De hecho, no tenía nada de niño, ni guapo ni lo contrario.

—¿Tiene usted libres todos los miércoles?

¡Maldición! Se arrepintió de haberlo preguntado. No quería saberlo.

—No, he cambiado mi día libre con otro investigador. Tenía una misión especial que atender.

Gracias, Dios mío, pensó Sarah. Jamás había pedido una cita a ningún hombre, pero en el caso de Cahill podía caer en la tentación y hacerlo, a pesar de que él parecía tener la personalidad de una roca. Sarah era consciente de que no le haría ninguna gracia que un hombre saliera con ella sólo por su cuerpo, de manera que no pretendía caer en la misma ofensa.

—Podría haberles disparado.

Aquella declaración gruñida llegó acompañada de una repentina mirada directa que pilló a Sarah por sorpresa y a la que respondió con un leve parpadeo. Cahill tenía los ojos azules, y una expresión dura y afilada. Ojos de policía, unos ojos que no pasaban nada por alto. Él la estaba vigilando, estudiando su reacción. Sarah estaba tan perpleja que tardó un minuto en darse cuenta de que Cahill se refería a los ladrones.

—Sí, podría haberlo hecho —reconoció Sarah.

—¿Por qué no lo hizo?

—No me pareció que la situación requiriese el uso de la fuerza letal.

—Ambos iban armados con cuchillos.

—No lo sabía, y aunque lo hubiera sabido, no nos amenazaron, ni al juez ni a mí; ni siquiera subieron al piso de arriba. Si se hubiera dado una situación en la que hubiera creído que nuestras vidas corrían peligro, habría disparado —concluyó, haciendo una breve pausa—. Por cierto, gracias por no incluir nada referente a mi preparación en el informe.

—No era importante. Y no fui yo quien hizo el informe. El caso no era mío.

—Gracias de todos modos.

Los informes eran material de dominio público. El reportero de televisión habría pillado en menos de lo que canta un gallo su faceta de guardaespaldas profesional. Pero durante la entrevista no se habían hecho preguntas de ese tipo, y, desde luego, ni ella ni el juez Roberts habían sacado a relucir el tema. Ser la mayordomo del juez ya era bastante notable; no había necesidad de que el público supiera que además era su guardaespaldas. Si se llegaba a saber, Sarah no sólo quedaría en desventaja, sino que además atraería la atención de aquellos a los que intentaban evitar.

—Su forma de hablar —dijo Cahill sin apartar su dura mirada del rostro de Sarah —. ¿Antecedentes policiales?

¿Por qué tenía la impresión de que seguir la conversación de Cahill era siempre como perseguir a una liebre? Sin embargo, Sarah sabía perfectamente a lo que él se refería. La policía empleaba un lenguaje particular, con ciertos términos y frases, muy similar al de los militares. Al haber sido criada entre militares, todavía consideraba civiles al resto del mundo, y cuando estaba con ellos, automáticamente ajustaba su forma de hablar a un nivel más informal. Sin embargo, con el detective Cahill había caído automáticamente en las viejas formas.

Sarah sacudió la cabeza.

—Militares.

—¿Era usted militar?

—No, mi padre. Y mis dos hermanos están en servicio activo. De modo que si digo algo como «diana adquirida», lo he sacado de ellos.

—¿Qué cuerpo del ejército?

—Papá era estaba en la Marina. Noel está también en la Marina y Daniel en la Armada.

Cahill respondió con una breve inclinación.

—Yo fui Armada.

No dijo «estuve en la Armada», sino «fui Armada». Esa imperceptible diferencia en cuanto a la expresión parecía cubrir un gran abismo en términos de actitud. Algunos tipos se alistaban para poder estudiar; cumplían y luego lo dejaban. Los que se limitaban a decir que eran Armada eran los que estaban allí por vocación, los de carrera. Sin embargo, el detective Cahill era demasiado joven para haber pasado de los veinte a los treinta en el ejército, haber estudiado después en una academia de policía y haber escalado hasta la categoría de detective.

—¿Cuánto tiempo estuvo en el ejército?

—Ocho años.

Sarah digirió la noticia mientras colocaba otra diana en el clip y la enviaba a su puesto. Ocho años. ¿Por qué había dejado el servicio? Sabía que no le habían echado, porque de haber sufrido una expulsión deshonrosa no estaría en aquel momento en la policía de Mountain Brook. ¿Quizá hubiera resultado herido como su padre, y eso le había impedido continuar en activo? Sarah miró a Cahill y dio un repaso a aquel cuerpo fibroso y en forma. No, dudaba de que ésa fuera la respuesta.

No le conocía lo suficiente para preguntárselo, ni tampoco estaba segura de querer conocerle tan bien. No, se estaba mintiendo; definitivamente quería conocerle mejor, descubrir si bajo aquel rostro agrio y esos ojos de policía había algún resquicio de humor; aunque en este caso le convenía más no saberlo. Había algo en él —y no era sólo su cuerpo, aunque al verlo se le hacía la boca agua— que provocaba en ella una respuesta demasiado intensa. Era culpa de la maldita química, o de las hormonas, o de lo que fuera, pero Sarah sabía que aquel hombre podía conseguirla. A pesar de lo que su buen juicio le aconsejaba, Sarah intuía que Cahill podía atraerla y atraparla en una relación que interferiría a la vez en sus planes y en su trabajo.

Dicho esto, quizá fuera una idiota por no ir tras él. Quizá, a pesar de su amarga disposición, Cahill fuera un hombre al que ella pudiera amar. ¿Debía ceñirse a su Plan, o ir a por el pedazo de hombre que tenía al lado?

Decisiones, decisiones.

Reprimió una risa íntima. Ahí estaba ella, concentrada en toda aquella gimnasia mental, mientras que, por lo que sabía, él no sentía por ella la menor atracción. Podía estar casado y tener cinco hijos.

Olvídalo, se aconsejó. En caso de que fuera soltero, y estuviera lo suficiente interesado por ella para dar un primer paso, entonces ella decidiría qué hacer.

Ya más tranquila, volvió a ponerse los protectores en las orejas y él hizo lo mismo. Cogió la pistola con la mano izquierda, cerró la derecha sobre la muñeca para asegurarla y, con calma, metódicamente, vació el cargador en la diana. Estaba acostumbrada a tener un público exigente —sus hermanos y su padre—, de manera que la presencia de Cahill no la molestaba.

Él volvió a quitarse los protectores mientras el cable de devolución automática enviaba la diana hacia ellos.

—Esta vez ha disparado con la izquierda.

Dios, no se le escapaba nada.

—Practico con la izquierda casi la mitad del tiempo.

—¿Por qué?

—Porque me tomo mi trabajo en serio. En una situación crítica, si tengo la derecha herida, todavía podría seguir protegiendo a la persona a mi cargo.

Cahill esperó hasta que la diana llegó hasta ellos y estudió atentamente el dibujo. Era casi tan buena con la izquierda como con la derecha.

—Entrena usted duro para enfrentarse a una amenaza que no cree que vaya a materializarse.

Sarah se encogió de hombros.

—No me pagan para que calcule los porcentajes. Me pagan para que esté preparada. Punto.

—¡Oye, Doc!

Cahill recorrió con la mirada la fila de tiradores y levantó una mano en señal de reconocimiento.

—Creo que mi amigo está listo para marcharse.

—¿Doc? —preguntó Sarah, sorprendida al oír aquel apodo.

—Es una larga historia —que desde luego no parecía tener demasiadas ganas de relatar—. Señorita Stevens —se despidió con una breve inclinación de cabeza y se alejó antes de que ella pudiera decir nada. Se reunió con un tipo fuerte que llevaba vaqueros, camiseta y una gorra de béisbol y que le mostró un montón de dianas de papel, a la vez que sacudía la cabeza con evidente enfado. El detective Cahill examinó la pistola, la volvió a cargar con destreza y a continuación fue hasta el cable y colocó una nueva diana.

Sarah no quiso mirar. Tenía que ocuparse de sus propias prácticas, de modo que disparó a tres dianas más con la izquierda, a distintas distancias, antes de dar por finalizada la sesión. Cuando miró a su alrededor, el detective Cahill y su amigo ya no estaban.

5

Después de haber dejado claro que la pistola nueva de Rick era una basura, Cahill y su amigo fueron a la armería donde Rick había comprado la pistola. Rick le dio la paliza al dueño durante casi una hora sin el menor resultado: había comprado la pistola, estaba registrada a su nombre, el papeleo ya se había enviado el día en que la compró, de modo que su único recurso era recurrir al fabricante, a menos que quisiera revender la pistola a algún otro idiota inocente.

Entraron en un asador a tomar una cena temprana y algo de consuelo líquido.

—Pídeme una cerveza, ¿vale? —dijo Rick, y salió hacia el baño. Cahill se sentó en un taburete frente a la barra e hizo los pedidos. Ya estaba tomando el café cuando Rick regresó.

—Esa mujer con la que estabas hablando en el campo de tiro estaba muy buena —soltó Rick dejándose caer en el taburete junto al suyo—. ¿Te la estás tirando?

Cahill giró despacio la cabeza y miró a su amigo con absoluta frialdad, como si no le hubiera visto en la vida.

—¿Quién diablos eres, y por qué coño me iba a tener que importar?

Rick sonrió mostrando su apreciación.

—Esa ha sido buena. Muy buena. Casi me has asustado. ¿Te importa si la uso alguna vez?

—Haz lo que quieras.

—Entonces, ¿te la estás tirando o no?

—No.

—¿Por qué no? ¿Está casada o algo así?

—No, que yo sepa.

—Entonces, repito: ¿por qué no?

—No lo he intentado.

Rick sacudió la cabeza y fue a coger su cerveza.

—Tienes que superarlo, tío. Has pasado por un divorcio duro, pero eso ya es historia. Ahora eres libre y tienes que pasar a la siguiente flor.

Rick era ya todo un veterano. Tenía dos divorcios a la espalda y estaba a la búsqueda de la esposa número tres, de modo que Cahill ponía en duda cualquiera de los consejos que le daba sobre mujeres. A Rick se le daba bien atraerlas, pero no conservarlas. Aunque, como además era un buen amigo, Cahill no dijo nada de todo eso.

—Dame tiempo —dijo con suavidad.

—Tío, ¡ya ha pasado un año!

—Entonces quizá necesite un año y medio. Además, ya salgo con mujeres.

Rick soltó un bufido.

—Sí, citas que no llevan a nada.

—No quiero que lleven a nada. Sólo quiero sexo.

Cahill se quedó mirando su café malhumorado. Obviamente quería sexo, pero le resultaba un problema conseguirlo. Las mujeres que le ofrecían sexo de una noche sin ningún tipo de compromiso no eran el tipo de mujeres que le gustaban. Las mujeres que de verdad le atraían era el tipo de mujeres que iban en busca de una relación seria, y una relación era precisamente lo que no necesitaba en ese momento.

No es que no hubiera superado lo de Shannon. Se había olvidado de ella en cuanto descubrió que se estaba tirando a un médico del hospital donde trabajaba. Pero el divorcio había sido una pesadilla. Shannon había luchado por todo lo que podía conseguir, como si quisiera castigarle por atreverse a no desearla más. Cahill no entendía a las mujeres, o al menos no entendía a las mujeres como Shannon; si no quería que terminara con ella, ¿por qué follaba por ahí? ¿De verdad había creído que no iba a darle la patada si lo descubría? Pues sí, se la había dado, y ella había reaccionado con un sentido de la venganza rayano en la locura.

Cahill había intentado ser justo. Pero no tenía ni un solo pelo de tonto. Lo primero que había hecho después de enterarse del lío de su mujer había sido sacar la mitad del dinero de su cuenta conjunta y abrir una cuenta en otro banco sólo a su nombre. También había retirado su nombre de todas las cuentas de sus tarjetas de crédito, lo cual no afectó demasiado a Shannon, ya que ella tenía sus propias tarjetas de crédito. Pero en cuanto se enteró, Shannon se había vuelto loca de rabia. Cahill suponía que se había enterado al intentar comprar algo con una de sus tarjetas después de que él la hubiera echado de casa, de manera que en eso había tomado la decisión acertada.

Cahill le dio de pleno cuando presentó la demanda de divorcio, pero ella, a su vez, presentó una contra demanda y lo pidió todo: la casa, el coche, los muebles, además de exigirle que pagara las facturas de la casa, del coche y de los muebles, a pesar de que ganaba más trabajando en la administración del hospital que él como policía, y encima quería una pensión.

El abogado que Shannon contrató era un tiburón experto en divorcios famoso por sus tácticas de tierra quemada. Lo único que le había salvado el cuello a Cahill era un abogado perspicaz y una juez aún más perspicaz que había leído a Shannon como un libro abierto. Cahill había creído que estaba perdido cuando oyó que el juez era una mujer, pero su abogado sonrió y dijo:

—Esto va a ser divertido.

Cahill no calificaría de «divertidos» los procedimientos propios de un divorcio, pero en su caso los resultados habían sido un alivio. Debido a que no había niños de por medio, la juez lo había dividido todo en proporción directa a sus ingresos. Ninguno de los dos quería la casa, así que decidió que se vendiera, que se pagara la hipoteca y que los beneficios, si los había, fueran divididos entre ambos. Como Shannon ganaba el doble que él, Cahill obtendría el doble de los beneficios que ella, puesto que Shannon estaba en mejores condiciones para poder comprar otra casa. Cahill miró a Shannon cuando se dio a conocer la sentencia, y la vio enrojecer de rabia y de incredulidad. Desde luego aquello no era lo que ella había esperado, fuera lo que fuese. Shannon había empezado a susurrar enfurecida a su abogado, obligando a la juez a golpear con su martillo y a ordenarle que se callara.

Shannon se quedó con su coche, Cahill con su camioneta, y se repartieron los muebles de la casa. Él no quería la cama porque sospechaba que el médico de Shannon había estado allí con ella. Pero cuando compró otra casa y se instaló en ella, al menos tenía sillas en las que sentarse, una mesa y platos en los que comer, una televisión y una cama nueva en la que dormir. Cuando llegó el dinero de la venta de la casa, Cahill se había deshecho sistemáticamente de todo lo que había pertenecido a ambos. De su matrimonio no quedó ni una copa, ni una toalla, ni un solo tenedor.

Lo único que deseaba era quitarse el mal sabor de boca con la misma facilidad con la que se había deshecho de sus pertenencias.

Lo peor era que Shannon había llegado a hacerle dudar de su propio juicio. La había amado y esperaba pasar el resto de su vida con ella. Lo tenían todo calculado: aunque él tenía un buen puesto en el departamento de policía de Mountain Brook, y los oficiales de Mountain Brook eran los mejor pagados del estado, en cuanto ella consiguiera el título en administración de hospitales y lograra un puesto con un buen sueldo, cosa que había conseguido con asombrosa rapidez, el plan era que él dejara el cuerpo de policía y empezara la carrera de medicina. Viéndolo desde la distancia, Cahill se preguntaba si Shannon sentía alguna especie de atracción especial por los médicos. Él había recibido educación médica en la Armada y le encantaba el reto que suponía la práctica de la medicina, pero tras dos años trabajando en Mountain Brook se había dado cuenta de que le encantaba ser policía, mucho más de lo que jamás disfrutaría trabajando como médico.

Quizá fue entonces cuando Shannon había empezado a alejarse, justo en el momento en que él había cambiado de ambición. Quizá lo que deseaba eran montones de dólares y una brillante vida social, y cuando él no le suministró ninguna de las dos cosas, ella se sintió libre para buscarlas en otro sitio. Pero Cahill había creído que ella le amaba, independientemente de que en la mano tuviera un bisturí o una pistola. ¿Cómo no había visto que algo no iba bien? ¿Y si volvía a cometer el mismo error? Tenía un don para tomarle la medida a cualquier sospechoso inmediatamente, pero cuando se trataba de su propia esposa, menudo inútil. Ahora ya no podía fiarse de sí mismo: podía volver a escoger a alguien como

Shannon y estar igual de ciego hasta que le abofeteara en plena cara con sus infidelidades.

—Vuelves a darle vueltas —dijo Rick.

—Se me da bien —murmuró Cahill.

—Bueno, la práctica hace la perfección. Oye, no me extraña. Ni siquiera te has pedido una cerveza. Yo también estaría dándole vueltas si tuviera que conformarme con café.

—Tomaré una cerveza cuando comamos. Tengo que conducir, ¿recuerdas?

—Hablando de comer, tengo hambre —dijo Rick, mirando a su alrededor y viendo una mesa vacía—. Venga, sentémonos allí y comamos algo—. Cogió su cerveza y bajó del taburete. Cahill cogió su café, señaló al camarero la mesa en la que iban a instalarse y se reunió allí con Rick.

—¿Dónde la conociste? —preguntó Rick.

—¿A quién?

—¿A quién? —le imitó Rick—. ¿A quién va a ser? A la mujer del campo de tiro. A la que llevaba la pistola y tenía un culo fantástico. Por cierto, casi me da un infarto cuando he visto como lo llevaba embutido en esos vaqueros.

—La semana pasada hubo un robo en la casa donde trabaja. Le tomé declaración.

—¿La conociste la semana pasada? Entonces todavía hay esperanza. ¿Vas a invitarla a salir?

—No.

—¿Por qué no, demonios? —quiso saber Rick, levantando la voz. La camarera se acercó y Rick se interrumpió para coger la carta y abrirla. Cahill pidió una hamburguesa, patatas fritas y una cerveza. Después de pensarlo cuidadosamente, Rick pidió lo mismo. En cuanto la camarera se fue, Rick se inclinó sobre la mesa y repitió:

—¿Por qué no?

—Dios, eres como un disco rayado —dijo Cahill irritado.

—¿No la encuentras sexy?

Cahill suspiró.

—Sí, la encuentro sexy.

De hecho, la encontraba más que sexy; la palabra era «abrasadora». El problema era que ya había sufrido quemaduras de tercer grado en las guerras de las relaciones, y no le quedaba piel para poder dejársela en otro fracaso. Al menos, por el momento. Sabía que, siendo humano, llegaría la hora en que tendría bastante piel nueva para arriesgarse a acercarla a una nueva llama, pero ese instante todavía no había llegado.

—¡Entonces invítala a salir! Lo peor que puede pasar es que te diga que no.

—No es de las de una noche.

—Entonces ve a por dos.

—Una noche significa que no hay ningún tipo de compromiso. Dos es ya una relación, y eso es precisamente lo que no quiero.

—Puede que no, pero es exactamente lo que necesitas. Cuando uno se cae de un caballo, vuelve a montar enseguida, sin pensarlo dos veces. Móntate en este caballo, amigo, y cabalga.

Cahill soltó un gruñido.

—Déjalo ya, ¿vale?

—Vale, vale —dijo Rick, dibujando algunas líneas en el vaho de su jarra y volviendo a mirar a Cahill—. ¿Te importa si la invito a salir?

Cahill estuvo tentado de estamparle la cabeza contra la mesa.

—No, joder, no me importa.

Sospechaba que era ahí donde Rick había querido llegar desde el principio, asegurándose de que tenía el campo libre.

—Vale, sólo quería estar seguro. ¿Cómo se llama?

—Sarah Stevens.

—¿Aparece en el listín? ¿Tienes su número?

—No lo sé, y no.

—¿No le pediste su teléfono? Creía que tenías que tenerlo para tus archivos, o para lo que sea.

—Tiene dependencias privadas en la casa donde trabaja. No sé si también tiene algún número privado, aunque probablemente lo tenga.

—¿Trabaja en la casa? ¿La casa de quién? ¿Dónde? ¿A qué se dedica?

A veces, por su forma de acribillar a preguntas a quien tenía delante, hablar con Rick era como conversar con una ametralladora.

—Es mayordomo, y trabaja para un juez federal retirado.

—Creía que habías dicho que su apellido era Stevens y no Mayordomo.

—Rick. A ver si prestas atención. Es mayordomo, como en una mansión inglesa. Con una servilleta en el brazo, y esas cosas.

—No jodas —soltó Rick, echándose hacia atrás, perplejo—. No sabía que hubiera mayordomos en Alabama. Ah, vale, estamos hablando de Mountain Brook.

—Exacto.

—Una mayordomo. Qué pasada, ¿no? No sabía que las mujeres pudieran ser mayordomos. ¿No tendría que ser una mayordoma?

A pesar de sí mismo, Cahill sonrió.

—No. No creo que exista el femenino de «mayordomo». Ocurre como con «piloto».

El cerebro de liebre de Rick ya estaba en otra cosa.

—Entonces, ¿puedo llamarla al teléfono del viejo juez? ¿Cómo se llama?

—Lowell Roberts.

—¿Sale su número en el listín?

—No lo sé, y si no está, no, no pienso sacarlo de los archivos para dártelo.

—Menudo amigo estás hecho. ¿Por qué no?

—Porque si no aparece en el listín, es porque quiere mantenerlo en privado y no pienso causarle problemas dándoselo a tipos que van a llamarla para invitarla a salir.

—¡Ajá!

—¿Ajá qué?

—¡Que ella te interesa!

Cahill le miró fijamente.

—Tu cerebro es como un escáner —dijo irónico. La camarera dejó las cervezas delante de ellos y Cahill dio un trago energetizante.

—Por eso soy tan bueno con los ordenadores. Siempre voy un paso por delante.

—En este caso no hay ningún «por delante».

—Y una mierda. La encuentras atractiva y no piensas darme su teléfono. La prueba acaba de ser entregada y el fiscal no tiene más preguntas.

—Por mucho que me agobies no vas a conseguir que te dé su teléfono. Joder, por lo que sé, está en el listín. Ni siquiera lo has mirado.

—¿De qué me sirve tener un amigo policía si no me facilita información interna?

—Para pedirle que le eche un vistazo a una mierda de pistola cuando ya la has comprado y para que te confirme que es una mierda.

La rápida sonrisa de Rick se dejó ver de pronto.

—Bueno, también para eso, pero no cambies de tema. Estoy en plena misión contigo. Esa mujer te atrae. Fuiste a hablar con ella a pesar de que, según tus propias palabras, sabes que no es la típica que busca rollo de una noche. Amigo mío, puede que todavía no te hayas enterado, pero estás en vías de recuperación. Antes de que te des cuenta, le estarás sonriendo desde la otra punta de la mesa del desayuno.

—No sonrío —dijo Cahill, aunque tenía que hacer esfuerzos por no hacerlo.

—Bueno, entonces la estarás mirando amenazadoramente desde la otra punta de la mesa del desayuno. No me refiero a eso.

Cahill cejó en su empeño de convencer a Rick de nada.

—Vale, tienes razón. Me pone tan caliente que cada vez que la veo podría caminar sobre tres piernas.

—Ahora estás hablando.

—Te partiré la espalda y te cortaré las piernas si la llamas.

—¡Ese es mi chico!

—¿Por qué tardan tanto esas hamburguesas?

Cahill miró a su alrededor y, justo en ese momento, la camarera llegó con dos bandejas casi llenas de picantes patatas fritas.

Rick miró fijamente a Cahill y sacudió la cabeza con aire compungido.

—No tienes remedio, Doc. No, no lo tienes.

—Eso he oído.

Sarah volvió a casa cansada y animada después de una dura sesión con su instructor de karate. El juez Roberts había salido a cenar, como solía hacer todos los miércoles para que Sarah no tuviera que atenderle, a sabiendas de que eso sería precisamente lo que ella haría en caso de que él decidiera no salir. Sarah recorrió rápidamente la casa para asegurarse de que todas las ventanas estaban bien cerradas y luego subió a sus dependencias.

El juez le había dejado el correo en la mesita que estaba junto a la puerta que daba a las escaleras. Sarah lo hojeó mientras subía las escaleras: un ejemplar del «Consumer Reports», un par de catálogos y una carta.

Dejó el correo encima de su pequeña mesa de cocina de dos plazas, metió un tazón de agua en el microondas y a continuación se fue al dormitorio y se desnudó. Se había duchado después del entreno, pero todavía sentía la ropa pegajosa. Suspiró de alivio cuando el ventilador del techo le envió una oleada de aire frío que le refrescó la piel desnuda. Había entrenado dos veces durante el día y esa noche iba a tener que mimarse. Tenía planeado hacerse una limpieza de cutis, además de darse un largo y relajante baño de espuma con esencia de lavanda.

Empezó a llenar la bañera, echó en el agua un sobre de sales de baño y luego se puso un albornoz y volvió a la cocina, donde metió una bolsita de té verde Salada en el tazón de agua caliente. Mientras el té iba tiñendo el agua, hojeó los catálogos de venta por correo y luego los tiró a la basura. El primer sorbo de té fue delicioso. Dio un suspiro, se sentó y abrió la carta.

Querida Señorita Stevens:

Quisiera ofrecerle empleo en mi casa, desempe-
ñando el mismo puesto que ahora ocupa. Tengo una
gran propiedad que a buen seguro se beneficiaría de
su competente gestión, aunque creo que el beneficio
sería mutuo. Sea cual sea su salario en este momen-
to, lo aumentaré en diez mil dólares. Por favor, llá-
meme para comunicarme su decisión.

Vaya, qué interesante. No se sintió tentada, pero de todos modos le resultaba interesante. Miró el remite. Procedía
de una calle de Mountain Brook. A juzgar por la fecha, colocada en la esquina superior de la carta, debía de haber sido en-
viada justo después de que el remitente hubiera visto el reportaje en televisión.

En realidad no había esperado recibir otras ofertas de
empleo. Se sentía halagada, pero no tenía la menor intención de abandonar al juez, por mucho dinero que le ofrecie-
ran.

La oferta merecía atención inmediata, así que Sarah descolgó el teléfono y marco el número que aparecía en la carta.
Después de dos tonos saltó un contestador y una suave voz
masculina grabada dijo: «Ha llamado al 6785. Por favor, deje
su mensaje».

Sarah vaciló. No le gustaba dejar mensajes, pero la gente que tenía contestadores automáticos normalmente esperaba que los demás los utilizaran.

—Soy Sarah Stevens. Gracias por su oferta de empleo,
pero estoy muy feliz con mi actual situación y no preveo
abandonarla. Gracias de nuevo.

Colgó y cogió el tazón de té, y en ese momento se acordó del agua de la bañera. Corrió al cuarto de baño, donde encontró el agua a un buen nivel y humeante: perfecto. Después de cerrar los grifos, encendió el CD Bose, dejó el albornoz en el suelo y se metió en el agua, conteniendo el aliento en cuanto se sumergió hasta la barbilla. El agua caliente se puso manos a la obra sobre sus cansados músculos. Casi podía sentir cómo la tensión salía de ellos a borbotones. Los suaves acordes del CD de meditación llenaban el baño con el lento y relajante sonido del piano y de los instrumentos de cuerda. Tras otro sorbo de té, se echó hacia atrás y cerró los ojos, feliz y satisfecha.

«Soy Sarah Stevens». Detuvo la grabación, pulsó replay, y volvió a escuchar.

«Soy Sarah Stevens».

Su voz sonaba como en la televisión, grave y cálida. Había estado escuchando junto al contestador automático mientras ella dejaba el mensaje.

«Soy Sarah Stevens».

No podía creer que hubiera rechazado su oferta. ¡Diez mil dólares! Pero eso era prueba de su lealtad, y la lealtad era una preciosa mercancía. Sería así de leal con él en cuanto la tuviera en casa.

«Soy Sarah Stevens».

Tenía un gran talento para hacer que la gente cambiara de opinión y disponer las cosas para su propia satisfacción. Así que ella no preveía abandonar su puesto actual. Ya se encargaría él de eso.

6

La mañana siguiente, mientras servía el desayuno, Sarah le dijo al juez:

—Ayer recibí una carta con una oferta de empleo. Deben de haber visto el reportaje en la televisión.

Por alguna razón, el juez Roberts estudiaba su tostada francesa con evidente desconfianza. Se había puesto las gafas y se había inclinado sobre el plato para verla mejor.

—¿Qué son estos puntos rojos? —preguntó.

—Canela. Así es como se hacen las tostadas francesas con canela.

—Ya. El médico dice que me ha bajado el colesterol en veinte puntos. El sustituto del beicon no lo habría hecho disminuir tanto, así que sé que le estás haciendo algo a mi comida.

—¿Qué puede hacerse con una tostada francesa? —preguntó Sarah retóricamente.

—Quizá no sea la tostada francesa. Quizá estés manipulando todo lo demás.

Sarah sonrió mientras le ponía delante un cuenco de fresas recién cortadas.

—Lo hago todo como siempre —mintió alegremente.

—Ya —volvió a decir el juez—. ¿Sabe ese maricón soplapollas que está intentando alejarte de mí que si lo lograra estaría metiendo en su casa a una tirana?

Sarah reprimió una carcajada.

—¿Maricón soplapollas?

El juez era un ejemplo tan claro de la vieja escuela que a Sarah no le sorprendería oírle emplear la palabra «vil» para describir a alguien. Oírle utilizar ese tipo de jerga era casi lo mismo que imaginar a los jueces de la Corte Suprema marcándose un rap en las escaleras del Capitolio.

—Mis nietos.

—Ah.

Los dos hijos de Barbara tenían quince y diecinueve años. Eso lo explicaba todo. Durante un instante, Sarah se divirtió intentando imaginar a Blair, el menor, con su piercing en la ceja, enseñando al digno y viejo juez los diez peores insultos del momento.

—Lo siguiente que harás será darme de comer tofu —refunfuñó el juez, volviendo a sus sospechas sobre la comida. Empezó a comerse la tostada Francesa, puntos rojos incluidos.

Sarah tuvo que disimular una sonrisa, ya que la cocinera llevaba varios meses preparando al juez tofu que disfrazaba con gran maña.

—¿Y qué es exactamente el tofu?

—Requesón y suero, menos el suero. Requesón de soja, para ser más exactos.

—Suena asqueroso —dijo el juez estudiando el falso beicon—. Mi beicon no estará hecho de tofu, ¿verdad?

—No creo. Me parece que es simplemente carne falsa.

—Ah, entonces vale.

Sarah le habría dado un beso en su blanca cabeza si eso no hubiera ido contra la normativa de su educación. El juez siguió comiendo su falsa carne mientras seguía atento a no toparse con ninguna porción intrusa de tofu.

—¿Qué le has dicho al soplapollas?

—Le he dado las gracias por su oferta, pero le he dicho que estoy muy feliz con mi actual puesto.

—¿Y dices que te vio en la televisión?

Los brillantes ojos del juez centellearon tras los cristales de sus gafas.

—Seguro, a menos que alguno de sus amigos le haya dado mi nombre.

—No sería uno de ellos, ¿verdad? —preguntó él con desconfianza.

—No, no he reconocido su nombre.

—Quizá se trate de un guapo joven que se enamoró de ti en cuanto te vio.

Sarah a duras penas reprimió un bufido de incredulidad.

—La gente que ofrece un puesto de trabajo a alguien sin conocer sus cualificaciones y sin pedir referencias es idiota.

—No te cortes, Sarah. Cuéntame cómo te sientes de verdad.

Esta vez Sarah se echó a reír, porque esa frase también tenía que ser obra de Blair.

—Al menos deberías dejar que te hiciera una entrevista —le dijo el juez, sorprendiéndola.

Sarah dejó de hacer lo que estaba haciendo y le miró fijamente.

—¿Por qué?

—Porque yo ya estoy viejo y no me quedan muchos años. Puede que ésta sea para ti una buena oportunidad, y quizá hasta te ofrezca un sueldo mejor.

—Ya lo ha hecho, pero da igual. A no ser que usted me eche, tengo intención de quedarme hasta que usted ya no esté.

—Pero más dinero te ayudaría con tu Plan.

Sarah le había hablado de que planeaba tomarse un año sabático y viajar por el mundo, y él se había entusiasmado con la idea y se había puesto a estudiar el atlas mundial, buscando cosas en diferentes países que, según creía, podían ser de interés para ella.

—Mi Plan está en perfecta forma, y de todos modos la gente es más importante que los planes.

—Disculpa a este anciano por meterse en tu vida, pero eres una jovencita adorable. ¿Qué hay del matrimonio? ¿Y de la familia?

—También espero llegar a eso, aunque todavía no. Y si no me caso nunca, la verdad es que disfruto de mi vida y me encanta la profesión que escogido. Estoy feliz conmigo misma, que no es poco.

—No, no lo es. De hecho, es un don muy poco frecuente —concluyó el juez con una amable sonrisa mientras la estudiaba—. Cuando te cases, y date cuenta de que he dicho «cuándo» y no «si», porque algún día encontrarás a un hombre que será lo suficientemente listo como para no dejarte escapar, ese hombre debería arrodillarse todos los días y dar gracias a Dios por su buena suerte.

Sarah estuvo a punto de abrazarle. En vez de eso, sonrió y dijo:

—Eso es un cumplido encantador. Gracias. ¿Cree que seguirá sintiéndose así si le doy de comer tofu?

—Sabrá que lo hace por su bien.

A pesar de su galante respuesta, el juez volvió a mirar su plato vacío.

—Se lo prometo: nada de tofu en su tostada francesa.

El juez suspiró aliviado y empezó a comer su cuenco de fresas, sin intentar obtener una promesa más extensa. Era lo bastante perspicaz para que, con su omisión, ella se diera cuenta de que él sospechaba que ya estaba siendo contaminado con tofu y de que se sometía con gran elegancia siempre y cuando su querida tostada francesa quedara intacta.

Después del almuerzo, Sarah recibió la llamada en parte esperada de uno de sus hermanos. Era Daniel, que llamaba desde Texas.

—Hola, cariño. Me ha encantado la cinta. Se te aprecia mejor. Ninguno de estos tipos puede creer que seas mi hermana, y todos quieren que te los presente.

—Ni soñarlo —dijo Sarah con una sonrisa.

—¿Por qué no? Admito que hay algunos a los que no les presentaría ni a mi peor enemiga, pero hay un par que no están mal.

—¿He mencionado lo orgullosa que estoy de mi medallón Susan B. Anthony? —preguntó Sarah dulcemente.

—Ni se te ocurra.

—Me parece que saco el tema cada vez que tengo una cita.

—No tengo mucho tiempo —dijo él apresuradamente—. En la nota que acompañaba a la cinta, Mamá decía que habías abortado un robo con un buen puñetazo.

—No fue un buen puñetazo. Fue un derechazo a la sien.

—Ay. Buena chica, dando duro.

—Gracias.

Teniendo en cuenta que venía de un Ranger de la Armada, aquello era un gran cumplido—. Esperaba que tú o Noel llamarais, quizá ambos, cuando vierais la cinta.

—Probablemente Noel todavía no la haya visto. No está en el país.

No había más que decir. Sarah había crecido en una familia de militares y sabía lo que eso significaba. Noel era lo que se conocía como un *Force Recon*: había estado en Afganistán, luego de regreso a California, y sólo Dios y el Pentágono sabían dónde estaba en ese momento. Bueno, probablemente Daniel lo supiera. Noel y él tenían sus métodos para comunicarse.

—¿Y qué pasa contigo?

—Sigo en Texas.

—Ya lo sé —dijo Sarah entornando los ojos, exasperada, sabiendo que él la había oído utilizar aquel tono de voz lo suficiente para visualizar sus ojos entornados.

—Seguiré aquí hasta que las vacas vuelvan a casa. Me estoy oxidando por falta de actividad.

«Hasta que las vacas vuelvan a casa» era el código que utilizaban para decir que ese mismo día le enviaban a un nuevo destino, puesto que las vacas volvían a casa todas las tardes. Sarah no se molestó en preguntar dónde le enviaban. Aunque, de todos modos, él tampoco iba a decírselo.

—¿Has hablado con mamá y con papá?

—Anoche. Están bien.

Lo que quería decir que también a ellos les había dicho que le enviaban a un nuevo destino. Sarah suspiró, frotándose la frente. Desde el once de septiembre, la congoja estaba presente en todas las familias de militares, pero Daniel y Noel eran ambos oficiales de carrera, y muy buenos en su trabajo. Luchar contra terroristas no era como luchar en una guerra convencional, en la que la infantería perdía o ganaba territorio. Esta guerra en particular requería la habilidad y la cautela de las fuerzas especiales, que atacaban con gran rapidez y contundencia para desaparecer de inmediato.

—Cuídate, y no te tropieces con tus enormes pies.

Ése era el código que ella utilizaba para decirle «Te quiero, ten cuidado».

—Tú también, Annie.

A pesar de lo preocupada que estaba, cuando colgó Sarah sonrió al oírle referirse a sus habilidades con la pistola. Habían empezado a llamarla despiadadamente Annie Oakley desde la primera vez que ganó la competición. No podía haber tenido dos hermanos mejores, incluso a pesar de que cuando eran niños, ambos la volvían loca. Sarah había sido el chicarrón de la familia, mientras su hermana Jennifer les miraba armar jaleo sin ocultar su desdén, y aunque Sarah era mucho más pequeña, eso no le había impedido integrarse en los partidos de fútbol americano de sus hermanos, colarse en sus excursiones de pesca, o defenderse con sus pequeños puños cuando intentaban hacerla enfadar o cuando se burlaban de ella. En resumen, Sarah había sido la peste, y ellos la querían igualmente.

Oyó el leve repiqueteo que indicaba que se había abierto una puerta, y miró su reloj: las dos en punto. Como marcaba su horario, el juez salía a dar su paseo después de comer. A la vuelta, se detendría en el buzón y cogería el correo; luego querría un café recién hecho mientras se sentaba en la biblioteca y revisaba el botín del día. El juez adoraba el correo, incluso la propaganda, y hojeaba todos los catálogos. Según decía, la jubilación tenía algo bueno: le daba tiempo para leer cosas que no eran importantes.

Sarah conectó la cafetera y preparó la bandeja. Leona Barksdale, la cocinera, levantó la mirada de la gelatina de tomate que estaba preparando.

—¿Ya es la hora?

—Como un reloj—. Sarah hizo una pausa antes de volver a hablar—. Hoy ha preguntado por el tofu.

—Entonces va estar buscándolo en la comida ¿no? Hoy voy a ser creativa y no voy a ponerle tofu. Veamos, para cenar voy a hacerle espárragos a la plancha, patatas y zanahorias enanas asadas y una costilla de cordero. No habrá nada que se parezca al tofu ni de lejos —dijo Leona, echando un vistazo a los panecillos que tenía en el horno—. ¿Cómo tiene el colesterol?

—Le ha bajado veinte puntos.

Se sonrieron con satisfacción. Trabajar conjuntamente para hacer comer platos saludables a alguien que se resistía a la idea era mucho más divertido que dar de comer ese tipo de comida a alguien que de hecho deseaba comer saludablemente.

Cuando Sarah oyó el repiqueteo de la puerta que indicaba el regreso del juez, sirvió el café y llenó un pequeño jarro de cuatro tazas para que pudiera volver a llenar su taza si lo deseaba. En la bandeja también había un plato con finas rodajas de manzanas Granny Smith, un delicioso jarabe de caramelo bajo en grasa y unas cuantas galletas de trigo, por si al juez le entraban ganas de picar. Antes de la llegada de Sarah a la casa, su pequeño tentempié de la tarde solía constar de un pastelito de chocolate o un par de donuts Krispy Kreme. Había sido toda una batalla obligarle a que renunciara a los donuts, una batalla en la que además Sarah estaba de su parte. Renunciar a los Krispy Kreme era una verdadera tortura.

—¿Sarah?

En vez de dirigirse a la biblioteca, el juez iba de camino a la cocina. Leona y ella intercambiaron miradas de confusión. Entonces Sarah dijo:

—Estoy aquí, señor —y fue hacia la puerta.

Además del habitual montón de revistas, catálogos, facturas y cartas, el juez llevaba un pequeño paquete.

—Ha llegado esto para ti.

Normalmente dejaba el correo que llegaba para Sarah en la mesita del vestíbulo.

—Qué raro —dijo ella, cogiendo la bandeja—. No he pedido nada.

—No tiene remite. Esto no me gusta nada. Podría ser un paquete bomba.

Varios años atrás, un juez de la zona de Birmingham había sido asesinado por una carta bomba. Eso provocó que todos los jueces se volvieran muy cautelosos cuando recibían paquetes sospechosos. Las cartas con ántrax recibidas en Florida, y luego en Nueva York y Washington, no habían sido de mucha ayuda.

—¿Por qué iba nadie a enviarme una carta bomba? —preguntó Sarah mientras llevaba la bandeja por el pasillo y el juez le seguía con su correo y el paquete.

Sarah dejó el servicio del café en el escritorio del juez, donde a él gustaba, pero, en vez de sentarse, el juez puso su correo sobre el escritorio y se quedó de pie con el paquete en la mano, mirándolo sin saber qué hacer. Normalmente Sarah nunca abría su correo hasta que llegaba la noche y se encerraba en sus dependencias, pero se dio cuenta de que el juez no se relajaría hasta saber que el paquete no contenía nada letal.

—¿Vemos de qué se trata? —preguntó Sarah, tendiendo la mano para cogerlo.

Cuál fue su sorpresa cuando el juez no le dio el paquete.

—Quizá deberíamos llamar a la brigada de explosivos.

Sarah no se rió. Si el juez estaba tan alarmado, el asunto no tenía nada de gracioso.

—Si hubiera sido una bomba, ¿no habría estallado cuando lo cogió del buzón?

—No, porque si fuera sensible al movimiento jamás habría pasado por el sistema de correos. Las cartas bomba utilizan dispositivos activables por presión o por fricción.

—Entonces tomémoslo con calma. ¿Quién me conoce que pudiera enviarme algo a esta dirección?

—Nunca debimos haber hecho el reportaje en televisión —dijo el juez, sacudiendo la cabeza—. Ha despertado a todos los lunáticos.

—Primero alguien intenta contratarme, y ahora alguien me manda paquetes. ¿Deberíamos meterlo en agua?

Quizá fue esa pregunta, y la visión de ambos sumergiendo el paquete en la bañera y llamando a la brigada de explosivos, pero de pronto el juez se relajó y sonrió un poco.

—Estoy siendo un poco paranoico, ¿verdad? Si alguien recibiera un paquete bomba, sería yo.

—Con los tiempos que corren más vale irse con cuidado.

El juez suspiró.

—¿Me dejas que lo abra por ti?

Sarah se mordió el labio. Era su deber protegerle y no al contrario. Pero él formaba parte de la generación que había aprendido que los hombres protegían a las mujeres, y se daba cuenta que para él aquello era importante.

—Por favor —insistió el juez.

Ella asintió, más conmovida de lo que alcanzaba a expresar.

—Sí, por supuesto.

El juez se alejó de ella, cogió un abridor de cartas y con sumo cuidado cortó la cinta de embalar que sellaba las costuras de la pequeña caja. Sarah se sorprendió a sí misma conteniendo el aliento cuando el juez abrió las solapas, pero no ocurrió nada.

El contenido de la caja estaba envuelto en papel marrón. El juez tiró del papel y miró dentro. Una leve expresión de confusión se le dibujó en el rostro.

—¿Qué es?

—Un pequeño joyero.

Dejó el paquete encima de la mesa y sacó una caja pequeña y plana de unos cuatro centímetros cuadrados. Era blanca y llevaba el nombre de la tienda grabado en oro. El juez la agitó, pero no se oyó nada.

—Creo que podemos decir sin temor a equivocarnos que definitivamente no se trata de ninguna bomba —dijo el juez, entregándole la caja.

Sarah abrió la tapa y levantó una fina capa de algodón. Y allí, sobre una nueva capa de algodón, había un colgante en forma de lágrima, en la que pequeños diamantes rodeaban un rojo rubí. La cadena estaba fijada para que no tintineara al agitarla.

Ambos se quedaron mirando fijamente el colgante. Era precioso, aunque inquietante. ¿Quién podía enviarle una exquisita pieza de joyería como ésa?

—Parece cara.

El juez Roberts se mostró de acuerdo.

—Debe de costar unos dos mil dólares. Naturalmente sólo es una suposición, pero el rubí es bueno.

—¿Quién diantre puede enviarme joyas caras?

Sin salir de su asombro, Sarah cogió la caja marrón y arrancó la capa de papel del fondo. Una pequeña tarjeta blanca cayó al suelo.

—Ajá.

Se agachó y cogió la tarjeta, dándole la vuelta para leer lo que había escrito en una cara. Volvió a darle la vuelta para ver la otra cara, pero estaba en blanco.

—¿Dice quién la envía?

Sarah sacudió la cabeza.

—Me están entrando escalofríos.

El juez vio que había algo escrito en la tarjeta.

—¿Qué dice?

Sarah levantó la mirada, y sus ojos oscuros revelaron claramente la confusión y la inquietud que la embargaban. Entregó la tarjeta al juez.

—Dice: «Una pequeña muestra de mi estima». Pero, ¿quién la envía?

7

En realidad había sido fácil averiguar el horario de Sarah. Podría haber contratado a un detective privado para que vigilara la casa, pero no quería involucrar a un tercero que en algún momento pudiera establecer conexiones inconvenientes. Recorrió la calle en coche varias veces, buscando algún sitio donde poder aparcar a vigilar. El tráfico, aunque no era intenso, sí era lo bastante fluido para asegurarle que nadie iba a reparar en él. El problema era que no había ningún lugar donde aparcar. Se trataba de una calle residencial, con casas a ambos lados, de las que entraba y salía gente durante todo el día.

Sin embargo, lo único que necesitaba era tiempo, y perseverancia. Durante los días siguientes, en el transcurso de sus frecuentes paseos en coche por la calle, advirtió la hora en que llegaban los jardineros y la anotó cuidadosamente en una pequeña libreta que había comprado especialmente para eso. Tenía una suave cubierta de piel, mucho más elegante que esas tapas de cartón de colores brillantes que los escolares parecían preferir. Una mujer mayor, que según supuso era la cocinera, llegaba a la casa todos los días hacia las diez y se iba a las cinco. La llegada y la salida de un servicio de limpieza también fue cuidadosamente anotada.

El miércoles Sarah había salido de la casa por la mañana y no había vuelto hasta primera hora de la noche. Había intentado seguirla, pero ella había tomado la Autopista 31 y la había perdido por culpa del tráfico al tener que detenerse en un semáforo en rojo. En vez de seguir dando vueltas sin ton ni son, se detuvo en una cabina y llamó a la casa del juez Roberts. El número no figuraba en el listín, pero lo había conseguido poco después de la aparición de Sarah en televisión. Conocía a gente que conocía a gente y que siempre estaban dispuestos a hacerle favores. En realidad, lo único que había tenido que hacer era pedirlo, y en cuestión de horas había llegado a sus manos.

Contestó una mujer, y él preguntó por Sarah, pensando que utilizar su nombre de pila implicaría una familiaridad que no existía. O mejor, que todavía no existía. Sentía como si ya la conociera, sabía de su dedicación, su lealtad y de la absoluta perfección de su aspecto, cómo actuaba e incluso cómo sonaba su voz.

—Sarah ha salido hoy —dijo la mujer alegremente.

—Oh, es verdad. Un momento, a ver si me aclaro. ¿Hoy es su día libre? —empleó deliberadamente un tono y un lenguaje más casuales de lo que en él era habitual.

—Sí, así es.

—¿Hoy es miércoles? He perdido la noción del tiempo. Llevo todo el día pensando que era jueves.

La mujer se rió.

—Lo siento, pero es miércoles.

—De acuerdo. Entonces la llamaré esta noche, gracias.

Colgó antes de que la mujer pudiera preguntarle su número y su nombre, y anotó la información con letras diminutas y precisas: «Miércoles—día libre».

Sintió un escalofrío de excitación. Para lo que tenía en mente, ella tenía que estar fuera de la casa. Pensó que había conseguido casi toda la información que necesitaba, pero decidió que seguiría vigilando para asegurarse. Ésa era la clave del éxito: no dejar nada a la suerte.

Le habría gustado seguirla durante todo el día y ver lo que hacía, qué le interesaba o qué aficiones tenía, pero quizá fuera mejor así.

Pensó en el aspecto que tenía cuando había salido por el camino que descendía desde la casa: el pelo oscuro y suelto y gafas de sol clásicas protegiéndole los ojos. Daba la impresión de ser una persona distante, misteriosa, y ligeramente exótica. Conducía su 4x4 con competente velocidad, como había supuesto. Eso era otra muestra de su dedicación: el hecho de que hubiera tomado clases de conducción defensiva. Se había puesto totalmente al servicio de aquel anciano, que nunca había hecho nada para merecer tanta devoción. Ni siquiera había ganado el dinero que tenía, sino que lo había heredado, lo cual distaba mucho de la forma en que él había conseguido su herencia, puesto que la había salvaguardado de las estúpidas decisiones de su padre. El juez Lowell no había hecho nunca nada, excepto sentarse en un sillón y dispensar opiniones como quien reparte el mismísimo maná.

Su Sarah se merecía algo más que el viejo ese.

Se merecía… todo.

Quería hacerle un regalo, algo que la hiciera pensar en él cada vez que lo viera. Y quería que fuera algo que tuviera que ponerse para poder imaginarla llevándolo todos los días, tocándolo, atesorándolo. No podía regalarle ropa; resultaba demasiado burdo. Las flores se marchitaban y morían, por eso quedaban descartadas.

Entonces tenía que ser una joya. ¿Acaso no eran joyas lo que los caballeros habían regalado a sus damas especiales en el curso de la historia? Joyas especiales habían sido imbuidas de misterio, de intriga, incluso de maldiciones, aunque naturalmente su regalo no tendría nada de maldito. No podía convertirlo en algo tan especial como deseaba, ya que no tenía tiempo para mandar que la hicieran. Tendría que comprar algo ya hecho, pero incluso a pesar de ese obstáculo encontraría algo que se saliera de lo normal.

Tendría que comprarla en una tienda de la que nunca hubiera sido cliente, de manera que no hubiera la menor posibilidad de que le reconocieran. Y ni hablar de pagar con cheque o con tarjeta de crédito. No quería que nadie pudiera seguir el rastro del regalo y dar con él. A su debido tiempo, ella se enteraría, pero eso les pertenecía solo a ellos dos.

Fue en coche al banco y sacó cinco mil dólares y salió de allí molesto porque la cajera que atendía en la ventanilla a la que se accedía desde el coche le había pedido que le mostrara su carné de conducir. Sin embargo, en cuanto lo pensó mejor decidió que la cajera había obrado correctamente. Odiaba que le hicieran retrasarse o que le cuestionaran, pero a veces había que aceptar las cargas de una vida en sociedad.

Desde allí fue a La Galleria, donde estaba seguro de ser un rostro más entre muchos otros, incluso en un día laborable. Había varias joyerías, y curioseó en todas ellas antes de hacer su selección. Sarah necesitaba algo sencillo y clásico; sin duda le horrorizaría tanto como a él cualquier cosa llamativa, pero regalarle algo insignificante sería un insulto.

Finalmente se decidió por un colgante en forma de lágrima, un precioso rubí rodeado de diamantes que colgaba de una cadena finísima. Pensó que la combinación de rubíes y diamantes capturaba la esencia de Sarah: calidez exótica rodeada de perfecta frialdad.

Para asombro del dependiente, pagó en efectivo. Con la caja cuadrada y plana en el bolsillo se fue a otra joyería y compró una cadena sencilla que iba en una caja muy parecida a la que contenía el colgante con el rubí. La cadena costaba la mísera cantidad de cien dólares, pero era la caja lo que quería, no el contenido.

Después se detuvo en una ferretería y compró una pequeña caja de cartón, papel de relleno para proteger el contenido y un rollo de cinta adhesiva. Hasta se acordó de comprar tijeras para cortar la cinta. Normalmente le habría molestado sobremanera tener que tomarse tantas molestias, pero esta vez soportó pacientemente todos los pasos que tuvo que dar. Al fin y al cabo, lo hacía por Sarah.

En cuanto volvió al coche, sacó la cadena barata de la caja y la reemplazó con sumo cuidado por el colgante. Eso era. Si Sarah llamaba a la joyería cuyo nombre aparecía en la caja, descubriría que allí nadie recordaba haber vendido un colgante de diamantes y rubíes y que, de hecho, no tenían un objeto así en stock. Se la imaginaba tumbada en la cama, tocando con ternura el colgante que le rodeaba el cuello y preguntándose quién le habría enviado un regalo tan maravilloso.

Metió la caja de la segunda joyería en la caja de cartón, incluyó una breve nota para hacerle saber lo especial que era para él, envuelta en el papel de relleno, y selló la caja. Con el ceño fruncido, se sacó la pluma de oro del bolsillo de la chaqueta. ¿Qué le haría el rugoso cartón a la plumilla?

Podía ir a otra tienda y comprar un bolígrafo, pero de pronto se le terminó la paciencia. Desenroscó la tapa de la cara pluma y rápidamente escribió el nombre de ella y su dirección en la caja, clavando la plumilla en el cartón a causa de la irritación. Compraría otra pluma si era necesario, pero esa caja iba al correo sin más dilación.

La oficina de correos estaba llena de gente, y, a pesar de las medidas de seguridad, el apresurado empleado no se dio cuenta de que la caja no llevaba remite. Los terroristas nunca tenían aspecto distinguido ni digno; por lo que había visto, solían llevar el pelo largo y normalmente daban asco.

Estaba preparado por si el empleado de correos se daba cuenta de la omisión, y ya había pensando en una dirección ficticia, pero prefería que el paquete fuera un absoluto misterio cuando ella lo recibiera.

Había observado que el juez Roberts daba un paseo por el barrio todos los días a la misma hora y que cogía el correo del buzón cuando regresaba. Era difícil pasar con el coche junto a la casa en el momento preciso, y de hecho no lo logró por pocos segundos. Como no pudo pararse en la calle para mirar, tuvo que contentarse con lo que pudo ver por el retrovisor. El viejo cogió la caja y se quedó parado con ella entre las manos, mirando de repente a uno y otro lado de la calle.

La calle trazaba una curva y perdió de vista al viejo bastardo. Maldición. ¿Por qué se había quedado ahí? ¿Qué estaba haciendo? ¿Acaso estaba celoso de que alguien le hubiera mandado un paquete a Sarah?

Eso era. Claro que estaba celoso. Era viejo, pero seguro que le inflaba el ego el hecho de tener a una mujer como ella viviendo con él, cuidándole. Probablemente les decía a todos sus amigotes que dormía con ella.

La idea le hizo apretar las manos de rabia hasta que se encontró agarrando el volante tan fuerte que se le habían vuelto blancos los nudillos. Casi podía oír a los amigotes del juez, cacareando y riendo disimuladamente como adolescentes de mentes mugrientas.

Tenía que liberarla de todo eso.

Sarah había puesto la caja encima de la encimera de la cocina y, mientras cenaba, su mirada no dejaba de posarse sobre ella. El colgante era innegablemente precioso, pero no quería tocarlo. Un regalo era una cosa; un regalo anónimo era algo totalmente distinto. En cierto sentido era... inquietante, como si alguien le hubiera enviado una serpiente disfrazada. Decidió que el juez tenía razón y que el reportaje de la televisión había atraído a algún pirado que se había obsesionado con ella.

Sin duda, jamás se pondría el colgante. De todos modos, casi nunca llevaba joyas, y si lo hacía normalmente eran sólo un par de aros de oro y el reloj. Demasiadas joyas no sólo resultarían inapropiadas para su trabajo, sino que además era una cuestión de gusto personal. Le gustaba sentirse ligera, y las gargantillas le producían una especial aversión.

Además, no había modo de averiguar quién le había enviado el colgante. Podía haber sido cualquiera, alguien con quien se había cruzado en el supermercado o que hubiera estado de pie a su lado en la librería. Si por lo menos supiera quién era, podría evitarle. Pero, sin saberlo, si llevaba el colgante y él la veía, podía entenderlo como algún tipo de señal. Una señal de qué, eso era algo que no quería ni imaginar.

Había sido entrenada para darse cuenta de si alguien le seguía mientras conducía, y cuando llevaba al juez en el coche, nunca bajaba la guardia. Sólo se relajaba cuando iba sola, y ahora aquel bastardo había acabado con su tranquilidad.

Tendría que estar alerta y no perder de vista a todo aquél que se le acercara, y eso era algo que odiaba.

Aunque quizá no ocurriera nada más. Algunos pirados desaparecían cuando el objeto de su obsesión no mostraba la reacción esperada. O, si veía que alguien la seguía, quizás intentara hacerle desistir; quizá le llevara al campo de tiro para que la viera practicar. Eso enfriaría su pasión.

Después de todo, Sarah habría preferido que le hubiera enviado una amenaza de muerte. Al menos podría llevarla a la policía. Un colgante de rubíes y diamantes y una tarjeta en la que decía «Una pequeña muestra de mi estima» no podían considerarse una amenaza. Raro sí, pero no amenazador. No había violado ninguna ley y, como había preferido permanecer en el anonimato, ni siquiera podía devolverle el regalo y decirle que la dejara en paz.

La joyería tampoco había sido de ninguna ayuda. Lo primero que había hecho había sido llamar a la tienda cuyo nombre aparecía en la caja. Ninguno de los dependientes recordaba haber vendido esa pieza; ni siquiera recordaban haber tenido un colgante que respondiera a esa descripción. Sarah les dio las gracias y colgó, frustrada. Quien quiera que fuese debía de tener una caja para joyas vacía en la que había puesto el colgante. Y eso era una callejón sin salida. Había muchas joyerías en la zona de Birmingham, además de casas de empeño, donde podía haberla comprado. Podía haberla comprado en cualquier parte. Tuscaloosa estaba a sólo media hora por la Interestatal 59. Montgomery sólo a una hora. Incluso a Atlanta podía llegarse en un par de horas. Y ésas eran sólo las ciudades grandes. Las pequeñas también tenían joyerías.

En resumen, no había nada que pudiera hacer, no había forma de dar con aquel tipo a menos que fuera él quien la encontrara y le preguntara por qué no llevaba puesto su regalo. Sarah no sabía si era eso lo que quería que ocurriera, incluso aunque con ello le diera la oportunidad de decirle que la dejara en paz. Puesto que se las estaba viendo con un pirado, no sabía qué hacer. ¿Cómo saber lo que podía provocar en él aún mayor locura?

No se consideraba una experta en artes marciales, pero estaba más capacitada que la mayoría de la gente para protegerse y para proteger a su jefe. Estaba en buena forma; era una tiradora excelente y una buena conductora. Sin embargo, no tenía intención de poner en práctica esas particulares habilidades. Quería encargarse de la casa del juez y cuidar de él, nada más. Pero las artes marciales eran sólo útiles hasta cierto punto, y Sarah era lo suficiente humana para sentirse incómoda, incluso un poco asustada, al ver cómo se estaban desarrollando los acontecimientos. Un mero episodio, sin el aditivo de una amenaza, no significaba que la estuvieran acosando, pero ahora tenía la mente abierta a esa posibilidad y no podía pensar en otra cosa.

Maldijo a aquel desconocido por haberle robado la paz de espíritu.

No podía hacer nada excepto tomar precauciones y estar en guardia, y odiaba esa impotencia más que nada en el mundo. Quería hacer algo, ¿pero qué? Por naturaleza y por educación, tenía tendencia a tomar la ofensiva, y en este caso no podía hacer más que defenderse.

Su única posibilidad era jugar con la mano que le había sido tendida, por mucho que le disgustara. Estaba perfectamente capacitada para enfrentarse a eso; simplemente tenía que estar atenta. Quizá se tratara de un pacto a una carta. O quizá, fuera quien fuera, la llamaría al día siguiente para ver si había recibido su regalo, y podría desanimarle. Era cortés por educación, pero también era hija de un militar y la hermana de otros dos, y conocía bien el arte de desanimar a la fuerza. Podía ser muy cruel si la situación así lo requería.

Bien, básicamente todo dependía de ella, a menos que el desconocido hiciera algo que resultara abiertamente amenazador. Sin embargo, sería una estupidez no avisar al menos al departamento de policía y pedirles su opinión al respecto.

¿Su opinión? Sarah soltó un bufido. Más bien la opinión de Cahill.

Conservaba su tarjeta, o mejor, era el juez quien la conservaba. Bajó a la planta baja y recorrió la casa en dirección a la biblioteca, donde el juez se había tumbado en su sillón reclinable de cuero, desde donde contemplaba encantado su nueva televisión de alta definición y pantalla gigante. El juez alzó la mirada cuando la oyó llamar cortésmente a la puerta.

—Siento molestarle, pero ¿tiene la tarjeta del detective Cahill? Creo que sería aconsejable contarle a la policía lo del regalo, incluso aunque no puedan hacer nada.

—Buena idea. La tarjeta está en la carpeta de mi escritorio.

El juez hizo un ademán de levantarse, pero Sarah le indicó con un gesto que volviera a sentarse. Qué adorable. Sencillamente no había manera de que se acostumbrara a la idea de que no debía hacer las cosas por ella, de que ella estaba allí para hacerlo por él. No tenía el menor reparo en que Sarah le sirviera la comida y cuidara de su ropa, ya que para la gente de su generación, eso era tarea de mujeres, pero en cuanto se trataba de otra cosa, ella tenía que estar continuamente alerta o el juez haría cosas como abrirle las puertas para que pasara.

—Ya voy yo. No se levante, por favor.

Sólo había una carpeta en el escritorio del juez. Se trataba de una carpeta de color manila con la inscripción «Intento de robo». Sarah sonrió mientras la abría. La carpeta contenía el informe de la policía, el recorte del periódico en el que aparecía el informe, algunas fotografías que él mismo había hecho y una copia de la declaración para la compañía de seguros. La tarjeta del detective Cahill estaba unida con un clip al informe policial junto con otras dos tarjetas.

Sarah anotó su teléfono y cerró la carpeta.

—Gracias. ¿Quiere que le traiga algo más esta noche?

—No, no. Estoy bien —respondió el juez, despidiéndola con un gesto, totalmente absorto en una persecución policial que tenía lugar en el canal Court TV. Debía de ser cosa de hombres, pensó Sarah con un suspiro. A su padre también le gustaba aquel programa.

Regresó a sus dependencias, marcó el número de Cahill en su inalámbrico y de repente colgó antes incluso del primer tono. La gente con receptores podía captar las conversaciones de los inalámbricos. No tenía nada privado que decir, pero la idea de que un pirado pudiera estar escuchando sus llamadas era repugnante.

Y la posibilidad de que hubiera invadido su vida con un simple gesto la puso aún más furiosa. No debería preocuparle hablar por un inalámbrico. Debería poder seguir con su vida como siempre, maldición.

Fue hasta su dormitorio y descolgó el teléfono fijo. Mientras volvía a marcar, sacó una almohada de debajo del edredón, la apretó hasta hacer con ella una bola, y se la puso detrás de la espalda al tiempo que se ponía cómoda encima de la cama.

Cahill contestó al tercer tono. Por su voz, se diría que no estaba de muy buen humor.

—Cahill.

De acuerdo. Estaba de muy mal humor.

—Detective Cahill, soy Sarah Stevens.

Siguió una breve pausa, como si el detective estuviera intentando recordar su nombre.

—Sí, ¿en qué puedo ayudarla?

Sarah oyó una televisión, pero no otras voces. No se oía a niños jugando, ni el callado murmullo de ninguna esposa preguntando: «¿Quién es?» Daba la sensación de que estaba solo, lo cual era un alivio. En realidad, cuando lo pensó con calma, se dio cuenta de que se sentía demasiado aliviada.

—Sé que no hay nada que el departamento pueda hacer, pero esta tarde he recibido un regalo anónimo por correo que me ha dejado intranquila.

—¿Anónimo?

—En la caja no figuraba ningún remite, ni había nada con un nombre dentro.

—¿Qué era? ¿Un gato muerto?

Sarah se quedó callada y él suspiró.

—Perdone. Le sorprendería saber cuánta gente solía recibir gatos muertos por correo. Eso terminó cuando las oficinas de correos dejaron de aceptar cajas sin remitente.

—Bueno, esta vez sí lo hicieron. Lleva el timbre de correos, pero no tiene remite.

—¿Qué hay en la caja?

—Un colgante de rubíes y diamantes de gran valor.

—¿De cuánto?

—El juez Roberts dice que al menos de dos mil dólares. La tarjeta decía: «Una pequeña muestra de mi estima», pero no estaba firmada. No había nada de amenazador en ella, pero… me ha dejado intranquila. El juez se alarmó. Cree que el reportaje de la televisión ha atraído a algún tipo que se ha obsesionado conmigo.

—Es probable, pero ¿cómo está usted segura de que no es de su novio?

—No tengo novio.

Podría haberle dicho sencillamente que estaba segura de que no era de ningún novio, pero no lo hizo. «No tengo novio». No podía haber sido más clara. Si de verdad estaba interesado en ella, la llamaría.

Se produjo otra breve pausa. Luego Cahill dijo:

—Mire, tiene razón, no hay nada que podamos hacer.

—Ya lo sé. Sólo quiero saber qué debería hacer, o debería estar haciendo, si esto se convierte en algo serio.

—Conserve todo lo que reciba que le parezca importante. Lleve la cuenta de cualquier llamada extraña, como aquellas en las que le cuelguen o en las que sólo oiga una respiración pesada. ¿Dispone su teléfono de identificador de llamadas?

—No, mi línea privada no.

—Entonces contrátelo. Y si todavía no tiene móvil, consiga uno. No vaya a ninguna parte sin él, y quiero decir a ninguna parte.

—Tengo móvil. Está siempre en mi camioneta.

—No lo deje ahí ni en el bolso. Llévelo en el bolsillo, de manera que pueda acceder a él inmediatamente en caso de necesidad. Normalmente, en estos casos, le diría que no tiene nada de qué preocuparse, pero un regalo caro es… poco habitual.

—Eso es lo que me parecía —dijo Sarah, suspirando y frotándose la frente—. Odio esta situación. En realidad no ha ocurrido nada, pero tengo el presentimiento de que algo horrible está a punto de ocurrir.

—No deje que eso la afecte. Utilice el sentido común, vaya con cuidado y llame si ocurre algo.

—De acuerdo. Gracias por el consejo.

—De nada.

Cahill colgó y Sarah soltó una pequeña carcajada cuando también ella colgó. Bien, al menos tenía la respuesta a una pregunta: quizá el detective Cahill fuera soltero, pero definitivamente no estaba interesado en ella. Sus modales no podían haber sido menos personales, así que asunto zanjado.

Cuando Sarah regresó al salón, se dio cuenta de que las cortinas estaban abiertas. Las corrió de golpe con el corazón latiéndole con fuerza. ¿Quién había ahí fuera? ¿La estaría vigilando?

8

No ocurrió nada más. No hubo más llamadas ni más regalos, y si alguien la había seguido, Sarah no le había visto. En una ocasión creyó que alguien la seguía, pero si así era, el tipo en cuestión no era ningún experto, y, de todos modos, un Jaguar blanco no era el coche más indicado para seguir a nadie; llamaba demasiado la atención. No pasó mucho tiempo hasta que el Jaguar blanco desapareció de su espejo retrovisor, engullido por el denso tráfico. Probablemente se tratara de alguien que también vivía en Mountain Brook y que causalmente había llevado su misma dirección durante un rato.

Tuvo noticias de su madre, y Noel la llamó, así que, hasta el momento, estaba bien. Daniel todavía no había llamado desde su partida, pero si le hubiera pasado algo ya se habrían enterado, de modo que todo estaba en orden en el frente familiar. Jennifer estaba planteándose tener otro hijo, el tercero, pero a Farrell, su marido, no le entusiasmaba la idea. Era totalmente feliz con sus dos hijos. Conociendo a Jennifer, Sarah hizo una apuesta imaginaria a que tendría otro sobrino, o sobrina, en un año.

El simple hecho de hablar con su madre había hecho que se sintiera mejor. En casa todo estaba como siempre, y eso era lo que necesitaba saber. También en casa del juez todo parecía estar como de costumbre, excepto por la existencia de aquel colgante. Sarah lo miró, y al hacerlo volvió a sentir que algo no andaba bien, que ahí fuera había alguien que creía que era normal enviar un regalo caro a una mujer a la que no conocía.

Durante su medio día libre, que esa semana cayó en sábado, se fue a cortar el pelo y a hacerse la manicura. Luego se fue al cine. No dejó por un instante de observar a la gente y al tráfico que la rodeaba, pero no percibió nada fuera de lo normal. Nada. El mismo rostro no había aparecido en dos lugares distintos, nadie la seguía. Pensó que era demasiado pronto para relajarse, pero se sentía un poco mejor cuando regresó a casa.

El miércoles, su siguiente día libre, resultó prácticamente igual. Nadie la siguió a clase de karate ni al entrenamiento de kick-boxing. Pasó un buen rato en el campo de tiro, simplemente porque hacía que se sintiera mejor, y luego se fue de compras al Summit. También eso hizo que se sintiera mejor. Había algo en el hecho de comprarse un vestido nuevo que le sentaba bien al alma.

Estuvo curioseando en la librería durante una hora, cenó en uno de los restaurantes y luego se fue a ver otra película. Le gustaba el cine e iba al menos una vez cada dos semanas, pero en el fondo sabía que estaba poniendo las cosas fáciles para que alguien la abordara. Si el hombre seguía ahí, Sarah quería saber quién era, qué aspecto tenía. No podía seguir viviendo pensando que cada hombre que veía podía ser él. Quería ponerle cara para que dejara de ser una forma vaga y amenazadora en su cabeza. Quería que se sentara a su lado. Que se acercara.

Pero se sentó sola en la oscuridad del cine y nadie le habló ni siquiera la rozó cuando terminó la película y salió de la sala; tampoco en el aparcamiento, cuando iba hacia el coche.

Todo parecía normal en la casa cuando entraba por el camino. Las luces del porche estaban encendidas, las luces de seguridad también, y vio luz en la habitación del juez, situada en el primer piso. El reloj digital del salpicadero marcaba casi las diez, así que probablemente estuviera a punto de acostarse.

Aparcó bajo el pórtico, donde solía hacerlo habitualmente, y entró a la casa por la puerta de atrás. Tras cerrarla con llave, emprendió como siempre un pequeño *tour* por la casa para asegurarse de que todo esta perfectamente cerrado. Cuando iba hace la parte delantera, oyó la televisión en la biblioteca y al echar un vistazo en esa dirección vio que desde la biblioteca se colaba la luz hasta el oscuro vestíbulo. El juez todavía debía de estar levantado.

Las dos grandes puertas dobles de entrada no estaban cerradas con llave, lo cual resultaba algo extraño. Sarah pasó el pestillo y luego regresó a comprobar las puertas del solarium.

No era propio del juez dejar las luces encendidas de su cuarto. Apagaba automáticamente la luz cada vez que salía de una habitación, aunque fuera a volver pronto. Sarah se detuvo en la escalera trasera y un imperceptible escalofrío de inquietud le recorrió la espalda. Quizás el juez había subido un momento y pensaba bajar a ver las noticias de las diez. No oía ningún ruido en el piso de arriba, aunque con la televisión de la biblioteca encendida resultaría imposible oír nada.

Fue hacia la puerta abierta de la biblioteca y echó un vistazo dentro. Había una lámpara encendida, tal como al juez le gustaba tenerla cuando veía la televisión. Estaba sentado en su sillón reclinable de cuero, como de costumbre, con la cabeza inclinada hacia un lado. Debía de haberse quedado dormido mientras miraba la televisión.

Pero ¿por qué estaba encendida la luz del primer piso?

Entonces notó el olor. Era un olor difícil de identificar. Combinaba lo que parecía ser olor a heces con... con otra cosa. Sarah arrugó la nariz y con todos sus instintos repentinamente alertas —¿estaba enfermo? ¿Acaso había sufrido un infarto?—, se adentró en la sala.

Cuando vio al juez desde un ángulo distinto, se quedó helada.

No. Oh, no.

Había manchas y borrones oscuros repartidos por toda la habitación, y, a pesar de la oscuridad, Sarah se dio cuenta de que en algunos de esos borrones había algo que era sólido. Tragó con dificultad, quedándose inmóvil y atenta, intentando oír al intruso. Oyó el tic tac del reloj, los latidos de su corazón, pero no había nadie más cerca... a menos que estuviera arriba.

Quería llegar hasta el juez. Deseaba enderezarle la cabeza y secarle la sangre del cuello, hasta donde había ido goteando desde la pequeña y limpia herida que tenía a un lado de la cabeza. Deseaba cubrir... cubrir el agujero abierto en el otro lado de su cabeza, donde el cráneo había desaparecido. Quiso llorar, gritar, correr escaleras arriba y buscar al asesino del juez, una misión de búsqueda y muerte, ya que de ningún modo pensaba dejarle un minuto más con vida si le encontraba.

No hizo nada de eso. Salió de espaldas de la biblioteca, teniendo mucho cuidado de no tocar nada para no dejar ninguna huella, y volvió sobre sus pasos a la cocina. Había dejado el bolso en el office. Había metido dentro el móvil, ya que no veía necesario llevarlo en el bolsillo mientras estaba en casa.

Se había equivocado.

También sacó la pistola y apostó la espalda contra una esquina para que no pudieran sorprenderla por detrás, en caso de que *él* siguiera en la casa. Le temblaban las manos cuando encendió el teléfono y esperó a tener conexión. La espera se le hizo eterna, aunque probablemente sólo pasaron los segundos habituales hasta que el teléfono indicó que tenía línea. Pulsó el 091 y esperó a que respondieran.

—Cero noventa y uno.

Quiso cerrar los ojos, pero no se atrevió. Intentó hablar, pero fue incapaz de articular ningún sonido.

—Cero noventa y uno. ¿Dígame?

Sarah tragó y consiguió emitir un leve sonido.

—Aquí Briarwood número dos mil setecientos trece. Han disparado a mi jefe. Está muerto.

A diferencia de la primera vez que Cahill había estado allí, la casa estaba profusamente iluminada. El camino, la calle, hasta la acera estaba abarrotada de vehículos, la mayoría con luces giratorias. Las cintas empleadas para acotar la escena del crimen mantenían a los vecinos a raya, y la situación era lo suficientemente crítica como para que esta vez se hubieran olvidado de que no era de buena educación quedarse ahí mirando. Todas las casas de la calle estaban iluminadas y la gente se congregaba al otro lado de la cinta, susurrándose entre sí. Un agente filmaba a la multitud, ya que muchas veces el asesino esperaba junto a la escena del crimen para presenciar el espectáculo.

Las camionetas de los informativos de la televisión local estaban aparcando, y Cahill pasó por debajo de la cinta antes de que nadie pudiera detenerle.

La puerta principal estaba abierta, vigilada por un agente uniformado que le saludó con una inclinación de cabeza y que abrió la puerta para dejarle pasar. Los criminalistas ya estaban manos a la obra, limpiando, catalogando y fotografiándolo todo cuidadosamente. El personal sanitario esperaba, puesto que resultaba obvio que ya no había nada que pudieran hacer. No había ninguna vida que salvar, ni heridas que tratar; sólo un cuerpo que transportar.

Un asesinato en Mountain Brook era una gran noticia. El último había ocurrido hacía… cuánto ¿cinco años? Cuando la víctima del asesinato era un juez federal retirado, la noticia era aún más impactante. La presión sobre el caso iba a ser intensa.

—¿Quién avisó a la policía? —preguntó, aunque naturalmente ya lo sabía.

—La mayordomo. Está en aquella habitación —dijo el oficial, señalando con la barbilla a una habitación situada a la izquierda.

Era un salón de desayuno, o al menos Cahill supuso que se llamaba así, ya que estaba conectado con la cocina. Sarah estaba sentada a la mesa con una taza de café entre las manos. Estaba pálida e inmóvil, con la mirada clavada en el mantel.

Esta vez no estaba en pijama. Llevaba ropa de calle y todavía conservaba el pintalabios.

—¿Es suyo el coche que está en la parte de atrás? —preguntó Cahill.

Sarah asintió sin mirarle.

—Está aparcado debajo del pórtico —respondió con un hilo de voz desprovisto de tono.

—¿Qué marca es?

—Un TrailBlazer —dijo. En su voz no había el menor asomo de interés ni la menor curiosidad.

Cahill cruzó la cocina y encontró la puerta trasera en un pasillo. El 4x4 estaba ahí fuera. Puso la mano sobre el capó: todavía estaba caliente.

Volvió dentro y, mientras pasaba por la cocina, se detuvo a servirse un poco de café. La cafetera estaba casi llena, de manera que era evidente que ella se había servido una taza, se había sentado y luego había olvidado bebérsela.

Sarah seguía sentada exactamente como la había dejado. Cahill cogió el café templado de sus dóciles manos, lo echó al fregadero de la cocina y le sirvió otra taza.

Se la puso delante.

—Beba.

Sarah le dio un sorbo, obediente.

Cahill se sentó a la mesa, a la derecha de Sarah, y sacó su libreta y su pluma.

—Cuénteme lo ocurrido.

Fue una pregunta abierta. No deseaba encaminarla en ninguna dirección concreta.

—Hoy es miércoles —dijo Sarah, todavía conservando ese hilo de voz.

—Sí, así es.

—Y el miércoles es mi día libre. He hecho lo que hago habitualmente…

—¿Que es?

—Mi clase de karate, kick-boxing, el campo de tiro.

—¿A qué hora fue eso?

Sarah se lo dijo y él anotó cuidadosamente todas las horas y le preguntó dónde tomaba las clases. Lo comprobaría y se aseguraría de que Sarah había estado donde decía a la hora que decía.

—¿Y después?

115

—Fui de compras al Summit.

—¿Compró algo?

—Un vestido en Parisian's y un par de libros.

—¿Se fijó en la hora?

—Entre las cuatro y las cinco, creo. La hora tiene que aparecer en los tickets de compra —respondió. Todavía no había levantado la mirada, aunque sí tomó otro sorbo de café.

—¿Volvió después a casa?

Sarah sacudió levemente la cabeza.

—No, cené fuera. En… no recuerdo el nombre. Está en el Summit. El restaurante italiano. Debería haber vuelto a casa entonces, es lo que hago habitualmente, pero esta noche he ido al cine.

—¿Por qué debería haber vuelto a casa?

—Porque habría estado aquí. No habría ocurrido si hubiera estado aquí.

—¿Qué película vio?

Esta vez Sarah sí levantó la mirada, una mirada vacía.

—No me acuerdo —contestó. Rebuscó en el bolsillo de sus vaqueros y sacó la mitad de una entrada electrónica—. Ésta.

Cahill anotó el título de la película y la hora.

—Tenía pensado ir a verla. ¿Es buena? —preguntó, conservando el tono informal y tranquilo.

—No está mal. Fui para darle la oportunidad de que me abordara, en caso de que me estuviera vigilando.

—¿Qué?

Cahill se había perdido.

—¿Quién?

—No lo sé. El tipo que me envió el colgante.

—Ah, vale —dijo. Entraría en eso más adelante—. ¿A qué hora llegó a casa?

—Eran casi las diez. Había luz en el dormitorio del juez. Normalmente se va a la cama sobre las diez, aunque a veces mira las noticias antes de acostarse.

—¿Tiene televisión en su habitación?

—No —respondió con labios temblorosos—. Decía que los dormitorios son para dormir.

—Entonces ¿veía la televisión en...?

—En la biblioteca. Fue ahí donde le encontré.

—Retrocedamos un poco. ¿Qué hizo al llegar a casa? —dijo, dando un sorbo a su café. Sarah le imitó.

—Empecé a comprobar que todas las puertas estuvieran bien cerradas. Siempre lo hago, antes de irme a la cama. La puerta de entrada no lo estaba —dijo—. Me refiero a que no estaba cerrada con llave, lo cual no era habitual. Oí la televisión y me pregunté por qué tenía encendida la luz de su habitación si estaba en la biblioteca.

—¿Qué hizo?

—Fui hasta la puerta de la biblioteca y miré dentro. El juez estaba en su sillón reclinable, y tenía la cabeza ladeada, como si se hubiera quedado dormido.

Cahill esperó. No quería dirigir la conversación.

—Noté el olor —dijo con desmayo. Cahill sabía de qué olor se trataba—. Pensé que quizá hubiera sufrido un infarto o un ataque al corazón, y que se había manchado con sus propias heces. Sólo había una lámpara encendida, de modo que no había mucha luz; pero cuando entré, el ángulo de visión cambió y vi la... la sangre. Y la otra parte de su cabeza. Las salpicaduras... —dejó de hablar—. Temí que todavía siguiera en la casa. En el piso de arriba. Por eso la luz estaba encendida. Pensé en subir... —de nuevo se interrumpió.

—Espero que no lo hiciera.

—No, pero sí quise hacerlo —susurró—. Quería cogerle. En vez de eso volví a la cocina, cogí la pistola y el móvil y me quedé en un rincón mientras llamaba al cero noventa y uno.

—¿Dónde está ahora su pistola?

—En el bolso. La metí ahí cuando llegó el primer coche.

—¿Puedo verla?

—Está en el office.

—¿Podría traérmela, por favor?

Sarah se levantó y fue a la cocina, moviéndose como un zombi. Él la siguió y siguió mirándola mientras ella sacaba la pistola. Estaba metida en una funda, y cuando Cahill comprobó el cargador vio que estaba lleno.

—Siempre la recargo después de salir del campo de tiro —dijo Sarah, frotándose la frente.

No la había limpiado, todavía no, aunque Cahill no dudó que lo hacía regularmente, y todavía conservaba el olor a pólvora quemada. La balística no coincidiría, lo sabía; era demasiado lista para cometer un error así. Cahill no creía que ella hubiera matado al anciano, pero no podía permitirse descartar totalmente esa posibilidad. La mayoría de la gente que moría asesinada era víctima de la gente más próxima a ellos, de manera que, hasta que no fuera descartada como sospechosa, Sarah estaba definitivamente en su lista.

Ella le miraba con el rostro inexpresivo y los ojos vacíos. Estaba totalmente encerrada en sí misma. Había gente que se enfrentaba al estrés así, casi cerrándose en banda.

—Volvamos a sentarnos —sugirió Cahill, y ella obedeció—. ¿Ha recibido algún otro regalo por correo o alguna llamada extraña?

—No, sólo aquél. Nada más. En una ocasión creí que alguien me seguía, pero me equivoqué.

—¿Está segura?

—Desapareció. Además, iba en un Jaguar blanco. Nadie sigue a alguien en un Jaguar blanco.

—No, a menos que no tenga otro coche.

Aunque si alguien podía permitirse un Jaguar, a buen seguro podía permitirse también un coche de otra marca. Los Jaguars llamaban demasiado la atención.

Así que probablemente nadie la estuviera acosando. Aunque eso era lo primero que Sarah había pensado en cuanto entró en la casa y encontró el cuerpo del juez Roberts.

—Mencionó que el juez Roberts había recibido amenazas de muerte. ¿Qué sabe de eso?

—Su familia le dará los detalles. Sé lo imprescindible, pero todo eso ocurrió antes de que yo empezara a trabajar con él. Su familia… Dios mío, tengo que llamarles.

—Nosotros notificaremos a la familia —dijo Cahill, suavizando la voz al ver que ella parecía de pronto destrozada ante la idea—. ¿Tiene sus nombres y sus teléfonos?

—Sí, claro —dijo Sarah, volviendo a frotarse la frente—. Tiene dos hijos y una hija.

Sarah le dio sus nombres y sus teléfonos y volvió a caer en el silencio, de nuevo clavando la mirada en el mantel.

—Volveré en un minuto —dijo Cahill, levantándose. Quería ver la escena de la biblioteca con sus propios ojos y revisar el resto de la casa.

Casi había llegado a la puerta cuando Sarah preguntó:

—¿Estaba él arriba?

Cahill se detuvo.

—Cuando las patrullas revisaron la casa no encontraron a nadie.

Lo sabía porque había recibido el informe en tránsito.

—¿No saltaría por alguna ventana del piso de arriba?

—No había el menor rastro de nadie en la casa. Ni una ventana abierta, nada fuera de lugar—. Era todo lo que podía decirle.

—Espero que no estuviera arriba —dijo Sarah, casi hablando consigo misma—. Espero no haberle dejado escapar. Debería haber subido. Debería haber mirado.

—No, se equivoca.

—Le habría matado —dijo Sarah sin la menor emoción.

9

Sarah estaba tensa, exhausta y emocionalmente agotada cuando, a las seis de la mañana del día siguiente, se encontró con Barbara y su familia en el aeropuerto de Birmingham. Esperó abajo, en la zona de recogida de equipajes, con una taza de café en la mano. No tenía la menor idea de la cantidad de café que había tomado desde que había hallado el cuerpo del juez, pero estaba totalmente segura de que la cafeína era lo único que la hacía seguir funcionando.

No había dormido. No habría tenido oportunidad de hacerlo, incluso aunque hubiera querido. Cahill no había parado de aparecer una y otra vez para hacerle preguntas, y Sarah tenía tantas cosas que hacer que no había parado ni un solo segundo. Tenía que notificar a la gente. El departamento de policía se había encargado de avisar a la familia, pero ella había llamado a Leona y la había despertado con la terrible noticia, antes que dejar que se enterara por el primer telediario de la mañana. Entonces habían empezado a llegar las llamadas de la familia, hasta el punto de que en varias ocasiones había tenido que hablar a la vez por el inalámbrico y por el móvil.

Había que organizarlo todo para hospedar a la familia en la casa. Randall y Emily, su esposa, tenían tres hijos, que a su vez estaban casados y tenían sus propios hijos. Todos vivían en la zona de Huntsville, que estaba relativamente cerca, por lo que sólo Randall y Emily iban a quedarse en la casa hasta después del funeral, pero todos —los tres hijos con sus esposas, más cuatro nietos— se quedarían a dormir la noche antes del servicio.

Jon y Julia, su mujer, vivían en Mobile. Tenían dos hijos, uno casado y otro soltero. Los cuatro iban a quedarse en la casa hasta el funeral. Barbara, Dwight y sus dos hijos vivían en Dallas, e iban a quedarse hasta que todo hubiera terminado. Eso significaba que Sarah debía acomodar a once personas, incluida ella, en mitad de la noche, preparada y dispuesta para una facturación de primera hora... de primerísima hora. Se preocuparía del resto de la familia de Randall en cuanto hubiera dejado arreglados los preparativos para el funeral.

Les había reservado habitaciones en el Wynfrey. Probablemente comerían a horas extrañas, de manera que necesitaban algún lugar que dispusiera de servicio de habitaciones. Además, los adolescentes podrán distraerse en La Gallería adyacente. Sarah había reservado habitación en el Brook Inn. Había sido todo un shock darse cuenta de que no le permitían quedarse en la casa, ni siquiera había podido coger su ropa. Había dado a Cahill una lista de las cosas que necesitaba, y él había dispuesto que alguien fuera a recogerlas a la casa.

Le habían confiscado la pistola, así como el viejo revólver de servicio del juez que guardaba bajo llave en una vitrina. Cahill dijo que serían devueltos en cuanto se hubiera completado la investigación, es decir, en cuanto hubieran determinado si alguna de las dos armas había sido utilizada para cometer el asesinato.

Era obvio que ella era sospechosa, aunque sólo fuera por proximidad. Tenía acceso ilimitado a la casa, una pistola, y el propio Cahill había visto lo hábil que era con ella. Podía justificar y demostrar dónde había estado, aunque sólo fuera por los vales y recibos de compra, pero sobre todo no tenía ningún motivo, así que Sarah no se preocupó demasiado por su suerte. No podía, especialmente con el constante recuerdo del cuerpo del juez deslizándose como una película muda en su mente.

El juez tenía un aspecto muy frágil muerto, como si su espíritu le hubiera impedido a uno darse cuenta de con qué contundencia el tiempo había posado su mano en él. Sarah se sentía orgullosa y contenta de haber sido ella quien le encontrara, y de que hubiera habido un último momento final entre los dos a solas, antes de que llegaran todos esos desconocidos y se apropiaran de su cuerpo. Los muertos carecen de dignidad, pero Sarah sabía que el juez habría odiado haber perdido el control de sus intestinos y que su familia le hubiera visto así. También habría odiado que ella le hubiera visto así, pero de todas las posibilidades, esa era la menos preocupante.

La escalera mecánica empezó a escupir gente desde el avión recién llegado. Barbara y su familia estaban entre los primeros. Barbara era una mujer bonita y delgada con atractivos mechones grises en su pelo rubio y corto. Tenía los ojos enrojecidos y estaba pálida, aunque serena. Vio a Sarah cuando todavía estaba en la escalera, y cuando llegó al suelo cruzó hasta ella inmediatamente y las dos mujeres se abrazaron. A Sarah se le llenaron los ojos de lágrimas. Durante toda esa noche había necesitado desesperadamente que alguien la abrazara para dejar de sentirse tan espantosamente sola.

—¿Sabes algo de Jon? —preguntó Barbara, separándose y secándose los ojos con un maltrecho pañuelo de papel.

—Han salido de Mobile hacia las dos de la mañana, así que llegarán al hotel en cualquier momento.

—Espero que conduzca con cuidado.

—Le convencí para dejara conducir a Julia.

—Bendita seas —dijo Barbara, abrazándola de nuevo—. Sigues teniéndolo todo bajo control. ¿Ha descubierto algo la policía?

Sarah sacudió la cabeza.

—No lo sé. No soy miembro de la familia, así que no me dirán nada.

De todos modos, Cahill no iba a decirle nada hasta que dejara de ser sospechosa.

—Sabía que uno de esos malditos bastardos saldría de la cárcel y vendría a buscarle —dijo Barbara tensa—. Lo sabía.

Una nueva oleada de culpa asaltó a Sarah.

—Debería haber estado ahí.

—Tonterías —soltó Barbara girándose enfurecida hacia ella—. Era tu día libre; no tenías por qué estar allí. No podías pasarte con él veinticuatro horas al día. Probablemente el monstruo vigilaba la casa y vio cómo te ibas. Si alguien tiene la culpa, esa soy yo, por no haber contratado a un servicio de vigilancia a tiempo completo. No es culpa tuya y no pienso dejarte que lo pienses, ¿me has oído?

Demasiado tarde. Sarah lo pensaba al menos cada cinco minutos. ¿Y si, como había creído en esos primeros y espantosos minutos de conmoción, el juez había sido asesinado por el pirado que le había enviado el colgante? ¿Y si en realidad había ido a buscarla a ella? Matar al juez no tenía ninguna lógica, pero la verdad es que gente así carecía de lógica, de manera que ¿por qué iban a serlo sus actos? Sabiendo que un pirado estaba ahí fuera, Sarah debería haber estado en casa en vez de estar por ahí intentando provocarle para que se mostrara.

Hasta que Cahill no empezó a preguntar por las amenazas de muerte Sarah no se dio cuenta de que esa era la respuesta más probable. En realidad, se dio cuenta utilizando la lógica. Emocionalmente, no había conseguido deshacerse de esa primera impresión.

—Tampoco es culpa tuya —dijo con firmeza—. La culpa la tiene el hombre que apretó el gatillo, nadie más. Tenemos que tenerlo siempre presente.

Pero seguía pensando que tendría que haber estado allí. Si no hubiera sido por aquel maldito colgante, así habría sido.

Dwight, el marido de Barbara, estaba junto a la cinta de equipajes recogiendo las maletas, ayudado por Shaw, su hijo de diecinueve años. Blair, de quince, se había quedado sola, con ese aspecto de desgraciada que sólo puede tener una adolescente. Tenía algunos mechones de un azul metálico entre sus cabellos color miel y ahora llevaba en la ceja izquierda dos piercings.

—Vaya —dijo Sarah, avanzando para acercarse a la chica y abrazarla—. Dos piercings. ¿Cuándo te hiciste el segundo?

—Es falso —dijo Blair—. Quería escandalizar al abuelo la próxima vez que le viera, pero… pero ahora ya nunca podré hacerlo —se le arrugó la cara y se echó encima de Sarah, hundiéndole la cara en el hombro. Los sollozos sacudieron su cuerpo delgado.

Barbara se hizo cargo de su hija, estrechándola entre sus brazos y acunándola como si fuera un bebé. Dwight y Shaw se acercaron, cargados con las maletas y aparentemente incómodos ante aquella muestra abierta de emociones entre las dos mujeres. Barbara consiguió calmar a Blair y todos salieron en busca del coche de Sarah. Barbara se sentó en el asiento trasero con los niños, y Dwight ocupó el asiento delantero.

—¿A qué hora se supone que llegarán Randall y Emily? —preguntó.

—Hacia las once. Randall tiene una copia del testamento del juez en su caja de seguridad y el banco no abre hasta las nueve. Pensó que podría ser necesaria.

Barbara se frotó la frente.

—No quiero pensar ahora en su testamento.

—Puede que contenga instrucciones para su funeral —dijo Dwight con suavidad.

—Lo que de verdad desearía… —suspiró—. Da igual. Desear no servirá de nada —concluyó con un profundo suspiro mientras Sarah empezaba a rodear el aparcamiento en dirección a la salida—. Sarah, ¿sabes cuándo nos dejará entrar la policía en casa?

—Probablemente todavía pasarán como mínimo algunos días.

Sarah tendría que hacer que limpiaran la biblioteca antes de que la familia entrara en la casa. No quería que vieran la escena como estaba en ese momento, con las manchas y los borrones de sangre. Daría lo que fuera por no haberlo visto, porque las doce horas anteriores jamás hubieran pasado. Si pudiera volver atrás haría las cosas de otro modo: en vez de remolonear en el Summit, volvería a casa y, fuera quien fuera el asesino, cuando llegara a la casa se encargaría de él y el juez seguiría con vida.

Pero no podía volver atrás. Nadie podía.

—El detective se pondrá en contacto con vosotros en vuestro hotel —dijo serenamente—. Intentad dormir un poco si podéis.

—¿Estarás presente? Me refiero a cuando el detective hable con nosotros —preguntó Barbara, con la voz levemente temblorosa.

—Si queréis que esté, sí.

Con la misma desesperación con la hacía un rato había necesitado que la abrazaran, Sarah necesitaba en ese momento quedarse sola para poder dar rienda suelta a la pena y a las lágrimas que llevaba tanto tiempo conteniendo. Se lo había guardado todo, en gran medida por efecto de la conmoción, pero en esos instantes la conmoción estaba empezando a desvanecerse y había que enfrentarse a la realidad.

—Por favor. Estoy tan... no puedo pensar con claridad.

Sarah no sabía hasta qué punto podía pensar con claridad, pero si Barbara quería que estuviera presente, allí estaría. Si Cahill les daba unas horas, al menos podría darse una ducha y cambiarse de ropa, quizá incluso echarse una siesta y desayunar algo. En cuanto pensó en comida, el estómago le dio un vuelco y se le cerró la garganta. De acuerdo, nada de comida, al menos por el momento. Quizá al día siguiente.

El día siguiente. ¿Qué se suponía que debía hacer al día siguiente? Supuso que lo que la familia necesitara. Se encargaría de todo aquello con lo que ellos no se vieran capaces de lidiar. Y cuando les hubiera prestado su último servicio, ¿qué?

No estaba lista. Pensaba que todavía contaba con otro par de años para prepararlo todo y poner su Plan en acción. Había pensado que el juez iría poco a poco volviéndose más frágil, o que quizá un ataque al corazón o un infarto se lo llevarían, pero que su muerte sería natural. Habría llorado su muerte, todos los habrían hecho, pero no habrían sentido ese terrible dolor ante una vida sesgada antes de tiempo. Nadie estaba preparado para su muerte, así no.

Instaló a la familia en el hotel y, justo cuando ya se iba, llegaron Jon y su familia. Así que se quedó a ayudarles y a responder a las preguntas de Jon. Encontrando consuelo en la compañía, Barbara, Dwight y sus hijos se unieron a ellos, y cuando Sarah por fin les dejó, estaban todos reunidos en el salón de la suite, un poco llorosos, pero ya más calmados. Las últimas gestiones debían esperar a la llegada de Randall, para así poder decidir todos juntos, aunque Barbara ya había cogido una hoja con membrete del hotel y estaba haciendo una lista de todo lo que quedaba por hacer.

Barbara se recuperaría. Estaba dolida, pero a la vez estaba también haciendo una lista. Así era como las mujeres reaccionaban siempre, haciendo lo que era necesario hacer.

El día estaba nublado y hacía más frío que los días anteriores. Sarah agradeció el contacto del aire frío en la cara mientras caminaba hacia el TrailBlazer. De momento no tenía nada que hacer, y eso le producía una sensación extraña. Barbara tenía su número de móvil y también su número de habitación en el Mountain Brook Inn, y la llamaría cuando llegara la hora de encontrarse con Cahill. Probablemente, Sarah tenía un par de horas para ella. Podía darse esa ducha.

Cuando por fin estuvo en su habitación, el silencio era casi sobrecogedor. Durante horas había estado ocupada, rodeada de gente, de voces, de luces. Incluso cuando había estado sentada respondiendo preguntas, había estado ocupada. Ahora estaba sola, y en ese momento no tenía que hacer nada por nadie.

Sacó metódicamente la poca ropa que llevaba con ella, colgó el vestido en el cuarto de baño para que el vapor hiciera desaparecer las arrugas mientras ella se duchaba y por fin se metió debajo del relajante chorro de agua caliente. Y allí, por fin lloró.

Lloró mucho y durante largo rato, hecha un ovillo contra la mampara de la bañera, con el rostro entre las manos y el agua golpeándole en la cabeza. La acumulación de horas de estrés y de dolor la desgarró. Tenía ganas de destrozar algo, de emprenderla a golpes contra algo hasta romperlo, de... quería recuperar al juez, y eso no era posible.

Por fin la naturaleza siguió su curso y los violentos sollozos fueron convirtiéndose en una amortiguada aceptación. Terminó de ducharse, se envolvió el pelo mojado con una de las gruesas toallas del hotel y se dejó caer desnuda en la cama. La habitación era fresca y estaba a oscuras, Sarah estaba exhausta, y se quedó dormida casi inmediatamente.

El teléfono la despertó a las diez. Lo buscó a tientas, luchando por sonar despierta.

—Hola, soy Sarah.

—Sarah, soy Barbara. El detective Cahill estará aquí a las once. ¿Podrás estar aquí a esa hora?

—Ahí estaré —prometió, rodando fuera de la cama.

Tenía el pelo hecho un desastre, todavía húmedo y enredado. Encendió la pequeña cafetera de la que disponían todas las habitaciones del hotel y a toda velocidad se secó el pelo con el secador y se cepilló los dientes. El café ya había salido cuando terminó, así que cogió una taza y fue dando sorbos mientras volvía al cuarto de baño y terminaba de arreglarse. No había mucho que hacer; no le importaba demasiado el aspecto que tuviera ese día, de manera que se limitó a darse una hidratante y abrillantarse un poco los labios y se olvidó del resto.

No tenía mucha elección en cuanto a la ropa. Un vestido y dos de sus uniformes diarios de mayordomo. Ni siquiera tenía una chaqueta, y pensó que precisamente ese día iba a necesitar una. Tendría que arreglárselas con su camisa blanca, los pantalones negros y el chaleco negro habituales. Quizá Cahill podría arreglarlo para que alguien le consiguiera más ropa si le permitían la entrada a la casa como mínimo hasta el día siguiente.

Las nubes estaban empezando a dejar caer una ligera llovizna, y Sarah notó que el frío la calaba en la corta distancia que la separaba del vehículo. Lo primero que hizo en cuanto puso en marcha el motor fue encender la calefacción de los asientos. Lo segundo, ponerse unas gafas de sol para disimular sus ojos hinchados y llorosos.

Normalmente, el trayecto hasta el Wynfrey era corto, de unos diez o quince minutos, pero un accidente en la 280 había provocado una retención en el tráfico y llegó al Wynfrey cerca de las once menos cinco. Casualmente, Cahill estaba entrando en el vestíbulo al mismo tiempo que ella.

—¿Qué hace usted aquí? —le preguntó con brusquedad.

—La familia quiere que esté —respondió Sarah, un poco sorprendida ante la dureza de su voz.

Cahill asintió y no volvió a hablar mientras iban hacia los ascensores. Sarah estaba demasiado cansada y se sentía demasiado vacía para decir nada que sonara pertinente, ni siquiera impertinente. Todo lo que él tenía que decirle probablemente se limitaba a más preguntas, así que se alegraba de que él no dijera nada. Para hacerle justicia, Cahill debía de estar tan cansado como ella, quizá más.

Sarah le echó una rápida mirada de reojo. En algún momento Cahill se había duchado y afeitado y también se había cambiado de ropa. Si estaba exhausto, no lo demostraba. Quizá también él hubiera podido dormir algo.

Llevaba chaqueta y corbata. La chaqueta le recordó a Sarah que tenía frío.

—¿Podría enviar a alguien a la casa para que me sacara un abrigo? —preguntó—. No me importa cuál.

Él la miró, dándole un rapidísimo repaso en el que reparó en todos los detalles. Quizá notara que Sarah estaba tiritando.

—Me ocuparé de ello.

—Gracias.

La familia estaba reunida en la suite de Barbara. Randall y Emily habían llegado y Sarah sintió durante un instante una aguda punzada de culpa. Debería haber estado allí cuando llegaron y ayudarles a instalarse. Randall le estrechó la mano y la reservada Emily la abrazó, lo que provocó que los ojos volvieran a llenársele de lágrimas.

Barbara, una anfitriona como pocas, había dispuesto que trajeran una selección de fruta y de pastas al salón de la suite. Había botellas de agua y una cafetera de café recién hecho. Sarah preguntó a todos qué querían beber, y silenciosamente fue sirviéndoles. Recordar cómo quería cada uno su café era una de sus habilidades, habilidad que había sido potenciada por las clases que había recibido en la escuela para mayordomos. Algunos mayordomos podían hacerlo con pequeños grupos de cinco o de seis, algunos necesitaban tomar nota, pero por alguna razón la información se procesaba en su cabeza de manera diferente. Por ejemplo, cuando le pidieron que describiera a Randall dijo que medía metro ochenta, pelo cano, ojos color miel, le gusta el café cargado y con crema. Emily medía metro setenta y cinco, pelo oscuro que su peluquera retocaba cada dos semanas, ojos marrones, dos terrones de azúcar, nada de crema.

Cahill, según recordaba por las incontables tazas de café que bebió la noche anterior, era de lo más simple: café solo.

Cuando le dio la taza de café que él le había pedido, Cahill asintió para darle las gracias y dijo:

—¿Hay demasiada luz aquí para usted?

Sarah había olvidado que todavía llevaba puestas las gafas de sol.

—Lo siento —murmuró, quitándoselas—. Olvidé que las llevaba

Sus ojos rojos e hinchados estaban en consonancia con lo que ocurría en la habitación.

—¿Has comido? —preguntó Barbara, acercándose y poniéndole la mano en el hombro.

—Todavía no.

—Entonces siéntate y come algo. Ahora. Si yo puedo, tú puedes.

Ante la insistencia de Barbara, Sarah puso algo de fruta y de queso danés en un plato de postre y luego miró a su alrededor en busca de algún asiento. Barbara había pedido al hotel que llevaran más sillas para acomodar a todos. Naturalmente, las familias estaban juntas, y habían dejado solamente vacío el asiento que estaba situado al lado de Cahill. Sarah se sentó y, bajo la mirada aquilina de Barbara, pinchó con el tenedor un pequeño dado de piña fresca y se lo llevó a la boca.

Se obligó a masticar y el pedazo de piña empezó a expandirse. Si hubiera estado sola lo habría escupido. En breve cerró los ojos y luchó contra la tensión que le atenazaba la garganta. Y masticó.

—Trágueselo —dijo Cahill en un tono de voz que sólo ella pudo oír.

Lo intentó. Al segundo intento la piña realmente pasó garganta abajo.

Puesto que la acción de comer no era más que sentido común, Sarah la atacó con la misma decisión con la que lidiaba con todo lo demás. Mientras escuchaba las preguntas de la familia y las respuestas prácticas de Cahill, fue desmenuzando el queso en pequeños pedazos y se concentró en masticar y en tragar.

Había algo en la presencia de Cahill que resultaba tranquilizador. Aunque Sarah no recordaba que hubiera habido ningún asesinato en Mountain Brook en los tres años que llevaba viviendo allí, daba la sensación de ser un hombre que se había enfrentado antes a la muerte violenta y que sabía como manejarla y lo que había que hacer. Su talante práctico alejó a la familia de cualquier tipo de demostraciones de alta carga emocional, puesto que inconscientemente le emulaban. Incluso Sarah llegó a sentirse agradecida por su presencia. Mientras estuviera ahí, Cahill estaba al mando. Lo único que ella tenía que hacer era masticar y tragar.

Escuchó las preguntas tranquilas y certeras de Cahill sobre las amenazas de muerte que el juez había recibido en el pasado. De hecho, Barbara tenía un archivo sobre las amenazas, lo que recordó a Sarah lo mucho que padre e hija se parecían en rasgos y en costumbres. Barbara se lo dio a Cahill, que lo hojeó y luego levantó la mirada.

—¿Puedo quedarme con esto un tiempo?

—Sí, claro —respondió Barbara, agarrándose con fuerza las rodillas—. Es muy duro tener que preguntar esto, pero… ¿dónde está papá? Tenemos que organizar el funeral.

—La oficina del coronel se ha hecho cargo de él —dijo Cahill—. Se lo entregarán después de la autopsia.

Se levantaron todas las cabezas que había en la habitación.

—¿Autopsia? —preguntó Randall—. ¿Por qué es necesaria una autopsia?

—Se practica automáticamente en todos los casos de homicidio. Las leyes del estado así lo requieren.

—Eso es ridículo —dijo Barbara—. Tiene sentido si no se sabe de qué ha muerto alguien, pero a papá le dispararon. La razón de su muerte es obvia —su voz tembló un poco al pronunciar la palabra «muerte», pero enseguida volvió a recuperar la firmeza.

—La causa de su muerte parece obvia, pero a veces se dispara o se quema a las víctimas para ocultar la verdadera causa de su muerte, como el envenenamiento o el estrangulamiento.

—¿Realmente importa, llegados a este punto? —preguntó Julia.

—La forma en que tiene lugar la muerte nos dice mucho sobre el perpetrador. Por ejemplo, ¿quién tendría acceso a un veneno específico? ¿Quién sería lo suficientemente fuerte para estrangular a un hombre? Creo que la causa de la muerte en el caso de su padre está clara: herida de bala, pero la decisión final corresponde al forense.

—Entonces, ¿cuándo podremos... recuperar a papá?

—No puedo decírselo con seguridad, señora, pero creo que no me equivoco si le digo que mañana.

—Bien —dijo Barbara, pellizcándose el puente de la nariz y mirando luego a sus hermanos—. Hoy es jueves. Si nos lo entregan mañana, podemos celebrar el funeral el domingo o el lunes. ¿Qué opináis?

—El domingo —dijo Randall de inmediato—. Eso facilitará que la gente pueda asistir al servicio.

—Estoy de acuerdo —añadió Jon.

—Entonces, el domingo —concluyó Barbara, anotándolo en su lista.

Cahill miró a Randall.

—Señor Roberts, mencionó que tenía una copia del testamento de su padre. ¿La lleva encima?

—Sí, está en mi maletín.

—¿Conoce el contenido?

—No, está sellada. Quiero decir, todos conocemos el contenido general, pero no los detalles.

—¿Puedo verla, por favor?

Randall arqueó las cejas.

—¿Puedo preguntarle para qué?

—A veces las herencias juegan su papel en el móvil del crimen.

Barbara tomó aire con brusquedad.

—¿Sugiere usted que uno de nosotros mató a nuestro padre?

Todos los allí reunidos se erizaron.

—No, señora; no hay ninguna evidencia que sugiera eso. Simplemente estoy cubriendo todas las posibilidades. No quiero pasar por alto algo que pueda ayudarme a resolver el caso.

Randall sacó el sobre de tamaño legal. Como había apuntado, estaba firmemente sellado. Cahill levantó la mirada, pidiendo permiso. Randall asintió y, con un movimiento firme, Cahill abrió el sobre y sacó el grueso documento.

Lo leyó rápidamente por encima, pasando las páginas. De pronto se detuvo y levantó la cabeza, clavando sus afilados ojos azules en Sarah.

—Señorita Stevens, ¿sabía usted que, según los términos de este testamento, heredará una sustanciosa suma de dinero?

10

Sarah parpadeó, más perpleja que asombrada. Estaba un poco aturdida y tan cansada que no estaba segura de haber oído bien a Cahill. Incluso miró a su alrededor, como si pudiera haber otra señorita Stevens en la sala. Al no encontrar a nadie, se giró para mirar a Cahill y le encontró con la mirada fija en ella:

—¿Se refiere a mí? —preguntó, todavía no del todo capaz de hacer la conexión.

—Sarah Stevens, mayordomo del juez Roberts. Es usted.

Sarah asintió y en mitad de una inclinación se llevó la mano a la cara para frotarse la frente. Quizá fuera falta de sueño, quizá demasiada cafeína, pero lo cierto es que estaba empezando a sufrir un dolor de cabeza espantoso.

—¿Que me ha dejado algo?

Sarah notó, desolada, que empezaba a temblarle el labio inferior antes de que se lo mordiera con resolución. Sin embargo, no pudo hacer nada por disimular el brillante velo de lágrimas que le cubría los ojos.

—Naturalmente —dijo Barbara—. Nos dijo que lo haría.

—Pero él… nunca me dijo nada.

—Pensaba que te opondrías —explicó Jon.

—Discúlpenme —dijo Sarah de pronto, y corrió al cuarto de baño antes de ponerse en ridículo derrumbándose y echándose a llorar como una niña.

Se le arrugó la cara en cuanto cerró la puerta del cuarto de baño y cogió una toalla para taparse con ella la boca y amortiguar el volumen de sus sollozos.

Por pura fuerza de voluntad consiguió controlarse, reprimió los sollozos y se secó los ojos con un pañuelo de papel antes de que pudieran caerle las lágrimas. Tras unos cuantos suspiros hondos se sintió un poco más calmada.

No creía que nada la hubiera afectado tanto como cuando se enteró de que el juez le había dejado algo en herencia. Estaba bien pagada y le había encantado cuidar de él. Le había querido por su dulzura y por su sentido del humor, por sus modales anticuados y, sobre todo, por su bondad. No esperaba ninguna herencia, y era cierto que se habría opuesto a ella. No llevaba con él ni tres años. ¿Cómo podía eso suplantar en ningún modo a sus hijos y a sus amigos de toda la vida?

Pero era evidente que él no pensaba así, y su familia tampoco. Cuando pensó en lo generosos que eran notó de nuevo las lágrimas en los ojos y se las secó con gesto decidido. No iba a llorar, no allí ni en ese momento. La familia ya tenía que soportar bastante para que encima ella les cargara con su propia angustia.

Se refrescó las mejillas con un trapo húmedo y sintió como le remitía el dolor de cabeza cuando se lo llevó a la frente. Le habría gustado tumbarse con una bolsa de hielo en la cabeza, pero, como con el llanto, también tendría que dejar eso para más adelante.

Una vez logró recuperar el control, se reunió con los demás en el salón.

—Lo siento —murmuró, volviendo a sentarse junto a Cahill.

—Veo que no lo sabía.

Sarah sacudió la cabeza. Cahill podía o no creerla. No tenía la energía suficiente para preocuparse por eso.

—Papá nos hizo jurar que guardaríamos el secreto —dijo Barbara. En su boca se perfiló una sonrisa diminuta y triste—. Estaba entusiasmado con la idea de ocultarte algo. Decía que era lo único con lo que podía jugártela.

—Decía que le confiscabas las barras de Snickers —añadió Shaw mientras en su rostro se dibujaba una amplia sonrisa que desvaneció todo rastro de tristeza y de tensión—. Siempre se atiborraba cuando venía a visitarnos porque sabía que no podría comerlas cuando llegara a casa.

—Y los Twinkies. Le traía Twinkies a escondidas cuando venía a verle —confesó Blair.

Sarah soltó un gruñido al ver la sala llena de rostros culpables y repentinamente sonrientes.

—¡No me extraña que me costara tanto que le bajara el colesterol!

Barbara le dio una palmadita en la rodilla.

—Te quería porque cuidabas de él. Todos te queremos por haberle cuidado. Cuando mencionó que pensaba incluirte en el testamento, estuvimos de acuerdo.

Cahill se aclaró la garganta, reclamando de nuevo la atención.

—Gracias por la información —dijo, poniéndose en pie—. Sé que este es un momento difícil para todos y aprecio su ayuda. Quiero que sepan que siento mucho lo ocurrido a su padre y que estamos haciendo todo lo posible por encontrar al culpable. Pasaré estos nombres y con un poco de suerte daremos con alguno de estos tipos en la zona.

Todos se levantaron como ratones de campo, y estalló un revoloteo de apretones de mano y de expresiones de agradecimiento cuando Cahill se dirigió lenta aunque inexorablemente hacia la puerta. De algún modo tenía a Sarah cogida por el hombro y tiraba de ella hacia la salida.

—La acompaño a la camioneta —dijo.

Sarah suspiró por dentro. Probablemente Cahill quería hacerle más preguntas. Al estar incluida en el testamento, probablemente la considerara mucho más sospechosa. Pero él hacía su trabajo, de manera que Sarah cogió el bolso y las gafas de sol y consiguió despedirse rápidamente de todos, dándoles instrucciones para que la llamaran si necesitaban algo, antes de que Cahill la sacara de la habitación.

Había una pareja en el ascensor, así que Cahill no dijo nada mientras bajaban al vestíbulo. Salieron al exterior y el viento frío y húmedo abofeteó a Sarah en plena cara, haciéndola tiritar. Daba la sensación de que la temperatura estaba bajando, y la llovizna se había convertido en una ligera lluvia constante. Sarah se abrazó y dijo:

—Yo no le maté.

—Estoy casi seguro de eso —dijo Cahill con suavidad.

Sarah levantó hacia él la mirada, sorprendida.

—Entonces, ¿por qué todas esas preguntas desconfiadas?

—Porque es mi trabajo. La registrarán, la vigilarán y la interrogarán.

—No tengo que olvidar ni un punto ni una coma.

—Exacto —dijo Cahill, quitándose la chaqueta y pasándosela a ella por encima de la cabeza—. Vamos.

Sarah tiritó y apretó el paso mientras él cruzaba a toda prisa el aparcamiento con ella acurrucada bajo su chaqueta como un polluelo bajo el ala. Lo primero que Sarah pensaba hacer en cuanto llegara al TrailBlazer era encender la calefacción de los asientos.

—¿Cuál es su número de habitación? —preguntó Cahill—. Haré que alguien le lleve una chaqueta. Eso en caso de que vaya ahora al hotel.

Sarah le dio su número de habitación y añadió con una pizca de ironía:

—Espero poder llegar sin quedarme dormida en el camino.

De repente la mano de Cahill se tensó en su hombro, obligándola a detenerse.

—Yo la llevo.

—Si lo hace me sentiré desamparada. Gracias, pero lograré llegar. Estoy aturdida y tengo un dolor de cabeza espantoso, pero el café me mantendrá despierta durante un buen rato.

—Necesita comer.

—Ya he comido —respondió Sarah, sorprendida al verle tan preocupado—. Usted me ha visto.

—Ha dado cuatro bocados. Los he contado.

—Ha sido todo lo que he podido hacer. No me presione, Cahill.

Él se había retirado hasta quedar situado entre ella y la camioneta. La amplitud de sus hombros protegía a Sarah de las ráfagas de viento. La lluvia estaba empapando la espalda de Cahill, pero él la ignoró mientras miraba fijamente a Sarah con una expresión totalmente ilegible. Incluso a pesar de lo exhausta que estaba, Sarah pudo sentir que algo incómodo empezaba a removerse en su interior.

—¿Qué? —preguntó, dando medio paso atrás.

Cahill sacudió la cabeza.

—Nada. Se está quedando dormida de pie. Acuéstese un rato.

—Me parece un buen plan.

Cahill se apartó y Sarah pulsó el control remoto para abrir la puerta y se apresuró para escapar del viento y de la lluvia.

—Sarah —la llamó Cahill cuando ella metió la llave de contacto. Todavía sostenía su chaqueta, en vez de ponérsela.

—¿Sí?

—Probablemente no necesite decírselo, pero, no salga de la ciudad.

Cahill la siguió hasta el Mountain Brook Inn, simplemente para asegurarse de que llegaba sana y salva y de que no ponía en peligro su vida ni la de ningún motorista. Cuando ella giró a la derecha para entrar en el aparcamiento del hotel, Cahill tocó brevemente la bocina en señal de despedida, y ella le devolvió el saludo agitando la mano, pero no se giró para mirarle.

Sarah lo estaba llevando bien, aunque la expresión de desolación y de perplejidad que reflejaban sus ojos oscuros estaban despertando en él sus instintos protectores. No eran sus instintos de policía, sino que se trataba de instintos de hombre a mujer, justo lo que no necesitaba.

En primer lugar, Cahill había sido sincero cuando había dicho que estaba casi seguro de que ella no había matado al juez. Sin embargo, había una gran diferencia entre estar casi seguro y estar completamente seguro. Sarah ni siquiera había preguntado cuánto dinero iba a heredar, lo cual no era normal. Quizá hubiera preferido no hacerlo delante de la familia, pero cuando estaban solos, debería haberlo preguntado... a menos que ya lo supiera. Y si sabía que iba a heredar cien mil de los grandes, eso podía ser motivo para hacer desaparecer al viejo. Dios era testigo de que mucha gente había sido eliminada por mucho menos.

Por el contrario, el dolor y la conmoción de Sarah parecían auténticos. Tenía los ojos rojos e hinchados de tanto llorar. O eso, o se había echado algo en los ojos para que pareciera que había estado llorando. O bien era una inteligente asesina y una gran actriz o estaba realmente destrozada.

El instinto le decía que estaba verdaderamente destrozada. Pero como el instinto también le insistía para que intentara acostarse con ella, tenía que tener en consideración el factor lujuria, que ya antes le había jugado una mala pasada. Shannon, Sarah. Los dos nombres empezaban por «S», y eso no podía augurar nada bueno.

Había intentado ignorar la atracción que Sarah ejercía sobre él, pero no lo había conseguido. El rostro de ella tenía la maldita costumbre de aparecer en su mente en cuanto intentaba relajarse. Cuando estaba trabajando no había problema, pero en cuanto se sentaba por la noche a ver las noticias o a leer el periódico, ¡bam!, allí estaba. La veía sentada en las escaleras con su fino pijama de algodón, o de pie en el campo de tiro totalmente concentrada en la diana mientras la luz del sol salpicaba de reflejos rojizos y dorados su cabello. Un hombre sabía cuándo se había metido en un lío en cuanto percibía los reflejos en el cabello de una mujer. Sus pechos, sí; supuestamente debía fijarse en sus pechos. Pero, ¿los reflejos de sus cabellos?

Cuando levantaba pesas en el sótano, imaginaba que levantaba a Sarah, arriba y abajo, a horcajadas, y cuando estaba en el banco de ejercicios presionando no podía evitar una erección. O cuando hacía flexiones imaginaba que tenía a Sarah debajo, con el mismo resultado.

La verdad era que casi no podía pensar en otra cosa. Era un milagro que hubiera logrado mantenerse lejos de ella, porque no había estado tan obsesionado con el sexo desde que tenía dieciséis años. No, no era un milagro; era simplemente miedo. La deseaba demasiado. No creía haber estado tan desesperado por tirarse a Shannon ni siquiera en aquellos primeros días en los que había estado tan enamorado. Naturalmente, en aquel entonces ya se estaba tirando a Shannon, así que quizá no era una buena comparación.

La investigación era lo que le impedía dar la vuelta y volver al Mountain Brook Inn. Hasta que Sarah dejara de ser sospechosa, era intocable. Tenía los recibos de compra, la mercancía que concordaba con los recibos, la firma de las tarjetas de crédito concordaba con la de los comprobantes de pago y conservaba la entrada del cine. Faltaba todavía comprobar algunas cosas, hacer algunas averiguaciones sobre su estado de finanzas, y Sarah quedaría fuera de sospecha. Maldición, los hijos del juez Roberts iban a heredar mucho más que Sarah; también ellos tenían coartadas, pero los asesinos podían contratarse.

A Cahill el caso no le daba buena espina. La mayoría de los asesinatos eran obra de alguien cercano a la víctima, un miembro de la familia, un vecino, un amigo. Tenía la impresión de que éste iba a ser el caso más duro de todos los que podían barajarse: un asesinato cometido por un desconocido. ¿Cuál era la conexión? ¿Qué había llevado al asesino a la casa? ¿Se trataba de alguien que había sido sentenciado por el juez Roberts? A primera vista eso parecía lo más lógico, excepto por el hecho de que no había signo de que hubiera forzado la entrada o de que hubiera habido la menor pelea. Era como si el juez le hubiera abierto la puerta al asesino, le hubiera invitado a que entrara y hubiera estado charlando con él en la biblioteca.

Como si le conociera.

Así que quizá había que volver a la teoría del vecino, del miembro de la familia o del amigo.

Cahill intentó repasar mentalmente lo ocurrido. Ninguno de los vecinos vio pasar ningún coche por el camino de acceso a la casa, aunque estaba oscuro. Sarah había llegado a la casa justo antes de las diez y encontró el cuerpo del juez poco después. Había llamado al 091 a las 22:03, los coches patrulla habían llegado unos quince minutos más tarde y él mismo se había presentado cinco minutos después de su llamada. El cuerpo había empezado a sufrir los efectos del «rigor mortis», lo que situaba a grandes rasgos la hora de la muerte: entre las seis y las ocho, quizá las ocho y media. Cahill creía que probablemente habría sido más tarde que más temprano, ya que a las seis todavía no había oscurecido.

El juez Roberts le había abierto la puerta a su asesino. En ese momento todavía no se había producido ningún disparo y aquél habría sido el momento y el lugar más apropiados para disparar si el asesino fuera alguien que hubiera tenido que cumplir condena en prisión por culpa del juez y buscara venganza. En cambio ambos habían ido a la biblioteca y se habían sentado, o al menos el juez se había sentado. No estaba alarmado. Estaba relajado y había levantado el reposapiés del sillón reclinable.

El asesino no era ningún desconocido, ni alguien que hubiera amenazado al juez en el pasado.

Sería interesante ver las huellas dactilares que los técnicos habían recogido. Las del juez, las de Sarah, posiblemente las de la cocinera y, definitivamente, las de las mujeres de la limpieza: ésas debían estar ahí. Leona Barksdale, la cocinera, había sido convocada esa mañana para que le tomaran las huellas, aunque había dicho entre lágrimas que hacía semanas que no entraba en la habitación. Las mujeres de la limpieza acudirían esa tarde. ¿Quién más? La casa se limpiaba regularmente, de manera que cualquier huella que se encontrara sería reciente.

Había que sondear todo el barrio. Cualquiera podía haber llegado a la casa oculto en la oscuridad, haber disparado al juez Roberts y haber vuelto caminando tranquilamente a casa. De nuevo Cahill se enfrentó a la pregunta del móvil. Por lo que había descubierto hasta el momento, el viejo juez era un hombre muy querido. No guardaba ningún esqueleto en el armario, no había maldad que saliera a la superficie en privado. No jugaba, no bebía en exceso, y, por lo que había averiguado, no había salido con nadie desde que su mujer había muerto, y de eso hacía ocho años.

Entonces, ¿por qué alguien que no se hubiera enfrentado a él en los tribunales quería matarle?

Si el móvil no era la venganza, el sexo o el dinero, ¿qué quedaba?

Nada, eso era lo que quedaba. Así que el móvil tenía que ser una de esas tres posibilidades. Dudaba de que se tratara de venganza porque el juez conocía a su asesino y le había invitado a que entrara. ¿Sexo? El hombre tenía ochenta y cinco años, no había salido con nadie y, por lo que decía todo el mundo, había sido totalmente fiel a su mujer mientras ella estaba viva. Eso dejaba solamente la posibilidad del dinero.

De algún modo, siempre se llegaba al dinero.

Y eso llevó a Cahill de vuelta al principio: Sarah.

Los hijos del juez habían crecido en la abundancia. Siempre habían sabido que el dinero estaba ahí. Entonces ¿por qué matarle ahora? ¿Por qué no diez años atrás, o el año pasado? ¿Por qué no esperar unos cuantos años más y dejar que muriera de muerte natural? A menos que uno de ellos estuviera pasando por dificultades económicas, cosa que averiguaría, no había ninguna razón para que ninguno de ellos le asesinara. ¿Quizá uno de los nietos adultos? Era algo a investigar.

Pero Sarah era la sospechosa más probable.

Mierda.

Sarah se despertó a las tres, desorientada y atontada. Se quedó acostada, escuchando el amortiguado zumbido del aire acondicionado, parpadeando al mirar las gruesas cortinas que cubrían la ventana e intentando recordar dónde estaba. Notaba la cabeza como si la tuviera rellena de algodón. Pensar suponía un gran esfuerzo. Moverse era imposible.

Entonces se acordó, y durante un largo instante la pena le atenazó la garganta y el pecho. Cerró los ojos con fuerza, pero no sirvió de nada. Todavía veía al juez sentado pacíficamente en su sillón reclinable de cuero y la sangre y los fragmentos de su cerebro esparcidos por la habitación. Todavía recordaba el horrible olor de la mezcla de sangre y olores corporales, y, sofocando un gemido, abrió los ojos.

Se sentó despacio, notando el dolor en todos los músculos. Estaba desnuda, ya que el pijama no había formado parte de la lista de ropa que le había dado a Cahill. Se había quedado dormida llorando, y tenía los párpados arenosos e irritados. En conjunto, pensó, no tenía el aspecto de mayordomo súper capaz, ni siquiera de una mayordomo incompetente.

Hacía frío en la habitación. A pesar de que el día estaba helado, había conectado el aire acondicionado al volver a la habitación porque tenía la nariz tapada y con el calor iba a costarle aún más respirar. Lo único que quería era meterse en la cama, así que había colgado el cartelito de «No molestar» en la puerta y había desconectado el teléfono. Había dejado el móvil en la mesita de noche para que la familia pudiera ponerse en contacto con ella si la necesitaban, pero aparte de eso, no quería hablar con nadie.

Hacía demasiado frío en la habitación. De hecho, estaba helada. Sarah salió disparada de debajo del cálido nido de mantas, puso el termostato en «calor» y luego volvió a la cama y se acurrucó bajo las mantas, tiritando.

En el suelo, junto a la puerta, había algo blanco. Eran notificaciones de mensajes. Había dos. Sarah las recogió con un suspiro y volvió a la cama. Pero esta vez encendió la lámpara y se colocó la almohada detrás de la espalda para poder leer los mensajes.

Uno era de recepción. Habían dejado una chaqueta para ella y se la guardaban allí. El otro era de Cahill, y era breve: «Llámeme». La hora indicada era las dos y media.

Cogió el móvil, soltando un nuevo suspiro, y llamó al número que aparecía en el mensaje.

Cahill respondió casi inmediatamente.

—Cahill.

Su voz profunda sonaba alerta. Probablemente estaba atiborrado de cafeína.

—Soy Sarah Stevens. He recibido su mensaje.

—¿Estaba dormida?

—Mm. He dormido unas cuatro horas. Por cierto, gracias por mandarme la chaqueta.

—De nada. Escuche, ¿sabe por casualidad si hay alguien que le debiera dinero al juez? ¿Estaba preocupado por alguna de sus inversiones?

Sarah se frotó la cara.

—Solía dejar dinero con frecuencia, pero en su mayoría sus préstamos eran regalos porque, si alguien intentaba devolvérselos, él se negaba a aceptar el dinero.

—¿Hubo alguien del vecindario que le pidiera prestado dinero?

—No que yo sepa. ¿En ese barrio? ¿Quién iba a necesitar un préstamo?

—Depende de si se tiene o no un problema con el juego o si se está metido en asuntos de drogas. Quizá alguien quiera ocultar el dinero que se gasta en su amante. Existen todo tipo de posibilidades. ¿Y qué hay de su familia? ¿Alguno de ellos pasa por algún apuro económico?

—Si es así, nunca hizo ningún comentario al respecto. No creo que haya ninguna manzana podrida en el saco —dijo Sarah, haciendo una pausa, mientras sus neuronas trabajaban para escuchar y entender las preguntas que le estaban haciendo. Luego dijo con frialdad—: Le daré una copia del saldo de mi cuenta y de mi registro de inversiones. ¿Quiere también una de los cheques anulados?

—Por favor —respondió Cahill con un tono de voz profesional y enérgico.

—De hecho, tendrá que cogerlas usted mismo. Están en la casa.

—¿Dónde?

—Hay una caja fuerte a prueba de incendios en mi armario. Está todo ahí.

—Gracias.

Cahill colgó y Sarah soltó un gruñido cuando hizo lo propio. Durante un rato, esa mañana Cahill había parecido un poco más amable, más humano, pero había vuelto a ser el hombre brusco de antes. Sarah se horrorizó al darse cuenta de que no le importaba hasta qué punto él se mostraba amistoso; había en Cahill algo que la hacía desear apoyarse en él. Ni siquiera le importaba que estuviera comprobando el estado de sus finanzas e intentara encontrar un motivo por el que ella hubiera podido matar al juez. El mismo proceso terminaría por exculparla. Cahill estaba haciendo su trabajo. Sarah no se habría sentido ni la mitad de confiada si él hubiera desestimado por completo la posibilidad de su culpabilidad. No podía desestimar a nadie, de lo contrario algo crucial podía pasarle por alto.

Barbara y el resto de la familia estaban convencidos de que el asesino era algún ex convicto que formaba parte del pasado del juez. Después de su primera impresión, según la cual el pirado del colgante era el autor del crimen, Sarah se había dejado convencer por la lógica y se había mostrado de acuerdo con los demás. Sin embargo, Cahill no parecía estar en su mismo equipo. Estaba más concentrado en ella y en la familia. ¿Había descubierto la policía algo que él no les había dicho?

Ella sabía que era inocente y también que la familia lo era. Llevaba observándoles durante años, durante las fechas señaladas y en vacaciones, y todos querían al juez. Él adoraba a sus hijos y a sus nietos y se llevaba bien con sus cuñados y nueras. Entonces ¿qué sabía Cahill que a ella se le escapaba?

Ahora hacía más calor en la habitación y Sarah salió de la cama. Con una mueca de horror, se vio en el espejo del tocador. Estaba pálida y tenía la cara ojerosa y los ojos hinchados. Se sentía débil y temblorosa después de casi veinticuatro horas sin apenas haber comido nada. Cuatro pequeños bocados de queso danés y de fruta no resultaban demasiado nutritivos. Necesitaba comer algo, aunque tuviera que obligarse a tragarlo. Quizá más tarde bajara al restaurante del hotel. Sin embargo, por el momento se limitó a preparar otra cafetera y encendió la televisión, luego volvió a la cama. Necesitaba distraerse con algo banal aún más de lo que necesitaba comer.

No tenía nada que hacer. Estaba acostumbrada a que siempre hubiera algo que hacer. Su vida estaba organizada en torno a esa razón, para que todas las tareas se cumplieran. En ese momento debería estar ocupándose del papeleo, calculando y controlando los gastos de la casa. Era lo que siempre hacía los jueves.

Podía ir a comprarse un pijama. Estaba cerca de tres grandes centros comerciales: Brookwood, el Summit y La Galleria. Pero seguía lloviendo, estaba exhausta y atontada y, francamente, le importaba un bledo si tenía o no pijama con el que dormir.

Descubrió que el Canal Meteorológico era el programa más interesante de todos los que conformaban la programación de las tres y media de la tarde. Apagó la televisión, también apagó la lámpara de la mesita de noche y se tapó con las mantas. Pero en cuanto cerró los ojos vio al juez en su sillón reclinable con la cabeza hacia un lado, y volvió a notar el olor. Rápidamente volvió a sentarse y encendió la lámpara.

¿Dónde tenía la cabeza? Acababa de prepararse una cafetera. No podía creer que hubiera puesto una cafetera y que se hubiera vuelto a meter en la cama. Naturalmente no ocurriría nada grave, aparte de que el café se pasaría y se volvería amargo. Ni ella ni el juez soportaban el café pasado…

Siempre entraba en la cocina a primera hora de la mañana, sin esperar a que ella le llevara el café. Se quedaban ahí de pie, charlando, sorbiendo tranquilamente el café y compartiendo lo que para ambos era uno de los más deliciosos pequeños placeres de la vida.

Nunca volverían a compartir esa deliciosa taza de café.

Como un rollo de película que nunca dejara de rodar, Sarah volvió a verle: la cabeza blanca inclinada hacia un lado, aquel hilillo oscuro y fino bajándole por el cuello. Tenía el pelo un poco desordenado, pero, en un primer momento, y a causa de la penumbra que reinaba en la habitación, eso había sido lo único que Sarah había notado. Tenía las manos relajadas sobre los reposabrazos del sillón, el reposapiés estaba levantado, como si se acabara de quedar dormido.

Tenía las manos relajadas. El reposapiés estaba levantado.

Sarah se quedó mirando fijamente al otro extremo de la habitación, viendo sólo la horrible escena de la noche anterior. Tenía la sensación de que él suelo vacilaba bajo sus pies, como si hubiera salido de la realidad y hubiera caído en arenas movedizas.

El reposapiés estaba levantado.

El juez estaba en su sillón, que a su vez estaba reclinado.

La puerta principal no estaba cerrada.

Pero la puerta principal siempre estaba cerrada. Él siempre la cerraba con pestillo cuando volvía de su paseo de la tarde. Durante todo el tiempo que Sarah había trabajado para él, no recordaba que el juez hubiera dejado nunca la puerta principal abierta.

¿Hasta qué punto era posible que justo la única vez que dejaba la puerta abierta su asesino entrara en la casa? No era demasiado creíble. Dios, las posibilidades de que eso ocurriera eran astronómicamente mínimas. Después de las amenazas que había recibido, y sobre todo después del robo, el juez se preocupaba por su seguridad.

Así que no había olvidado cerrar la puerta. La había abierto él. ¿Para dejar entrar a alguien?

¿Por qué iba a dejar entrar a un desconocido? La respuesta era muy sencilla: No lo haría.

No había el menor signo de forcejeo ni de que hubieran forzado la entrada a la casa, al menos ninguno que Cahill le hubiera mencionado a ella o a la familia, y estaba segura de que de haberlo habido él se lo habría dicho.

Se le hizo un vacío terrible en el estómago. Tenía sentido, todo encajaba espantosamente. El juez había dejado entrar en la casa a alguien a quien conocía. Habían ido a la biblioteca… ¿para hablar? Se había sentado en su silla favorita, el gran sillón reclinable. Estaba relajado, había levantado el reposapiés. Y aquel conocido había sacado una pistola y le había disparado en la cabeza.

Eso era lo que Cahill había supuesto, lo que no les había dicho. Fuera quien fuera el asesino, el juez no se había sentido amenazado por él. Conocía a su asesino y se sentía cómodo y relajado en su presencia.

Sarah casi vomitó, porque eso significaba que probablemente ella también le conocía.

11

Se sentía bien. Había olvidado lo maravillosa que era la sensación de sentir todo ese poder en sus manos, de hacerse cargo de su propio destino. Hacía... ¿cuánto? ¿Siete años? Eso era prueba de que lo controlaba, de que no era uno de esos maníacos que habían terminado siendo esclavos de su propia compulsión. En los casi treinta años que habían pasado desde que se había hecho cargo del problema de su padre, esta era la tercera vez que se había visto obligado a actuar. En total, cuatro veces en treinta años.

Bien mirado, estaba justificadamente orgulloso de sí mismo. No había muchos hombres que lograran controlarse tan bien, no si conocían el subidón de adrenalina, la completa felicidad del acto. Y lo que era más importante: no había muchos hombres lo suficientemente inteligentes como para salir indemnes de ello.

Pero el viejo ya estaba fuera de circulación y Sarah había quedado libre. Ya nada se interponía en su camino. Ahora podía acudir a él.

Cahill estaba sentado en su cubículo, hojeando con calma los archivos y los extractos de cuentas que había sacado de la caja fuerte a prueba de incendios del armario de Sarah. Por fin lo metió todo en un sobre acolchado de gran tamaño y volvió a sentarse, frotándose los ojos. Joder. A esa mujer no le hacía falta el dinero.

En realidad, cien de los grandes era una gran suma, pero Sarah no los necesitaba. Pensó que debía de ser agradable estar en la situación de no necesitar una cantidad así. Había gente que cogía todo lo que podía, gente para la que ninguna suma resultaba nunca suficiente, aunque la gente así nunca se dedicaba en cuerpo y alma a aprender un oficio bien remunerado para luego dedicarse con igual afán a trabajar y a ahorrar como locos. No, los que sólo iban tras del dinero lo robaban, cometían fraudes, se casaban con gente mucho mayor y luego, en un esfuerzo por deshacerse de ellos, manipulaban la gran cantidad de medicamentos a los que los ancianos parecían estar siempre condenados, pero nunca trabajaban para ganarse el dinero.

Era obvio que Sarah llevaba ahorrando la mayor parte de su sueldo desde que había empezado a trabajar. Lo invertía, y, por lo que Cahill podía ver, con gran acierto. No había invertido mucho en títulos del sector tecnológico, y los que había comprado los había vendido en cuanto empezaron a bajar en picado, cuando todavía podía sacarles algún beneficio. Había apartado dinero contratando un plan de pensiones, pensando en el futuro. Acababa de cumplir treinta años, y, juntando todo lo que tenía, estaba a las puertas del club de los millonarios.

Sin duda era una mujer inteligente.

Y siendo tan inteligente, ¿iba a arriesgarlo todo por añadir otros cien mil dólares a su cuenta? El dinero era algo relativo. Si tenías un empleo por el que cobrabas el salario mínimo y a duras penas llegabas a final de mes, sin que te quedara nada para permitirte ni un pequeño capricho, cien mil dólares era una cantidad enorme. Cahill sabía de madres que habían matado a sus hijos por un seguro de vida de cinco mil. Pero si tenías en tu haber una cantidad muy superior a esos cien mil, en ese caso, y en comparación, la cifra no resultaba en absoluto impresionante. En este caso, el riesgo superaba con creces a las ganancias.

Así que ahí se desvanecía el posible móvil de Sarah.

Bien.

—¿Has descubierto algo? —le pregunto su lugarteniente, deteniéndose frente a su escritorio.

—La mayordomo no lo hizo.

—Creía que era la primera de tu lista.

—El móvil se ha evaporado.

—¿Dinero? ¿Cómo se evapora el dinero?

—Tiene mucho. ¿Sabes cuánto gana un mayordomo?

El lugarteniente se rascó la nariz.

—Tengo la impresión de que más de lo que pensábamos.

—Gana más que tú y yo juntos.

—¡No jodas!

—Eso es exactamente lo que pensé yo —dijo Cahill, sacudiendo la cabeza—. Sarah Stevens tenía todo que perder y, en comparación, no demasiado que ganar. En realidad casi nada, si tenemos en cuenta que ganaba más en un año trabajando para el juez de lo que él le ha dejado en su testamento. Así que ahí se queda el móvil. Y no sólo eso: Sarah tenía al viejo en gran estima.

El lugarteniente era un buen tipo y se fiaba de sus investigadores.

—Bien, ¿qué más tenemos?

—No mucho. Los vecinos no vieron nada, y todos tienen coartadas. Hasta ahora, la familia queda descartada. A menos que la autopsia nos devuelva una pistola humeante, esto no pinta bien.

—Todavía no han pasado ni veinticuatro horas.

Pero las veinticuatro horas estaban a punto de cumplirse y, normalmente, si los asesinatos no se resolvían rápidamente, no se resolvían.

—¿Y qué hay de los convictos de los que el juez había recibido amenazas de muerte? ¿No hay nada que nos lleve a alguno de ellos?

—Por lo que sabemos, ninguno está en esta zona. Uno está actualmente bajo la tutela del Estado y vive de los impuestos que pagamos los demás en el Saint Clair. Otro cumple condena en una cárcel federal. Sólo dos están libres, y uno de ellos vive en Eugene, Oregón. El último lugar conocido donde el otro fue localizado fue Chicago, y eso fue en enero —concluyó Cahill, dándole vuelta a una fotografía que tenía sobre el escritorio en la que aparecía un hombre corpulento con bigote—. Carl Jarmond. No creo que sea él.

—Pero es una posibilidad.

Cahill sacudió la cabeza.

—¿Cree que el juez Roberts habría dejado entrar a este hombre en su casa? No lo creo. Todas las puertas de la casa que dan al exterior tienen mirilla, así que el juez no abrió la puerta a ciegas. Sabía de quién se trataba.

—¿Qué números aparecían en los servicios de devolución de llamada y de rellamada?

—Comprobé el de rellamada desde todos los teléfonos de la casa. Nada sospechoso. La mayordomo llamó a su familia y los teléfonos que la víctima habría utilizado mostraban llamadas a su banquero, y otra a un viejo amigo, que también tiene una coartada. El de devolución de llamada resultó interesante. El teléfono de la biblioteca devolvió una llamada desde un teléfono público de La Galleria.

—¿Ha averiguado a qué hora tuvo lugar la llamada?

—Estamos trabajando para obtener una lista de todas las llamadas, tanto de las efectuadas desde la casa como de las recibidas.

—Pero no hay manera de saber quién la hizo.

Cahill sacudió la cabeza. La hora de la llamada les diría algunas cosas, como si había sido hecha poco antes de la hora del asesinato, pero eso era todo. La Galleria era un centro comercial muy concurrido. A menos que alguien llevara el pelo verde, un collar de púas y un traje de Bozo, o fuera desnudo, había muy pocas posibilidades de que alguien reparara en nadie. Las posibilidades de conseguir una huella dactilar viable del teléfono eran entre nulas e irrisorias. Aunque quizá las videocámaras de las tiendas cercanas que vigilaban las entradas a los establecimientos hubieran grabado algo. Valía la pena comprobarlo. Así se lo dijo al lugarteniente.

—Buena idea, Doc —dijo, mirando su reloj—. Empieza con eso por la mañana. Por ahora vete a casa y duerme un poco. No has dormido en toda la noche, y hoy no has parado.

—He podido dormir unas tres horas de madrugada. Estoy bien—. Sus años en el ejército le habían enseñado cómo funcionar habiendo descansado mucho menos que eso, y durante más tiempo—. Pero creo que por hoy ya he terminado.

Definitivamente tenía otra cosa que hacer, algo que no creía poder seguir posponiendo por más tiempo. Lo mejor sería que se decidiera a dar el paso de una vez.

· · ·

Esa noche, a las ocho, el Canal Meteorológico seguía en pantalla y Sarah llevaba casi cinco horas seguidas viendo pasar los mismos frentes. Nada había cambiado. Todavía tenía el estómago revuelto. Seguía repasando mentalmente todos los conocidos del juez, los vecinos, cualquiera a quien el juez no hubiera dudado en dejar entrar en casa. El problema era que conocía a mucha gente a la que ella no conocía. Sarah conocía a su círculo inmediato de amigos, los vecinos más cercanos y algunos de los demás, pero naturalmente el juez tenía viejos amigos del colegio, amigos de la práctica de la abogacía y amigotes de la facultad a los que ella nunca había conocido. Pero ¿por qué iba uno de ellos a querer matar al juez?

El porqué era precisamente lo que la estaba volviendo loca.

Si por lo menos supiera por qué, pensaba Sarah, podría descubrir quién. ¿Por qué iba nadie a querer matarle, a no ser alguien que el juez hubiera condenado a prisión? Y si se trataba de un ex convicto, ¿por qué iba el juez a dejarle entrar en la casa, tomar asiento y relajarse? No, no lo habría hecho.

¿Por qué?

Sonó el teléfono y lo cogió, contenta de poder distraerse un poco. Quizá Barbara necesitara algo que la mantuviera ocupada durante un par de horas.

—¿Ya ha cenado?

Sarah no necesitó que se identificara. La voz profunda de Cahill y su tono abrupto eran identificación más que suficiente.

—¿Cenado?

—¿O almorzado?

—Estaba durmiendo a la hora del almuerzo, ¿que se acuerda?

—En ese caso, vamos a Milo's y comámonos una hamburguesa.

Sarah se pasó con esfuerzo la mano por el pelo. Necesitaba comer algo, pero todavía tenía el estómago hecho un nudo. Vaciló durante tanto rato que él dijo:

—¿Sarah?

—Estoy aquí. Es… es que no tengo hambre.

—De todos modos, prepárese. Estaré ahí en diez minutos.

Cahill colgó y Sarah se quedó mirando al teléfono boquiabierta.

¡Diez minutos!

A pesar de lo débil que se encontraba, en diez minutos se había vestido, se había lavado los dientes y la cara, y se estaba cepillando el pelo cuando Cahill llamó a la puerta.

—Tiene un aspecto horrible —fue su saludo.

—También usted está estupendo —respondió Sarah con frialdad, retrocediendo para dejarle entrar. Sólo porque estuviera vestida, eso no significaba que fuera a ir a ningún sitio con él. Al fin y al cabo, no llevaba puesto nada cuando él había llamado.

Cahill bajó la mirada y la posó en los pies desnudos de Sarah.

—Póngase unos zapatos. Y calcetines. Hay unos diez grados ahí afuera.

—No tengo hambre —repitió Sarah.

—En ese caso puede mirarme mientras como.

—Me abruma su amabilidad.

A pesar del sarcasmo, a pesar de todo, por primera vez durante el día Sarah se sorprendió sonriendo. No era una gran sonrisa, pero era auténtica. Cahill era como un tanque

Sherman: no tenía el menor refinamiento, pero sí una fuerza increíble.

—Sí, lo sé. Sólo superada por el tamaño de mi… —se contuvo, echándole una rápida mirada— ego —concluyó, y Sarah podría haber jurado que las mejillas se le habían sonrojado. Evidentemente, se suponía que los policías no debían efectuar comentarios arriesgados a los sospechosos. Cahill se agachó y cogió sus zapatos y a continuación se los acercó. Sarah tuvo la impresión de que se los habría puesto él mismo si ella no lo hubiera hecho.

Se sentó en la cama y se puso los calcetines y los zapatos.

—Supongo que tiene hambre y que quiere hablar conmigo, así mata dos pájaros de un tiro.

Cahill se encogió de hombros.

—Puede suponer lo que le dé la gana.

Vaya, ¿qué demonios significaba esa respuesta? De hecho, también ella quería hablar con él sobre sus conclusiones acerca del asesinato del juez. No le importaba verle comer mientras hablaban.

Pararon en recepción para coger la chaqueta que le tenían guardada. Era su pelliza Berber. Agradecida, se la puso cuando salieron del hotel. Había parado de llover, pero no hacía mucho porque las ramas de los árboles todavía goteaban. El asfalto estaba oscuro y reluciente.

Cahill la condujo hasta una furgoneta de color azul marino y no al coche que llevaba la vez anterior. La camioneta era su vivo retrato: con muy pocos extras pero potentísima. Al menos tenía reposapiés, de manera que Sarah pudo subir sin necesidad de ayuda. Cahill le abrió la puerta y esperó a que se hubiera acomodado en el asiento antes de cerrarla y rodear el vehículo hasta llegar al otro lado.

Milo's era una hamburguesería tradicional de la zona de Birmingham y ofrecía lo que según la mayoría de los lugareños era la mejor hamburguesa del mundo y el mejor té con hielo. La hamburguesa no llevaba todas esas cosas tan de moda como lechuga, tomate y pepinillos, aunque sí se podía pedir con queso, pero llevaba una salsa oscura cuya composición resultaba casi indescifrable para las papilas. Así de sencillo: doble ración de carne, cebolla cortada y la salsa. Las hamburguesas rezumaban salsa. La gente compraba recipientes adicionales de salsa. Sumergían en ellos las patatas fritas picantes, se echaban más en las hamburguesas y la usaban en casa para aderezar sus propias hamburguesas.

Obviamente, una hamburguesa de Milo's era un plato pesado. Incluso aunque su estómago se hubiera mostrado cooperador, Sarah no se habría atrevido con aquel peligro. Cuando Cahill le preguntó si estaba segura de que no quería nada, Sarah respondió «Estoy segura», y fue a esperarle en una mesa colocada junto a la pared.

Cuando Cahill se reunió con ella, llevaba una bandeja con dos tazas grandes de papel de té con hielo, tres hamburguesas y dos raciones de patatas. La bandeja también estaba llena de pequeños recipientes de papel con ketchup y paquetitos de sal. Sarah se quedó mirando el botín sin dar crédito.

—Cuando dijo que tenía hambre, creía que se refería a un hambre normal, humana, no a que estaba tan hambriento como Koko el gorila.

Cahill dejó la bandeja en la mesa y se sentó frente a ella.

—Una parte es para usted. Espero que le guste la cebolla, porque a mí sí. Coma —dijo poniéndole delante una taza de té, una hamburguesa y una ración de patatas.

—¿Qué tiene que ver el hecho de que a usted le guste la cebolla con que a mí me guste o me deje de gustar? —murmuró Sarah, intentando convencer a su estómago para que se relajara. Realmente necesitaba comer, y normalmente le gustaban las hamburguesas de Milo's como al que más. Simplemente no estaba segura de poder tragar o de que, en caso de que lo lograra, fuera capaz de retener algo de comida en el estómago.

—En caso de que no pueda contenerme y la bese, no me gustaría que le diera asco mi aliento a cebolla.

Sin levantar la mirada, Cahill empezó a echar sal a sus patatas.

Así de simple. El mundo vaciló sobre su eje. Sarah echó un violento vistazo al restaurante, preguntándose si de algún modo había caído en algún universo alternativo.

—¿Qué ha dicho? —preguntó con desmayo. Sin duda, no le había oído bien.

—Ya me ha oído —dijo Cahill, levantando la mirada y resoplando—. Ojalá pudiera verse la cara. Actúa como si ningún hombre se hubiera sentido atraído por usted.

De acuerdo, pondría en jaque a un estómago revuelto. Tenía que hacer algo para darse tiempo y adaptarse a ese cambio repentino. Cogió una patata, la hundió en el ketchup y le dio un mordisco. El sabor picante y especiado le despertó las papilas de golpe. Se tomó su tiempo para masticar y tragar y así poder responder en un tono sereno.

—Digamos que muy pocos hombres podrían haberme dicho más claramente que no se sienten atraídos por mí.

—Cuando actúo con miedo, lo hago de golpe —dijo Cahill, quitándole el envoltorio a su primera hamburguesa. Le puso sal y le dio un gran mordisco.

Sarah se refugió en otra patata. Cuando ya llevaba tres o cuatro, decidió que necesitaba algo más grande, así que le quitó el envoltorio a su hamburguesa. El papel de estraza estaba manchado de salsa oscura, que goteaba por ambos lados del panecillo. Dio un bocado —Dios, qué delicia— mientras pensaba con detenimiento en lo que estaba ocurriendo. El cambio de Cahill era demasiado abrupto. Tenía que esconder algo. Ah, ya lo tenía.

—Usted cree que yo maté al juez —dijo—, pero no tiene ninguna prueba, así que piensa que si intima conmigo puede que se me escape algo incriminatorio.

—Buen intento —respondió Cahill, alzando hacia ella la mirada y clavándole sus duros y directos ojos azules de policía—. Mire, mi ex mujer le diría en un segundo que soy un gilipollas, y, joder, puede que tuviera razón. Le diré, para empezar, que no he sido buena compañía desde mi divorcio. Fue atroz, y superar algo así lleva su tiempo. No he querido volver a involucrarme con nadie excepto para…

Se detuvo y Sarah dijo, completando la frase:

—Por sexo.

—No iba a ser tan directo, pero, sí.

Así que estaba divorciado y el proceso había sido muy tremendo. Curarse de una herida como ésa era como curarse de cualquier otro trauma. Llevaba tiempo y no era fácil. Eso convertía a Cahill en objetivo de alto riesgo, aunque tampoco es que ella estuviera abierta a una relación.

—¿Cuánto hace de eso?

—Dos años desde que la pillé engañándome con otro y un año desde que terminó el proceso de divorcio.

—Vaya, qué atroz.

¿Qué clase de idiota engañaría a un hombre así? Y no es que ella tuviera ninguna base de juicio, pero si sus instintos femeninos hubieran sido gatos, en ese momento habrían estado todos ronroneando en respuesta a la testosterona que prácticamente podía oler en él.

—Sí, lo fue. Pero ya es agua pasada, quizá más de lo que imaginaba. Usted me atrae, intenté no darle importancia y no funcionó. Por cierto, ya he visto su extracto de cuentas y el registro de sus inversiones. No necesita el dinero del juez Roberts.

—Entonces ¿ya no soy sospechosa?

—Dejémoslo en que, por lo que a mí respecta, está fuera de toda sospecha.

Eso se merecía uno o dos bocados más a la hamburguesa, acompañados por una patata.

—Puede que haya gente que crea que le interesa mi dinero. Desde luego, el momento no puede ser más sospechoso.

—Usted lo ha dicho —admitió Cahill—. Gana usted casi tres veces mi sueldo, y la policía de Mountain Brook está bien pagada. Pero me parece que normalmente gana usted más que cualquiera de los hombres con los que sale, así que ya está acostumbrada.

—Los hombres con los que salgo no suelen ver primero mi extracto de cuentas —dijo Sara con sequedad.

—Mire, el dinero me gusta, pero no ando muy necesitado. Además, el hecho de que una mujer gane más que yo no me altera el ego.

—Ya lo sé, ya me lo ha dicho. Tiene usted un ego enorme.

Ahí estaba de nuevo, esa pincelada de color en sus mejillas. Sarah observó fascinada cómo se desvanecía mientras Cahill se dedicaba a su segunda hamburguesa. A pesar de las circunstancias, estaba empezando a disfrutar.

Cahill se limpió la boca.

—De acuerdo, me ha acusado de intentar acercarme a usted para poder obtener suficientes pruebas para acusarla de asesinato, lo que me parece un poco labor de incógnito, y de querer su dinero. ¿Algo más?

—Si se me ocurre algo más se lo haré saber.

—Bien, hágalo. Mientras tanto, en este lado de la mesa se siente mucha atracción. ¿Qué se siente en el suyo?

Definitivamente, tenía la delicadeza de un tanque. Por otro lado, esa sinceridad tan brusca resultaba hasta cierto punto tranquilizadora. Una mujer sabría siempre a qué atenerse con ese hombre, tanto para lo bueno como para lo malo.

La gran pregunta era, ¿qué quería ella hacer al respecto?

La honradez de Cahill la obligaba a ser al menos tan directa y clara como él.

—Mi lado de la mesa está en una situación casi igual a la suya, aunque eso no signifique que sea una buena idea involucrarnos en nada serio.

Una típica sonrisa de hombre satisfecho se dibujó en los labios de Cahill.

—Involucrarnos es de lo único de lo que se trata. Hay millones de personas que trabajan muy duro para lograr involucrarse, que lo buscan activamente. Piense en todas las horas de trabajo duro invertidas en los bares de solteros.

—Nunca he estado en un bar de solteros. Eso debería decirle algo.

—Que nunca lo ha necesitado. Supongo que cada vez que no tiene usted a un hombre es porque no lo necesita.

Sarah no dijo nada y se quedó mirando fijamente la mesa. Se dio cuenta de que se había comido la mitad de la hamburguesa y todas las patatas. El método que Cahill había utilizado para distraerla sin duda había funcionado. Por otro lado, se sentía definitivamente mejor con algo de comida en el estómago, aunque fuera comida rápida. Casi podía notar cómo le subía el nivel de energía.

—Podemos ir todo lo despacio que usted quiera —dijo él—. No es un buen momento para usted, y yo también tengo un par de obstáculos en el camino. Sólo quería que supiera que me gusta —dijo, encogiéndose de hombros—. No tiene que pasar por esto sola, a menos que sea eso lo que quiere.

Oh, maldición. Lo había estado llevando muy bien, aparcando el dolor a un lado durante un rato. De pronto sus ojos empezaron a nadar y parpadeó rápidamente, intentando contener las lágrimas.

—Oh, vaya, no pretendía... Salgamos de aquí —soltó Cahill, empezando a recoger vasos y servilletas, tirando la basura a un cubo y dejando la bandeja encima. Sarah le siguió a ciegas fuera del restaurante y mientras iban hacia la camioneta, él le pasó el brazo por encima del hombro.

—Lo siento —le dijo, poniéndole un pañuelo en las manos.

Sarah se secó los ojos, apoyándose en la fuerza y en el calor de su cuerpo. Le gustó sentir el brazo de él rodeándola. Deseaba poner la cabeza en su hombro y llorar, pero en vez eso, soltó un profundo suspiro.

—Era un hombre muy dulce. Lloraré mucho por él cuando todo esto haya acabado.

Cahill abrió la puerta y Sarah subió dentro e hizo ademán de buscar el cinturón de seguridad. Cahill la detuvo poniendo su mano sobre la de ella y metió el cuerpo dentro.

Sarah no hizo ningún movimiento para evitar el beso. No quería evitarlo. Quería saber cómo besaba, a qué sabía. La boca de Cahill era cálida, el contacto ligero, casi amable, como si estuviera intentando confortarla más que excitarla.

Duró unos dos segundos. Luego él ladeó la cabeza, separó los labios y la besó con más fuerza hasta meterle la lengua en la boca y lograr que ella le rodeara el cuello con los brazos. A Sarah se le destapó el fondo del estómago y su cuerpo enteró se tensó. Supo entonces que sus instintos ronroneantes no se equivocaban. Dios, aquel hombre sabía besar.

Cahill levantó la cabeza y recorrió con la lengua el labio inferior de ella como si estuviera saboreándola.

—Qué bueno —murmuró en voz baja, casi cavernosa.

—Sí, mucho —admitió Sarah. Su propia voz sonaba un poco velada.

—¿Quieres hacerlo otra vez?

—Mejor que no.

—Vale —dijo y volvió a besarla.

Aquel hombre era peligroso. Si no tenía cuidado, antes de que se diera cuenta estaría metida con él de lleno en un lío con todas las de la ley, quizá incluso antes del día siguiente. Obviamente no era el momento indicado y tenía que recuperar el control antes de que fuera demasiado tarde. Después de no hacerle el menor caso, ahora Cahill avanzaba a toda velocidad en dirección contraria y Sarah estaba un poco aturdida.

Costó un poco, pero logró apartar la boca, jadeando en un intento por tomar aire.

—Luz roja, detective. Para.

También él jadeaba con fuerza, pero retrocedió.

—¿Permanentemente? —preguntó. La palabra era pura incredulidad.

—¡No! —su respuesta sonó vergonzosamente forzada—. Sólo por... ahora —añadió, dando un profundo suspiro—. Tenemos cosas más importantes de las que hablar.

—¿Cómo por ejemplo?

—Como, por ejemplo, de que creo que el juez conocía al asesino.

Había perplejidad en el rostro de Cahill. Cerró la puerta de Sarah y rodeó la camioneta hasta llegar al asiento del conductor. Se sentó frente al volante y puso el motor en marcha. Volvía a caer una ligera llovizna, y encendió los limpiaparabrisas.

—Ya lo sé —dijo—. Pero ¿qué te hace pensar eso?

12

Quizá, después de todo, Cahill no estuviera tan convencido de su inocencia. La idea la enfrió y la distanció un poco de él, una distancia que, por otro lado, era más que necesaria.

—Conozco al juez… le conocía —rectificó—. Siempre, siempre cerraba las puertas con llave. Todas las noches, antes de irme a dormir, pasaba revista a la casa y jamás dejó ninguna puerta mal cerrada. En él era algo automático. Cuando entraba siempre cerraba con llave la puerta por la que acababa de entrar. Supongo que adquirió la costumbre después de recibir la primera amenaza de muerte, cuando la señora Roberts todavía estaba viva. Pero anoche —Dios, hacía sólo una noche y parecía que hubiera pasado una semana— la puerta de entrada no estaba cerrada con llave.

—Podría ser una coincidencia.

—¿Que olvidara cerrar la puerta con llave justo la noche en que un asesino llegó en su busca? —preguntó Sarah, dedicando a Cahill una mirada burlona—. No lo creo. Creo que esa persona llegó a la puerta y el juez le conocía y le dejó entrar. Cuando le encontré, el juez estaba sentado en su sillón reclinable con el reposapiés levantado. Estaba relajado. No se sentía en absoluto en peligro. Es decir, que conocía al tipo.

—¿Por qué estás tan segura de que es un hombre?

La pregunta hizo que Sarah se tomara un respiro.

—Supongo que estoy pensando en términos generales. Es más fácil que decir «el asesino» cada vez. Y los convictos autores de las amenazas de muerte eran todos hombres, de modo que me he quedado con esa idea. Además, probablemente el pirado que me envió el colgante sea un hombre, y lo primero que pensé fue que él había sido el autor del crimen.

—Hm —murmuró Cahill, rascándose la mandíbula, como si estuviera considerando esa posibilidad—. ¿Ha vuelto a ponerse en contacto contigo? ¿Te ha enviado algo más? ¿Has vuelto a tener a algún pirado al teléfono o has recibido alguna llamada extraña?

—No, nada de nada. Sólo el colgante. Un incidente no marca una pauta, ¿no?

—Ya conoces el dicho. Una flor no hace primavera.

—Eso es lo que imaginaba.

Cahill sorteó hábilmente el tráfico que circulaba por la 280.

—Anoche dijiste que fuiste al cine para darle la oportunidad de que te abordara en caso de que te estuviera vigilando.

Sarah había estado en estado de shock la noche anterior, pero creyó recordar que ésas habían sido más o menos sus palabras. Cahill era astuto, muy astuto.

—Es verdad.

Él le echó una mirada.

—¿Qué te hizo pensar que te vigilaba?

—Nada, sólo que el regalo me había dejado demasiado inquieta. No había podido quitármelo de la cabeza. Algo así es… me puso los nervios de punta. Es la única forma que encuentro de describirlo —añadió con un escalofrío—. Cuando pienso que podía estar siguiéndome, vigilándome, me dan escalofríos. Y el hecho de no saber quién es aún lo empeora más, así que pensé en darle la oportunidad de presentarse. Al menos si lo hacía sabría qué aspecto tenía.

—¿Pero nadie te abordó?

—Nadie intentó sentarse a mi lado, nadie me habló, ni siquiera vi a nadie que me mirara dos veces.

—¿Sabes?, si hay alguien obsesionado contigo que además está lo bastante loco para seguirte por ahí, darle una oportunidad como ésa no fue una buena idea.

—Probablemente no —admitió Sarah—. Pero si hubiera intentado algo, creo que habría podido pillarle por sorpresa.

—¿Te refieres al karate? ¿Y si él también hubiera estado entrenado?

—En ese caso me habría metido en un lío. De todos modos creía que lo tenía todo a mi favor.

Cahill tamborileó con los dedos sobre el volante.

—No me gusta la idea de que intentes atraer a alguien así. Esa es mi reacción personal. Como policía, mi reacción es: no te busques problemas.

—Lo cual es básicamente lo mismo —dijo Sarah, divertida.

—¿Cómo? Mira, si pasa algo raro, si crees que te siguen, si recibes otro regalo o una llamada extraña, házmelo saber. Inmediatamente. ¿Vale? De día o de noche.

—No creo que te entusiasmara demasiado que te llamara a las tres de la mañana para decirte que algún borracho se acaba de equivocar de número.

—He dicho que me llames, y lo digo en serio. ¿Quién sabe? Quizá todo lo que tengas que hacer sea darte la vuelta y darme un puñetazo.

Sarah se frotó la frente. ¿Velocidad de la luz? Ahora Cahill se movía a la velocidad del rayo. El mayor problema para Sarah era que eso no le desagradaba en absoluto. Por muy rápido que él avanzara, sus hormonas le seguían el ritmo. Por el bien de su propia cordura, necesitaba que él volviera a considerarla sospechosa de asesinato para así poder frenarse. De no ser así… no quería ni imaginar lo que podía ocurrir.

Siempre había sido muy cautelosa con lo de salir con hombres y con implicarse en una relación seria. En parte porque en ese momento el compromiso no tenía cabida en sus planes, pero sobre todo porque era una mujer autosuficiente y muy celosa de su privacidad. Abrirse a alguien en el plano romántico no le resultaba fácil, ya que implicaba ceder parte de su control personal. No le costaba hacer amigos, de hecho los hacía con facilidad, quería al juez, le gustaba su familia, pero siempre había existido un nivel de intimidad en el que no había dejado entrar a nadie. Cahill podía llegar a acceder a ese nivel, pensó.

Era un caso de buena química pero de momento inoportuno. No estaba preparada para sentar la cabeza y Cahill se recuperaba de un duro divorcio. Quizá él quisiera una relación, pero Sarah dudaba seriamente de que fuera seguida de la palabra «permanente». Los romances de rebote no eran nunca una buena idea. Quizá si dejaran pasar un año… quizá entonces sí fuera menos arriesgado aventurarse con él. Aunque era imposible saber dónde estaría ella en un año.

Así pues, no era buena idea dejar que aquella historia fuera a más.

Cahill le pasó la mano por delante de la cara.

—¿Estás ahí?

Sarah le apartó la mano.

—Estoy pensando.

—Qué alivio. Temía que la idea de dormir conmigo te hubiera puesto en estado catatónico.

Sarah se sorprendió al oírse reír. Era una risa auténtica, sincera.

—Suele pasarte ¿eh?

—En realidad no diría eso, aunque ahora que lo pienso, puede que haya habido un par de veces… —sonrió y se encogió de hombros y Sarah volvió a reír.

—Debe de ser tu enorme encanto.

—Creía que era mi ego.

—Eso también.

Estuvo a punto de preguntar qué otras enormes cualidades tenía, pero se calló a tiempo. Las chanzas sexuales eran siempre divertidas, pero Sarah notaba que con él, y dada la rapidez con la que se movía, la situación podía escapársele de las manos antes de darse cuenta. Cahill podía coger una pulla y utilizarla para llevársela a la cama si bajaba la guardia. Estaba demasiado susceptible a él, pero al menos era consciente de ello.

—Cahill…

—Me llamo Thompson. Hay gente que me llama Tom y otros me llaman Doc. Tú puedes llamarme «cariño».

Un sonido peligrosamente cercano a una carcajada burbujeó en la garganta de Sarah.

—¿Siempre estás tan seguro de ti mismo?

—Ya sabes lo que reza el dicho: un corazón débil jamás se gana las atenciones de una dama. Si no te gusto puedes rechazarme, o simplemente darme una bofetada. Dijiste que la atracción era mutua, así que te tomo la palabra —concluyó girando para entrar en el aparcamiento y metiendo el coche en un espacio vacío, para luego apagar el motor y las luces. La llovizna empezó de inmediato a salpicar el parabrisas, deformando las luces y las imágenes.

—Nunca me meto precipitadamente en una relación, sobre todo con un hombre que acaba de divorciarse y que todavía va por ahí con demasiado equipaje a sus espaldas.

Cahill cambió de postura, angulando la parte superior de su cuerpo hacia ella. Siguió con el brazo izquierdo abrazado al volante y pasó el derecho por detrás del asiento, invitándola a que se acercara a él. ¿Por qué no podía la camioneta tener esos agradables y seguros asientos individuales en vez de un único banco? Además, podría haber jurado que la camioneta se inclinaba hacia la izquierda, porque estar sentada en su lado resultaba más difícil de lo que debería haber sido.

—El equipaje es el normal —dijo Cahill—. Es lo que hace de nosotros quien somos. Desde luego preferiría no ser un misógino amargado, pero…

Se calló, puesto que Sarah se reía ya abiertamente.

—Bien —dijo, y la expresión de su rostro se suavizó cuando utilizó un dedo para recogerle un mechón de pelo por detrás de la oreja—. Sonaba como si estuvieras convenciéndote de algo con la excusa del equipaje. No le des demasiadas vueltas, Sarah. Veamos adónde nos lleva. Puede que dentro de una semana nos hayamos aburrido uno del otro.

—Ya, seguro —soltó Sarah con un resoplido.

—Cosas más raras han pasado —dijo él. El mismo dedo le tocó la mejilla, acariciándosela levemente. Sin pensar, Sarah giró la cara y la apoyó en la mano de Cahill, y ese simple toque hizo que se le endurecieran los pezones. Él sonrió, como si supiera el efecto que producía en ella—. En cuanto superes ese rechazo a tener sexo animal con un hombre al que apenas conoces, podemos pasarlo en grande.

Sarah saltó de la camioneta y todavía se reía cuando entró en el vestíbulo del hotel, despidiéndose de Cahill con un gesto de espaldas. Se sentía rara al verse riendo con todo lo que había ocurrido en las últimas veinticuatro horas, pero también se sentía bien. La risa no le quitaba la pena, pero ayudaba a llevarla mejor.

De un solo golpe Cahill había conseguido que comiera, la había distraído, la había excitado y la había hecho reír. No había muchos hombres que fueran tan versátiles, pensaba mientras subía en el ascensor. Estaba totalmente asombrada ante el malicioso sentido del humor de Cahill, sobre todo al recordar lo severo que se había mostrado la noche en que la había interrogado sobre el robo.

Y eso la dejaba… ¿dónde?

Deseaba con todas sus fuerzas olvidarse de la cautela y del sentido común y tener un ardiente y apasionado *affaire* con él. El sexo sería… Ni siquiera se atrevía a imaginar el sexo, porque nunca se había sentido atraída así por nadie. Y precisamente ahí estaba el problema. No en el sexo en sí, sino en cómo se sentía. Podía perder la cabeza antes de darse cuenta y dejar que él le importara demasiado era estar pidiendo que le rompieran el corazón.

Lo más inteligente sería empezar a buscar trabajo en otro estado. Quizá Florida, en una de esas inmensas propiedades de Palm Beach. Además, estaría más cerca de sus padres. Siempre quedaba la posibilidad de California o de los Hamptons; no le preocupaba conseguir otro empleo. De todos modos tenía que poner al día su currículum. Ya no tenía ni empleo ni un lugar donde vivir. Hasta ese momento, concentrada como estaba en todo lo ocurrido, no lo había asimilado de verdad, pero la conmoción había remitido un poco y estaba empezando a pensar en todas sus ramificaciones.

Probablemente no gozaría de la opción de tener un ardiente *affaire* con él, a menos que fuera corto, o que fuera una relación a larga distancia. Pero no tenía la sensación de que Cahill fuera un hombre de distancias largas. De manera que toda esa angustia y esa indecisión eran una pérdida de tiempo. Tenía que enfrentarse a la realidad, y la realidad dictaba que se buscara un empleo. Había elegido un campo laboral muy especializado, lo que significaba que no podía encontrar un puesto en cualquier sitio; su radio de acción se limitaba a las comunidades adineradas como Beverly Hills, Buckhead o Mountain Brook.

Era posible quedarse en Mountain Brook. Ya había tenido una oferta de empleo, aunque dudaba que todavía siguiera en pie, después de que la hubiera rechazado definitivamente. Eso, por supuesto, suponiendo que le dieran el trabajo. El proceso de entrevistas era una vía de doble sentido. El jefe tenía que sentirse cómodo con ella, pero también ella tenía que sentirse cómoda con su jefe. Al fin y al cabo, tendría que entrar a formar parte de la casa y gestionar la estructura de su rutina y de su confort. En caso de que no le gustara su jefe, le costaría mantener el grado de dedicación que se exigía a sí misma, y terminaría sintiéndose muy infeliz.

Se sentía mejor ahora que se había concentrado en los hechos puros y duros, más que en las seductoras posibilidades de una relación con Cahill; la tierra se había solidificado bajo sus pies. Podía vérselas con él siempre y cuando mantuviera la cabeza fría. De todos modos, en los próximos días tenía cosas más importantes en las que pensar.

Seguía lloviendo al día siguiente, incluso con mayor intensidad. Hacía más frío. El forense entregó el cuerpo del juez Roberts a la familia y los Roberts empezaron a ocuparse de los últimos preparativos. Sarah se ocupó de encargar la esquela en los periódicos y se puso totalmente a disposición de la familia.

Les llevó a la funeraria que habían elegido para ocuparse de la selección del ataúd y de las cuestiones económicas. El juez había deseado que le enterraran junto a su esposa. Incluso había comprado una tumba doble cuando murió su mujer, con su nombre inscrito en ella, así que por lo menos no tenían que pasar por el trago de tener que tomar esa decisión. Sin embargo, se derrumbaron cuando tuvieron que elegir el ataúd. Randall y Jon se mantuvieron unidos, pero parecían incapaces de tomar una decisión. No dejaban de mirar a Barbara y ésta empezó a llorar en silencio.

Sarah se adelantó y la abrazó.

—Lo sé —murmuró, compasiva—. Pero hay que hacerlo.

Barbara se giró hacia ella, con los ojos velados por las lágrimas.

—¿Cuál te gusta?

La pregunta la apabulló. Perpleja, Sarah miró los ataúdes dispuestos a su alrededor y luego a Randall y a Jon. Ambos la miraban con una especie de súplica desesperada en el rostro. No podía quedar más claro que eran incapaces de lidiar con eso.

Sarah soltó un profundo suspiro.

—Me gusta el de bronce.

Era un ataúd caro, pero podían permitírselo sin ningún problema, y se sentirían mejor pensando que le habrían comprado el mejor a su padre.

—A mí también es el que más me gusta —se apresuró a decir Randall.

Barbara se secó los ojos.

—¿El de bronce? —preguntó con voz temblorosa. Lo miró—. Es muy bonito, ¿verdad?

—El mejor —intervino el director de la funeraria. Después de todo, el negocio era el negocio.

—Me gusta el color —dijo Barbara, tomando aire durante unos segundos y girándose de nuevo hacia Sarah—. Creo que tienes razón. Nos quedamos con el de bronce.

De ahí fueron a una floristería a encargar las flores. El servicio iba a celebrarse a las dos de la tarde del domingo, en la enorme iglesia a la que el juez solía asistir. Sarah ya había reservado habitaciones para el resto de la familia de Randall, que se pondrían en marcha ese mismo día después de la escuela y del trabajo. Los amigos podrían rendir su último homenaje al difunto en la funeraria durante la noche del sábado y, antes de eso, había que hacer algunas compras.

Sarah había tenido la suficiente entereza para pedir que le trajeran un traje negro y unos zapatos de charol de su armario, pero necesitaba unas medias y otras prendas de color negro. Barbara entonces decidió que la ropa que llevaba con ella no era en absoluto apropiada, y Blair confesó entre lágrimas que ni siquiera tenía ropa negra. Julia, la esposa de Jon, también decidió que necesitaba algo distinto. Emily era la única que había llegado totalmente preparada para la ocasión.

Lo más lógico era empezar por La Galleria, ya que estaba situada junto al hotel, pero Blair ya había repasado los dos pisos del centro comercial y no había encontrado nada de su gusto. Barbara encontró unos zapatos de su gusto en Parisina y Sarah eligió rápidamente las prendas que necesitaba, incluidos varios paraguas negros, ya que todo indicaba que después de todo, tendrían que caminar bajo la lluvia.

Por la noche habían agotado las existencias del Summit y de Brookwood, y Sarah las llevó a todas las boutiques exclusivas que conocía en la zona. Barbara por fin se decidió por un elegante traje negro con una falda larga y estrecha que, dadas las predicciones meteorológicas, era realmente apropiada. Blair se decantó por una falda negra que le llegaba justo por encima de las rodillas y por una chaqueta corta y ajustada color berenjena. Se había quitado el piercing de la ceja y también habían desaparecido los mechones de colores de su pelo. Los funerales eran cosa seria, tanto emocionalmente como en el ámbito de la apariencia. Julia se había mostrado mucho más decidida que las otras dos a la hora de hacer su selección: un vestido azul marino con una chaqueta tipo túnica a juego. Lo había encontrado en la primera tienda del Summit a la que habían entrado.

A Sarah le dolían tanto los pies que casi cojeaba cuando llegó al hotel con las mujeres a su cargo. No había parado de llover durante todo el día, dificultando aún más la compras, ya que se habían visto obligadas a añadir la carga de los paraguas a todo lo demás. Tenía los zapatos mojados, los calcetines húmedos, y, a pesar de la chaqueta Berber, tenía frío. Lo único que quería era darse una ducha caliente y sentarse con los pies en alto. No le había sonado el móvil en todo el día ni tenía ningún mensaje esperándola cuando llegó al hotel. Quizá, pensó, podría descansar.

El teléfono sonó cuando se estaba quitando los calcetines húmedos. Soltó un gruñido y se dejó caer sobre la cama, decidiendo si contestar o no. Pero podía ser alguien de la familia, así que lo cogió cuando sonó por sexta vez.

—Señorita Stevens, soy Greg Holbrook, de la revista *News*. Me gustaría hacerle una entrevista sobre el trágico asesinato...

—No doy entrevistas —respondió con firmeza—. Adiós.

Desconectó el aparato e inmediatamente llamó a recepción para que le dieran otra habitación, que reservó bajo un nombre falso. Pasó la siguiente hora ocupándose de eso y haciendo que trasladaran sus cosas a otra habitación situada cuatro pisos más abajo. Tendría que haber pensado antes en la prensa y haber tomado esas mismas precauciones.

Hacía frío en su nueva habitación puesto que llevaba todo el día vacía. Encendió el aire caliente al máximo y, cuando el frío hubo desaparecido, empezó a desnudarse, dispuesta a tomar esa ducha caliente que ahora necesitaba ya desesperadamente. Justo en ese momento, sonó el móvil.

Al menos no parecía probable que fuera alguien de la prensa, aunque si se trataba de algún miembro de la familia del juez, eso quería decir que había ocurrido algo que precisaba de su actuación.

—¿Dónde estás? —preguntó Cahill con voz irritada—. En recepción me han dicho que habías dejado el hotel.

—Benditos sean —dijo Sarah profundamente agradecida—. Me ha llamado un periodista a la habitación, así que me cambié a otra que reservé con otro nombre.

—Bien. ¿Has cenado?

—Hoy he comido, si es eso lo que quieres saber.

—No. Lo que te estoy preguntando es si has cenado.

—En ese caso, no, no he cenado, y no podrías hacerme salir de esta habitación ni con dinamita. He llevado a tres señoras de compras. Me duelen los pies, tengo frío y quiero darme una ducha caliente. Punto.

—Pobrecita —dijo, y Sarah se dio cuenta de que sonreía—. ¿Cuál es tu número de habitación?

—No pienso decírtelo. No quiero compañía.

—Doy unos masajes en los pies estupendos.

Casi soltó un gemido ante la idea de que le dieran un masaje en los pies. Sin embargo, tuvo la suficiente entereza para responder:

—Voy a cuidarme un poco de los efectos de la lluvia. Estoy exhausta, y lidiar contigo requiere mucha energía. Hoy no me veo con fuerzas.

—Probablemente esas sean las mejores calabazas que me han dado nunca. Vale, te veré mañana. Que duermas bien.

—¿Mañana?

El día siguiente era sábado. Sarah tenía… no tenía nada que hacer, cosa que le resultó tan extraña que la dejó desorientada. Los sábados siempre estaba ocupada. Si se tomaba su medio día libre el sábado, dedicaba las mañanas a programar el día del juez y a ocuparse de que todo quedara perfectamente organizado. Si no se tomaba su medio día libre el sábado era porque algo requería su supervisión. De cualquier modo, los sábados siempre estaba ocupada.

—Tengo que trabajar —dijo Cahill—. Tengo que hacer algunas comprobaciones, pero te veré por la noche en la funeraria.

Bien, la funeraria se le antojaba un lugar lo suficientemente seguro.

—¿Cuándo podremos entrar en la casa?

—Puede que el domingo. Creo que ya hemos hecho ahí todo lo que hemos podido.

—¿Me lo harás saber con antelación? Quiero que limpien la biblioteca antes de que la vea la familia.

—Por supuesto —dijo amablemente, y, antes de colgar, repitió—: Que duermas bien.

El día del funeral amaneció despejado y frío. Soplaba un viento que traspasaba las chaquetas. Probablemente se trataba del último zarpazo del invierno, pensó Sarah: el invierno de las zarzamoras, esa ola de frío que llegaba justo después de que hubieran brotado los arbustos de zarzamoras. Cierto, la predicción meteorológica anunciaba un rápido ascenso de las temperaturas. Supuestamente, el lunes la temperatura iba a rondar los dieciséis grados; veintitrés el martes. Y a finales de la semana se habían anunciado veintiocho grados.

La familia había insistido para que Sarah se sentara con ellos en la iglesia. Cahill se sentó en algún sitio detrás de ella. La saludó al entrar, le tocó brevemente la mano y luego se retiró a mirar desde atrás. Sarah no estaba segura del todo de lo que él buscaba, pero no se le escapaba detalle alguno.

Se despidió en silencio del juez. Casi podía sentir su espíritu suspendido cerca de ella, quizá despidiéndose a su vez de sus seres queridos. A Sarah le temblaron los labios al recordar todas las cosas graciosas que el juez le había dicho, el brillo de sus ojos, su alegría de vivir. Perderle era como perder a un abuelo, y siempre habría en su vida y en su corazón un pequeño vacío que sólo él podía llenar.

La iglesia estaba llena hasta los topes. Los viejos amigos del juez estaban destrozados por su pérdida y todos parecían más frágiles que hacía sólo unos días, como si también parte de su espíritu se hubiera ido. El aroma de las flores —rosas, claveles, crisantemos y gardenias de invernadero con su obsesivo olor dulzón— cargaba el aire. A buen seguro no quedaban muchas flores en Birmingham, pensó Sarah mirando al enorme muro de ofrendas florales situado detrás del ataúd.

Los funerales sureños resultaban sensibleros y en el fondo reconfortantes, con toda su tradición y ceremonial. Debido a que el juez era veterano de guerra, su división en la asociación de Veteranos de Guerras Extranjeras (VFW) le proporcionó un guardia de honor. Durante la procesión funeraria hasta el cementerio, todo el tráfico con el que se encontraron se detuvo y la mayoría de la gente encendía las luces como señal de condolencia y se apartaban al arcén del autopista si podían. Había coches de policía bloqueando las intersecciones para que la procesión avanzara sin interrupciones. A Sarah siempre le había llamado la atención la etiqueta que se reservaba al tráfico en un funeral, pero ese día, viéndose en la procesión, agradeció el detalle.

Hubo un breve servicio adicional junto a la tumba. Luego la familia se retiró unos metros y dio comienzo la sombría tarea del entierro. Una vez la fosa se hubo llenado de tierra y fue cubierta con el inmenso mar de flores, Barbara y Blair eligieron una rosa perfecta de uno de los arreglos como recuerdo. Randall y Jon parecían incómodos, ya que también ellos deseaban quedarse con una rosa. Pero eran hombres y no se movieron. Prefirieron contenerse a admitir una muestra tal de sentimentalismo. Sin embargo, sus esposas intercambiaron miradas con Barbara e hicieron sus propias selecciones florales.

Normalmente se servía comida tras un funeral en casa del difunto. Sin embargo, como todavía no podía accederse a la casa del juez, y como de todas formas tampoco parecía correcto tener invitados en la casa donde el juez había sido asesinado, uno de sus amigos había ofrecido la hospitalidad de su casa. Muchos de los asistentes al funeral salieron en tropel para disfrutar de la comida, la bebida y recordar al difunto, pero Sarah se deslizó sin ser vista hasta su 4x4. Entre la muchedumbre había un par de periodistas y quería salir de allí antes de que pudieran pillarla.

Cahill la alcanzó justo cuando se sentaba frente al volante.

—Ya puedes llamar al servicio de limpieza —dijo—. Yo retendré a la familia hasta mañana y así te daré tiempo para que te ocupes de todo.

—Gracias—. Ahora que el funeral había concluido, estaba totalmente desorientada. No había nada más que hacer, aparte de ocuparse de la limpieza de la casa—. ¿Hay algún problema para que saque algunas de mis cosas? —pensaba específicamente en el portátil, para así poder empezar a poner al día su currículum.

Cahill pareció sorprendido.

—Puedes quedarte allí si quieres.

Sarah se estremeció al pensarlo.

—Ahora no. No hasta que la biblioteca esté limpia.

Cahill asintió, comprensivo, y le dio una tarjeta.

—Esta firma se especializa en manchas difíciles —en otras palabras, sangre y fragmentos de cerebro.

Sarah echó un vistazo al nombre.

—Gracias. Les llamaré a primera hora de la mañana.

—Puedes llamarles ahora; el segundo número de la tarjeta es el del teléfono particular del empresario. Están acostumbrados a las emergencias.

Limpiar restos de asesinatos no debía de ser un gran trabajo. Por otro lado, alguien tenía que hacerlo, y en casos así lo mejor era dejar la penosa tarea en manos de profesionales.

Sarah sabía que no podía hacerlo sola, incluso aunque hubiera aprendido todo tipo de métodos para quitar las manchas.

—¿Estarás bien? —preguntó Cahill, con esos ojos azules claros y directos mientras observaba atentamente su rostro cansado. Se movió de manera que sus hombros bloquearan la puerta abierta de la camioneta, dándoles una intimidad ilusoria.

—Tengo que hacer algunas cosas, pero si necesitas compañía…

—No —respondió Sarah tocándole la mano, aunque retirándola enseguida porque ese breve contacto suponía una gran tentación—. Gracias, pero estoy bien. Yo también tengo algunas cosas de las que ocuparme.

—Entonces te llamaré mañana —concluyó Cahill, apoyándose en el 4x4 y dándole un beso en la mejilla—. Mantén el móvil encendido para que no tenga que buscarte.

—¿Tienes planeado arrestarme?

—Necesitaremos hablar de algunas cosas, tomar algunas decisiones. Te tomaré bajo custodia si lo necesito.

Cahill se alejó, y Sarah fijó la mirada en su ancha espalda mientras pequeños escalofríos le recorrían la columna.

Si tenía intención de escapar, necesitaba hacerlo pronto. Muy pronto.

13

Cahill odiaba las cintas de los vídeos de vigilancia. Los ángulos eran raros, la calidad muy dudosa, y sobre todo eran aburridas. Pero resultaban de un valor inestimable en caso de que algo ocurriera dentro de su campo de visión. Hasta el momento no había encontrado nada.

Los teléfonos públicos de La Galleria estaban repartidos por todo el centro comercial, algunos cerca de las zonas de aparcamiento y otros alrededor de las escaleras mecánicas. El teléfono desde el que se había hecho la llamada al juez Roberts estaba cerca de una de las escaleras. Si los dioses le hubieran sonreído, La Gallería habría tenido cámaras de vigilancia colocadas en el enorme pasadizo principal, pero no había habido suerte. Se había visto obligado a conformarse con las tiendas cercanas a ese teléfono en particular. Las cámaras de seguridad situadas en las entradas de las tiendas eran las únicas que podían captar el tráfico que utilizaba ese teléfono público.

La mayoría eran un completo desastre. El ángulo era incorrecto; una cámara se había estropeado y no había mostrado nada en el último par de semanas, lo que daba a Cahill una idea de la asiduidad con la que las revisaban. La mayor parte de las cámaras de seguridad funcionaban en base a un circuito cerrado. Si no las pillabas antes de que se hubiera cerrado el circuito, empezaban a grabar encima de lo que había en el principio. Si esperabas demasiado, todo lo que pertenecía al período de tiempo deseado había desaparecido.

Lo mejor que tenían era que siempre marcaban la fecha y la hora. Cahill tenía la hora exacta en que se había producido la llamada al juez Roberts, de manera que no tenía que ver la cinta entera. Dando un margen de discrepancia a los temporizadores, empezaba quince minutos antes de la hora que buscaba, y seguía mirando la cinta otros quince minutos después. Eso suponía media hora con cada cinta, tomando nota de las personas que pasaban frente a las entradas de las tiendas, comparándolas a las de la cinta siguiente y a las de la anterior. Por fin dio con algo interesante: un hombre con un traje claro utilizó ese teléfono en particular y la hora digital que marcaba la cinta señalaba una diferencia de dos minutos respecto a la hora en que, según la compañía telefónica, se había hecho la llamada. Cahill siguió mirando, y nadie utilizó ese teléfono al menos durante los siguientes cinco minutos. El siguiente usuario fue una jovencita que llevaba unos vaqueros anchos y unas botas enormes y pesadas.

Bingo. El hombre del traje claro era el sospechoso más probable.

Esa era la buena noticia. La mala era que el ángulo era terrible y mostraba sólo los dos tercios inferiores de su cuerpo.

Cahill volvió al resto de las cintas, intentando ver a un hombre con un traje claro que pasara frente a las tiendas de camino a ese teléfono.

Por fin consiguió una imagen. Era una imagen borrosa y el individuo había girado la cabeza, pero al menos tenía algo. Quizá, cuando mejoraran la calidad de la imagen podrían descubrir algo que les llevara hasta el tipo. Quizá Sarah o alguien de la familia le reconocería.

—Por favor, Sarah, quédate —dijo Barbara, inclinándose para coger las manos de Sarah entre las suyas. Aunque resultaba casi increíble, estaban solas en el salón de la suite—. Habrá que cerrar la casa y venderla, y ninguno de nosotros puede ahora dedicar tiempo a eso. Lo hemos hablado, y nadie de la familia dispone de tiempo. Hay mucho que hacer respecto a los aspectos legales, Blair todavía va al colegio, la nieta de Randall tiene que pasar por una operación a corazón abierto… te necesitamos. Conservarás tu sueldo.

Sarah apretó las manos de Barbara entre las suyas.

—Por supuesto que me quedaré. No tienes que convencerme. Me quedaré hasta que ya no me necesites.

—Has sido una verdadera bendición. No tienes ni idea de hasta qué punto. Si no hubieras estado aquí, no creo que hubiera podido enfrentarme a esto sola.

Barbara estaba cansada. Tenía la cara arrugada por el dolor, pero no había lágrimas en sus ojos.

—¿Tienes idea de cuánto tiempo…?

—Por lo menos un mes, quizá más. Tenemos que poner en orden sus asuntos, hay que embalar sus efectos personales, almacenar las cosas. No queremos que la casa se quede vacía hasta que se venda. Las casas se deterioran muy deprisa cuando no hay nadie que las habite. Puede que la vendamos enseguida, pero puede que no.

¿Una casa en Briarwood, en la zona de las antiguas fortunas? Habría gente que no estaría dispuesta a comprar una casa en la que había tenido lugar un asesinato, pero la zona y la propia casa probablemente terminarían convenciéndoles. A Sarah le sorprendería que se mantuviera en el mercado durante un mes entero antes de que alguien se hiciera con ella. La verdad, era una situación provisional perfecta para Sarah: podría tomarse su tiempo para buscar un nuevo empleo, pero de esta forma no tendría que tocar sus ahorros. No tendría que recoger sus cosas a toda prisa, sino que podría hacerlo gradualmente. En vez de verse abruptamente desarraigada, podría empezar tranquilamente en un nuevo trabajo, una nueva residencia, nuevas responsabilidades.

—Supongo que quieres que la propiedad siga manteniéndose y que la casa se limpie regularmente.

—Oh, sí, claro, será mucho más fácil vender la casa si está bien mantenida. Se me hace tan difícil pensar en venderla —dijo Barbara, y su voz se apagó—. Vivió aquí casi cincuenta años. Yo crecí aquí. Es una casa maravillosa, llena de recuerdos, y él la cuidó muchísimo. Mamá la diseñó, ¿lo sabías? Es la casa de sus sueños.

—¿No hay ninguna posibilidad de que la familia se quede con ella?

—No lo creo. Ninguno de nosotros quiere volver a vivir aquí, y, por supuesto, los impuestos sobre la propiedad son terribles, aunque los dividamos entre tres. La casa tendrá que venderse para ayudar a pagarlos. Ninguno de nosotros se puede permitir conservar la casa y pagar esa cantidad de impuestos adicionales. Sé que a papá le habría gustado que alguno de nosotros se la quedara, pero tal como están las cosas...

Barbara se encogió de hombros con impotencia y pasó a otro tema.

—Cuando mañana la policía nos deje entrar en la casa, Randall, Jon y yo vamos a seleccionar algunos recuerdos. Naturalmente, Papá dejó instrucciones para las cosas principales, pero hay otros objetos más pequeños que queremos. Randall y Jon pueden llevarse a casa lo que hayan decidido quedarse, ya que vuelven en coche, pero ¿podrías meter lo que yo escoja en una caja y enviármela por correo?

Sarah sacó la pequeña libreta de notas que llevaba siempre en el bolso y anotó el encargo.

—¿Quieres que organice un almuerzo en la casa mañana? Leona estará más que feliz de prepararos lo que queráis.

Barbara vaciló y luego sacudió la cabeza.

—No sé a qué hora llegaremos exactamente o cuánto tiempo nos llevará seleccionar lo que queramos llevarnos. Ni siquiera sé cuántos seremos.

—Puedo organizar algo —dijo Sarah—. Por lo menos, una buena olla de sopa y unos sandwiches.

—Eso sería fantástico. O podríamos ir todos a Milo's. Shaw ya está empezando a quejarse porque todavía no se ha comido ninguna hamburguesa.

Sarah sintió un leve zumbido secreto cuando oyó mencionar Milo's. Quizá llegara el día en que no asociara los besos de Cahill con la hamburguesería, pero en ese momento ambos estaban estrechamente ligados en su cabeza. De repente sintió unas ganas tremendas de comerse una hamburguesa.

Si se quedaba en Mountain Brook no había duda de que volvería a verle. No sabía si eso era bueno o malo, pero reconocía que la idea le resultaba definitivamente excitante.

Barbara no lo sabía, pero en ese preciso instante la patrulla de limpieza estaba en la casa. La tarifa por el servicio de limpieza un domingo por la noche era más alta que durante la semana, pero Sarah decidió que valía la pena si con ella la familia del juez podía entrar en la casa lo más temprano posible al día siguiente, ya que Barbara y su prole volaban de regreso a Dallas a media tarde. En cuanto saliera del Winfrey,

Sarah planeaba ir a la casa y comprobar que las labores de limpieza eran satisfactorias, pero luego pensaba volver a su hotel y pasar allí la noche. A pesar de que sus dependencias estaban totalmente separadas del resto de la casa, no estaba preparada para quedarse allí sola. Se dio cuenta de que volver a la casa no iba a ser nada fácil.

No, no lo era. La patrulla de limpieza ya se había ido cuando a últimas horas de esa noche Sarah llegó a la casa y tuvo que obligarse a entrar, cruzar el vestíbulo y mirar en la biblioteca. Una fuerte sensación de «dejà vu» se adueñó de ella justo al llegar a la puerta de la sala de lectura, dejándola helada. ¿Seguiría el juez sentado en su sillón reclinable con la sangre y los fragmentos de masa cerebral esparcidos por la pared del fondo y sobre la alfombra cuando mirara dentro? ¿Seguiría ahí aquel olor?

No, el olor había desaparecido. Desde donde estaba podía perfectamente saber si todavía se percibía. ¿O no? El olor había sido penetrante y se había colado por el pasillo hasta la sala de desayuno, incluso hasta la cocina. Ahora, lo único que notó fue un olor a limpio y a cítrico.

Se acorazó contra lo que podía venir y entró en la biblioteca. El servicio de limpieza había hecho un buen trabajo con la alfombra y con la pared. Evidentemente habían limpiado la alfombra en toda la habitación, de manera que era imposible saber dónde habían estado las manchas. El sillón no estaba. Sarah no tenía la menor idea de dónde había ido a parar. Quizá lo tuviera la policía, aunque le costaba imaginar para qué podían quererlo. O quizá el servicio de limpieza lo había retirado de la sala por alguna razón. Quizá había sido imposible eliminar el olor del cuero.

Esperaría al día siguiente para averiguar qué había sido del sillón reclinable. Quizá estuviera en el garaje, pero no pensaba ir a buscarlo esa noche. Salió despacio de la habitación, apagando la luz y cerrando la puerta al salir. No podía imaginar volver a entrar en aquella sala, por ningún motivo.

No recogía el correo desde el miércoles, aunque alguien, probablemente Cahill, lo había llevado a la casa y dejado sobre el office de la cocina. Naturalmente, Cahill habría revisado el correo para ver si contenía algo sospechoso, cualquier correspondencia que mereciera ser supervisada. Hojeó el fajo de cartas. Si había algo sospechoso, Cahill se lo había llevado, porque lo único que vio fue las facturas habituales, catálogos y revistas.

Dejó el correo en el office y subió a sus dependencias. Todo parecía sutilmente fuera de lugar, desordenado. Alguien había registrado cada centímetro, de modo que supuso que debía sentirse agradecida por el relativo orden. Al menos no habían tirado al suelo el contenido de los cajones. Volvió a poner los libros en la estantería, ordenó las pocas revistas y las plantas, retocó un jarrón y algunas fotos.

Al llegar al dormitorio vio que le habían quitado las sábanas de la cama. Recogió las sábanas del suelo para meterlas en la lavadora y luego fue al cuarto de baño y empezó metódicamente a ordenarlo. No podía volver a recuperar su vida tal cómo la había dejado, pero sí podía reconstruir su entorno más inmediato.

Cambió las toallas y ordenó sus cosméticos como a ella le gustaba tenerlos.

De nuevo en el dormitorio, volvió a hacer la cama y a continuación abrió las puertas dobles del armario y se puso a colgar su ropa, de tal modo que tuviera a mano las prendas que solía utilizar más a menudo. Los zapatos eran un caos. Los sacó todos del armario y luego se sentó en el suelo y los fue uniendo por pares para volver después a meterlos en el armario, ordenados en pulcras filas.

Odiaba profundamente que alguien hubiera registrado el cajón donde guardaba la ropa interior. Era un poco maniática respecto a su ropa interior, cortesía de dos hermanos a los que les encantaba escondérsela para hacerla rabiar o que solían atar sus sujetadores a una rama doble para hacer con ellos un tirachinas. Los hermanos mayores eran una verdadera cruz. En ese momento deseó tener un vídeo de cuando Noel se puso en la cabeza sus primeras bragas de encaje. Le encantaría enseñárselo a sus amigos Marines. Sus hermanos nunca habían tratado así a Jennifer, aunque si lo hubieran hecho ella se habría echado a llorar y eso no tenía nada de divertido. Sarah les había perseguido con chispas de furia en los ojos y con ganas de asesinarles. Si les hubiera pillado, se habría derramado sangre.

No le había quedado más remedio que esconder la ropa interior durante años, metiéndola en lugares insospechados para que ni Daniel ni Noel la encontraran. Siempre doblaba todas sus prendas con máximo cuidado, y las de encaje y las más provocativas tenían su propio cajón. No las ordenaba por colores —su sentido del orden no llegaba a tanto— pero le molestaba terriblemente ver cómo sus pulcros montoncitos estaban hechos un caos y habían sido mezclados unos con otros.

Probablemente Cahill había registrado personalmente el cajón donde guardaba sus prendas íntimas. Tenía todo el aspecto de ser el tipo de hombre que disfrutaba con algo así. Podía imaginarle con unas bragas negras de encaje en la mano...

Oh, sí, podía imaginarle perfectamente. Una oleada de calor la recorrió. Supo que estaba en un lío cuando la idea de que él registrara su ropa interior la excitaba en vez de enojarla.

Quizá debía dejar de ser tan cauta y lanzarse de cabeza. Nunca se había comprometido en ninguna relación, pero quizá Cahill fuera alguien a quien de verdad pudiera querer.

Quizá entre ambos pudiera darse algo real y permanente y estaba en peligro de perderlo porque no podía dejar de escuchar lo que le decía la cabeza en vez de dejar hablar al corazón. Sí, él acababa de salir de un terrible divorcio y un año no bastaba para recuperarse emocionalmente, él mismo lo había admitido. Sí, había muchas posibilidades de que Cahill no fuera una buena apuesta. Pero a veces la suerte se alía con nosotros y nos premia por apostar por lo que aparentemente cuenta con menos probabilidades.

Es decir, la verdadera cuestión era si tenía las agallas para darse del todo y dejar de contenerse. Siempre había utilizado el Plan como excusa para huir de sus relaciones antes de que éstas pudieran concretarse en algo. La excusa era real, porque verdaderamente deseaba ejecutar el Plan, pero la otra parte de sus motivos era que amar a alguien significaba ceder parte de su control personal, y ella siempre había valorado eso por encima de cualquier hombre con el que estuviera saliendo.

Si terminaba implicándose emocionalmente con Cahill, quizá en algún momento pudiera dejarle, pero no lo haría con el corazón intacto. Cahill podía hacerle daño. Sospechaba que podía amarle como jamás había amado a ningún hombre si ella le dejaba acercarse.

Decidiera lo que decidiera, había riesgos... grandes riesgos. Podía arriesgarse a quererle y a perderle, o a dejar escapar al amor de su vida por miedo.

Y a Sarah no le gustaba considerarse cobarde, en ningún aspecto.

—¿Reconocen a este hombre? —preguntó Cahill a la mañana siguiente, sacando una fotografía borrosa de un sobre grande y poniéndola encima de la mesa. La fotografía había sido ampliada y limpiada, y todavía seguía teniendo una calidad ínfima. Sin embargo, era todo lo que tenía.

Sarah miró la fotografía y sacudió la cabeza con decisión. Randall, Barbara y Jon se apiñaron alrededor de la imagen y la observaron atentamente.

—No, creo que no —dijo Randall dubitativo—. No a menos que pueda verle la cara. Aunque no me suena. ¿Por qué?

—Fue él quien hizo la última llamada a su padre desde un teléfono público de La Gallería.

Barbara se echó hacia atrás como si algo la hubiera picado.

—¿Quiere decir que podría ser el asesino?

—No puedo asumir tal cosa —dijo Cahill, imparcial—. Me gustaría, pero no puedo. Pero puede que su padre le haya dicho a este hombre algo sobre alguna visita a la que estuviera esperando, o algún otro detalle que podría sernos de ayuda. Definitivamente me gustaría hablar con este tipo.

Todos volvieron a mirar la fotografía, como si la concentración fuera a despertar algún recuerdo esquivo en sus cabezas. El hombre de la foto era elegante, llevaba un traje de color claro, cabello también claro y bien cortado, quizá rubio o gris. Había girado la cabeza, de manera que la cámara sólo captaba el perfil de su mandíbula y mejillas izquierdas. A menos que se conociera bien a aquel hombre, resultaba imposible identificarle en la fotografía.

Sarah dio a Cahill una taza de café y ladeó la cabeza para echarle una nueva mirada a la foto.

—Lleva traje —dijo—. Y el miércoles no hacía frío.

• • •

Tanto Randall como Jon levantaron la mirada, atentos.

—Hacía demasiado calor para llevar chaqueta —dijo Jon—, a menos que tuvieras que llevar traje para ir al trabajo.

Barbara parecía confundida.

—¿Y qué?

—Trabaja en una oficina —explicó Cahill—. Es un profesional.

Barbara suspiró.

—Todos los amigos de papá son profesionales que trabajan en oficinas.

—Retirados —intervino Sarah—. Este hombre no está jubilado.

—En ese caso es más joven que papá, pero para eso sólo hace falta ver la fotografía. O eso o se ha estirado la cara —dijo Barbara señalando la barbilla firme del rostro del desconocido.

—Partamos de lo que ya sabemos —les pidió Cahill—. Es más joven que su padre, es decir, que no tendrá más de cincuenta o cincuenta y cinco años, profesional. Probablemente el pelo sea gris, o de un rubio que está empezando a volverse gris. Está en buena forma, elegante, metro ochenta u ochenta y cinco. ¿No se les ocurre nadie?

Todos sacudieron la cabeza, pesarosos.

—Bueno, si se les ocurre algo, háganmelo saber —dijo Cahill, volviendo a meter la foto en el sobre—. No concentren su atención en los amigos íntimos del juez, sino en alguien al que pudiera conocer superficialmente.

—Sarah sería de más ayuda que cualquiera de nosotros —dijo Jon—. Llevamos años viviendo lejos de la zona, así que no conocemos a nadie que papá haya podido conocer recientemente —añadió poniendo mala cara—. Y cuando digo «recientemente» me refiero a los últimos diez años como mínimo.

—Más aún —suspiró Barbara—. Dwight y yo nos mudamos a Dallas antes de que naciera Shawn y ya tiene diecinueve años. Dejémoslo en veinte años. Me temo que no seremos de ninguna ayuda, detective. Sarah es su única esperanza.

Todos miraron a Sarah, que sacudió la cabeza.

—Conocía a mucha gente. No paraba de saludar y luego decía que no se acordaba del nombre de la persona con la que acababa de cruzarse, pero sí recordaba que trabajaba con éste o con aquél. En realidad nunca hablaba de nadie excepto de su círculo de amigos más íntimos.

—En ese caso, a menos que este tipo —empezó Cahill dando unos golpecitos en el sobre— vuelva a llamar, estamos en un callejón sin salida.

—Eso me temo, al menos en lo que a mí respecta. Puede que alguno de los vecinos le reconozca, o podría intentarlo con los amigos del juez. Eran un grupo muy unido.

—Eso haré —dijo Cahill y miró a los demás—. Tengo que volver al trabajo, pero ¿hay algo que pueda hacer por ustedes aquí?

Barbara le sonrió. La suya era una sonrisa triste y amable.

—Estamos empaquetando fotografías y efectos personales que queremos conservar. Gracias por todo lo que ha hecho y por sus consejos. Sé que hará todo lo que esté en su mano para encontrar al asesino de papá.

—Sí, señora, lo haré —dijo Cahill mirando a Sarah—. ¿La acompaño al coche, señorita Stevens?

Hacía menos frío que el día anterior, pero todavía lo suficiente para que Sarah cogiera una chaqueta al salir. Hacía un sol espléndido que resaltaba los colores frescos y brillantes de la primavera: el rosa de las azaleas, el verde joven de las hojas nuevas, los cornejos blancos y rosas. Sarah entrecerró los ojos ante tanta claridad y se los protegió con la mano.

—¿Qué pasa, detective Cahill?

—No mucho, sólo quería estar a solas contigo un minuto. ¿Qué planes tienes? Van a vender la casa, ¿verdad? ¿Qué vas a hacer?

—De momento me quedaré aquí. Todos tienen que irse esta tarde así que me encargaré de embalar las cosas y de prepararlo todo para que la casa pueda ponerse a la venta.

—¿Te quedas aquí? ¿En la casa?

—Puedo cuidar mejor de todo si sigo aquí, controlándolo todo.

—¿No te molestará quedarte aquí sola?

—Lo que me molesta es que el juez haya muerto. Me molesta entrar en la biblioteca porque sigo viendo ahí su cuerpo, y todavía huelo… cosas. Pero no me molesta quedarme sola. Creo que lo que ocurrió le tenía a él como único objetivo, aunque no tengo la menor idea de por qué. Así que no corro peligro—. Hizo una pausa al ver una fugaz expresión en el rudo rostro de Cahill—. ¿No? ¿Hay algo que no me hayas dicho?

—No, nada. Creo que estás a salvo. Es sólo que tienes más agallas que la mayoría de la gente. Conozco a muchos hombres que no querrían quedarse aquí solos.

—¿Y quién dice que los hombres tienen más agallas que las mujeres?

Cahill sonrió al notar el reto en su voz.

—Nadie. Los hombres sólo tienden a hacer estupideces por puro orgullo. Ahora que he reconocido que somos todos idiotas, ¿cenarás conmigo esta noche?

—¿Cómo? ¿Salir con un idiota?

—Piensa en lo que te vas a divertir.

—Bien dicho —dijo Sarah, sonriéndole—. En ese caso, creo que me gustaría. ¿A qué hora y dónde?

—A las seis y media, e iremos a algún sitio informal, si te parece bien.

—Me parece bien lo de informal.

Cahill le guiñó un ojo y se metió en el coche.

—Te veré a las seis y media.

Sentía el corazón más ligero cuando volvió a entrar en la casa. Todavía estaba apenada, pero la vida continuaba. Lo terrible de los clichés era que normalmente llevaban razón. El profundo dolor y la depresión habían desaparecido, y Sarah ya miraba hacia delante, concentrándose en el futuro. Tenía muchas tareas de las que ocuparse, asuntos que poner en orden, y tenía que encontrar trabajo.

Pero lo más inmediato era la cita con Cahill.

14

—No adivinarías nunca —fue su saludo cuando le abrió la puerta esa noche— lo que ha llegado hoy con el correo.

Cahill tensó el cuerpo.

—¿Otro regalo?

—Una cosa casi peor —refunfuñó Sarah—. Dos ofertas de empleo.

Sus cejas oscuras y rectas dibujaron un nudo.

—¿Qué hay de malo en eso?

—Llevan fecha del sábado. Esa gente debe de haber escrito las cartas casi inmediatamente después de haberse enterado de lo del juez.

—Repito. ¿Qué hay de malo en eso?

Sarah le miró con impaciencia.

—Buitres. Es como la gente que lee las esquelas y llaman a la esposa del difunto para pedirle una cita después del funeral.

—A mí me parece inteligente, si quieren que trabajes para ellos. Si son los primeros en hacerte una oferta, puede que la aceptes antes de que te hagan otras.

—Demasiado tarde, ya que recibí la primera hace dos semanas, justo después del reportaje en televisión.

—Pero ellos no lo sabían. Yo habría hecho lo mismo —dijo, razonablemente—. Te veo, te deseo, doy el paso e intento eliminar a cualquier otro que piense lo mismo que yo.

Sarah resopló mientras se ponía la chaqueta.

—Desde luego, menuda comparación, Cahill. Tú me viste y te echaste a correr.

—¿No gano puntos extras por haber logrado reunir el suficiente valor para volver?

—No. Aquí no vale el sistema de puntos.

—En ese caso supongo que tendré que confiar en la coacción física.

Cahill cogió la parte delantera de la chaqueta de Sarah con el puño y la atrajo hacia él. Ella levantó la cabeza para recibir su beso. Sólo cuando la boca de Cahill tocó la suya Sarah se dio cuenta de lo mucho que necesitaba volver a sentir eso, de que él la abrazara. Las lenguas de ambos se enzarzaron en un combate lento, deslizándose, tanteándose, trenzándose. Ni él ni ella tenían ninguna prisa.

Cahill apartó la boca lo suficiente para murmurar:

—¿Ya te he coaccionado?

—Todavía no. Sigue intentándolo.

En la boca de él se dibujó una sonrisa y apoyó su frente en la de Sarah.

—No quiero sobrepasar mis límites. Dame algunas normas de comportamiento. Si me vuelvo pendenciero y se me va la mano, ¿en qué punto me darás una bofetada? El truco es saber parar justo antes de llegar a eso.

Sarah arqueó las cejas.

—Yo no doy bofetadas. Doy patadas en el culo.

—Vaya. Eso suena interesante. ¿Con los pantalones bajados o puestos?

Sarah hundió la cara en la chaqueta de él, riendo disimuladamente.

—Debería haber imaginado que eras un pervertido.

—Un niño sólo quiere divertirse —dijo Cahill, acariciándole la espalda con un movimiento nervioso con el que le comunicó que no le gustaba tener que contenerse, aunque de todos modos lo estaba haciendo—. Y si no nos vamos, puede que reciba una patada en el culo. Nunca se me ha dado demasiado bien saber cuándo parar.

Por el contrario, sabía hacer del cortejo todo un arte, por lo menos con ella. Había dejado claro que Sarah le atraía, pero no se mostraba ni demasiado ardiente ni demasiado pesado, teniendo en cuenta que estaban empezando a conocerse. Sarah estaba realmente encantada con su retorcido sentido del humor, más de lo que quería dejarle saber. Si Cahill se la jugaba, pensó, probablemente acabaría en la cama con él, y apreciaba sinceramente que él se contuviera porque sospechaba que sabía exactamente lo encantada que estaba. Cahill era un tipo listo.

—¿Alguna de las ofertas de empleo parecía interesante? —preguntó cuando le abrió la puerta de su camioneta.

—No, las dos querían que empezara inmediatamente y eso es imposible. Estaré aquí por lo menos un mes más. Dudo que la familia quiera seguir pagándome para que me quede en mis dependencias con los brazos cruzados cuando la casa esté lista para salir a la venta, de manera que no espero que se alargue más de un mes, pero hasta entonces no estaré libre.

—¿No crees que las ofertas seguirán en pie? No me parece que haya demasiados mayordomos por la zona.

Sarah se encogió de hombros.

—Puede que sí o puede que no. Creo que sólo me quieren por el factor «celebridad», y eso no me hace demasiada gracia.

—¿Acaso el hecho de que también seas guardaespaldas significa que sólo estudiarás las ofertas que incluyan ese requisito?

—Eso estaría bien —dijo Sarah irónica—. Pagan mucho más. Pero, no, hay que tener en cuenta muchas cosas. En primer lugar, si me gusta la familia. Si hay ofertas que incluyan el puesto de mayordomo y de guardaespaldas, tendría que considerar a qué parte del país tendría que trasladarme... cosas así.

—¿Hay zonas del país que no te gustan?

—No es eso. Soy hija de militares. Estoy acostumbrada a vivir en cualquier parte, pero mis padres y mi hermana viven en Florida y me gusta vivir en algún lugar desde donde sea fácil visitarles.

—¿Estás muy unida a tu familia?

—Hablamos mucho por teléfono. No puedo verles todo lo que quisiera, quizá tres o cuatro veces al año, pero sí, diría que estamos muy unidos. A pesar de que mis dos hermanos están en el ejército y viajan por todo el mundo, nos las arreglamos para hablar por teléfono. ¿Y tú?

—Bueno, somos de esta zona, de manera que tengo tíos, tías y primos repartidos por todo el centro de Alabama. Mi hermana DeeDee vive en Redneck* Riviera, es decir, Gulf Shores para los que no son de la zona, y mi hermano, Dudley Do-Right,** vive en Montgomery.

—¿Dee-Dee y Do-Right? —preguntó Sarah, divertida.

---

* *Redneck:* tendencia ultraconservadora muy característica de las zonas rurales y de los estados menos favorecidos de los Estados Unidos de América. *(N. del T.)*

** *Do-Right:* hacer el bien. *(N. del T.)*

—A ella le pusieron el nombre de mis dos abuelas, Devona y Darnelle. ¿Con cuál te gustaría que te llamaran?

—Dee-Dee, sin duda.

—Ya, no me extraña. En cuanto a Dudley, su verdadero nombre es Thane. Es policía estatal, así que lleva el uniforme de los que hacen el bien. Entre los dos me han hecho tío cinco veces. Dee-Dee es la mayor, con dos años de diferencia. Por cierto, tengo treinta y seis.

—¿No tienes hijos?

—No, gracias a Dios. Es lo único bueno de mi divorcio, que no tuvimos hijos a los que destrozarles la vida. El resto de la familia siempre me consideró un holgazán por no tener descendencia, aunque ahora también ellos se alegran.

—¿Y tus padres?

—También ellos me consideraban un gandul.

Sarah le dio un puñetazo en el hombro.

—Granuja.

Cahill sonrió y luego frunció un poco el ceño y se frotó el brazo. Vaya, menudo golpe.

—Y me he contenido. Eres un quejica—. Venga ya, pensó Sarah. Cahill tenía el brazo tan duro que podría haberse destrozado los nudillos—. ¿Y tus padres? —le apremió.

—Viven en Kentucky. Se mudaron allí por alguna razón, aunque no sé cuál.

—¿Qué tiene de malo Kentucky?

—Nieva.

—¿Qué tiene de malo la nieve?

—Recuerda que he trabajado en un coche patrulla. ¿Has visto alguna vez lo que ocurre por aquí cuando nieva?

Sarah se echó a reír, ya que un centímetro de nieve podía convertir el tráfico, y de hecho así era, en un verdadero caos.

Los sureños no se llevaban bien con la nieve; suponía un terrible dolor de cabeza para los coches patrulla a causa de los accidentes. Para alguien que había pasado un memorable invierno al norte del estado de Nueva York, la alarma provocada por una tormenta de nieve en los estados del sur resultaba irrisoria.

De pronto, Sarah se dio cuenta de que se iban hacia el sur, alejándose de la ciudad.

—¿Adónde vamos?

—¿Qué te parece un poco de béisbol en el instituto?

Sarah no respondió de inmediato.

—¿Es una pregunta retórica o estás diciéndome algo?

—Un primo mío juega esta noche, a doble partido. Nos perderemos el primer partido, pero mientras cenamos y llegamos al campo, deberíamos llegar ahí justo a tiempo para el segundo. Jojo juega de Shortstop.*

Evidentemente Jojo era su primo.

—Me gusta el béisbol, pero no creo que esta chaqueta sea lo bastante abrigada para sentarme a la intemperie durante dos horas con este frío.

—Tengo una manta detrás del asiento, una manta gruesa de lana. Podemos acurrucarnos en la grada y si nos tapamos con la manta nadie se dará cuenta de que te sobo de vez en cuando.

—Yo sí me daré cuenta.

—Dios, eso espero. Si no es así, eso significa que he perdido el tacto o la puntería.

---

* *Shortstop:* en baseball es el jugador del equipo colocado más o menos entre la segunda y tercera base, que tiene como misión atrapar las bolas que caen en esa zona, en la que, por otro lado, es donde el bateador suele enviar la bola con mayor frecuencia. De ahí que sea necesaria la presencia adicional del *shortstop* en el campo de juego. *(N. del T.)*

Quizá un sitio público fuera el lugar más seguro para estar con él.

—Vale —dijo Sarah—. Incluso podemos comprar un perrito caliente en el campo si quieres llegar antes de que termine el primer partido.

—Sabía que eras buena gente —dijo Cahill feliz.

Lo de sentarse en una grada fría en una noche helada, rodeados de padres, hermanos, algunos profesores y grupitos de estudiantes que no paraban de chillar, reír y charlar resultó mucho más divertido de lo que Sarah recordaba de los días en que Daniel y Noel jugaban al baloncesto. Por un lado, porque los primos de Cahill —había unos diez en el campo— estaban todos locos. Sarah tuvo que preguntarse si el sentido del humor era un rasgo propio de la familia. Por otro, porque acurrucarse bajo la manta con él resultaba… más que divertido.

La manta de tamaño cama de matrimonio era, como Cahill había prometido, de lana gruesa. Cahill envolvió a ambos con ella antes incluso de que se sentaran, de manera que les protegía las piernas del frío. El calor corporal de él y la manta se combinaban para mantenerla agradablemente caliente, a pesar de que la noche de abril era tan fría que se les helaba el aliento. Cahill tenía pegado el cuerpo a su costado izquierdo, frotando su mano contra la de ella, y seguía con el brazo derecho alrededor de su cuello, excepto en los momentos en que se ponía en pie de un salto e insultaba a gritos al árbitro, que resultó ser otro de sus primos.

Unas cuantas veces logró incluso algún toqueteo. La caricia fue sutil, sólo su pulgar rozándole el pecho derecho, pero era un gesto intencionado y ella lo sabía. La primera vez que ocurrió, Sarah le lanzó una dura mirada y le encontró mirando inocentemente el partido, mientras una leve sonrisa jugueteaba en las comisuras de sus labios. Ella se vengó deslizando su mano izquierda por el muslo de Cahill, muy despacio, deteniéndose justo al sur del ojo de buey. Cahill tensó el cuerpo, dejó de sonreír y, aunque siguió mirando el partido, había en sus ojos esa mirada desenfocada que a Sarah le dejó bien claro que se había desentendido por completo de lo que ocurría en el campo.

Sarah se sentía terriblemente traviesa haciendo esas cosas en público, a pesar de que estaban envueltos como momias en aquella maravillosa manta y nadie podía darse cuenta de nada. Deseó dejar de provocarle e ir a por todas con un gesto que a Cahill le hiciera entornar los ojos. Deseó girarse un poco para que la mano de él le sujetara el pecho completamente.

No tuvo que girarse. Cahill se las ingenió a la perfección sin su ayuda.

Sarah contuvo el aliento cuando sintió la cálida presión de su mano y la caricia del pulgar sobre su pezón. Daba igual que la triple capa de sostenes, camisa y chaqueta le protegiera la piel de su tacto. Se le endurecieron los pechos, los pezones se convirtieron en pequeños guisantes duros y todo su cuerpo respondió tensándose.

—¿Estás bien? —preguntó Cahill con un tono casual, como si le estuviera preguntando si tenía frío.

Sarah deseaba ardientemente agarrarle bien, pero apretar los genitales de un hombre en la primera cita no iba con ella. Se contentó con meterle la mano derecha por debajo de la camisa y tirarle del vello del pecho. Cahill no pudo reprimir una mueca de dolor.

—Tengo un poco de calor —dijo ella, con el mismo tono casual—. Quizá podríamos abrir un poco la manta.

—Buena idea —dijo Cahill, que sonaba ahora un poco sofocado, y ambos se sacudieron la manta de encima hasta que les cubrió sólo las piernas hasta la cintura. Recurrieron al café para entrar en calor durante el resto del partido.

Cahill tenía que trabajar al día siguiente, así que, después del partido, llevó a Sarah directamente a casa. Cuando le dio un beso de buenas noches, ella fue lo bastante lista para sujetarle las manos mientras la besaba. Cuando Cahill levantó la cabeza sonreía.

—No me habían vuelto a sujetar las manos mientras besaba desde el instituto.

—Tampoco a mí me habían toqueteado en un partido de béisbol desde el instituto.

—Ha sido divertido, ¿no?

Sarah se sorprendió sonriendo.

—Sí.

—¿Tienes planes para mañana por la noche? ¿Y para todas las noches de esta semana?

—¿Me estas pidiendo que salga contigo todas las noches?

—Tengo que agotarte. ¿Cómo, si no, voy a llegar a la segunda base si no consigo pasar de la primera? Esta es la agenda para la semana: mañana por la noche iremos a jugar a bolos…

—¿A jugar a bolos?

—Bolos cósmicos. Es divertidísimo.

Sarah ni se molestó en preguntar qué era eso de los bolos cósmicos.

—¿Y el miércoles?

—Al cine.

—¿El jueves?

—Un concierto.

De lo ridículo a lo sublime. Sarah sacudió la cabeza, perpleja. Al menos no se aburriría.

—¿Y el viernes?

—Espero que a esas alturas ya hayamos pasado al sexo salvaje de los primates.

Sarah se echó a reír de buena gana, y él sonrió, apoyándose en el marco de la puerta.

—¿Tenemos una cita? ¿O varias citas?

—Hasta el viernes.

—Ya veremos —respondió Cahill, mientras se alejaba silbando hacia su camioneta.

Sin duda era un gran maquiavélico.

15

El martes por la mañana apareció un artículo en el periódico con un titular que rezaba: «La falta de pruebas obstaculiza la labor de la policía en el asesinato de Mountain Brook». Cahill gruñó, asqueado, mientras leía el artículo.

El departamento de policía de Mountain Brook no ofrece más información que «sin comentarios» sobre su investigación acerca del asesinato del juez retirado Lowell Roberts. La investigación parece haber llegado a un punto muerto y los ciudadanos, preocupados, se preguntan si el Departamento, que no ha investigado ningún asesinato en los últimos cinco años, tiene la suficiente experiencia para enfrentarse a un caso de estás características.

—Menuda gilipollez —gruñó, tirando el periódico encima del escritorio. Todos los investigadores de la división de detectives echaban chispas. El lugarteniente echaba chispas. De hecho, todo el mundo echaba chispas. Era cierto que la investigación estaba en punto muerto, pero eso nada tenía que ver con la incompetencia o con la falta de experiencia. Si el idiota que había escrito ese artículo hubiera investigado como debía, se habría enterado de que el departamento de Mountain Brook era de primera y que incluía a gente excelente, además de estar excelentemente equipado. El técnico de pruebas en jefe se había encargado de reunir las pruebas, y lo había hecho correctamente. El propio Cahill había hecho una visita de inspección con el Departamento de Policía de Birmingham, donde las investigaciones de asesinatos eran mucho más comunes. Todos los detectives contaban con mucha experiencia. Sabían como llevar adelante una investigación, pero no podían inventarse pruebas que no existían.

El problema seguía siendo la ausencia de móvil. Cuando el juez Roberts había sido asesinado, no iba caminando por la calle y había sido víctima de un tiroteo desde un coche. En otras palabras, no se trataba de un asesinato sin otro móvil que el del mero placer por matar. Su asesinato había sido deliberado, planificado y ejecutado con precisión. Es decir, había sido un homicidio. El autor del crimen sabía que aquél era el día libre de Sarah y que el juez estaría solo en la casa. La misteriosa llamada recibida desde el teléfono público de La Galleria era la única pista que tenían, pero hasta el momento nadie había reconocido nada del hombre de la fotografía. Habían hablado con amigos del juez, con los vecinos y la familia, y seguían sin tener nada.

La vía fácil no había resultado. Las cosas habrían sido mucho más sencillas si el juez Roberts hubiera recibido un disparo al abrir la puerta o mientras iba hacia su coche. En ese caso, podría haberse barajado la posibilidad de la venganza. En cambio, Cahill volvía una y otra vez a la inevitable conclusión de que el juez conocía a su asesino y de que le había permitido entrar por propia decisión a la casa.

Y eso llevaba de nuevo a Cahill al misterioso hombre de la foto. La hora de la llamada era correcta. Alguien a quien el juez conocía, quizá de fuera de la ciudad, que había llamado y había dicho: «Hola, estoy cerca de tu casa». Y el juez le había invitado a su casa y el tipo le había matado. Ese era el escenario al que llevaban las circunstancias. Pero ¿quién? Y ¿por qué? Ahí estaba el viejo truismo: encuentra el porqué y descubrirás quién.

Desgraciadamente, Cahill no tenía la menor idea.

Se frotó la cara con las manos. No había conseguido quitarse de encima la mala espina que le daba el caso. La respuesta estaba ahí fuera, pero no se estaban acercando a ella y Cahill temía que no llegaran a descubrirla nunca. El caso iba a archivarse con la etiqueta de «sin resolver». Odiaba cualquier tipo de delito no resuelto, pero un asesinato podía con él. Ya de niño los rompecabezas le volvían loco, y no podía parar hasta que los completaba. El maldito cubo de Rubik le había hecho subirse por las paredes hasta que por fin descubrió como solucionarlo. En una escala del uno al diez, el cubo de Rubik estaría en un cinco, y un asesinato estaría en los diez mil millones. Así de mal lo llevaba. Si no se andaba con cuidado podía fácilmente obsesionarse con este caso.

El caso era más personal de lo que debía, porque había afectado a Sarah. Si ella hubiera estado en la casa en vez de haber ido al cine, también podría haber muerto. Sarah se sentía culpable porque creía que podía haberlo impedido, pero a Cahill se le cerraba el estómago cada vez que pensaba que podía haber estado en la casa con un asesino dentro. Se habría ido a sus dependencias y habría dejado a los dos… ¿amigos? ¿Conocidos? hablando en la biblioteca del juez. Quizá ni siquiera habría oído el disparo, si había sido hecho con silenciador. Luego, como ella le había visto, el asesino habría subido silenciosamente las escaleras que llevaban a sus dependencias.

Sarah no habría estado esperándole, no estaría armada, y él la habría matado. Era así de simple, y Cahill se echaba a sudar cada vez que pensaba en ello. Ir al cine había salvado la vida de Sarah, y había ido porque quería darle al idiota que le había enviado el elegante colgante la oportunidad de abordarla. Qué curioso cómo funcionaban las cosas. Al enviarle el colgante y haberla inquietado tanto, el pirado le había salvado la vida a Sarah.

Sarah era… Cahill no sabía cómo era Sarah. Fascinante. Sexy. Fuerte y tierna a la vez. No sabía lo que ocurriría entre los dos. Ni siquiera se permitía pensar en lo que podría no ocurrir. Con ella, Cahill vivía totalmente en el presente. Cuando estaba con ella no pensaba en el pasado y no le importaba el futuro. Bueno, eso era mentira, porque si podía influir de alguna manera en el futuro, éste incluía quitarle la ropa y disfrutar con ella de un sexo ardiente, húmedo y abrasador. Eso sí era planificar realmente el futuro.

Le hacía sentirse bien concentrarse sólo en una mujer, en vez de seguir con esos encuentros de una noche que servían para desahogar la presión de sus testículos pero que le dejaban sintiéndose solo al día siguiente. Disfrutaba jugando con Sarah, y eso era exactamente lo que estaban haciendo: divertirse. Hacía demasiado tiempo que no se divertía, demasiado tiempo sin sentir esa particular emoción al ver la cara de una mujer y sentirse en sintonía con ella.

Como, por ejemplo, la noche anterior. Sarah había pensado muy en serio en cogerle de los testículos como venganza, pero había decidido no llevar tan lejos la intimidad. Los ojos de ella habían sido fríos y retadores, aunque él sabía lo que Sarah estaba pensando; lo había leído en la leve tensión de su fibrado cuerpo. Cahill había estado dispuesto a soportar cierto grado de dolor —dudaba de que Sarah fuera a dejarle herido, aunque sin duda le habría hecho daño— si con ello aceleraba las cosas entre ambos. Lástima que ella lo hubiera pensado mejor y hubiera decidido no agarrarle porque, desde su punto de vista, si Sarah le hubiera hecho daño, tendría que haberle besado para compensarle. A él le habría parecido perfecto.

Tener una erección en el trabajo no era una buena idea. Cahill elevó su concentración hasta volver a ubicarla en la cabeza.

Tenía un mes para conseguir a Sarah, el mes que, según ella calculaba, tardaría en embalarlo todo y cerrar la casa. Conseguiría otro empleo. Cahill esperaba que se quedara en la zona, aunque no había ninguna garantía de ello. Como ella ya había dicho, si alguien precisaba sus servicios combinados de mayordomo y guardaespaldas, el sueldo sería mucho mejor, y ¿cuánta gente en la zona necesitaba un guardaespaldas? Cahill calculó que había un cincuenta por ciento de posibilidades de que Sarah abandonara la región, así que tenía que actuar rápido. Aunque, quizá, si tuvieran una relación, ella buscaría trabajo cerca y podrían tomarse las cosas con calma y ver adónde les llevaba todo.

La idea se proyectaba en un futuro demasiado lejano, y Cahill la apartó de su cabeza. Lo único con lo que podía lidiar en el presente era precisamente el momento presente. Iba a ver a Sarah todas las noches, y cada uno de los segundos que había entre ellas tenía un asesinato que investigar, aparte de todas las investigaciones que surgían.

El periódico decía que la policía no tenía la menor pista acerca del asesinato del juez Roberts. Qué lástima.

Estaba satisfecho, de nuevo había demostrado ser más inteligente que los demás. Por supuesto que no había pistas. Primero se había asegurado de que Sarah estuviera en el cine, luego había ido en coche hasta La Galleria y había hecho la llamada desde un teléfono público. Todos los días pasaban miles de personas por La Galleria. No había forma de pillarle. El juez Roberts, el viejo idiota, se había alegrado de hablar con el amigo de un amigo sobre algún asunto legal, y así de sencillo había resultado meterse en la casa.

A pesar de que sus huellas dactilares no estaban en ninguno de los bancos de datos del AFIS por la sencilla razón de que nunca antes se las habían tomado, se había asegurado de tomar buena nota de todo lo que tocaba en la casa y había limpiado esas superficies antes de salir. No había aceptado nada de beber, de manera que no había ninguna copa ni ninguna taza por las que preocuparse. También había cogido de la alfombra el casco de la bala, donde el arma automática lo había dejado, y lo había tirado a la basura al día siguiente. La basura ya había sido recogida, de modo que el casco había desaparecido.

Estaba a salvo. Ahora podía concentrarse en Sarah.

No quería repetir su oferta demasiado pronto. A ella no iba a gustarle. Ofendería su sentido del decoro. Pero tampoco podía permitirse esperar demasiado porque a buen seguro se iban a disputar sus servicios. Había descubierto a través de su red de conocidos del vecindario —obviamente, no podía llamárseles amigos— que la familia Roberts iba a poner la casa en venta y había dispuesto que Sarah se quedara durante un tiempo en ella para supervisar todo el proceso.

Las cosas no podían haber salido mejor. Tenía tiempo, un período de gracia, por así llamarlo, para pensar con calma cómo exponerle la siguiente oferta. La última vez había cometido un error al no tener en cuenta el sentido de la lealtad de Sarah y reducir su valía al mero valor del dinero. Por supuesto que era merecedora de esa cantidad, y de mucho más, pero una mujer tan concienzuda necesitaba algo más que dinero: un propósito.

Tenía que llegar a pensar que él la necesitaba. De hecho, era así, mucho más de lo que ella se pudiera imaginar. Desde la primera vez que la había visto, se había dado cuenta de que era la mujer perfecta para él, la mujer que había estado esperando durante toda su vida, y de que no estaría completo sin ella.

Al pensar en ella allí, en su casa, casi se mareó. Daría a Sarah todo lo que pudiera llegar a desear y la protegería de un mundo que jamás sería capaz de apreciar su absoluta perfección. Para ella tenía que ser una tortura verse constantemente obligada a tratar con gente que no la merecía. Cuando estuviera con él, eso se acabaría. Sarah ya no necesitaría a nadie. Juntos, serían la perfección misma.

El martes fue un día increíblemente triste y solitario. Era el primer día que Sarah estaba sola en la casa. El día anterior la familia había estado allí hasta primera hora de la tarde y luego había salido con Cahill, cuya presencia apartó el vacío de su mente. Sospechaba que Cahill podía llegar incluso a hacerle olvidar su propia muerte.

Sin embargo, él no estaba ahí ese día. Saber que iba a verle esa noche era una baliza que atesoraba en el fondo de su mente, un poco de luz contra tanta oscuridad. Se mantuvo ocupada. No necesitaba inventarse algo que hacer. Tenía mucho trabajo por delante.

Empezó a embalar metódicamente los contenidos de cada una de las habitaciones, e ideó un inventario principal que introdujo en su portátil para controlar qué contenía cada caja y a qué habitación pertenecía. Las cajas estarían numeradas y pegaría en cada una de ellas un sobre que contendría la lista específica de la caja en cuestión. La tarea llevaba mucho tiempo y era realmente agotadora, aunque no lo suficiente para que dejara de ser consciente en todo momento de que estaba sola en esa casa enorme, ni para que lograra no recordar lo que había ocurrido en la biblioteca cada vez que pasaba frente a la puerta.

El teléfono no paró de sonar. La gente que llamaba no pretendía nada malo con sus preguntas sobre la familia y sobre cuáles eran los planes de los Roberts con respecto a la casa, pero las constantes interrupciones impidieron a Sarah hacer todo lo que tenía planeado, y las preguntas refrescaban la imagen del juez en su cabeza. No quería olvidarle, pero sí le habría gustado distanciarse un poco de tanto dolor.

Pensar en Cahill le proporcionaba esa distancia. Quizá pensara en él demasiado y quizá no le convenía, pero... en fin, no tenía más remedio que bregar con ello.

Lejos de ser el hombre seco y adusto que ella había creído al principio, Cahill tenía una vena alegre que la hacía reír y que la mantenía alerta. Notaba que era muy cuidadoso con ella, no porque la considerara frágil, sino más bien porque no lo era.

Sarah era consciente de su propia valía y de su propia fuerza. Ni era un Kleenex que podía usarse y tirarse a la basura ni una mariposa que fuera a alejarse revoloteando alegremente por decisión propia. Cahill la deseaba, pero tenía mucho cuidado a la hora de mantener cualquier tipo de relación que no fuera meramente sexual o superficial, y no sabía con certeza hasta qué punto deseaba una relación con ella. Se divertían juntos, pero en cierto modo eran como dos pesos pesados en el cuadrilátero, moviéndose en círculos, midiendo las fuerzas del adversario, sin implicarse hasta saber si el contrincante les iba a moler a golpes.

A Sarah, Cahill le gustaba más que ninguno de los hombres con los que había salido hasta el momento, aunque, ¿cómo podía no gustarle alguien que la llevaba a jugar a bolos y luego a un concierto de música clásica? Desde el principio había sabido que había una gran química entre ambos. Una química apabullante, para ser más exactos. Sin embargo, podía resistirse a la atracción física si eso era todo lo que había. En el caso de Cahill, el paquete completo era tan seductor como una Lorelei que la atrajera hacia él.

Almorzó un sándwich, que comió en sus dependencias, y un vaso de agua. Sentía el silencio a su alrededor hasta que tuvo la sensación de que podía oír los latidos de su propio corazón. Lavó el cuchillo y el vaso que había utilizado y los puso en su sitio. Luego se echó a llorar.

Media hora después se encontró sentada en los escalones que llevaban del pórtico al jardín de flores. El sol radiante le bañaba de pleno la cara y los brazos desnudos, y en el aire flotaba la fragancia de la dulce frescura de la primavera. Los pájaros trinaban enloquecidamente en los árboles y sus colores destellaban cuando revoloteaban de un lado a otro. Las abejas iban de flor en flor, ebrias de néctar. La tristeza estaba dentro de la casa, pero fuera había vida y calor.

Sonaron pasos en las baldosas que tenía a su espalda y se giró para ver a Cahill.

—Hola —dijo él, sentándose a su lado—. No contestabas a la puerta, así que he dado la vuelta a la casa para ver si tu camioneta estaba aquí.

—Estoy aquí —dijo Sarah, innecesariamente—. Estoy simplemente… tomándome un respiro.

Cahill observó atentamente el rostro macilento y los ojos hinchados de Sarah y, con suavidad, la estrechó entre sus brazos y acunó su cabeza contra su hombro.

—Un mal día ¿eh?

—Hasta ahora, un asco.

Dios, qué delicia sentirse abrazada. Cahill era fuerte y sólido, y ella giró la cara hasta pegarla a su cuello y así poder aspirar el cálido aroma de su cuerpo. Lo rodeó con los brazos, pasándole uno de ellos por el cuello y pegando el otro a su espalda. Sus dedos se clavaron en los músculos marcados de su espalda, perfilando la hendidura de su columna.

Él echó la cabeza hacia atrás y la besó y la palma de su mano se posó cálidamente sobre su pecho derecho. Sarah permitió la caricia, inclinándose hacia él y rindiéndose a su beso. En ese momento necesitaba que la arroparan, el consuelo físico de su presencia, así que no protestó cuando él le desabrochó la blusa sin mangas e hizo lo propio con el cierre del sujetador, apartándolo a un lado. El aire fresco acarició la piel desnuda de Sarah, endureciéndole los pezones, que enseguida fueron cubiertos por el cálido tacto de la palma callosa y áspera de la mano de Cahill.

—Dios, que hermosa eres —dijo con un tono de voz grave y agitado—. Mira esto.

Sarah abrió los ojos y se miró los pechos. Eran de color crema, con unos pezones pequeños y rosáceos. No eran muy grandes, pero Cahill los sentía pesados sobre su mano, cuyos dedos, duros y bronceados, dibujaban un evidente contraste entre su masculinidad y las femeninas curvas de ella. Le acarició un pezón con el pulgar, que se endureció aún más, rebosante de color.

Un sonido semejante a un trueno lejano retumbó en la garganta de Cahill y cuando Sarah levantó la mirada percibió que un velo de sudor le cubría la frente.

—Estoy trabajando —dijo Cahill con voz ronca.

—Quién lo diría —murmuró Sarah. Pensó que podía quedarse ahí sentada al sol durante horas, dejando que él siguiera acariciándola. Aunque era imposible seguir así, porque muy pronto se encontraría tumbada de espaldas sobre las baldosas del pórtico, lo cual no parecía ser un lugar demasiado cómodo para hacer el amor.

—Sólo he venido porque quería saber cómo estabas. No puedo quedarme —dijo él, volviendo a besarla mientras su mano seguía aplicando su cálida magia sobre sus pechos. Entonces, y a regañadientes, la soltó. De hecho, la soltó como si se le arrancara la piel al separarse de ella—. Simplemente recuerda dónde lo hemos dejado, y lo retomaremos esta noche.

Ya mucho más animada, Sarah volvió a abrocharse el sujetador y empezó a abotonarse la blusa.

—Lo siento, pero las cosas no funcionan así. Tendrás que empezar de cero.

—No hay problema —dijo él con una sonrisa.

Sarah soltó un bufido.

—Ya lo suponía —dijo, y sonrió, también ella un poco confusa—. Gracias por venir. Estaba deprimida.

—Ya me he dado cuenta. ¿A las seis y media?

Sarah asintió.

—Estaré lista.

—Yo también.

—No me refería a eso.

—Vale, maldición —soltó Cahill, molesto.

A duras penas pudo disimular una sonrisa y notó que la risa empezaba a burbujearle en la garganta.

—Vuelve al trabajo, Cahill, y recuerda: nunca des nada por hecho.

—Vale, maldición —dijo una vez más.

16

El miércoles, una semana después del asesinato, Sarah se encontró cumpliendo su viejo horario. De todos modos, había olvidado cambiar la hora de sus sesiones de karate y de kick-boxing, de manera que trabajó en la casa hasta que llegó la hora de ir a entrenar, y luego se entregó a las sesiones más duras a las que se había sometido desde hacía mucho tiempo. Hoy hace exactamente una semana, no dejaba de pensar. Exactamente una semana. Una semana antes, lo más importante en su vida había sido descubrir quién le había enviado el colgante. Ese día, sin embargo, no lograba recordar con exactitud cómo era el colgante. Había quedado relegado a algo totalmente banal después de lo ocurrido aquella noche.

Supuestamente esa noche iba a ir al cine con Cahill. Al recordar que el miércoles anterior también había ido al cine se dio cuenta de que no podía hacerlo. Llamó al número que Cahill le había dado y él respondió inmediatamente.

—Soy Sarah. Perdona, pero esta noche no puedo ir al cine.

Cahill hizo una pausa.

—¿Ha ocurrido algo?

—No, es sólo que… hoy hace una semana, y también entonces fui al cine.

—Vale —respondió Cahill con tono amable—. Haremos otra cosa.

—No, yo… —quería estar con él, pero quizá, después de la noche anterior, convenía un período de enfriamiento. Había logrado mantener las cosas bajo control, incluso había conseguido que no progresaran más de lo que ya lo habían hecho, pero Cahill estaba minando seriamente su resolución. El período de enfriamiento era por el bien de ella.

—Esta noche no. Sigue en pie la cita de mañana, pero esta noche no soy buena compañía.

—¿Te estás enfriando?

¡Que propio de él pasar por alto cualquier muestra de compasión o de cortesía e ir directo al grano!

—Créeme —dijo Sarah irónica—. Haría falta mucho frío para enfriar este cuerpo.

Cahill soltó un suspiro corto y seco.

—Ahora sí que no puedo sentarme.

—Espero que nadie te esté escuchando.

Cahill pasó el comentario por alto.

—Si cambias de idea, o si quieres compañía, estaré en casa.

—Gracias —dijo Sarah con dulzura—. Eres un cielo.

—Ya te dije que terminarías llamándome así —respondió él con suficiencia.

Pasara lo que pasara, Cahill siempre conseguía animarla. Cuando colgó se sentía levemente alegre, como siempre que estaba con él. La sensación de efervescencia la acompañó durante el resto de ese duro día.

El jueves por la noche, de camino al concierto, Cahill dijo:

—Tengo un amigo que se muere por conocerte. Es un cerdo barriobajero que está convencido de que cuando te muestre sus encantos te irás con él y me dejarás, aunque, si no te molesta sentirte un poco sucia por la asociación de ideas, lo que realmente quiere es practicar un poco la puntería contigo. Tengo un arma de sobra que puedes utilizar, ya que nosotros todavía tenemos la tuya.

Sarah se echó a reír.

—¿Un cerdo barriobajero que te hace sentir sucia por asociación? Por supuesto, me encantaría conocerle.

—Eso creía. ¿Qué te parece mañana por la tarde, hacia las dos, en el campo donde nos encontramos?

—¿A las dos? ¿No tienes que trabajar? ¿O es que vas a enviarme sola a ensuciarme por asociación?

—Mañana tengo medio día libre, y todo el fin de semana —respondió Cahill, repasándola de reojo con la mirada—. Ponte este vestido.

Típico de un hombre.

—¿Para practicar la puntería? Ni lo sueñes.

—Ni te imaginas cuáles son mis sueños —dijo él con emoción en la voz. En uno de esos cambios de temperatura tan típicos de la primavera, el día había llegado a los veinticinco grados y no había refrescado mucho al caer la noche. Sarah se había vestido teniendo en cuenta lo inestable que estaba resultando el tiempo. Llevaba un vestido de tubo sin mangas de color aguamarina que hacía resaltar el color de su rostro, y también se había llevado un chal para ponérselo sobre los hombros en caso de que refrescara. El vestido se adaptaba a los lugares adecuados y apenas rozaba los demás, y era lo suficientemente escotado por delante para dejar a la vista un atisbo del escote. Cahill no le había quitado ojo a ese atisbo desde que la había pasado a buscar.

Sarah hizo gala de su prudencia y no le preguntó cuáles eran sus sueños porque estaba casi segura de que él se los contaría. Si había en el cuerpo de Cahill una pizca de timidez, Sarah todavía no la había descubierto.

El concierto fue maravilloso. Sarah adoraba la música clásica y Cahill se descubrió como un buen conocedor del género cuando le habló del programa, demostrando con ello que no había escogido ir al concierto sólo para impresionarla.

—¿Vienes al auditorio a menudo? —preguntó Sarah.

—No tanto como me gustaría, pero como mínimo un par de veces al año. Tengo que compaginarlo con mis horarios.

—No me extraña que te resulte tan difícil encontrar tiempo para asistir a un concierto con tantos partidos de béisbol y de bolos.

Cahill sonrió.

—Admítelo. Te gustó lo de los bolos cósmicos.

—Nunca había jugado a bolos a oscuras.

De hecho, lo había pasado en grande la noche del martes. La bolera cósmica era fantástica. Las bolas y los bolos estaban pintados con pintura fosforescente. Las luces de la bolera estaban apagadas y habían sido encendidas las luces negras. Todo lo blanco, como dientes y zapatos, o una camiseta, irradiaba un brillo sobrenatural. Resultaba un poco desconcertante ver dientes brillando en la oscuridad. Sin embargo, la próxima vez que fuera, Sarah haría que Cahill llevara una camiseta blanca para poder tenerle controlado.

Se quedó trabajando esa noche después de que él la llevara a casa y se levantó temprano a la mañana siguiente para adelantar sus tareas de embalaje y así poder encontrarse con el amigo de Cahill. De hecho, trabajaba más horas que en vida del juez, pero le preocupaba tanto retrasar a la familia que aún se esforzaba más por terminar de preparar la casa para su venta. Cahill tenía una gran facilidad para consumir el tiempo, y como prueba ahí estaba esa tarde, de manera que Sarah quería disponer de horas extras durante la semana para poder dedicarlas a lo suyo.

De nuevo hacía un día agradable, unos veinticinco grados. Se puso unos pantalones de punto de color crema con un elástico en la cintura para mayor comodidad, ya que iba a sudar en el campo de tiro, una camiseta de cuello de pico de manga corta y sandalias, además de aplicarse protector solar de factor máximo sobre todas las partes de la piel que quedaban expuestas al sol.

—Maldición —dijo Cahill cuando la pasó a buscar—. Esperaba que hubieras cambiado de opinión sobre lo del vestido.

—Ya, claro. Habría sido fantástico ver cómo me agacho para coger cartuchos con ese vestido.

—Uff, ya lo creo.

Rick Mancil, el amigo de Cahill, era el hombre corpulento con el que Sarah le había visto antes en el campo de tiro. Rick tenía el pelo negro, ojos verde claro y era tan incontenible como una Energizer de Duracell. Se presentó diciendo:

—Si te cansas de tener que aguantar a este idiota, llámame y te llevaré al altar antes de que puedas decir «Señora Mancil».

—Créele —dijo Cahill con voz cansina—. Ya lo ha hecho dos veces.

Sarah parpadeó.

—¿Te has casado con mujeres a las que habías invitado a salir?

—Ellas se casaron conmigo —corrigió Rick—. Pero no hablemos de eso.

Sarah se dio cuenta de que Cahill quería que se luciera delante de Rick, y así lo hizo. Ella y Rick tenían dianas conjuntas. Rick estuvo un buen rato cantando las alabanzas de su pistola: lo certera que era, que jamás se había atascado, etc. Sarah miró a Cahill, que estaba apoyado tranquilamente contra un poste con las piernas cruzadas, y él se encogió de hombros y sonrió.

—Nunca se agota —le dijo.

—Eso es algo bueno en un hombre —dijo Rick, guiñándole un ojo.

Sarah volvió a mirar a Cahill.

—¿No vas a disparar?

Cahill sacudió brevemente la cabeza. Rick dijo:

—No le metamos en esto. El maldito presumido siempre me gana. Eso es porque estuvo en el ejército. Le da una ventaja injusta.

En cuanto a eso, también ella había recibido su propio adiestramiento militar. El suyo había sido privado, y debía agradecérselo a su padre, pero el adiestramiento era el adiestramiento.

Empezaron con las dianas muy próximas, retrasándolas después de vaciar cada cargador. Sarah disparaba con seguridad, concentrándose como cuando competía contra sus hermanos. La vibración de la pistola en su mano le resultaba tan familiar como conducir un coche. Casi no tenía que pensar en lo que hacía. El hábito formaba ya parte de ella.

—No puedo creerlo —se quejó Rick de buen talante—. Doc me dijo que eras buena, pero yo soy bueno y tú me estás ganando en todas las dianas.

—Dispara con la izquierda —le dijo Cahill a Sarah, y Rick le miró tontamente.

—¿Con la izquierda? ¿Dispara con las dos manos?

Sarah se limitó a cambiarse el arma de mano y procedió a vaciar el cargador en la diana. Como de costumbre, podrían haberse cubierto todos los agujeros de la diana con una carta de póquer.

—Hijo de perra —le dijo Rick a Cahill, incrédulo—. ¡Me has traído a una experta! Es una profesional ¿verdad?

—Soy mayordomo —corrigió Sarah. Tenía que reconocer que estaba disfrutando, especialmente con el juego que se traían los dos hombres.

—Págame —dijo Cahill, tendiendo la mano.

Rick soltó un gruñido, sacó la cartera y puso cinco billetes de veinte dólares en la mano de Cahill.

—Un momento —dijo Sarah indignada—. ¿Habíais hecho una apuesta sin incluirme?

—¿Qué te había dicho? —le preguntó Rick—. Es un idiota.

—Tú tampoco me has hecho partícipe —recalcó ella, dejando con cuidado el arma y cruzándose de brazos, mirándoles fríamente.

—Ejem.

—Ahora di: «Yo también soy un idiota» —le apremió Cahill casi con un susurro.

—¡Yo también soy un idiota! —repitió Rick alzando la voz. La risa chispeó en sus pálidos ojos.

—¿Fuisteis al instituto juntos? —les preguntó Sarah—. No me extrañaría nada.

—Dios, no. ¿Te imaginas? —sonrió Cahill metiéndose el dinero en el bolsillo.

—No sin un escalofrío, desde luego.

Cahill le dio a Rick una palmada en el hombro.

—Bueno, amigo, ha sido divertido. Volveremos a hacerlo cuando necesite dinero extra, ¿de acuerdo? Ahora Sarah y yo nos vamos. Tengo un par de filetes marinándose en casa. Pensaremos en ti con cada bocado.

—Eso —dijo Rick, forzando una mirada compungida. Hasta les despidió con un gesto triste cuando se fueron, como un niño que se hubiera quedado atrás mientras los demás niños se iban a jugar.

—¡Dios, Rick es agotador! —dijo Sarah cuando estaban en la camioneta—. Divertido, pero agotador.

—Sus dos ex esposas dicen lo mismo. Si hay alguien maníaco depresivo que además se comporta siempre como un verdadero maníaco, ese es Rick.

—¿Qué dice él de ti? ¿Aparte de que eres un idiota?

—Que soy vil. Y tozudo.

—Tiene razón. Son buenos rasgos en un policía.

—Mmmm. ¿Así que piensas que soy vil?

Sarah le miró: a sus anchas tras el volante, las piernas largas metidas en un par de botas y unos vaqueros apretados, una sencilla camiseta blanca pegada al torso. En sus labios se perfilaba una leve sonrisa divertida, como si supiera adónde llevaba esa conversación. Oh, sí, era un hombre vil.

—¿Qué era eso de los filetes marinándose en casa? Es la primera vez que oigo hablar de ellos, por no hablar de su ubicación.

—Tengo una barbacoa de obra, es viernes y hace un día realmente fantástico. ¿Qué otra cosa hace un vigoroso chico sureño sino cocinar al aire libre? Además, sé dónde vives. ¿No quieres saber dónde vivo yo?

Por supuesto que Sarah lo deseaba. Quería saber si Cahill era un desastre, si tenía una sola silla y una televisión enorme, si en la nevera sólo tenía platos congelados, queso y cerveza. Quería saber si dejaba pelos en el lavabo cuando se afeitaba, si hacía la cama por la mañana o dejaba el edredón tirado en el suelo.

—¿Dónde vives exactamente? —le preguntó, y él sonrió al verla capitular.

—En la 280, en Shelby County.

El área metropolitana de Birmingham se estaba extendiendo con rapidez hacia el sur. Shelby era el condado de Alabama que estaba creciendo con mayor rapidez. Aparecían de la noche a la mañana nuevos comercios y subdivisiones de grandes compañías, lo que provocaba que el tráfico en la 280, la arteria principal que unía el condado con Birmingham, fuera una verdadera pesadilla. El valor de la propiedad en Shelby estaba ya por las nubes.

—¿Cuánto hace que vives aquí?

—Sólo un año, desde que el divorcio terminó del todo. Tuve mucha suerte al encontrar esta casa. En realidad era de un primo mío que fue transferido a Tucson. La casa en la que Shannon y yo vivíamos se vendió casi de inmediato, así que utilicé mi parte del dinero de la venta como entrada y así conseguí una hipoteca razonable.

—Supongo que tenía la impresión de que vivías en un apartamento, o en un condominio.

—Me gusta la intimidad que da tener tu propia casa. No es nueva. Fue construida a finales de los setenta y necesitaba algunas reformas. Soy muy bueno con las manos, así que yo mismo me he encargado de las reparaciones y de reformarla.

A Sarah no le costaba creerlo. Cahill tenía ese halo de capacidad que decía que podía hacer casi todo lo que le interesaba. Quizá fuera algo personal, pero encontraba que los hombres con martillo eran muy provocativos.

No sabía exactamente lo que esperaba encontrar, pero desde luego no una casa tradicional con un jardín trasero en pendiente y un pulcro camino de entrada bordeado de setos recortados. La casa era de ladrillo rojo pálido, y las contraventanas, de color azul marino. La puerta de entrada estaba pintada también de azul, pero éste era uno o dos tonos más claro. El camino de entrada rodeaba la casa y desembocaba en la parte de atrás.

—Hay un sótano inmenso —dijo Cahill—. El garaje solía estar aquí, pero mi primo lo convirtió en sala de juegos para los niños. De hecho, es mucha casa para uno solo, pero me gusta tener mucho espacio.

Aparcó junto al camino y la hizo entrar por la puerta principal. O bien Cahill acababa de contratar a un servicio de limpieza, pensó Sarah, o bien no era ningún desastre. La tarima del suelo de la entrada estaba reluciente y un fragancia fresca con un leve aroma a limón llenaba el aire.

Sarah sintió el cálido peso de la mano de Cahill en la espalda.

—El salón —dijo él, indicando a la derecha con un gesto. La habitación estaba completamente vacía, la alfombra inmaculada y las cortinas echadas—. No los necesito, así que no he querido llenarlo de muebles. Lo mismo que en el comedor. La cocina tiene un pequeño rincón donde desayuno. Ahí es donde hago también el resto de las comidas. Aquí tengo el estudio.

El estudio era acogedor. Tenía una gran chimenea, grandes ventanas que daban a un jardín trasero y un mueble con el equipo de música y un gran televisor. Sarah se sintió gratificada ante tamaña evidencia de masculinidad. Sin embargo, la casa sí tenía algunos muebles: un sofá con un relleno exagerado y dos grandes sillones reclinables, además de la cantidad necesaria de mesas adyacentes y lámparas. En general, tenía un aspecto bastante civilizado. El estudio estaba separado de la cocina por una media pared coronada por una fila de ejes de madera blanca.

—Había que hacer algunos arreglos en la cocina —dijo Cahill—. Terminé los armarios y coloqué el office.

Había dado una capa de barniz natural a los armarios de madera que brillaba con un suave color dorado. El office estaba hecho de la misma madera, e incluía una cocina de suave superficie rodeada de baldosas de cerámica.

No se veían platos sucios en el fregadero. Sobre la encimera había un bloque de madera lleno de cuchillos, un microondas y una cafetera, pero eso era todo. El rincón para desayunar ubicado en el otro extremo de la cocina comprendía una mesa blanca con un tablero de baldosas de cerámica que dibujaban un diseño azul y amarillo, y cuatro sillas agrupadas alrededor de la mesa, pintadas en el mismo tono de amarillo, mientras que la alfombra que estaba debajo era azul.

—¿Estás seguro de que no estuviste en la Marina? —preguntó Sarah, recorriendo con la mirada la impoluta cocina. Los Marines aprendían a dejarlo todo en su sitio porque en un barco no disponían de mucho espacio.

Cahill sonrió.

—¿Qué esperabas, una pocilga? Puede que se me acumule la ropa sucia, pero soy bastante limpio. Tengo a alguien que viene cada quince días y se encarga de la limpieza general de la casa, porque nunca me acuerdo de cosas como quitar el polvo. Ven, te enseñaré el resto.

El resto de la casa consistía en un aseo adjunto a la cocina, dos dormitorios de buen tamaño situados en la parte delantera y separados por un baño amplio y agradable, y el dormitorio principal y el baño en suite en la parte trasera. La cama de Cahill era una cama de matrimonio enorme, aunque Sarah habría apostado por ello. Y estaba hecha. La habitación estaba ordenada, aunque no excesivamente. Una de las camisetas de Cahill colgaba del respaldo de una silla y había una taza con un centímetro de café frío sobre el vestidor.

—Vaya, así que aquí estaba —dijo Cahill, cogiendo la taza—. Esta mañana la he buscado por todas partes.

A Sarah le gustó que no hubiera ordenado la casa, aunque de hecho no lo necesitaba. No parecía necesitar tenerlo todo perfecto y no estaba intentando impresionarla. De cualquier modo, se sentía perversamente impresionada ante la seguridad y la conciencia de sí mismo de las que Cahill hacía gala.

—No sé tú —dijo—, pero yo tengo hambre. Encendamos la barbacoa y pongamos la carne al fuego.

La carne eran filetes de cuatro centímetros de grosor y tan tiernos que Sarah casi no necesitó el cuchillo para cortar el suyo. Mientras se hacían los filetes, ella coció dos patatas en el microondas, preparó la ensalada y calentó algunos panecillos. En vez de vino, Cahill apareció con una jarra de té con hielo.

Si hubiera puesto música suave, delicada y romántica, quizá Sarah habría tenido alguna oportunidad, pero en vez de eso, Cahill encendió la televisión y puso el canal de noticias, dejándolo como ruido de fondo. Quizá no estuviera intentando seducirla, al menos no activamente, aunque de todos modos lo estaba consiguiendo.

Después de lavar los pocos platos que habían utilizado y de ordenar la cocina, trabajando deprisa y fácilmente juntos, Cahill dijo:

—Quiero enseñarte el sótano. Creo que te gustará.

La condujo al piso de abajo por las escaleras y encendió los potentes focos colocados en el techo.

Lo primero que llamó la atención de Sarah fue que las paredes carecían del menor adorno. Se veían las tuberías contra el ladrillo. Lo segundo fue darse cuenta de que Cahill se entrenaba muy en serio ahí abajo.

A la derecha de Sarah había un impresionante equipo de pesas y de un viga colgaba un saco de boxeo. Había una máquina de pesas, una de esas máquinas que pueden acomodar todo tipo de ejercicios, y una cinta para correr.

Cahill se quedó junto a la puerta mientras ella recorría el sótano hasta llegar al equipo de pesas, pasaba los dedos por el frío metal de las mancuernas y luego examinaba la máquina de pesas y la cinta. Cahill invertía gran cantidad de esfuerzo y de dinero para estar en forma, aunque estaba segura de que la cinta sólo se usaba cuando hacía un tiempo terrible. Un poco de lluvia no impediría que aquel hombre saliera a correr al exterior. Probablemente se necesitaba un diluvio y una buena tormenta eléctrica para conseguirlo. Calculó perezosamente cuántos kilómetros diarios debía de correr, pero lo que más la interesaba era el enorme tatami de ejercicios que cubría la mitad del suelo del sótano. Un tatami como aquél sólo podía servir para una cosa.

Sabía que Cahill estudiaba kárate por la patada con la que había detenido al ladrón, pero nunca había vuelto a mencionarlo, y con todo lo que había ocurrido desde entonces, Sarah lo había olvidado. Se preguntaba por qué él no había vuelto a sacar el tema, ya que sabía que ella estudiaba kárate. Su silencio no podía deberse a que tenía un nivel inferior al de ella. Tom Cahill no tenía un ego frágil. De hecho, era todo contrario.

—¿Entrenas kárate aquí abajo?

Cahill estaba apoyado contra el marco de la puerta, con un tobillo sobre el otro y los brazos cruzados. Tenía la mirada perezosa y los párpados caídos mientras la observaba. Encogió un hombro con actitud negligente.

—No es tanto kárate como una mezcla de muchas cosas.

—¿Qué clase de cosas?

—He estudiado kárate, judo, dim mak y silat. Aunque lo que mejor funciona en el mundo real es una combinación de lucha y de la sucia pelea callejera.

Probablemente fuera muy bueno peleando sucio, pensó Sarah, sintiendo como se le aceleraba levemente el corazón. ¿Por qué demonios le parecía eso sexy? Aunque, maldición, todo en él era sexy, desde la potencia lisa y musculada de su cuerpo a aquella enervante calma que utilizaba con tan buenos resultados. Era como si estuviera siendo observada por un gran gato. La quietud de Cahill sólo servía para aumentar la sensación de tensión, como si se estuviera preparando para saltar.

Mientras comían, el ambiente entre ambos había sido distendido y bromista, pero ahora Sarah podía sentir esa atracción derretida palpitando entre los dos. El aire se había vuelto pesado y denso, como si se estuviera fraguando una tormenta, no en el exterior, sino ahí dentro. Sarah no era ninguna inocente. Sabía de qué tipo de tormenta se trataba, y si quería escapar, necesitaba hacerlo ya.

—Bueno —dijo de pronto, avanzando hacia la puerta y, desgraciadamente, hacia él—. Se está haciendo tarde y ya tendría que estar...

—Quédate.

«Quédate». La voz de Cahill era grave, y aquella única palabra había sonado lenta y oscura, como el terciopelo contra su piel. Sarah se quedó helada, incapaz de moverse ante lo que el tono de voz de Cahill prometía, ante la tentación contenida en esa única palabra. Las bromas y la ligereza habían desaparecido.

Con él el sexo sería bueno. Más que bueno, incluso mejor que un helado. Sería arrebatador. Sarah temía mucho que llegara a hacerla añicos.

Se giró y le dio la espalda. Clavó la mirada en el saco de boxeo, sintiendo cómo el corazón le latía contra las costillas, bombeándole la sangre aceleradamente y dándole un calor tremendo, haciendo que se sintiera muerta de miedo… excitada. Lo deseaba, lo deseaba con una intensidad que casi anulaba por completo su sentido común. A la desesperada, intentaba encontrar todas las razones por las que él no era una buena apuesta para ningún tipo de relación excepto la sexual, pero, Dios, el sexo… La química entre ambos había ido aumentando, y ya era más fuerte de que lo jamás habría imaginado, como un campo eléctrico que pudiera sentir por cada uno de los poros de su piel.

No se atrevía a girarse. No se atrevía a mirarle ni a dejar que él la mirara. Cahill sabría con sólo mirarla, si no lo sabía ya, lo cerca que ella estaba del borde. Y Sarah no deseaba ver el hambre sexual que sin duda iba a ver en su mirada; no deseaba leer los signos de su excitación en su rostro ni en su cuerpo.

Quédate… no sólo para un café, o para seguir hablando. Significaba quédate a pasar la noche, en su cama.

—No —dijo, y casi sollozó ante el esfuerzo que le llevó pronunciar esa palabra.

Las manos de Cahill se cerraron con suavidad y delicadeza sobre su nuca, deslizando los dedos bajo la gruesa cascada de sus cabellos. Sarah no le había oído moverse, no sabía que estaba tan cerca, y al notar el contacto de su mano se le pusieron los nervios de punta. Él no estaba intentando retenerla. Su ademán era más una caricia que un agarrón. Sarah podía apartarse si realmente lo deseaba. Y ahí estaba el problema, porque era él lo que realmente deseaba. Sintió un hormigueo en la piel ante el contacto de la mano dura y caliente de Cahill y al notar el tacto levemente rasposo de sus dedos ásperos sobre las terminaciones sensibles de su nuca. Imaginó involuntariamente cómo sería sentir la aspereza de esas manos sobre el resto de su cuerpo y un escalofrío le recorrió la columna.

Cahill era un hombre grande y la empequeñecía con su tamaño. La cabeza de Sarah quedaba encajada perfectamente bajo su barbilla. El calor que desprendía su cuerpo, comparable al de un horno, la envolvía. Él sería pesado, y probablemente dominante, pero también podía imaginarle tumbado de espaldas y dejando que ella marcara el ritmo…

—Quédate —volvió a pedirle, como si ella no se hubiera negado.

Haciendo un gran esfuerzo, Sarah recurrió de nuevo a su sentido común.

—No sería la decisión más inteligente.

—A la mierda la inteligencia —soltó él. Su aliento caliente le barrió los finos cabellos de la nuca. Su voz profunda convertía sus palabras en un arma a utilizar, un nivel de intimidad más profundo entre los dos—. Apuesto a que sería fantástico —dijo, acariciándole la nuca allí donde su aliento le había calentando la piel—. Si te gusta despacio, iré despacio.

Si te gusta rápido y fuerte, así será como te lo haré —dijo a la vez que reemplazaba los dedos con la boca y empezaba a lamerle despacio con la lengua y el escalofrío se convertía en un leve temblor que le recorrió todo el cuerpo.

—¿Cómo lo quieres? —murmuró—. ¿Despacio… o rápido? ¿Despacio —lamió los tendones perfilados entre la curva del cuello y el hombro de Sarah, y a continuación mordió con suavidad. La sensación fue eléctrica; Sarah dio una sacudida, y de su boca escapó un gemido a la vez que su cabeza, como una margarita demasiado pesada para su tallo, caía hacia atrás hasta quedar apoyada en el hombro de él— … o rápido?

Cerró las manos sobre sus pechos, frotando los pulgares contra sus pezones. Su erección marcaba un bulto duro como una roca en sus vaqueros que empujaba contra su trasero. Las piernas de Sarah amenazaban con fallarle y oyó su propia respiración, acelerada y breve, casi un jadeo.

—¿Suave? —le susurró Cahill al oído—. ¿O fuerte?

Fuerte. Buen Dios, fuerte.

Sarah se apartó de él y se giró, apuntalando las manos contra la pared que tenía detrás. Cahill la miraba como un tigre paciente: hambriento, pero totalmente seguro de que la presa era suya. Y lo era. Él lo sabía. Ella lo sabía. Lo único que les quedaba negociar era el grado de dificultad, y el orgullo exigía que ella le pusiera la victoria lo más difícil que le fuera posible.

—Tengo una norma —dijo ella.

La cautela asomó a los ojos de Cahill.

—No sé si quiero saberla.

Sarah se encogió de hombros, no sin cierta dificultad.

—Probablemente no.

Él se frotó la mejilla con la mano. La barba incipiente raspó su áspera mano.

—Venga, suéltala.

Sarah sonrió. Fue una sonrisa lenta y segura.

—Nunca duermo con alguien a quien pueda vencer peleando.

La cautela fue convirtiéndose poco a poco en incredulidad. Cahill la miró fijamente.

—¡Mierda! ¿Quieres que pelee contra ti para conseguirte?

Sarah volvió a encogerse de hombros y avanzó tranquilamente hacia el tatami.

—Yo no lo diría con tanta crudeza, pero... sí.

Cahill respiró hondo.

—Sarah, no es en absoluto una buena idea. No quiero hacerte daño.

—No lo harás —dijo ella, segura de sí misma.

Cahill empezó a entrecerrar los ojos.

—¿De verdad te crees tan buena?

Ella le sonrió por encima del hombro, y la sonrisa fue casi una mueca afectada. Quizá él la derrotara, pero iba a disfrutar del proceso.

—Creo que sabrás contenerte para no hacerme daño.

Cahill lo entendió entonces, y no le gustó.

—¿Tan segura estás de que contendré mis puñetazos y dejaré que me conviertas en un saco de boxeo? ¿De que te dejaré ganar?

Sarah dio un profundo suspiro.

—Si me rompes la mandíbula o me dejas inconsciente, estaré demasiado dolorida, por no mencionar el mal humor que llevaré encima, para lo que tienes en mente.

—Sí, bueno, si te dejo que me muelas a golpes, yo tampoco estaré en forma para hacer nada.

Sarah levantó un hombro en un delicado gesto.

—Vaya dilema.

Cahill volvió a frotarse la cara con la mano.

—Joder.

—Quizá —empezó ella, haciendo una pausa. No pudo resistirse a la tentación de provocarle—: Si te crees lo bastante bueno…

Cahill la estudió durante un instante y luego tomó una decisión que le hizo endurecer la expresión del rostro.

—De acuerdo, haremos lo siguiente: strip lucha.

¿Strip lucha? Qué hombre tan diabólico, pensó Sarah.

—No es justo. Nunca he tomado clases de lucha, y pesas casi treinta quilos más que yo.

—Yo diría que casi cincuenta —dijo él, y Sarah tragó secretamente con dificultad—. Vamos, ha sido idea tuya. Sabes perfectamente que no vamos a luchar cuerpo a cuerpo y a darnos porrazos, así que esta es la alternativa. Al menos tienes muy pocas posibilidades de que te haga daño. Además, te daré ventaja.

Con ventaja, probablemente Sarah pudiera hacer de aquello algo interesante. No fantaseaba con ganar, pero sí podía obligarle a esforzarse lo suyo.

—Trato hecho.

Cahill se llevó las manos a la cintura y observó detenidamente a Sarah.

—Esto es lo que haremos. Tengo que inmovilizarte, pero tú sólo tienes que tumbarme, y puedes valerte de cualquier método que quieras. El primero que se quede totalmente desnudo, pierde.

Definitivamente, a Sarah iba a salírsele el corazón del pecho. La idea de luchar desnuda contra él casi bastaba para marearla de puro apetito sexual.

—Y —siguió él— decidimos ahora qué cuenta como ropa y los dos empezamos con el mismo número de prendas.

Sarah asintió.

—Me parece justo.

Cahill la observó detenidamente.

—Tienes que quitarte los pendientes. Los cierres se te clavarán a la cabeza.

Sarah se quitó los pequeños pendientes de oro y los dejó a un lado.

—Tu brazalete vale por mi reloj —dijo, echándole una mirada a las sandalias—. No llevas calcetines, así que ahí te llevo doble ventaja.

—Empecemos los dos descalzos —dijo Sarah, quitándose las sandalias.

Cahill se quitó las botas y los calcetines.

—Vale, ¿cuántas prendas llevas todavía?

—Cuatro, sin contar el brazalete.

Los pantalones, la camisa, el sujetador y las bragas.

—Yo sólo llevo tres.

—Vuelve a ponerte los calcetines y contarán como una.

Cahill volvió a ponerse los calcetines y entro al tatami.

—Ahora tenemos cinco prendas cada uno. No me llevará mucho tiempo inmovilizarte cinco veces.

El maldito bastardo estaba totalmente seguro de su victoria. Bueno, también ella estaba segura de que él iba a ganar. De hecho, contaba con ello. Pero si creía que iba a vencerla con cinco movimientos seguidos, estaba seriamente subestimando a su mujer. La fuerza de Sarah estaba en su rapidez, y se

244

movió como el rayo, pasándole la pierna por detrás de la suya y haciéndole caer de espaldas antes de que Cahill pudiera contrarrestar su acción. Sarah le sonrió desde arriba y se retiró, quedando fuera de su alcance.

—Los calcetines —dijo.

Cahill se los quitó en silencio y los dejó a un lado, luego se puso de pie.

—Eres rápida —reconoció. Ahora estaba mucho más alerta.

Sarah sonrió.

—Eso es lo que mi *sensei* siempre me decía.

Un cuarto de hora más tarde, Cahill dijo:

—Inmovilización.

Respirando con dificultad, se separó de ella a gatas. Su dura mirada se paseó por los pechos desnudos de Sarah, deteniéndose en sus pezones firmemente endurecidos.

—Estamos empatados de nuevo. Quítate las bragas.

A Sarah se le encogió el estómago de anticipación. Todavía jadeante, intentando controlar su rápida respiración, levantó la muñeca.

—¿Y qué pasa con mi brazalete?

—Lo estoy reservando para el final.

Sarah se puso en pie, vacilante. Había invertido todo su esfuerzo en resistirse a él, y probablemente Cahill había estado conteniéndose para asegurarse de no hacerle daño. El combate estaba durando mucho más de lo que ella había imaginado, y no sabía cuánto más iba a poder soportar el roce del cuerpo casi desnudo de él contra el suyo. La erección de Cahill se henchía contra sus calzoncillos, y tenía la piel empapada en sudor. Sarah sintió, encantada, cómo se le cerraba el estómago al ver el rictus que se insinuaba en la mandíbula de Cahill.

Respiró hondo unas cuantas veces y luego metió los dedos por el elástico de sus braguitas y se las fue bajando hasta que le cayeron a los tobillos. Cahill soltó un sonido tosco y sofocado y fijó la mirada en el triángulo de oscuro vello rizado perfilado entre sus piernas. Sin apartar la mirada, se bajó los calzoncillos y se los quitó.

Ahora le tocó a ella sofocar el sonido que ascendía por su garganta. El pene de Cahill la apuntaba, grueso y palpitante, y era tan grande que Sarah no sabía si preocuparse o celebrarlo. Vaya. Titubeó y luego se contuvo.

—Espera —dijo, a la vez que su voz sonaba espesa incluso a sus propios oídos—. Todavía no me he ganado tus calzoncillos.

—Entonces haz como si todavía los llevara puestos —dijo y se abalanzó sobre ella.

Sarah se encontró sobre el tatami antes de haber podido parpadear, pero en el último segundo se las había ingeniado para retorcerse lo justo y evitar que él la inmovilizara. El peso de Cahill la aplastaba, pudiendo con ella como lo había hecho en todas las ocasiones que había logrado inmovilizarla. Aunque apreciaba los esfuerzos de él por no hacerle daño, se sentía tan impotente contra él como la primera vez que la había vencido. Su única esperanza había sido poder mantenerse de pie, evitarle y esperar su oportunidad, pero Cahill ya la había tumbado.

A la desesperada, apoyó un pie en el tatami y empujó, esperando poder hacer palanca. Cahill se desplazó para contrarrestar su movimiento, y sus caderas se deslizaron entre la V abierta de las piernas de Sarah, presionando sus labios con el suave calor de su pene. Se quedó inmóvil y un sonido casi idéntico a un rugido retumbó en su garganta. Como si no pudiera seguir conteniéndose, empujó, y la cabeza gruesa y bulbosa empezó a penetrarla.

Durante una décima de segundo Sarah se olvidó de todo excepto de la ardiente necesidad de levantar el cuerpo, de dejarle entrar. Espero casi demasiado, pero en el último segundo se retorció frenéticamente, desalojándolo, y consiguió rodar hasta quedar más cerca de la pared. Cahill soltó otro rugido, éste más parecido a un gruñido, y, antes de que Sarah pudiera ponerse en pie, estaba de nuevo encima de ella.

El increíble peso de Cahill la golpeó de lleno, amortiguándola e inmovilizándola. Cahill le puso las manos sobre los hombros, empujándolos hacia abajo. «Inmovilizada» —dijo con voz ronca, y el combate finalizó.

Todavía jadeante, Cahill levantó su peso de encima de ella y se puso de pie.

—No te muevas.

Sarah obedeció. Estaba demasiado exhausta para hacer lo contrario, y demasiado excitada para moverse incluso en el caso de que hubiera podido hacerlo. Cerró los ojos y tragó aire mientras escuchaba el crujido de la ropa de Cahill. Pensó que estaría buscando un condón y abrió la boca para decirle que no lo necesitaba, pero él ya había vuelto y le había levantado los brazos por encima de la cabeza. El metal frío y suave se cerró alrededor de sus muñecas. Se oyó un clic y Sarah se encontró atrapada.

Miró a Cahill, divertida. ¿Esposas? Echó la cabeza atrás para verlas. Cahill había pasado las esposas por una tubería antes de cerrarlas sobre sus muñecas. Sarah movió las manos para ver cómo se sentía. No le apretaban demasiado, aunque sí lo suficiente para que no pudiera sacar las manos.

—¿Son necesarias?

—Sí.

El pecho de Cahill subía y bajaba cuando extendió la mano y poco a poco empezó a frotarle los pechos con ella.

—Por si te da por decidir que el combate es al mejor de tres.

—Siempre cumplo mis pactos, Cahill —respondió Sarah, arqueando el torso para acercarlo a esa mano, encantada al sentirla contra sus pezones.

—Y no dejo nada al azar —dijo él. Agachó su oscura cabeza y la besó. Fue un beso merodeador, largo y profundo, aunque ella era consciente de que al haberle convencido para que luchara había provocado que brotaran en él todos esos instintos masculinos de guerrero conquistador. Sarah se relajo debajo de él, dándole lo que Cahill le exigía, lo cual era nada menos que una rendición incondicional.

Cahill le abrió las piernas y se movió sobre ella, y Sarah se agarró, preparada para una penetración inmediata. Tomó aliento, esperando, temblando de pura necesidad, levantando automáticamente las caderas.

—Todavía no —rugió Cahill—. Estoy casi a punto. No duraría ni diez segundos.

Ni yo, pensó Sarah, pero no dijo nada. No era ninguna idiota. Si él quería tomarse su tiempo, le dejaría hacerlo con mucho gusto.

Aunque en realidad lo de dejarle era un imposible. Cahill tenía el control, y lo único que ella podía hacer era seguir ahí y disfrutar de la prórroga.

Dios, cómo pesaba. El cuerpo de Cahill era duro como una roca y estaba sudado después de tanto ejercicio. Sarah abrió aún más las piernas para darle una postura más cómoda, pasando las piernas por encima de sus caderas y echando hacia delante la pelvis, buscando. Sentía el contacto de su erección e instintivamente se contoneó, intentando introducírsela.

Cahill blasfemó y se apartó, deslizándose sobre su cuerpo, dejando la tentación fuera de su alcance.

—Maldita sea!, no puedes darte por vencida, ¿verdad? —murmuró—. He dicho que todavía no.

—Sádico —le soltó Sarah. No podía quedarse quieta. El deseo se la llevaba por delante como una comezón insoportable, como un hambre implacable. Su cuerpo se movió debajo de él, bailando al son de su propia necesidad, llamando a Cahill con sus muslos abiertos y el aroma caliente de su cuerpo.

—Yo diría que masoquista.

Cahill fue besándole el cuello y descendiendo por la curvatura de sus pechos y luego cerró los labios alrededor de uno de sus pezones y lo chupo con fuerza. La electricidad la recorrió desde el pecho al bajo vientre, arqueándole el cuerpo hacia adelante. Cahill deslizó el brazo izquierdo alrededor de sus caderas y la sostuvo en esa posición mientras se concentraba en el otro pecho.

No estaba siendo suave con ella. La presión de su boca rozaba el dolor, pero sin llegar del todo a ese punto, balanceándose sobre ese borde exquisito que hay entre el placer y el dolor. Justo cuando empezó a traspasar el límite, Cahill se movió, deslizándose sobre el torso de ella, besándola y mordiéndola. Introdujo la lengua en su ombligo plano y de la garganta de Sarah escapó un grito de sorpresa a la vez que su cuerpo volvía a arquearse. Dios, Cahill iba a hacer que se corriera sólo besándole el ombligo. Pero enseguida él se había apartado, y ahora deslizaba la boca aún más abajo mientras le pasaba la mano que tenía libre por el abdomen y por las caderas, antes de metérsela entre las piernas.

Sí. Ahí. Eso era lo que ella quería, casi. Se retorció contra la mano de él, pero Cahill la mantuvo ahí, cubriéndola con la palma, dejando que ella sintiera su calor y su fuerza. Sarah levantó las caderas, envuelta en una oleada de dolorosa anticipación. Quería sentir sus dedos dentro, quería sentir su boca dentro.

—Hazlo —dijo entre dientes, empujando el cuerpo contra su mano—. ¡Por favor!

Cahill soltó una carcajada grave y apagada mientras seguía con la cabeza pegada a la parte interna de su muslo y Sarah sentía el calor de su aliento en la carne. Cahill le metió el pulgar, recorriendo de abajo arriba los pliegues cerrados de sus labios y abriéndolos para poderla ver por entero. Sarah jadeó, echando la cabeza hacia adelante y hacia atrás sobre el tatami al tiempo que él le dibujaba círculos en el clítoris, atormentándolo hasta el límite. Justo cuando Sarah creía que iba a gritar de frustración, Cahill cerró la boca sobre ella y empezó a mover la lengua en círculo y a chasquearla mientras seguía pasándole el pulgar arriba y abajo hasta introducírselo.

Desesperada, Sarah se agarró a la tubería que tenía a su espalda y quedó aferrada a ella. Vio pequeñas manchas moviéndose ante sus ojos y todo su cuerpo corcoveó mientras llegaba al orgasmo. Oyó sus propios gritos roncos, pero le sonaron distantes, como si no le pertenecieran. Durante un largo y mágico instante no existió nada excepto su cuerpo y la sensación de estar envuelta en una tormenta de fuego a medida que sus contracciones internas llegaban al clímax y, luego, poco a poco, empezaban a disminuir. Había cerrado los muslos alrededor de la cabeza de Cahill, pero ahora dejó caer las piernas, que quedaron abiertas y relajadas.

Cahill la estaba lamiendo.

Al principio, las pausadas caricias resultaban calmantes. Sarah dejó escapar un murmullo de placer mientras la lengua de él jugueteaba con su entrada. Pero el jugueteo y los lametones continuaron, y esa gloriosa lasitud empezó a desvanecerse, siendo sustituida por un calor y una tensión ya familiares.

—¿A qué esperas? —jadeó, retorciéndose un poco.

—Quiero que estés a punto otra vez —respondió él. Le sopló con suavidad y Sarah sintió la frescura de su aliento contra su carne ardiente.

—¡Estoy a punto! —exclamó ella. La necesidad había reaparecido tan deprisa que le faltaba el aliento.

—No del todo —murmuró él, cogiéndole suavemente el clítoris entre los dientes y torturándola con pequeños latigazos con la lengua. Sarah gimió, envuelta en aquella oleada de placer, pero aunque la sensación era maravillosa, quería más. Le quería dentro. Ahora.

—Un poco más —canturreó Cahill, volviendo a deslizar el pulgar dentro de ella. Luego reemplazó la mano con la boca y la besó profundamente, metiéndole la lengua mientras movía el pulgar húmedo aún más adentro hasta metérselo con un golpe seco e inesperado que hizo que a Sarah le estallaran estrellas en la cabeza. Volvió a alcanzar el orgasmo, convulsionándose, chillando, intentando luchar contra él porque las sensaciones eran demasiado agudas para poder soportarlas. Cahill la sujetó, alargando el momento, manteniéndola en su clímax.

Por fin Sarah se derrumbó, temblando. Sentía un timbre en los oídos mientras luchaba por encontrar la forma de recuperar el control.

—Maldita sea —dijo Cahill, despacio y con una voz profunda, deslizándose sobre el cuerpo inerte de Sarah—. Ni hablar de esperar a que vuelvas a estar a punto.

A Sarah no le importó. Tan poco era lo que le importaba que ni siquiera se preocupó por abrir los ojos cuando él se posicionó entre sus piernas y, guiando su pene hasta su entrada, empezó a hundirlo en ella.

Oh, Dios. Oh, Dios. Sarah pegó con fuerza la cabeza al tatami, obligándose a respirar hondo. El pene de Cahill era lo bastante grande para que su penetración no fuera fácil. Si Sarah no hubiera estado tan húmeda después de sus dos orgasmos y tan absolutamente relajada, le habría dolido dejarle entrar. Sin embargo, dada la situación, ambos encajaban perfectamente, tanto que los ojos se le llenaron de lágrimas. Se cerró alrededor de él. Cahill estaba dentro de ella, muy adentro. Empujó una vez más y lo sintió ahí, tocando un punto dentro de ella que, por imposible que pareciera, reavivó el calor del deseo. No creía poder volver a llegar al orgasmo, pero en cuanto él empezó a moverse, se dio cuenta de lo contrario. Dentro de ella, el calor empezó a aumentar, convirtiéndose en hambre, llevándola a levantar el cuerpo hacia él.

Cahill le sostuvo abiertas las piernas y la martilleó, dejándose llevar por su ciega ansiedad. Con cada golpe Sarah se veía cada vez más cerca del momento en que la tensión iba a ser demasiada y el calor iba a quemarla y las terminaciones nerviosas no podrían soportarlo más. Cahill la penetraba cada vez con más fuerza, pubis contra pubis, y Sarah estaba ya a punto, a punto…

Cahill llegó al clímax y su potente cuerpo se arqueó y se dobló entre temblores sin dejar de penetrarla. De su garganta escaparon gritos roncos y brutales mientras la agarraba de las caderas y tiraba de ella con fuerza contra él. Luego, despacio, se derrumbó encima de ella.

Un leve y salvaje sonido vibró en la garganta de Sarah. A punto… de llegar.

Necesitaba que él se moviera, le necesitaba más adentro. Tiró de las esposas con frenesí.

—Quítamelas —jadeó.

—¿Qué? —preguntó Cahill sin levantar la cabeza. Le temblaba todo el cuerpo, víctima de una sutil sacudida en los músculos cuya tensión había sido llevada al límite.

—Las esposas.

Sarah apenas podía hablar. Su voz sonó gutural. Se echó hacia adelante, buscando el toque final que la hiciera cruzar el límite. Cahill no había perdido su erección, y seguía dentro de ella, pero Sarah le necesitaba más adentro, le quería más adentro.

—Quítamelas.

—Dios —jadeó Cahill—. Dame un minuto.

—¡Ahora! —chilló Sarah, enloquecida por la conclusión que tenía al alcance de la mano. Luchó contra las esposas como si hubiera perdido la cabeza—. ¡Quítamelas!

—¡Vale, quédate quieta!

Cahill la sujetó, agarrándola mientras sacaba la llave de debajo del borde del tatami donde la había escondido. Se estiró por encima de ella hasta alcanzar las esposas, clavándole el pene aún más adentro, y de la garganta de Sarah escapó algo muy semejante a un alarido. Alarmado, temiendo haberle hecho daño, Cahill abrió deprisa las esposas y empezó a retirarse de ella.

Sarah se lanzó hacia adelante, cerrando las piernas sobre las de Cahill como un tornillo a la vez que le cogía del culo y tiraba de él aún más, introduciéndolo en ella cuanto pudo. Así, sí. Así... ¡Ah! Sus caderas palpitaron mientras se movía contra él como un pistón, y sintió cerca el clímax... cada vez más cerca... Soltó un grito cuando se vio envuelta en un orgasmo más intenso que los anteriores, tan intenso que no pudo respirar, ni pensar, ni ver. Oyó a Cahill soltar un ruido inhumano y luego sintió como la penetraba con fuerza, gruñendo y rodeándola entre sus brazos mientras empezaba a correrse una vez más.

O bien Sarah se desmayó o se quedó dormida. No estaba segura de cuál de las dos cosas había ocurrido. Poco a poco empezó a tomar conciencia del susurro de aire frío sobre su piel húmeda, del tatami pegado a su cuerpo desnudo, del hombre tendido con todo su peso encima de ella. La respiración pesada de Cahill había ido remitiendo hasta adquirir un ritmo más normal, indicándole con ello que habían pasado unos minutos. La humedad pegajosa de su semen había ido deslizándose fuera de ella, formando un pequeño e incómodo charco debajo de su culo desnudo.

¿Dormía Cahill? Sarah logró levantar el brazo y tocarle el hombro. Él se movió y giró la cabeza, pegando la cara a la curva de su cuello.

—Dios —dijo entre dientes, con la voz sofocada—. Es la primera vez que tengo dos orgasmos con la misma erección. Casi me mata.

Era un comentario tan típico de un hombre que Sarah sonrió. Se habría reído si hubiera tenido la energía suficiente para hacerlo, pero el hecho era que también ella estaba casi muerta.

Despacio, con el esfuerzo que representaba cada movimiento, Cahill se retiró de encima de ella y se dejó caer pesadamente a su lado. Se quedó estirado boca arriba y se cubrió los ojos con el brazo, respirando hondo. Un minuto después soltó una maldición.

—Por favor, dime que te estás tomando la píldora.

—Me estoy tomando la píldora —repitió Sarah obedientemente.

Cahill exhaló un largo y sincero gemido.

—Mierda.

Esta vez Sarah sí se rió, aunque seguía sintiéndose un poco débil.

—No, de verdad me estoy tomando la píldora.

Cahill levantó el brazo lo suficiente para mirarla con un ojo.

—¿En serio?

—Sí.

—No bromearías con un pobre minusválido como éste ¿verdad?

—Claro que lo haría, pero no sobre algo así.

—Gracias a Dios —dijo él, intentando incorporarse. Vaciló y luego volvió a dejarse caer—. Me levanto en un minuto.

Bravo por él. Sarah tenía la certeza de que las piernas no iban a sostenerla.

—¿Estás seguro?

—No —reconoció Cahill, y cerró los ojos.

17

Notaba el peso del cuerpo de Cahill, temblando a causa de las secuelas del orgasmo. Estaban en su cama y la habitación estaba a oscuras y fresca a su alrededor. Sarah no tenía ni idea de la hora que era. Podría haber levantado la cabeza para echar un vistazo al despertador digital que estaba sobre la mesita de noche, pero no tenía la suficiente energía. Tampoco es que la hora importara. Lo que sí importaba era la terrible sensación de que se había metido en un lío.

No podía decir que no hubiera sabido lo que hacía. Se había metido en la situación con los ojos abiertos, a sabiendas de que ya era demasiado vulnerable a él, de que estaba demasiado próxima a enamorarse, y que hacer el amor con él no haría más que aumentar su vulnerabilidad.

Lo sabía y de todos modos lo había hecho.

Y no era el sexo, aunque bien sabía Dios que la palabra que mejor lo describía era «demasiado»: demasiado tórrido, demasiado morboso, demasiado fuerte. No era sólo sexo, era la unión de dos personas… al menos por su parte. Y ahí estaba el problema.

Quererle no figuraba en sus planes. Había creído… había albergado la esperanza de poder mantener esa parte tan íntima de sí misma apartada e inviolada. Pero había fracasado miserablemente, o quizá espectacularmente, porque no había estado preparada para el incuestionable hecho de que Cahill era su pareja perfecta a todos los niveles. No sólo físicamente, sino también emocionalmente, e incluso en lo que atañía a la personalidad de ambos, se encontraban como dos iguales. Quizá no volviera a cruzarse en su vida otro hombre que encajara con ella como Cahill, y si la relación con él no funcionaba la herida iba a tardar mucho, mucho tiempo en sanar.

Sarah todavía seguía con los brazos alrededor del cuello de Cahill y se abrazaba a él con las piernas. Desde el momento en que habían subido las escaleras y se habían dejado caer sobre la cama, y de eso hacía ya unas horas, creía que no habían dejado de estar físicamente en contacto durante más de cinco minutos en total. Se habían abrazado, besado y acariciado, habían dormitado hechos un ovillo de brazos y piernas y habían hecho el amor con un hambre casi salvaje. Aquello no era sólo el resultado de la contención sexual, a pesar de que para ella hacía mucho tiempo desde la última vez. Tampoco se trataba de la fascinación primeriza por un nuevo amor. Era algo diferente. Era algo más.

Mientras descansaban, el corazón se les había calmado hasta sincronizarse. Cahill acurrucó la cara contra su cuello y luego se apartó suavemente de su cuerpo para caer de lado.

—Dios, me muero de hambre.

Así de fácil consiguió que el malestar de Sarah se desvaneciera y ella rompió a reír.

Se supone que debes decir algo romántico y amoroso, Cahill. ¿Qué fue de, al menos, «ha sido fantástico»?

Cahill bostezó y se desperezó.

—Se cayó a un lado en algún punto de la cuarta vez —respondió, tendiendo un largo brazo y encendiendo la lámpara de la mesita de noche. Luego se apoyó sobre el codo y la miró con ojos adormilados y saciados—. Si escuchas con atención, creo que también tú oirás cómo te llama una galleta de chocolate.

—¿Galleta de chocolate? ¿Por qué no me lo habías dicho? —soltó Sarah, saltando de la cama y yendo hacia el cuarto de baño—. Te veré en la cocina.

—¿Te gustan frías o calientes? —le preguntó él poniéndose los calzoncillos.

—Deshechas.

—Calientes las tendrás.

Sarah entró en la cocina en el preciso instante en que Cahill estaba sirviendo dos vasos de leche. Sonó el microondas y sacó una fuente llena hasta los topes de galletas de chocolate.

—Te he cogido una camiseta —dijo Sarah al sentarse—. Espero que no te importe.

La camiseta le llegaba casi hasta media pierna, cubriéndole todas las partes importantes.

Cahill la repasó con la mirada.

—Te sienta mejor que a mí —apuntó, sentándose frente a ella y colocando la fuente entre ambos—. Ataca.

Así lo hizo. Las galletas estaban calientes y blandas y los trocitos de chocolate se habían derretido lo suficiente para estar pegajosos, como a ella le gustaban. Cuando estaba dando cuenta de la segunda, Sarah preguntó:

—¿Qué hora es?

—Casi las cuatro.

Sarah soltó un gemido.

—Ya es casi de día y no hemos dormido nada. O casi nada.

—¿Y qué más da? Es sábado. Podemos dormir todo lo que queramos.

—No, yo no. Tengo que irme a casa.

—¿Por qué?

Sarah se quedó mirando la galleta y las migas que cayeron cuando le dio un mordisco.

—¿Aparte de que es ahí donde tengo la píldora?

Cahill la miró por encima del borde del vaso mientras engullía un saludable sorbo de leche.

—Sí —dijo tranquilamente—. Aparte de eso. No es que las pastillas no sean importantes.

—Ya conoces el dicho: Sáltate una y eres una idiota. Sáltate dos y eres una momia —apuntó Sarah, dando un profundo suspiro. Había sido sincera consigo misma y él no merecía menos sinceridad—. Y necesito recomponerme.

—¿Recomponerte de qué?

—De esto. De ti. Del sexo. Eso es… esto es…

—Algo muy fuerte —dijo Cahill, completando la frase—. Para mí también. ¿Por qué quieres salir corriendo?

—No es eso lo que estoy haciendo. Sólo me estoy retirando un poco —le corrigió Sarah, pasando el dedo por el borde de su vaso. Luego le miró y le vio ahí sentado, observándola con sus ojos de policía y con la barbilla ensombrecida por la barba de un día—. Creo que esto es mucho más fuerte para mí que para ti, y para mí representa un gran riesgo.

—No estás sola en esto, Sarah. No puedes hablar de grados de emoción como si estuvieras comparando termómetros.

—Puedo si soy la que registra el grado más alto.

—Eso no lo sabes con certeza.

Sarah parpadeó sin dejar de mirarle mientras él seguía comiendo una galleta.

—¿Qué estás diciendo?

—¿Es la hora de las confesiones? —soltó Cahill, frotándose la nuca—. Mierda, no se me da bien hablar de estas cosas a ninguna hora del día, y menos aún a las cuatro de la mañana. Vale, allá voy: no sé con exactitud lo que hay entre nosotros, pero sí sé que hay algo. Sé que no quiero que te vayas. Sé que te deseo como nunca he deseado a nadie y sé también que eres una mujer que no se anda con juegos. Esto tampoco es un juego para mí. Puedes apartarte de mí porque tienes miedo de arriesgarte o podemos ver adónde nos lleva esto.

Sarah le miró fijamente, sintiendo en su interior el silencioso despliegue de la felicidad, como una flor que hubiera empezado a abrirse. Había esperado que él se retirara cuando le confesara que se había implicado emocionalmente. No había pronunciado la palabra «amor», pero no le había hecho falta. La situación básica no había cambiado: tampoco él había pronunciado la palabra «amor». Pero no había visto en él esa expresión incómoda que aparecía en la cara de los hombres cuando una mujer empezaba a colgarse de ellos y lo que realmente querían era quitársela de encima.

Cahill se había quemado. Ella, por otro lado, estaba relativamente libre de cicatrices. Quizás el hecho de que este fuera para ella territorio inexplorado explicaba por qué tenía miedo a que le hicieran daño. Si Cahill podía arriesgarse, ella también.

—De acuerdo —dijo con calma—. Y ¿ahora qué pasa?

—Sugiero que terminemos la leche y las galletas y que volvamos a la cama.

—¿Y luego qué?

La mirada de Cahill denotó una leve exasperación.

—¿Vas a anotar esto en una agenda o algo parecido?

—Soy una mujer muy organizada. Compláceme.

—De acuerdo. Sé que tienes tu trabajo. Yo tengo el mío. Habrá días en que no tenga mucho tiempo libre y habrá otros en que seas tú quien no lo tenga. A menos que quieras venir a vivir aquí conmigo… ¿no? —preguntó cuando Sarah sacudió la cabeza—. Eso pensaba. De todos modos, no ahora mismo. Pero, una vez descartada esa opción, seguimos como esta semana, juntos durante nuestro tiempo libre. Probablemente no podamos ir mucho a la bolera cósmica…

—Pero lo pasé tan bien… —murmuró Sarah, ganándose una sonrisa apreciativa de Cahill.

—… aunque puedo prometerte que haré lo posible para entretenerte. ¿Qué te parece?

—Mm. No sé. ¿Qué tienes en mente?

—Bueno, para empezar había pensado en follarte hasta decir basta. Luego, lo aderezaría follándote hasta decir basta.

—Justo lo que me gusta —dijo Sarah—. Variedad.

Cahill dejó la fuente de galletas sobre la encimera y los vasos de leche vacíos en el fregadero.

—Si lo que quieres es variedad —dijo, girándose y levantándola del suelo—, ¿qué te parece la mesa?

El corazón de Sarah empezó a martillearle en el pecho al ver la expresión del rostro de Cahill: esa mirada intensa y de párpados caídos que dejaba bien claro que estaba excitado.

—Es una mesa muy bonita.

—Me alegra que te guste —dijo, levantándola aún más y depositándola sobre ella.

Pasaron juntos el fin de semana. Sarah insistió en pasar algún tiempo en la casa del juez trabajando en el inventario y embalando, y Cahill la ayudó. Como la casa no era de ella, Sarah no se sentía con la libertad para invitarle a que pasara la noche con ella, de manera que cogió algo de ropa y enseres de aseo y volvió a casa de Cahill con él, donde pasaron en la cama el resto del día. Para deleite de Sarah, el domingo fue básicamente una extensión del sábado. Puso a un lado sus preocupaciones y dejó que las cosas entre ambos se desarrollaran como debían. ¿Qué otra cosa podía hacer, aparte de huir? Ser cauta era algo inherente en ella, no así huir.

El lunes a primera hora de la mañana, Sarah volvió a su casa y se puso decididamente manos a la obra. Barbara llamó a las diez, obligándola a dejar por un rato lo que estaba haciendo: doblar y embalar más toallas y manoplas de las que podría utilizar un pequeño ejército.

—He hablado con un agente inmobiliario —dijo Barbara—. Pasará por ahí hoy a alguna hora para poner un cartel, así que no te sorprendas si ves a alguien en el jardín delantero. De hecho, ya me han llamado un par de personas a casa, ya sabes, conocidos que saben de alguien que está buscando una casa en Mountain Brook, así que quizá no cueste venderla.

—No lo creo —respondió Sarah, pensando que quizá, después de todo, no iba a disponer de un mes entero.

—Iré este fin de semana para ayudarte a embalar la ropa de papá y sus objetos personales —dijo Barbara con la voz ligeramente temblorosa—. No me hace mucha ilusión, pero necesito hacerlo. Todo esto todavía no me parece real, y quizá… retirar sus cosas me ayude.

—¿Quieres que vaya a recogerte al aeropuerto?

—No, alquilaré un coche para poder llegar e irme sin tener que molestarte. Y ¿podrías reservarme una habitación en el Wynfrey? No me veo capaz de quedarme en la casa.

—Será un placer. ¿Quieres una suite?

—Iré sóla, de modo que con una habitación será suficiente. Sarah, ya sabes lo que tarda en hacerse efectivo un testamento. He hablado de ello con Randall y con Jon y estamos todos de acuerdo. Si necesitas el dinero que papá te dejó, te lo podemos adelantar de nuestras propias cuentas y recuperarlo luego de la herencia cuando todo haya quedado dispuesto.

—Oh, no, no lo hagáis —dijo Sarah, conmocionada—. No necesito el dinero, y de verdad no quisiera que…

—No discutas —dijo Barbara con firmeza—. Papá te dejó ese dinero y no hay más que hablar.

Sarah no pudo decir otra cosa que:

—Gracias. Pero, en serio, en este momento no necesito el dinero.

—De acuerdo, aunque si cambias de opinión, no tienes más que decírmelo. Ah, por cierto, también te he escrito una carta de recomendación. Te la llevo, así que no dejes que me olvide de dártela. Has sido maravillosa. No sé que habríamos hecho sin ti.

—El placer ha sido mío —dijo Sarah tristemente, porque verdaderamente había sido un placer servir al juez y a su familia.

Ese día llegó otra oferta de empleo con el correo. Sarah la leyó y la dejó con las demás. Ésta no requería sus servicios de inmediato, así que era una posibilidad. Anotó mentalmente que debía llamar más tarde para acordar una cita para la entrevista.

Para su sorpresa, cada día llegó una oferta de empleo con el correo y recibió un par de ellas por teléfono que descartó al acto, decantándose por las que habían optado por una vía de aproximación más formal. De todos modos, estaba asombrada ante la cantidad de ofertas que recibía. Su sueldo no era bajo, de modo que no había esperado lo que era casi una cornucopia de oportunidades.

—Es por el reportaje de la televisión —dijo Cahill cuando ella se lo comentó el jueves por la noche. Estaban viendo la televisión, sentados en el gran sillón reclinable de Cahill, ella sobre las rodillas de él. Sarah estaba orgullosa de que en verdad estuvieran viendo la televisión. Era la primera noche que no se habían ido directamente a la cama después de cenar.

—Eres una celebridad, así que hay gente que quiere hacerse con tus servicios te necesiten o no.

—Ese no es el tipo de trabajo que quiero. No entra en mis planes ser sólo el símbolo del estatus de alguien. El juez Roberts necesitaba a alguien que organizara y llevara su casa. Ya era mayor, vivía solo, tenía algunos problemas de salud y sencillamente no quería tener que ocuparse de los detalles.

—Además de necesitar tus habilidades como guardaespaldas.

Sarah se calló. Sus habilidades no habían servido para nada. Cuando el juez la había necesitado, ella no había estado ahí.

—Oye —dijo Cahill dulcemente—. No fue culpa tuya. No pudiste hacer nada por impedirlo. No tenías la menor razón para sospechar de ese tipo, sea quien sea, porque el juez le conocía y le invitó a entrar. ¿Te habrías quedado en la biblioteca con ellos mientras hablaban?

—No, claro que no.

—Entonces, ¿cómo podrías haberlo impedido? Probablemente el tipo utilizó un silenciador. Ni siquiera habrías oído el disparo.

—Al menos podría haberle identificado y... —se quedó callada, pensándolo bien—. Y también me habría matado a mí.

Los brazos de Cahill la estrecharon con más fuerza.

—No le habría quedado más remedio, porque sabrías su nombre y conocerías su aspecto. Gracias a Dios que te fuiste al cine.

Cahill le besó la frente, luego le echó la cabeza hacia atrás y la besó en la boca, persistiendo hasta que Sarah empezó a pensar que no se iban a quedar viendo la televisión mucho tiempo más.

—¿Cuándo me has dicho que llegaba la señora Pearson? —preguntó Cahill, levantando la cabeza.

—Mañana por la noche.

—¿Eso quiere decir que no dormirás aquí?

—No puedo —respondió Sarah con pesar.

—Entonces, ¿por qué estamos perdiendo el tiempo?

Más tarde, cuando Cahill apagó la luz y yacían uno junto al otro, soñolientos, él dijo:

—Si no te importa, investigaré los nombres de la gente que te ha enviado las ofertas de empleo.

—¿Por qué? —preguntó Sarah sorprendida, levantando la cabeza—. ¿Crees que hay algo extraño? —dijo, aunque no veía qué podían tener de sospechoso.

—No, nada en particular. Mera precaución. Hazme caso.

—De acuerdo, si es lo que quieres.

—Sí, es lo que quiero.

18

—Tenemos invitados con mucha frecuencia —dijo Merilyn
Lankford, dando un sorbo a su taza de café de traslúcida cerámica china a la vez que el enorme diamante amarillo que
llevaba en una mano brillaba cuando le daba la luz del sol—.
Y viajamos, de manera que necesitamos a alguien que cuide
de la casa cuando nosotros no estamos —concluyó con un
parpadeo, sonriendo de pronto—. Siempre le digo a Sonny
que necesito una esposa. Señorita Stevens, ¿quiere casarse
conmigo?

Sarah no pudo reprimir una carcajada. La señora Lankford era una mujer morena, diminuta y enérgica. Llevaba
mechas en el pelo, unas mechas de artística confección con las
que disimulaba las canas. Tenía unos ojos verdes que invitaban al mundo a reírse con ella y un horario apretadísimo. Sus
dos hijas ya eran mayores. La mayor estaba casada y la más
joven estaba en el último año de universidad. Merilyn Lankford trabajaba en la administración de fincas, participaba en
diversas obras de caridad y tenía un marido que dirigía dos
negocios boyantes que dependían de los contactos para sus
ventas, de ahí que tuvieran invitados con tanta asiduidad. El
juez Roberts era una vieja fortuna. Los Lankford eran nuevos
ricos, de lo cual no se avergonzaban en absoluto, y disfruta-
ban de cada penique de su dinero.

Dos años antes habían construido una casa de estilo español, ostentosa y de intrincado diseño, llena de recovecos, alcobas abovedadas, patios empedrados y una fuente central, aparte de todo lo que se les había pasado por la cabeza. La piscina era de dimensiones olímpicas. El señor Lankford se había construido lo que el llamaba la «sala de medios», una sala abarrotada de toda gama de aparatos electrónicos: desde un ordenador a un equipo de música, además de una de esas televisiones de pantalla gigante que al parecer todos los hombres necesitaban para sentirse completos. La sala complementaba el cine de la casa, que albergaba una pantalla deslizante, diez asientos reclinables tapizados en lujoso terciopelo y el sistema de sonido estéreo «wraparound». Los Lankford tenían un baño de mármol para cada uno, armarios del tamaño de lo que, para la mayoría de la gente, ocupaba una casa, diez cuartos de baño, ocho dormitorios y sin duda tanto dinero que no sabían qué hacer con él.

Todo aquel escenario le daba a Sarah ganas de reír. Era demasiado. También resultaba obvio que Merilyn estaba encantada con su nueva casa, tanto con los detalles más tontos como con los más lujosos. Sabía que era ostentosa y le daba igual. Había querido la bañera de mármol a ras de suelo, podía pagarla, así que se hizo instalar una. Así de sencillo.

A Sarah le gustaron los Lankford, sobre todo Merilyn. Desde su punto de vista, el escenario estaba bien. Disponía de dependencias separadas para su uso: un pequeño bungalow de estilo español, totalmente amueblado, situado detrás de la piscina y medio oculto por un exuberante muro de hiedra. Merilyn debía de haber pagado una fortuna para conseguir que le trasplantaran aquella hiedra adulta, pero el efecto era maravilloso.

Más importante aún, pensó Sarah, era que Merilyn la necesitaba de verdad. Había notado que el resto de sus jefes potenciales la querían más como trofeo o símbolo de su estatus que otra cosa. Incluso había recibido una segunda oferta del hombre que había intentado contratarla después de haberla visto en televisión. La gente así no la necesitaba realmente. A la hora de tomar una decisión, la actitud jugaba un papel esencial.

Todo el proceso se había vuelto un poco extraño. Se suponía que era ella la entrevistada, y no al revés, pero no dejaba de tener la sensación de que la gente casi estaba pujando por ella. Desde luego, eso no era lo que le habían enseñado durante sus años de estudio, de manera que fingía no darse cuenta. Fuera cual fuera la oferta que aceptara finalmente, después de un tiempo las cosas volverían a su estado natural y sus jefes se acostumbrarían a tratarla como debían.

Los Lankford habían sido los cuartos en entrevistarla, y pensó que serían los últimos. Los asuntos de la casa del juez habían progresado mucho más rápido de lo que la familia había calculado. Justo una semana antes de poner la casa a la venta, el agente inmobiliario había recibido una oferta en firme y los compradores querían cerrarla de inmediato. A fin de tener la casa a punto para ellos, y siguiendo las instrucciones de Barbara, Sarah había contratado los servicios de alguien que la ayudara a embalar y que le echara una mano con la mudanza. La casa estaba casi vacía. Lo único que quedaba en ella era lo que había en sus propias dependencias.

Los muebles no eran suyos, tampoco los platos ni los instrumentos de cocina. Tenía su propia ropa de cama, porque prefería las sábanas de seda, pero en cuanto al resto, lo único que tenía que llevarse eran sus efectos personales: ropa, útiles de aseo y libros, un equipo de música y su colección de cintas y de CDs. Cahill le había dicho que no se apresurara a buscar trabajo, que siempre se podía mudar a su casa y buscar con calma, pero Sarah no se sentía bien haciendo eso. Quería un poco más de independencia, a pesar de todo el tiempo que había pasado en casa de él.

Después de hablar con Merilyn del sueldo, de sus obligaciones, beneficios y días libres, Merilyn le dedicó una sonrisa de animadora deportiva, una sonrisa de alto voltaje.

—Entonces ¿cuándo podrías empezar?

Sarah lo decidió en ese mismo instante.

—Dentro de dos días. Si no le importa, mañana traeré mis cosas al bungalow. Necesito sentarme con usted y con el señor Lankford para que revisemos juntos sus horarios y sus necesidades y, a ser posible, me gustaría tener un plano de la casa.

—Qué terrible, ¿verdad? Te daré una copia del anteproyecto de la casa. Tenemos por lo menos diez o quince —dijo Merilyn alegremente—. Nosotros construimos esta casa y a veces me desoriento y tengo que mirar por una ventana para saber dónde estoy. Ya sabes: si hoy es martes, esto debe de ser el estudio; ese tipo de cosas. La única diferencia es que en la película era Bélgica y no el estudio, pero ya me entiendes.

—Debe de ser divertido —dijo Sarah, sonriendo.

—Más de lo que te imaginas. Lo de construir la casa fue como una aventura. Volvimos loco al constructor porque casi cada día le dábamos nuevas ideas de lo que queríamos, pero no parábamos de pagarle de más, así que lo llevó bien. Probablemente ésta sea la única casa que construyamos, a menos, Dios no lo permita, que se incendie o algo parecido, así que no reparamos en nada. La primera noche que nos mudamos, jugamos al escondite como dos niños. Me muero de ganas de tener nietos para poder jugar al escondite con ellos. Hay muchos escondites fabulosos —concluyó. De repente se dio una palmada en la frente—. ¿Qué estoy diciendo? ¡Soy demasiado joven para ser abuela! No sé lo que me pasa. Llevo haciendo comentarios como éste desde hace un año, más o menos. ¿Crees que necesito estrógeno o algo así?

Sarah se echó a reír.

—O nietos.

—Bethany, mi hija mayor, sólo tiene veinticuatro años, y eso a mí me parece ser muy joven, demasiado para tener una familia, así que espero que espere unos cuantos años para tener hijos. Pero yo tenía veinte años cuando la tuve y no creía ser demasiado joven.

—Nunca lo creemos —murmuró Sarah.

Se pusieron de acuerdo en las cláusulas de un contracto muy sencillo y luego Merilyn le dio un juego de llaves del bungalow y de la casa, los códigos para los sistemas de seguridad de la verja y una copia del anteproyecto de la casa, un rollo enorme de al menos treinta páginas y que pesaba casi dos kilos y medio. Todavía un poco perpleja por la velocidad con la que Merilyn llevaba a término las cosas, Sarah volvió a casa del juez y llamó a Barbara para hacerle saber que, a menos que surgiera algún imprevisto, había terminado de limpiar y de embalar y se mudaba al día siguiente, dejando así vía libre a los nuevos dueños.

—¿Dónde estarás? —preguntó Barbara—. No quiero perderte la pista, Sarah. Has sido parte de la familia durante casi tres años y no puedo imaginar no saber dónde estás o cómo ponerme en contacto contigo.

—He aceptado un puesto en casa de Sonny y Merilyn Lankford, en Brookwood.

—Oh —dijo Barbara—. Nuevos ricos. La ubicación, la ubicación, la ubicación. Lo decía todo.

—Novísimos, y disfrutando de ello al máximo.

—En ese caso que Dios les bendiga. ¿Tienes su número a mano?

—De hecho, tendré una línea privada, así que te daré ese número— respondió. Ya lo había memorizado, de modo que lo recitó automáticamente—. Y, todavía tienes mi número de móvil, ¿verdad?

—Sí, en la agenda. Llamaré al banco y daré la orden para que te transfieran a tu cuenta el sueldo de este mes. Cuídate, ¿de acuerdo?

—Tú también.

Cuando colgó, Sarah se dio unos minutos para echar una mirada a las dos acogedoras habitaciones en las que había vivido y luego se sacudió la tristeza y la nostalgia y empezó vigorosamente a meter sus libros en cajas. Mientras lo hacía, llamó a su madre y le dio los detalles de su nuevo trabajo, así como su nuevo teléfono y la nueva dirección. Su padre estaba bien. Jennifer creía que estaba embarazada (lo que no resultaba demasiado sorprendente, ya que llevaba buscándolo desde hacía ¿cuánto?, ¿un mes entero?), y Daniel había regresado a su base de Kentucky. Tuvo noticias de todos y supo que estaban bien.

Trabajó a buen ritmo mientras iba repasando mentalmente lo que había visto de la casa de los Lankford, planificando horarios para lograr limpiar los cientos de ventanas y lo que a buen seguro eran cientos de kilómetros de lechada. La limpieza era tarea de la empleada, o del servicio de limpieza, pero la organización y la supervisión era trabajo de Sarah. La casa era fácilmente el doble de grande que la del juez Roberts, de manera que estaría totalmente ocupada sólo con las tareas domésticas.

Se sobresaltó al oír el móvil. Lo cogió del bolso.

—Hola.

—Sólo quería saber a qué hora llegarás a casa —dijo Cahill. Su voz profunda sonaba tranquila y relajada.

Sarah miró su reloj y no pudo evitar una mueca de fastidio. Se había olvidado por completo de la hora. Eran casi las siete.

—Lo siento. Estaba embalando mis cosas y no he reparado en la hora. ¿Estás en casa?

—Voy de camino. Yo también me he retrasado. ¿Quieres que nos encontremos en alguna parte para cenar?

Sarah se miró la ropa que llevaba. Se había puesto unos vaqueros antes de empezar a embalar y los tenía manchados y llenos de polvo.

—Estoy demasiado sucia para salir a cenar. ¿Quieres que compre algo de camino a casa?

—Puedo hacerlo yo. ¿Qué te parece algo de Jimmie's?

Jimmie's era un restaurante de comida casera que servía platos combinados (una pieza de carne y tres clases de verduras por cinco dólares con noventa y cinco centavos, o cuatro clases de verduras por cuatro con ochenta y cinco, más una clase de panecillo o de pan de maíz). El menú de la semana nunca variaba. Era martes, pero aquello no era Bélgica; en Jimmie's era la noche del pastel de carne.

—Vale. Para mí sólo verdura y pan de maíz. Ya sabes cuál es la verdura que me gusta.

Cahill debía saberlo. Habían cenado en Jimmie's unas siete veces en las dos últimas semanas.

—¿Cuánto vas a tardar?

—Termino ahora mismo. De todos modos, casi he acabado.

—Entonces te veré en una media hora. Si llegas a casa antes que yo, deja las cosas en la camioneta y yo las entraré cuando llegue.

Cahill colgó y Sarah se quedó mirando el teléfono con una mueca de fastidio.

—Maldita sea —murmuró. Cahill creía que iba a quedarse con él, a pesar de que siempre que había mencionado que podía mudarse a su casa ella se había resistido a la idea.

Quizá fuera anticuado de su parte, incluso estúpido, pero a Sarah no le gustaba la idea de irse a vivir con él. Pasar una noche juntos era una cosa. De hecho, había dormido con él casi todas las noches desde que se habían hecho amantes. Pero la única posibilidad de que se planteara en serio vivir con un hombre era casándose con él, o al menos comprometiéndose con él. Cahill le había pedido que hiciera muchas cosas, pero entre ellas no figuraba casarse con él. Hasta entonces…

¿Hasta entonces?

Se incorporó de golpe. ¿Acaso su subconsciente estaba planeando casarse con él? ¿Es que no había escuchado sus discursos sobre los peligros de implicarse emocionalmente con un hombre que recientemente había pasado por un terrible divorcio? A pesar de todo, ¿tan enamorada estaba de Cahill que ya soñaba con el «y vivieron felices para siempre»?

Maldición, sí, lo estaba.

Su estupidez se veía sólo superada por su optimismo. Cerró los ojos, ligeramente divertida ante su propia reacción, aunque a la vez un poco desesperada. La esperanza era lo último que se perdía, era cierto, y lo único que podía hacer era jugar sus cartas y ver lo que ocurría.

Cargó algunas cajas en la camioneta. Luego se lavó la cara y las manos y cerró la casa con llave, comprobando todas las puertas y ventanas y asegurándose de que la alarma estuviera activada. Ése iba a ser su trabajo sólo una vez más. Luego se concentraría exclusivamente en los Lankford y en su bienestar, en su rutina.

Jimmy's debía de estar hasta los topes porque Cahill no estaba en casa a su llegada. Entró con la copia de la llave que él le había dado y se metió en la ducha para deshacerse de la suciedad de las cajas. Se arrebujó en el albornoz que había dejado allí y salió del dormitorio justo cuando oyó abrirse la puerta trasera.

—¡Cariño, estoy en casa! —gritó Cahill, haciéndola sonreír cuando entró en la cocina. Cahill había dejado las bandejas del restaurante sobre la mesa y estaba sacando la jarra de té de la nevera—. Y estoy muerto de hambre —añadió.

—Yo también. ¿Por qué has tardado tanto?

—Una mujer llevó a su niña de tres años al pediatra y el doctor se dio cuenta de que la pequeña estaba llena de hematomas. La señora le dijo que la niña se había caído por las escaleras. El doctor sospechó algo y llamó para denunciarlo, investigamos el caso y descubrimos que esa señora no tiene escaleras en su casa. Bastardos. Además hemos estado revisando algunos casos antiguos.

Eso quería decir que todavía seguían estudiando la prueba obtenida en la casa del juez, repasándola una y otra vez, intentando dar con algo que hasta el momento hubieran pasado por alto. El caso se había enfriado y cada minuto que pasaba se enfriaba aún más, pero ellos seguían trabajando en él. Cahill parecía cansado, aunque ¿quién no lo estaría después de vérselas con gente que maltrataba a una niña de tres años?

—Hoy he tenido otra entrevista —dijo Sarah tomando asiento—. Sonny y Merilyn Lankford, de Brookwood. Una enorme casa de estilo español.

—Sí, conozco el sitio. ¿Qué tal te ha ido?

—He aceptado el puesto.

Cahill detuvo en el aire el tenedor que en ese momento se estaba llevando a la boca y fue agudizando la mirada mientras la observaba—. ¿Las mismas condiciones que tenías con el juez Roberts? ¿Con tus propias dependencias en la casa?

—Sí, un pequeño bungalow independiente. Tengo libres los fines de semana a menos que tengan planeada alguna fiesta, en cuyo caso sustituiría ese día por otro.

—¿Cuándo empiezas?

Cahill mostraba ahora su rostro de policía, y ahí estaba también su voz de policía, fría y desapasionada. Tenía la esperanza de que ella se mudara a su casa y no le gustaba que las cosas no salieran a su manera.

—Pasado mañana.

—Entonces la de mañana será la última noche que pases aquí.

Sarah estaba perdiendo el apetito por segundos.

—Mañana es la última noche que pasaré todas las noches contigo. Que sea o no la última noche, punto, depende de ti.

—¿Qué quieres decir con eso?

—Que tengo un empleo que atender y que no pienso escatimarles ni un ápice de mi tiempo. Pero cuando esté libre, si lo deseas, estaré aquí.

—Oh, sí —dijo él más suave—. Claro que lo deseo.

—Pero estás enfadado porque he aceptado el trabajo.

—No, sabía que tenías que encontrar otro empleo. No me gusta porque no estarás aquí. Son dos cosas muy distintas.

—Me ha encantado estar aquí contigo, Cahill, pero ambos sabíamos que era temporal. Me refiero a pasar aquí las noches.

—Vale, vale —dijo Cahill. Parecía frustrado—. Ya nos arreglaremos. Es sólo que no me gusta. Y antes de que pases una sola noche en ese sitio, quiero comprobar quién es esa gente. ¿Recuerdas nuestro trato?

—No creo que Merilyn Lankford sea ninguna terrorista ni que se dedique a blanquear dinero para la mafia —dijo Sarah, aliviada al ver que Cahill no intentaba hacerle renunciar al trabajo.

—Nunca se sabe. La gente tiene todo tipo de ropa sucia en el armario. Para que me quede tranquilo, ¿vale?

Cahill tendió la mano hacia atrás, donde había colgado la chaqueta sobre el respaldo de la silla, y sacó su libreta de notas—. Vuelve a darme sus nombres completos y la dirección.

Sarah le obedeció con un suspiro.

—¿Sonny es su nombre verdadero? ¿No es un apodo?

—Supongo.

—Da igual, ya lo averiguaré. Si han tenido aunque sea una multa de tráfico, me enteraré —dijo volviendo a meter la libreta en el bolsillo y empezando a comer.

Sarah observó, divertida, que no bastaba un contratiempo en su situación doméstica para que Cahill perdiera el apetito, de modo que también ella siguió comiendo.

Inevitablemente volvió a pensar en el juez, lo cual tenía su lógica puesto que lo que le había ocurrido a él era la razón de que Cahill quisiera investigar a los Lankford. Al día siguiente se cumplirían cuatro semanas del asesinato. Todos los miércoles suponían un triste aniversario. Sarah ni siquiera sabía si iba a ser capaz de pasar por otro miércoles sin recordar lo sucedido.

—No hay nada nuevo sobre el caso ¿verdad? —preguntó, aunque creía que Cahill se lo habría dicho si así era. Aunque quizá no. Mantenía muchas de las cosas de su trabajo en secreto.

—No. Aunque no tiramos la toalla. Tuvo que haber alguna razón, y antes o después daremos con ella. Alguien hablará, algo se le escapará y llegará hasta nosotros. O alguien se enfadará y nos llamará para contarnos lo que sabe. Todavía seguimos hablando con gente, mostrando la foto, intentando remover algún recuerdo. Saldrá. Antes o después, saldrá.

19

Cuando se enteró no daba crédito, y desde luego se enteró. Mountain Brook era una ciudad pequeña y la gente se conocía. Siempre había alguien que hablaba. Sarah había empezado a trabajar con los Lankford, esos nuevos ricos con esa casa espantosa que probaba hasta qué punto lo eran. Recibió una breve y amable carta de ella en la que le decía muy educadamente que había aceptado otro empleo, aunque cuando llegó la carta él ya se había enterado de la noticia.

Sostuvo la carta en la mano con la mirada clavada en la firma clara y firme de Sarah. La había leído docenas de veces desde que la había recibido, aunque las palabras no cambiaban. Casi creía poder olerla en el papel: una fragancia suave y fresca que le produjo un fuerte dolor porque ella debería estar allí. Debería estar con él. Cada día que pasaba, el dolor que provocaba su ausencia se agudizaba, como si a su vida le faltara algo vital. Era intolerable.

Se pasó la hoja de papel por la cara, buscando consuelo en el hecho de saber que ella la había tocado y que se la había enviado personalmente.

¿Cómo podía hacerle eso? ¿Sabía ella…? No, claro que no. Se repitió que ella no podía saberlo. No debía enfadarse con ella porque, al fin y al cabo, todavía no le había conocido. En cuanto lo hiciera, Sarah sabría hasta qué punto sus vidas en común serían algo perfecto. Probablemente sentía lástima por esos asquerosos Lankford e intentaría dar un toque de clase a sus ordinarias vidas. Por muy valerosa que fuera Sarah, sus esfuerzos serían en vano. Daría lo mejor de sí, e insistiría hasta que se le rompiera el corazón en cuanto se diera cuenta de cuán fútiles resultaban sus esfuerzos.

De hecho, él conocía a los Lankford ya que, después de todo, los negocios eran los negocios. Sin embargo, nunca había estado en su casa. Quizá ya era hora de que les hiciera una visita. No sería difícil conseguir una invitación. Se prodigaban en fiestas y cenas de gusto propio de un vodevil, como si no tuvieran la menor idea del placer que proporcionaba la soledad o la quietud.

Visitar a los Lankford era una idea maravillosa. Así podría ver a Sarah de cerca puesto que, sin duda, ella estaría a cargo de la supervisión del evento. Quizá incluso se la presentaran. Normalmente nadie presentaba el servicio a los invitados, pero Merilyn Lankford era lo suficientemente torpe para hacer algo así. Y no es que Sarah fuera una empleada común. A su modo era toda una reina, pero el mundo sobre el que gobernaba siempre estaba entre bastidores. Merecía poder gobernar sobre el mundo de él en vez de ocuparse de aquel monumento a la vulgaridad.

Por el propio bien de Sarah, por no mencionar el suyo propio, tenía que sacarla de allí. Tenía que actuar, y cuanto antes mejor. Pero debía andarse con mucho cuidado, y eso requería planificación y mucha cabeza, además de gran pericia. Esperaba con ansia enfrentarse a ese reto.

Las personas eran criaturas de costumbres. Llevaban la esclavitud de sus rutinas impregnada en la tela de sus vidas. Luego seguían fieles a sus rutinas porque hacerlo era más fácil que salir de ellas. Según los psicólogos, estaba demostrado que mucha gente prefería lo conocido, aunque fuera horrible, a la incertidumbre que provoca lo desconocido. Las mujeres seguían viviendo con maridos que las maltrataban, y no porque conservaran algún resquicio de fe, sino porque temían demasiado quedarse solas. Era el gran desconocido. Sólo las almas valientes, o las desesperadas, decidían romper con sus rutinas.

La gente tendía a seguir los mismos patrones día tras día, semana tras semana. La misma gente estaba siempre en el mismo lugar casi a la misma hora. Cahill no esperaba que el hombre de la fotografía apareciera y utilizara el mismo teléfono público a la misma hora de la noche, pero quizá, sólo quizá, hubiera alguien en La Galleria que tenía la costumbre de estar allí en aquel momento y que también había estado allí la noche en que el juez Roberts había sido asesinado, y había visto… ¿qué? Algo. Cualquier cosa.

Ninguno de los dependientes de la tienda había visto nada, aunque habían sido adiestrados para vigilar lo que ocurría dentro de las tiendas, no lo que tenía lugar en el vestíbulo del centro comercial. Pero ¿y la gente que estaba sentada en los bancos, los que paseaban, el grupito de adolescentes con la risita en los labios que intentaban actuar como adultos, la joven que empujaba lentamente un cochecito de bebé adelante y atrás con el pie mientras se comía un bollo de canela? ¿Estaban allí todas las noches? ¿Todos los miércoles por la noche? ¿Cuál era su rutina?

A la misma hora en que había sido hecha la llamada, y siguiendo su corazonada, Cahill fue a La Galleria y detuvo a todos los compradores que encontró en la zona cercana a aquel teléfono público específico y les mostró la fotografía. ¿Había algo en aquel hombre que les dijera algo? ¿Conocían a alguien que se pareciera a él? ¿Era posible que le hubieran visto antes allí, en La Galleria?

Recibió un montón de miradas de extrañeza, noes y sacudidas de cabeza. Algunos se limitaban a echar un vistazo a la foto antes de decir «no» y seguir caminando. Otros se tomaron su tiempo para estudiarla con detenimiento antes de devolvérsela. No, lo sentían, pero no les decía nada.

Cahill no cejó en su empeño. Nada irrumpía en el caso. No había ni un solo rumor, nadie soltaba la menor pista que llevara a alguien… nada. El muro contra el que habían topado era alto y grueso. Habían conseguido la posta que había matado al juez, pero no el cargador. No tenían ninguna huella que coincidiera con las que constaban en los archivos del AFIS. No tenían el arma del crimen. No tenían ningún testigo. No tenían el móvil. No tenían nada.

Cahill estaba empezando a enfadarse. Nadie debería poder cometer un asesinato y salir indemne de ello. Ocurría, pero le ofendía en un nivel muy profundo, en esa parcela interna que hacía de él un policía.

Detuvo a un tipo de veintitantos años que llevaba colgada del brazo a una chica con los labios pintados de negro como un aparato de aire acondicionado pegado a una ventana. Ambos adoptaron una postura estudiada, aunque de todos modos miraron la fotografía.

—No sé —dijo el tipo, frunciendo un poco el ceño—. Me recuerda a alguien, pero no sabría decir exactamente a quién.

Cahill mantuvo la voz y su actitud relajadas. Podía comportarse como un cretino cuando lo creía preciso, pero esa noche había decidido deliberadamente mostrarse relajado, para que si alguien tenía algo que decir, se sintiera cómodo hablando con él.

—¿Se trata de alguien a quien ha visto antes en La Galleria?

—No, no es eso. ¡Ah, ya sé! ¡Se parece a mi banquero!

—¿A tu banquero?

—Sí... ¡William Teller!

Se alejaron entre risas.

—Qué gracia —murmuró Cahill, girándose y conteniéndose para no responder al listillo, aunque, si estaba metido en algo de lo que pudiera arrepentirse, ya podía irse con cuidado y rezar para que no volvieran a encontrarse... y por su aspecto no era difícil imaginar que era la clase de tipo que a buen seguro no tenía un historial inmaculado.

Cahill siguió interrogando a los clientes hasta que los altavoces anunciaron que el centro comercial estaba a punto de cerrar. Estaba ante otro callejón sin salida, pero si seguía volviendo y continuaba enseñando la fotografía quizá, antes o después, algo saldría.

La casa estaba a oscuras cuando llegó. Se sentó durante un minuto en el camino que entraba por el jardín y se quedó observando atentamente las ventanas.

—Mierda —murmuró. Nunca le había preocupado regresar a una casa a oscuras, pero en ese momento tuvo ganas de darle un puñetazo a algo porque no le hacía la menor gracia. En sólo un par de semanas se había acostumbrado tanto a tener a Sarah con él que no encontrarla en casa hacía que se sintiera casi tan mal como cuando rompió con Shannon.

Maldición. En cierto modo era incluso peor. No había echado de menos a Shannon. Descubrir que había estado por ahí siéndole infiel había podido con todo lo que sentía por ella excepto con la rabia. Sin embargo, echaba de menos a Sarah. Era un dolor constante. Podía olvidarlo mientras estaba trabajando, pero no lograba borrar de lo más profundo de su mente que ella no iba a estar en casa a su regreso, y esa certeza parecía esperar a que el dejara de estar ocupado para golpearle en el estómago.

Por fin salió de la camioneta y entró. Encendió las luces, también la televisión, y se preparó una copa. Era su rutina habitual, y no era suficiente. El vacío de la casa le puso furioso.

Sarah había pasado con él la noche del sábado, y el sexo entre ambos había sido tan fogoso que había creído que le iba a estallar la cabeza. Con ella nunca tenía bastante y eso le aterraba. Sarah era abierta y sinceramente sensual, se entregaba con plena libertad y se deleitaba en su cuerpo con tanta intensidad como él con el suyo. A veces casi le daba miedo observar hasta qué punto la sintonía entre ambos era perfecta, tanto en la cama como fuera de ella.

Cahill desconfiaba cuando algo parecía ser perfecto, pero la forma en que él y Sarah encajaban era… perfecta. Incluso cuando discutían, sabía que no la intimidaba. Dios, ni siquiera estaba seguro de algo pudiera llegar a intimidarla. Y eso era perfecto. No tenía que manejarla con guantes de seda. El sexo entre ambos era ardiente y morboso: perfecto. Se hacían reír uno al otro: perfecto. Quizás era debido a que ella provenía de una familia de militares, pero parecía entenderle como ninguna otra mujer lo había hecho: perfecto.

Lo que no era perfecto era que Sarah no estuviera con él.

Odiaba que viviera en aquel maldito bungalow. Lo odiaba con una inquina que intentaba mantener oculta. Había sido muy razonable en cuanto a la carrera de Sarah; maldición, si hasta se había mostrado sensible al respecto. Cuando ella le había dicho que había aceptado el empleo y que viviría en la casa, él no había respondido con un «¡Y una mierda! ¡Por encima de mi cadáver!», que era justo lo que deseaba decir. Ser razonable era un fastidio.

Sin embargo, lo que realmente le enojaba era que no tenía el menor derecho a discutirlo con ella.

Eran amantes, nada más. Nunca había dicho nada que fuera más allá de frases tipo «veamos adónde nos lleva esto». No se había comprometido ni tampoco le había pedido a ella que lo hiciera, aunque creía que había quedado claro por ambas partes que ninguno de los dos iba a salir con nadie más. Ahora, esa falta de compromiso le estaba royendo las entrañas. Debería haber dicho algo antes, y no sabía si decirlo ahora iba a servir de algo. Sarah había estado de acuerdo con las cláusulas y había firmado un contrato y, conociéndola, ni siquiera intentaría modificar los términos del acuerdo… no por irse a vivir con un amante.

También eso le llevaba a mal traer. No quería ser «sólo» algo para ella. Quería ser su centro.

Sarah era una persona con la que resultaba muy fácil convivir, aunque Cahill siempre había sido consciente de que tenía una rigurosa serie de valores personales. Eso era parte de lo que tanto le atraía de ella. Si Sarah decía que iba a hacer algo, o bien lo llevaba a cabo o hacía todo lo humanamente posible para mantener su palabra. Si se comprometía a algo, mantenía su compromiso hasta el final. El día que se casara, su marido no tendría nunca que preocuparse de que le fuera infiel. Podría darle una patada en el trasero y divorciarse de él, pero jamás le engañaría, y sólo un idiota la engañaría a ella.

Las dos semanas de sexo intenso y sin compromiso habían sido fantásticas, pero había sido un idiota creyendo que con eso la retendría a su lado. La dedicación de Sarah a su trabajo en casa de los Roberts no había disminuido ni un ápice, como tampoco había dejado de acudir a entrevistas para conseguir un nuevo empleo. Cahill había supuesto que no tenía prisa por encontrarlo y que podrían pasar más tiempo juntos.

¿Para qué? La conclusión habría sido la misma. Tanto si Sarah pasaba con él dos semanas o dos meses, seguiría buscando un nuevo trabajo. Supuestamente tenía que sentirse agradecido porque hubiera encontrado un nuevo puesto tan rápido, porque si hubiera seguido buscando podría haber empezado a ampliar el área de búsqueda y haber terminado trabajando en Atlanta o incluso más lejos, y eso habría sido un verdadero fastidio.

Si hubiera querido retenerla a su lado, tendría que haber levantado la barrera, la barrera del compromiso. Pero, Dios, lo único que habría logrado frenarla habría sido una propuesta de matrimonio y la mera idea de casarse otra vez le daba sudores fríos. Quizá pudieran vivir un largo compromiso.

No, Sarah no tardaría nada en ver sus intenciones. Y eso asumiendo que aceptara una propuesta así. Ella tenía su gran plan, que consistía en viajar por el mundo, y estaba poniendo todo de su parte para hacer realidad esa ambición. Realmente quería llevarlo adelante y había estructurado su vida para conseguirlo, manteniéndose libre y evitando cualquier lastre. Cahill no sabía cómo funcionaría ese plan dentro de la estructura de un matrimonio, en caso de que funcionara, ni si ella estaba dispuesta a casarse antes de hacerlo realidad o si insistiría en que esperaran hasta después.

Lo único que Sarah no le había dicho era que le amaba. Maldición, él sabía que ella le amaba, pero no había hecho nada al respecto, no había solidificado ni formalizado su relación; se había mantenido felizmente al margen, a la espera de «ver adónde llevaba eso», y ahora lo estaba pagando. Y muy caro.

Sarah no era una mujer a la que tomarse a la ligera, ni alguien a quien podía darse por hecho. Cahill no creía haber cometido ninguno de esos dos delitos, pero tampoco le había demostrado lo importante que ella era para él.

Podía dejar que las cosas siguieran como estaban. Pasarían los fines de semana juntos, y eso ya era más de lo que podían decir muchas parejas. Podía hablar con ella por teléfono, quizá incluso almorzar juntos si sus horarios se lo permitían. Y la tendría para él los fines de semana.

No era suficiente. Quería estar con ella todas las noches. Quería sentarse a la mesa con ella y hablar del día que habían tenido mientras cenaban. Quería compartir con ella el periódico de la mañana y pelearse por quién leía primero la portada. Quería volver a disfrutar de las sesiones de lucha cuerpo a cuerpo. Sarah no tenía ninguna posibilidad de vencerle dada la diferencia de peso entre ambos, pero sí era lo bastante rápida para compensar esa diferencia. Y ya fuera kárate, kickboxing o lucha a cuerpo desnudo (la favorita de Cahill), la sesión siempre había terminado en sexo duro y explosivo. Ya no podía entrenarse sin tener una erección. La fragancia de Sarah, el olor a sexo y los recuerdos de lo que habían hecho y de la frecuencia con que lo habían hecho, impregnaba el gimnasio del sótano.

Maldición, hasta la mesa del desayuno le traía recuerdos.

La echaba de menos.

Echó un rápido vistazo a la hora, descolgó el teléfono y marcó su número.

—Hola —dijo cuando ella contestó.

—¿Qué tal?

Cahill casi pudo oír la sonrisa en su voz.

—¿Te he despertado?

Sarah no acostumbraba a quedarse despierta hasta tarde. Solía levantarse temprano, por lo que normalmente se acostaba a las diez como muy tarde, y a veces incluso a las nueve. Se había arriesgado llamándola a esa hora.

—No. Estoy en la cama, pero me he quedado leyendo.

—¿Qué llevas puesto?

Sarah se echó a reír.

—¿Esta es una de esas llamadas en las que el tipo en cuestión se pone a respirar profundo sin decir nada?

—Podría ser.

—Llevo un pijama de algodón. Ya sabes cuál.

—¿Sí?

No recordaba que ella llevara nada puesto en la cama, ni siquiera una de sus camisetas.

—La primera vez que nos vimos. Seguro que te acuerdas de cuándo fue. Estaba sentada en las escaleras, se había ido la luz y dos tipos malos estaban tumbados en el suelo.

—Ah, sí, lo recuerdo vagamente. Creí que eras la calientacamas del juez Roberts.

—¿Qué? —soltó Sarah, evidentemente ofendida.

—Jovencita caliente y buenorra viviendo con un anciano. ¿Qué otra cosa iba a pensar un policía?

—Mm, ¿quizá que era una mayordomo como había dicho?

—Los policías no se creen nada de buenas a primeras. Después de haber hablado contigo durante unos minutos, supe que decías la verdad.

—Muy acertado por tu parte no haberme dicho nada en ese momento.

—Tonto no soy. Te echo de menos, Sarah.

Ella esperó unos instantes antes de hablar.

—Yo también. Pero no hay nada que podamos hacer.

—Ahora mismo no. Pero tenemos que pensar en algún sistema para mejorar un poco esta situación, alguna manera de arreglar las cosas para que podamos pasar más tiempo juntos. Lo hablaremos este fin de semana.

—No puedo pasar el sábado contigo. Los Lankford dan una fiesta y tengo que estar aquí. Tendré libres el domingo y el lunes.

Cahill apretó los dientes. Eso les robaba un día porque él tenía que trabajar el lunes, aunque al menos podría despertarse con ella.

—De acuerdo. Entonces te veré el domingo, a menos que quieras venir el sábado después de la fiesta.

—Será tarde. Muy tarde. Probablemente terminaré el domingo a primera hora de la mañana.

—Me da igual. Despiértame.

—Lo haré —dijo Sarah.

20

El camino que llevaba a la casa estaba lleno de coches, y todas las luces del enorme caserón parecían estar encendidas. Los invitados se arracimaban por todas las habitaciones, en los patios, alrededor de la piscina. Merilyn contaba con un servicio de catering favorito, de modo que Sarah lo había dispuesto todo con la dueña, una mujer delgada entrada ya en los sesenta llamada Brenda Nelson que manejaba con gran aplomo la locura que tenía lugar entre bastidores. Los camareros circulaban entre los invitados con bandejas de bebidas y *hors d'oeuvres*. Se había colocado un enorme buffet junto a la piscina que resoplaba bajo el peso de la comida. Se habían instalado dos barras, una en la piscina y otra en el interior de la casa.

Como era de esperar, se producían pequeños accidentes, propios de una fiesta de semejante envergadura. Sarah se movía discretamente, intentando localizar los accidentes tan pronto ocurrían para que el servicio los limpiara de inmediato. La verdadera limpieza tendría que esperar hasta el lunes por la mañana. Sarah ya había contratado a un equipo de limpieza para ese día que se encargaría de lo más pesado, pero la comida y los líquidos debían limpiarse al acto antes de que alguien resbalara y se cayera.

Brenda se aseguraba de que hubiera bandejas y copas en abundancia, pero Sarah debía supervisar una miríada de otros detalles, como que no faltaran ceniceros para los fumadores, que de todos modos no eran demasiados y salían a fumar fuera, a pesar del alegre «Oh, caramba, adelante, fumen cuanto quieran, no me molesta en absoluto» de Merilyn. Había que vaciar los ceniceros, limpiarlos y volver a sacarlos para su uso. Había que supervisar que las toallas con el monograma de los Lankford fueran repuestas en los cuartos de baño, vigilar los efectos personales de los anfitriones, interrumpir una reyerta entre una señora bebida y su potencial amante, que por otro lado no estaba tan borracho como ella, antes de que adquiriera proporciones embarazosas, encontrar llaves de coche perdidas… y cuando, inevitablemente, una mujer avanzó tambaleándose sobre sus tacones y cayó a la piscina, Sarah se aseguró de que no había sufrido daño alguno y la ayudó a secarse, además de proporcionarle maquillaje, un secador y ropa nueva si deseaba recomponerse y volver a la fiesta. Afortunadamente, la señora era muy amable, usaba una talla común y lo estaba pasando demasiado bien como para abandonar la fiesta.

Merilyn estaba por todas partes, charlando y riéndose. Era una de esas anfitrionas que disfrutan con las fiestas, y su deleite era contagioso. En un momento determinado estaba de pie entre un grupo de hombres (de hecho, flirteaba con ellos) cuando vio a Sarah y le indicó que se acercara. Suspirando por dentro, porque tenía la sensación de que la iban a exhibir, Sarah adoptó su expresión profesional y templada y se acercó al grupo.

—Sarah, acabo de enterarme de que estos dos caballeros también intentaron emplearte después del terrible suceso acontecido al juez Roberts —dijo Merilyn—. Carl Barnes, Trevor Densmore, esta es Sarah Stevens, especialista en organización doméstica.

—¿Cómo está? —Saludó con una leve reverencia. Evitó darle la mano, pues esto solía ser una prerrogativa femenina, no de mayordomo. Si alguien le daba la mano aceptaba el saludo, pero ella nunca tomaba la iniciativa.

Trevor Densmore era un hombre alto y delgado de pelo cano y sonrisa tímida. De hecho, se sonrojó cuando Sarah le dedicó una leve sonrisa. Sin embargo, Carl Barnes, un hombre rubio de rasgos afilados y ojos fríos, la miró con ceñuda especulación, como si se estuviera preguntando si Sonny Lankford visitaba de noche el pequeño bungalow. Sarah reconoció ambos nombres. Trevor Densmore era el hombre que le había enviado dos cartas ofreciéndole trabajo. La oferta de Carl Barnes había sido tan alta que Sarah no había podido evitar preguntarse cuáles eran exactamente las tareas que él esperaba que ella tomara bajo su responsabilidad, además de llevar la casa. Probablemente había creído que su oferta gozaría de un derecho preferente. En vez de eso, la había puesto en guardia.

—Encantada de conocerla —dijo el señor Densmore con una voz tan suave y tímida como su sonrisa. Volvió a sonrojarse y se miró los pies.

—Yo que tú, Merilyn, no perdería de vista a Sonny —dijo Carl Barnes con un tono de voz un poco demasiado alto—. Con una mujer así cerca, a un hombre pueden ocurrírsele algunas ideas.

Implicaba con ello que ella no le haría ningún asco a esas ideas, pensó Sarah, disimulando su mal genio. No debía permitirse responder, pero cuando Merilyn pareció sobresaltada y dio la sensación de que se había quedado sin habla, Sarah murmuró:

—A un caballero seguro que no.

293

Sarah podía verbalizar algunas implicaciones de cosecha propia.

El señor Barnes se sonrojó y sus ojos fríos se clavaron en ella. Merilyn se recuperó lo bastante para darle una palmada en el brazo.

—Carl, si vas a ser desagradable, mejor será que te retires a algún rincón para que no puedas molestar a los demás invitados. No te he presentado a Sarah para que la insultaras, además de habernos insultado a Sonny y a mí —concluyó, logrando mantener el tono de voz lo suficientemente firme para que él supiera que hablaba en serio sin llegar a ser desagradable.

—Sólo bromeaba —murmuró el señor Barnes, refugiándose en la clásica respuesta pasivo-agresiva.

—Estoy segura —dijo Merilyn, esta vez dándole unos golpecitos en el brazo—. Ven, vamos a buscar a Georgia. Tengo que decirle una cosa.

Merilyn se llevó con ella al señor Barnes en busca de su esposa. Cuando vio que se alejaban, Sarah tuvo que reprimir una sonrisa. El señor Barnes creía que todo iba bien y se iba engañado. Merilyn iba a dejarle bajo la custodia de su esposa.

—Lo siento —dijo el señor Densmore—. Carl puede ser muy crudo cuando ha bebido demasiado.

—No pasa nada —dijo Sarah, mintiendo sin el menor remordimiento—. Ha sido un placer conocerle, señor Densmore. Recuerdo sus cartas. Su oferta fue muy amable.

—Gracias —respondió él, sonriendo tímidamente—. No estaba seguro si debía… quiero decir que no sabía cómo ponerme en contacto con usted. Espero no haberla molestado.

¿Molestarle una oferta de trabajo?

—Me sentí halagada —respondió Sarah, mirando a su alrededor—. Le ruego que me excuse, señor Densmore, pero tengo que atender ciertas obligaciones.

—Lo entiendo. Ha sido un placer conocerla, señorita Stevens.

Sarah se alegró de poder escapar y regresar a territorio más conocido. Sin embargo, se aseguró de mantenerse alejada de Carl Barnes.

Era hermosa. Se había preguntado cómo iría vestida, sí llevaría pantalones, quizá una versión femenina de un esmoquin, aunque la fiesta de los Lankford no era un acontecimiento formal. La elección de Sarah era subestimada y de una severa elegancia: una falda larga, estrecha y negra, fina aunque no ajustada, combinada con una camisa entallada blanca y una chaqueta corta, negra y ajustada. En conjunto, tenía un aspecto bastante militar, aunque sin botones dorados ni galones. Llevaba su gruesa mata de pelo recogida en un moño pulcro, y lucía dos pequeños aros de oro en las orejas. No llevaba el colgante.

En un primer momento se había sentido un poco insultado, hasta que se dio cuenta de que estaría fuera de lugar para las funciones que Sarah estaba desempeñando. ¿Cómo le había llamado la señora Lankford? Ah, sí, especialista de la organización doméstica. No iba a llevar diamantes y rubíes ejerciendo esas funciones. El colgante quedaba para cuando estuvieran a solas.

Aunque quizá hubiera sido un poco tacaño con el colgante. Cuando lo comparaba con el monstruoso anillo de diamantes que llevaba Merilyn Lankford, el colgante resultaba insignificante. No tenía la costumbre de comprar joyas, de modo que podía haber errado en su elección. Qué humillante pensar que quizá Sarah no llevaba el colgante, no porque resultara inapropiado, sino porque era miserable.

No, ella nunca pensaría algo así. Era toda una dama. Bastaba con ver cómo se había enfrentado a aquel patán, Carl Barnes. Ni siquiera un simple pestañeo había dejado ver lo que pensaba, dando sólo esa respuesta murmurada sobre «un caballero», cosa que, obviamente, Barnes no era. Se había sentido muy orgulloso de ella.

La había observado durante toda la noche. Era discreta, muy discreta, y prestaba una tremenda atención a todos los detalles. Cualquier imprevisto, por muy pequeño que fuera, era solucionado inmediatamente y con el mínimo alboroto y turbación. La dedicación de Sarah a su trabajo era alentadora en esos tiempos en que los dependientes actuaban como si atender a los clientes fuera una imposición.

¿Llegaría Merilyn Lankford a apreciar el honor que Sarah le hacía estando allí? Naturalmente que no. Merilyn no tenía ni idea de la joya que tenía, o del poco tiempo que iba a tenerla.

La situación resultaba aún más intolerable de lo que él había imaginado. Su Sarah no debería estar expuesta a comentarios groseros como el de Carl Barnes. Cuando estuviera en su casa, la protegería de ellos. La protegería del mundo. Las cosas estaban ya casi a punto para su propia satisfacción. Unos cuantos preparativos más y entonces llegaría el momento de llevarse a Sarah a casa.

La fiesta terminó hacia la una y media, mucho más temprano de lo que habría cabido esperar. Se trataba de gente de negocios, pilares de la comunidad, y la mayoría de ellos iban regularmente a la iglesia. No podían dormir hasta muy tarde si querían ir a misa a la mañana siguiente.

Merilyn parecía estar tan fresca como cuando la fiesta había dado comienzo. Sus ojos verdes centelleaban.

—Bueno, ¡ha sido todo un éxito! —declaró, echando una mirada al desastre en que había quedado convertido su inmenso salón. En realidad no había ningún destrozo, aunque era cierto que nada parecía estar en el lugar correcto.

—Nadie ha vomitado, nadie le ha prendido fuego a nada y no ha habido ninguna pelea. ¡No está nada mal, aunque sea yo quien lo diga!

Sonny miró a su esposa con afectuosa aunque fatigada indulgencia. Era un hombre corpulento de pelo negro en el que asomaban algunas canas y una colección de arrugas que la risa le había marcado en el rostro.

—Puedes seguir diciéndolo mientras subimos las escaleras —dijo, tendiendo los brazos y fingiendo que la conducía en dirección a las escaleras—. Estoy agotado. Vamos a la cama.

—Pero todavía queda…

—Nada de lo que Brenda no pueda ocuparse —dijo Sarah sonriendo—. Lo cerraré todo y activaré la alarma cuando me vaya.

Merilyn odiaba irse a la cama cuando todavía quedaba alguien despierto. Temía perderse algo, incluso si ese algo era limpiar y cargar con una multitud de platos y copas—. Pero…

—Pero, pero, pero… —dijo Sonny, que había dejado de fingir que se la llevaba para hacerlo realmente, apremiándola con el cuerpo y empujándola gradualmente hacia las escaleras—. Da igual lo que pienses. No hay nada que no pueda esperar a mañana.

Merilyn retrocedió hacia las escaleras, pero sin dejar de mirar por encima de él como una niña a la que se estuvieran llevando del patio de juegos. Cuando por fin Sonny logró que empezara a subir las escaleras, Sarah les despidió con la mano y se reunió con Brenda y con su equipo en la cocina.

Todo estaba bajo control, porque Brenda había tenido a alguien lavando platos desde el principio. Los platos sucios se lavaban a medida que entraban en la cocina. De ese modo siempre había platos limpios, y cuando la velada terminó no hubo una avalancha de platos sucios que lavar antes de volver a meterlos en cajas y devolverlos a la tienda. Así pues, la última entrega de platos y de copas sucios ya estaba limpia, y el servicio se dedicaba de lleno a embalar los calientaplatos y de doblar una pequeña montaña de manteles.

Después de asegurarse de que todo iba viento en popa en la cocina, Sarah dio una vuelta por la casa, recolocando una planta aquí, recogiendo una cuchara que había quedado olvidada en el suelo, retirando toallas y, uy, una prenda de ropa interior. O bien alguien había sido muy olvidadizo, o bien una cita había tenido lugar en el cuarto de baño.

Tiró la prenda de ropa interior, vació las papeleras, roció con ambientador todas las habitaciones y puso en orden cojines y sillas. Brenda apareció para informar de que el equipo de catering ya había metido todo en las camionetas y de que se iban. Después de despedirles, Sarah volvió a dar una vuelta por la casa, comprobando que todas las puertas y las ventanas estuvieran bien cerradas. Poco después de las tres, activó la alarma, salió al patio, cerró la puerta de entrada tras ella, y, bordeando la piscina, bajó por el corto sendero hasta su pequeño bungalow.

Estaba muy cansada y le dolía todo el cuerpo, pero estaba totalmente despierta. Se dio una ducha para refrescarse.

Normalmente una ducha templada la relajaba, pero esa noche se sintió incluso más despejada que antes. Estuvo a punto de sentarse a leer, pero Cahill le había dicho que fuera a su casa por muy tarde que terminara la fiesta.

Oficialmente, estaba fuera de servicio hasta el martes: recién duchada, totalmente despierta, y a sólo unos kilómetros de distancia de un hombre desnudo por el que había perdido el juicio.

—Decisiones, decisiones —se dijo. Por supuesto. Ni que tuviera la menor duda. Descolgó el teléfono. Tenía una copia de la llave de Cahill, pero sólo un loco entraría sin anunciarse en casa de un hombre dormido que guardaba una pistola cargada en la mesita de noche.

—Cahill.

Sabía que le había despertado, pero su voz era clara y serena. Como los detectives estaban esencialmente de guardia veinticuatro horas al día, ya estaba acostumbrado a recibir llamadas en plena noche.

—La fiesta ha terminado. Voy para allá.

—Estaré esperándote.

No dejó de canturrear mientras cogía rápidamente la pequeña bolsa que ya tenía preparada y en la que había metido un par de prendas, el maquillaje y útiles de aseo, y un par de libros. En realidad, con Cahill no tenía mucho tiempo para leer, pero podía ocurrir. Cerró con llave el bungalow, metió sus cosas en el Trailblazer, y veinte minutos más tarde entraba por el camino que llevaba a la casa de Cahill. La luz de la cocina estaba encendida.

Casi subió bailando los escalones que llevaban a la puerta trasera, que se abrió antes de que ella llegara. Allí estaba Cahill, perfilado contra la luz, alto y ancho de hombros, y llevando sólo sus provocativos boxers, que se había puesto sólo porque sabía que iba a abrir la puerta.

—Angaua, angaua —dijo Sarah con tono gruñón. Luego dejó el bolso y la bolsa de viaje y se echó en brazos de él. Cahill la agarró, levantándola de modo que ella pudiera rodearle la cintura con las piernas y ambos se hundieron en un beso voraz, largo y profundo.

Cuando por fin salieron a la superficie, Cahill le lamió el labio inferior de esa forma que tenía de saborearla.

—No has planeado esto bien —dijo, mordisqueándole la boca.

—¿No? —respondió Sarah, echándose un poco hacia atrás y mirándole ceñuda—. ¿Qué he hecho mal?

—Para empezar, te has puesto vaqueros —dijo Cahill. Volvió a besarla mientras metía sus bolsas en la casa con el pie y cerraba la puerta. Luego se peleó con el pestillo—. Si lo hubieras pensado bien, te habrías puesto una falda y no llevarías bragas.

—Suena fresco —respondió ella, pidiéndole otro beso.

Agarrándola de las caderas, Cahill la apretó contra su tremenda erección mientras la llevaba por el vestíbulo hacia la habitación.

—Pero si lo hubieras hecho —susurró—, ya estaría dentro de ti.

—Tienes razón. He sido increíblemente estúpida —se retorció Sarah, frotándose contra él arriba y abajo y conteniendo el aliento cuando aquella conocida oleada de calor empezó a recorrerla por entero.

—Puedes compensarme.

La tiró sobre la cama y le desabrochó los vaqueros. Luego empezó a quitárselos.

—¿En serio? ¿Alguna idea?

—Muchas.

—¿Son legales en este estado?

—No.

—Me dejas perpleja —dijo—. Perpleja. Has jurado hacer respetar la ley.

—Siempre puedes arrestar a un ciudadano después.

Cahill le quitó la camiseta por encima de la cabeza y la tiró a un lado. Como Sarah no llevaba sujetador, había quedado completamente desnuda. Cuando llegaba el momento de quitar la ropa, Cahill registraba verdaderos records mundiales de velocidad.

—Arrestar a un ciudadano —musitó Sarah—. ¿Significa eso que podré ponerte las esposas?

—¿Quieres decir con eso que también te va el rollo duro?

Cahill se bajó los boxers y salió de ellos, la atrajo hasta el borde de la cama y le puso las manos tras los muslos, abriéndolos y empujándolos hacia arriba. Sarah contuvo el aliento en cuanto él entró en contacto con ella y empezó a introducirle su enorme prepucio, traspasando la tersura de su abertura. Estaba ya dentro, inclinándose sobre ella mientras empujaba despacio, cada vez más adentro, y Sarah empezó a respirar de nuevo. Arqueó las caderas, acogiéndole hasta el fondo.

La luz del vestíbulo se había quedado encendida, perfilando la silueta de Cahill encima de ella. Sus anchos hombros bloqueaban la luz. Se quedaron en silencio, concentrados en el ritmo y en las sensaciones, el calor y la humedad, la plenitud que Sarah sentía, la estrechez que él encontraba en ella. Cahill se humedeció el pulgar y le frotó suavemente con él el clítoris. Ella respondió levantando el cuerpo contra él, dibujando un arco tenso. Sarah jadeó, agarrándose a él, deseando sentir encima el peso de su cuerpo. Cahill le dio lo que le pedía, se estiró encima de Sarah y la aplastó contra el colchón con la fuerza de sus embestidas, mientras con las manos bajo sus caderas la apretaba aún con más fuerza a él. Sarah llegó al clímax, arqueándose debajo de él y clavándole los talones en la parte anterior de los muslos mientras le hundía las uñas en los hombros. La primera vez siempre era muy rápido, rápido y fuerte, salvaje en toda su intensidad. Cahill alcanzó el orgasmo justo después que ella, y mientras estaban estirados juntos tras el clímax, Sarah empezó a sentir que se quedaba dormida. Tanta era la felicidad que cayó a un nivel de sueño molecular. Era ahí donde estaba su sitio, allí con él. El «dónde» no importaba. Podía ser cualquier lugar, siempre que estuviera con Cahill.

21

A las diez, el olor a café recién hecho despertó a Sarah. Se dio la vuelta sobre la cama, estirándose y bostezando. Desde que se había instalado en el bungalow no dormía demasiado bien, pero en casa de Cahill siempre dormía como un tronco... es decir, las pocas horas que dormía.

Había echado de menos a Cahill, tanto mental como físicamente. No era sólo el sexo, aunque con él no podía hablarse de «sólo» sexo. Era demasiado fuerte y excitante. Pero más que eso, Sarah echaba de menos su presencia física a su lado en la cama, el calor, su peso y el confort. Casi siempre dormía con la cabeza apoyada en su hombro, o pegada a su espalda. Si Sarah no le tocaba, entonces era él quien la tocaba a ella. Se trataba de una señal inconsciente, incluso durante el sueño, de que no estaban solos.

Cahill entró en el dormitorio. Sólo llevaba puestos unos vaqueros y traía una taza de café. Sarah se sentó sobre la cama y se apartó el pelo de la cara.

—Si eso es para mí, seré tu esclava sexual para siempre.

—Es para ti, así que supongo que debemos hablar de las condiciones de tu servidumbre.

Cahill le dio la taza y ella le dio un sorbo, entrecerrando los ojos al degustar el delicioso sabor del café. El colchón se hundió cuando Cahill se sentó junto a ella.

Sarah tomó otro sorbo.

—Para empezar, te diré que no acepto reducción de condena por buena conducta.

—Ya lo creo que no —admitió Cahill, acariciándole el brazo—. Nada de libertad condicional, aunque tal vez podrías gozar de... derechos especiales por tener contento al guardián.

—En más de un aspecto —murmuró ella, frotando con el dedo la hinchazón de sus vaqueros—. ¿Cuándo empiezo?

En las comisuras de los labios de Cahill empezaba a dibujarse una sonrisa provocada por el descaro de Sarah.

—Creo que ya lo has hecho. Y si no paras y sacas el culo de la cama, se te va a enfriar el desayuno.

—¿Ya has hecho el desayuno? Genial, estoy muerta de hambre —dijo Sarah. Aparcando al instante la pose de gatita en celo, mantuvo la taza en equilibrio mientras salía del nido de mantas hacia el cuarto de baño—. ¿Qué me has preparado?

—Cereales.

—¡Cretino! ¡Los cereales no pueden enfriarse porque están fríos! —le gritó. Oyó a Cahill reírse por lo bajo de camino a la cocina.

La imagen que vio reflejada en el espejo del baño no era la de una mujer que hubiera estado trabajando casi toda la noche y a la que todavía le quedaran por cumplir parte de las ocho horas de sueño recomendadas. Tenía el pelo revuelto, los párpados un poco hinchados, pero parecía descansada... y radiante. El sexo con Cahill podía hacer eso por una mujer, pensó sonriendo mientras se cepillaba el pelo.

Cahill le había llevado el bolso y la pequeña bolsa de viaje. Se lavó la cara, se cepilló los dientes y se vistió. Vestida como él, descalza y con vaqueros (aunque sí se puso una camiseta), Sarah y su taza de café fueron a la cocina.

El desayuno consistía en cereales, pero Cahill también había cortado algunos melocotones frescos y había puesto junto al cuenco una taza con su yogur de vainilla favorito. Se había preparado lo mismo para él, pero había doblado las cantidades.

—Mmmm —dijo Sarah al sentarse—. Pero es muy tarde, no deberías haberme esperado, ya podrías haber comido. Debes de estar incluso más hambriento que yo.

—Me he comido un bagel a eso de las ocho.

—¿A qué hora te has levantado?

—Casi a las siete. Salí a correr, me comí un bagel, he leído el periódico y luego he estado un buen rato mano sobre mano.

—Pobrecito —dijo Sarah, cogiendo la cuchara y hundiéndola en los cereales—. ¿Qué más has hecho?

—Todavía dormías, así que he disfrutado de tu cuerpo inconsciente…

—Venga ya.

—En serio.

—Vale, así que te has dormido y estabas soñando. ¿A qué hora te has despertado?

—A las nueve y media —contestó, metiéndose un trozo de jugoso melocotón en la boca—. Estaba cansado. Alguien me interrumpió el sueño anoche.

—¿Cómo te encuentras ahora?

—Con ganas.

—Bien, porque yo estoy de maravilla.

Sarah dejó de comer y se desperezó, levantando los brazos por encima de la cabeza. La mirada de Cahill siguió el movimiento de sus pechos.

—En cuanto digiera un poco el desayuno, creo que yo también saldré a correr. ¿Te apetece volver a hacer un poco de ejercicio?

—Me apetecen varias cosas. Creo que puedo hacerle sitio a otra carrera.

Sarah le dedicó una mirada apreciativa mientras terminaban de desayunar. Cahill le había dicho que se había puesto a entrenar de firme cuando él y su mujer se habían separado. El ejercicio físico era un gran paliativo antiestrés. Antes de eso ya estaba en forma, pero no como ahora. Tenía los abdominales y los pectorales como rocas. Era un hombre corpulento, pero no había ganado demasiado volumen, sólo había fortalecido los músculos, definiéndolos. Tocarle era una maravilla para el tacto: una piel suave y tibia sobre unos músculos tan duros que casi carecían de elasticidad.

Cahill se levantó para llevar los platos al fregadero. Sarah apoyó el mentón sobre su mano para mirarle, con los ojos entrecerrados y una diminuta sonrisa en los labios.

—Tu ex mujer tiene que ser la mayor idiota que haya sobre la capa de la tierra.

Cahill la miró sobresaltado, luego se encogió de hombros.

—Más bien una idiota vengativa y traidora. ¿Qué te ha hecho pensar en ella?

—Tú. Eres ordenado, doméstico, inteligente…

—No pares —dijo él.

—Guapo, con sentido del humor, sexy…

—Y soy tuyo.

Sarah se detuvo. De pronto el estómago le dio un vuelco.

—¿Sí? —susurró.

Cahill metió la leche en la nevera y le sonrió forzadamente.

—Oh, sí.

Sarah contuvo la respiración.

—Vaya.

—Lo mismo siento yo —dijo él, volviendo a llenar de café las dos tazas y sentándose—. Eso es de lo que tenemos que hablar. Quiero más de lo que tenemos ahora. Si tú piensas igual, tenemos que pensar cómo resolverlo.

Sarah asintió.

—Sarah. Quiero oírtelo decir.

—Quiero más —dijo con dificultad. No podía creer que estuviera ocurriendo, tan rápido y en la mesa del desayuno un domingo por la mañana.

—Vale. Tu empleo, por ahora, requiere que vivas donde trabajas. En este momento, mi horario es más extenso de lo habitual. Si lo único que tenemos son los fines de semana, tendremos que amoldarnos a eso, pero… ¿hasta qué hora de la noche trabajas?

—Hasta que ellos se acuestan o hasta que me dicen que ya no me necesitan esa noche. Hasta ahora, normalmente me dicen que puedo retirarme justo después de cenar. Creo que les gusta pasar las noches solos, a menos que tengan invitados.

—¿Te está permitido tener visitas? Dios, suena como si estuviéramos en la Inglaterra victoriana.

Sarah se echó a reír.

—Claro que puedo tener visitas en mi tiempo libre. Pero no me sentiría cómoda si te quedaras a dormir allí conmigo…

Cahill descartó esa posibilidad con un ademán.

—El sexo es secundario. Bueno, casi secundario. Lo importante es que necesitamos vernos más de lo que nos hemos visto desde que has empezado a trabajar allí. No verte me está volviendo loco. Ocupémonos de esto ahora mismo y ya solucionaremos más adelante lo de tu vuelta al mundo. De algún modo. No te pediré que te olvides de eso porque sé que es algo que realmente quieres hacer. Pero no voy a parar de quejarme.

Sarah deseaba realmente disfrutar de ese año viajando, pero también deseaba a Cahill con la misma intensidad.

—Soy una mujer razonable —dijo—. Sé cómo organizar mis compromisos.

Siempre se había mantenido íntegra y libre porque nunca había conocido a nadie que fuera lo suficientemente importante para ella como para interferir en sus planes. Cahill sí lo era. Viajaría, sí, pero ¿un año lejos de él? Ni hablar. No tenía el menor deseo de hacer eso.

Cahill se aclaró la garganta.

—Nosotros… mmm… probablemente nos casemos.

—¿Tú crees? —preguntó Sarah y se echó a reír. No pudo evitarlo. Si aquel hombre conseguía llegar a ser aún menos romántico, podría apostar a que la gente encargada del día de san Valentín ofrecería una recompensa por su captura.

Cahill la cogió y tiró de ella, sentándola sobre sus rodillas.

—¿Eso es un sí o un no?

—No has hecho ninguna pregunta. Has manifestado una probabilidad.

—Bueno. ¿Estás de acuerdo con la probabilidad?

Quizá nunca llegara a oír la pregunta, pensó Sarah, divertida. Tendría que intentar persuadirle. Estaba decidida a casarse sólo una vez en la vida, así que quería oír la pregunta.

—Estoy de acuerdo con la probabilidad —respondió con una serena sonrisa, besándole después en la mejilla—. Cuando pienses en términos más definitivos, hablaremos de ello.

Cahill soltó un gruñido y dejó caer la cabeza sobre el hombro de Sarah.

—Vas a ponerme entre la espada y la pared ¿verdad?

—Por supuesto, cariño. Para eso estamos las mujeres.

No sabía dónde estaba Sarah. Cuando, el domingo por la mañana, había ido a ver si estaba, no había visto el 4x4, y desde entonces no había vuelto a casa de los Lankford. Durante la fiesta, había conseguido con sus preguntas casuales sacarle a Merilyn que normalmente Sarah tenía los fines de semana libres, pero si daban alguna fiesta durante el fin de semana, se tomaba otro día libre. Es ese caso, dada la hora a la que terminó la fiesta, Sarah no volvería a trabajar hasta el martes por la mañana.

Pensando que quizá Sarah se fuera a algún sitio, se levantó temprano y se dejó llevar por su propia monstruosidad. Ya se había cerciorado y sabía que el lugar donde ella aparcaba se veía desde la calle. De hecho sólo se veía la parte de atrás del vehículo, pero bastaba para saber que era el suyo. Pero debía de haberse levantado muy temprano, porque cuando pasó por delante de la casa poco después del amanecer, Sarah ya se había ido.

¿Tendría familia en la zona? Se maldijo por no haberlo preguntado. Naturalmente, su familia no tenía por qué estar en la zona. Sarah podía haber tomado un avión para ir a verles y tomar el primer vuelo de la mañana para estar de regreso a tiempo.

Durante un breve instante le asaltó la desagradable idea de que quizá tuviera novio (qué término tan juvenil), aunque, no, Sarah tenía demasiada clase para pasar el fin de semana con algún patán de la zona. Las veces que la había seguido, ella había ido de compras y había hecho recados, pero nunca se había encontrado con ningún hombre. El problema era que había habido largos intervalos en que no había logrado encontrarla, de modo que no sabía con certeza si tenía algún conocido en la zona. Probablemente hubiera ido a visitar a la familia o a amigos, pero le habría gustado saber exactamente dónde. Odiaba no saber.

Por ejemplo, después de haberse ocupado de Roberts, no se había quedado a ver la caos que había provocado porque sabía que a menudo los criminales no podían resistirse a presenciar el espectáculo, y en estos tiempos la policía filmaba a los espectadores de forma rutinaria. Cuando, a la mañana siguiente, pasó por el lugar de los hechos, una vez que el jaleo se había ya calmado, el camino de acceso a la casa estaba vallado y la casa sellada con cinta amarilla. No tenía ni idea de adónde había podido ir Sarah. ¿A casa de algún amigo? ¿A un hotel? El más probable era el Wynfrey, así que hasta allí había ido, aunque no había visto el 4x4 de ella. De todos modos, llovía y odiaba conducir con lluvia, así que se había ido a casa.

Después del funeral, Sarah había vuelto a la casa. Se había quedado allí casi todo el día, todos los días, y él se había relajado y había dejado de pasar por allí con el coche tan a menudo. Según pudo averiguar, Sarah estaba preparando la casa para su cierre, embalándolo todo para la familia. Entonces, una noche, pasó a comprobar si seguía allí. No había luces en la casa. ¿Adónde había ido?

El problema era que no había lugar en el vecindario donde pudiera aparcar para esperarla. Si un coche desconocido aparcaba allí, enseguida se darían cuenta de su presencia. Tampoco podía seguir pasando por delante de la casa continuamente. Tenía que ocuparse de sus negocios, reuniones, llamadas. Se veía obligado a encargarse personalmente de la vigilancia de Sarah. Prefería evitarse el riesgo de incluir en el asunto a algún desconocido que pudiera hablar, de modo que llegó un momento en que tuvo que aceptar el hecho de que no podría vigilarla todo el tiempo. No le gustaba la idea, pero era un hombre razonable y paciente. Podía esperar.

Lo más importante era que sabía que supuestamente Sarah no estaría de regreso hasta el martes por la mañana.

La vez anterior todo había salido a las mil maravillas, así que el domingo por la noche repitió la misma rutina. Fue a La Galleria en el Ford azul marino que había comprado hacía apenas un mes. Al fin y al cabo, el Jaguar llamaba demasiado la atención. El Ford era un coche tan común que resultaba casi invisible. No tenía ni punto de comparación con el Jaguar, por supuesto, pero era perfecto para sus planes. Sin embrago, cuando llamó no obtuvo respuesta. Siguió intentándolo unas cuantas veces más, cada vez más frustrado, hasta que, disgustado, se dio por vencido.

Sin embargo, la noche siguiente supo que los Lankford estaban en casa porque se había asegurado de ello. Vio también que no había coches en el camino de acceso a la casa. Estaban solos. Hizo la llamada y, por supuesto, Sonny estuvo encantado de que pasara a verle. Sonny siempre estaba dispuesto a hablar de negocios, y cuando se trataba del dueño de un banco… bueno, a la gente le gustaba verle. Sonny era demasiado estúpido para ver algo extraño en que fuera él quien acudiera a él y no al contrario. El muy idiota probablemente se sentía halagado.

Cuando Sonny le hizo pasar, él llevaba la pistola con su silenciador sujeta con un cinturón y cubierta por la chaqueta. Notó con desdén que el hombre ni siquiera se había molestado en ponerse una chaqueta. Llevaba unos pantalones y una camisola de punto, y también, por el amor de Dios, unas zapatillas de estar por casa. Qué poca clase.

—¿Dónde está Merilyn? —preguntó como sin darle importancia. La gente hablaba con él, le contaba cosas. Confiaban el él. ¿Por qué no iban a hacerlo?

—Arriba. Bajará en un minuto. ¿Decías que querías hablar con los dos?

—Sí. Gracias por recibirme esta noche. No os robaré mucho tiempo.

Sonny no alcanzó a ver la duplicidad de esa afirmación.

—Tonterías. Es todo un placer. ¿Te apetece tomar algo? Tenemos bebidas fuertes, suaves y cualquier cosa entre medio —dijo Sonny, guiándole hacia el estudio. Gracias a Dios que no le llevaba a aquella horrible habitación con la enorme televisión. Naturalmente, también en el estudio había una televisión, pero de tamaño normal.

—No estaría mal una copa de vino.

No tenía la menor intención de bebérsela, pero fingir que aceptaba su hospitalidad mantendría a Sonny más relajado.

Hablaron de naderías, pero Merilyn seguía sin aparecer. Empezó a preocuparse un poco. No deseaba pasar allí mucho tiempo. Cuanto más tiempo esperara, más posibilidades tenía de que alguien viera el coche, por muy poco llamativo que fuera, o sonaría el teléfono y Sonny, o Merilyn, dirían «perdona, no podemos hablar ahora, ha venido a vernos nuestro banquero». Eso sería terrible.

Echó una mirada a su reloj y Sonny dijo:

—No sé por qué tarda tanto Merilyn. Voy a ver.

—No, no te molestes —dijo, poniéndose en pie. Con un suave movimiento se llevó la mano a la espalda, sacó la pistola y apuntó con ella a la cabeza de Sonny. Estaba tan cerca que Sonny podría haber alargado el brazo para apartarla… si hubiera tenido tiempo, pero reaccionó con demasiada lentitud. Lástima.

Tranquilamente apretó el gatillo.

La bala entró en la cabeza de Sonny justo por encima de su ceja izquierda, angulándose hacia la derecha, atravesando ambos hemisferios del cerebro. Siempre le asombraba lo pequeña y pulcra que era la herida que dejaba la bala. Sin embargo, cuando la bala salía, se había aplanado y se llevaba con ella un buen trozo de cráneo y de cerebro. Increíble.

El sonido del disparo fue como una pequeña tos. Ni siquiera lo habrían oído en la habitación contigua.

Se giró para ir en busca de Merilyn, y se quedó helado. Ella estaba justo al otro lado de la puerta con el rostro desprovisto de color y los ojos abiertos como platos, horrorizados. Levantó de nuevo la pistola y ella echó a correr.

No tenía tiempo de volver a disparar. Con una mueca de fastidio corrió tras ella. No podía dejar que escapara, ni siquiera unos instantes. Podía salir corriendo de la casa, y eso atraería la atención de los vecinos. Pero no, la pobrecita se metió a toda prisa en otra habitación y cerró la puerta. Oyó cómo la cerraba con llave.

Sacudió la cabeza y descargó una bala en la cerradura. La puerta se abrió sin oponer la menor resistencia. Merilyn se giró con el teléfono en la mano. Él volvió a sacudir la cabeza.

—Niña mala —dijo suavemente, y apretó el gatillo.

Merilyn se desplomó sobre la alfombra, mientras los ojos se le salían de las órbitas por la fuerza de la bala, que le había entrado justo por entre medio de ambos. Se acercó a ella y le quitó el teléfono inalámbrico de la mano. Escuchó, pero no había nadie en la línea. O bien Merilyn no había tenido tiempo de llamar al 091 o había estado demasiado nerviosa para pensar. Tranquilamente, limpió el teléfono con el pañuelo y volvió a ponerlo en el cargador.

Merilyn tenía la mano estirada, como si estuviera intentando darle alcance. Vio resplandecer en ella el enorme diamante y tuvo una idea, según él una idea brillante. Si le quitaba el anillo, parecería que había habido un robo. El anillo debía de valer una pequeña fortuna. Ese mismo día había estado estudiando el precio de las joyas con más atención y había descubierto que una buena piedra era asquerosamente cara. Ese anillo, sin ir más lejos, probablemente le había costado a Sonny casi un cuarto de millón de dólares. Menudo derroche.

Estaba avergonzado por haberle regalado a Sarah una pieza tan pequeña en comparación con aquel anillo. Se trataba de una piedra particularmente delicada, y a Sarah, teniendo en cuenta las cálidas tonalidades de su piel, el color le sentaría de maravilla. No en ese anillo, desde luego. A ella no le gustaría algo tan llamativo. Pero en cuanto hubiera pasado cierto tiempo, cuando la policía hubiera dejado de buscar un anillo con un enorme diamante amarillo, podría separar la piedra de la sortija y llevarla a algún joyero de, por ejemplo, Atlanta, para que le diseñaran una pieza maravillosa para ella, con el diamante amarillo como piedra central. Sí, ahora lo veía con claridad.

Se inclinó y tiró del anillo para quitárselo a Merilyn del dedo. Le quedaba muy apretado. La pobre debía de haber ganado un poco de peso. Le ahorraría tener que llevar el anillo para que se lo ensancharan.

Satisfecho consigo mismo, volvió con cuidado sobre sus pasos, atravesando la casa y limpiando todo lo que pudiera haber tocado. Después de salir por la puerta principal, limpió la manilla y el botón del timbre. Mientras se alejaba en el coche, sonreía.

Había ido todo como la seda.

22

El lunes por la mañana, en cuanto Cahill se fue al trabajo, Sarah entrenó un rato, pidió hora para que le hicieran la manicura y la pedicura esa misma tarde y luego se pasó unas horas deliciosas sin hacer absolutamente nada. Después de pasar por la peluquería para que le hicieran las uñas, compró algunas cosas en el supermercado y preparó una cena a base de espagueti. Cahill iba ya por la tercera rebanada de pan de ajo empapado en mantequilla cuando le sonó el teléfono. Entrecerró los ojos al ver el número que aparecía en la pequeña pantalla, y suspiró.

—Sí. Cahill —dijo. Escuchó durante un minuto y luego dijo—: Voy para allá.

Suspiró al levantarse. Todavía llevaba la pistolera, así que lo único que tuvo que hacer fue anudarse la corbata y ponerse la chaqueta.

—Tengo que irme —dijo innecesariamente.

—Ya lo sé —respondió Sarah y le besó—. ¿Se trata de algo que puedas terminar rápido o te llevará algún tiempo?

Cahill volvió a suspirar.

—Probablemente unas horas, puede que más.

—Vale. Estaré aquí cuando vuelvas.

Cahill la miró desde arriba, con esos ojos azules entrecerrados y sensuales.

—Me gusta oír eso —dijo, agachándose para darle un beso largo y profundo que hizo que a Sarah el corazón empezara a acelerársele en el pecho. Dios, cómo besaba aquel hombre.

En cuanto Cahill se marchó, Sarah limpió la cocina y luego vio un rato la televisión. Un anunció de comida rápida mostró una imagen perfecta de un banana split, y las papilas empezaron a funcionarle a toda máquina. Aunque no necesitaba un banana split, ya que un capricho así se traducía en, más o menos, las calorías que consumía en seis semanas. Tendría que correr ciento cincuenta kilómetros para compensarlo.

Se dijo todo eso. Normalmente se le daba muy bien resistirse a los antojos, porque normalmente no los tenía. Llevaba una dieta saludable y equilibrada y no solía pensar en comida casi nunca. Pero, estaba a punto de tener el período, y a esas alturas del mes, tenía antojo de helado.

Se resistió al antojo durante más de una hora y luego se rindió.

Se levantó y buscó en el congelador. ¡Ahá! Encontró un litro de Breyers de vainilla natural con tropezones de vainilla. Fue a cogerlo y al hacerlo se le encogió el corazón. El bote no pesaba casi nada. Abrió la tapa y soltó un gruñido. Apenas quedaba una cucharada de helado. ¿Por qué demonios Cahill no se había comido esa cucharada y había tirado el bote a la basura? O mejor ¿por qué no había comprado otro?

Sin dejar de refunfuñar, cogió el bolso y volvió en coche al supermercado. Si hubiera sabido que iba a empezar a tener antojos de helado, podría haberlo comprado cuando había estado allí horas antes.

Decidió que si iba a darse ese placer, iba a hacerlo bien y a comerse la madre de todos los banana splits. De ese modo se le pasaría el antojo y podría volver a su dieta saludable, sensata y sabrosa. Además, si al helado se le añadían bananas, eso lo hacía más saludable, ¿no?

Lo hizo bien. Escogió las mejores bananas que encontró. Compró cerezas marrasquinas. También salsa de piña, sirope de chocolate, nueces pecanas trituradas en salsa de caramelo y, ya que estaba, compró también salsa de caramelo. Compró helado de vainilla, fresa y chocolate, ya que un auténtico banana split incluía los tres sabores. ¿Qué más? Ah, sí, nata montada. Y barquillos de vainilla para contenerlo todo.

Dios, apenas podía esperar.

Para su sorpresa, Cahill estaba en casa a su regreso. Sarah llegó cargada con las compras.

—¿Cómo es que has vuelto tan pronto? Creía que no volverías hasta pasadas las diez.

Cahill se encogió de hombros.

—Las cosas han ido más deprisa de lo que pensaba. ¿Dónde has estado?

—En el supermercado. Te habría dejado una nota, pero no pensaba que fueras a estar aquí para leerla, así que no creí que valiera la pena.

Cahill se apoyó contra el armario y la miró mientras ella sacaba las cosas de las bolsas.

—¿Qué pasa? ¿Vamos a celebrar una fiesta con helado?

—Banana split. He visto uno en la televisión y se me ha empezado a hacer la boca agua. Ni siquiera tenías helado en el congelador —dijo acusadora.

—Claro que sí.

—Que tengas por ahí una cucharada casi deshidratada no significa tengas helado.

Cahill echó una mirada a los tres botes.

—Bueno, desde luego ahora sí que tengo.

—Desde luego.

Cahill esperó un minuto.

—¿Me darás un poco?

—¿Quieres participar en este festín de banana split?

—Ya lo creo. Si es un festín, me interesa. Apuesto a que a mí se me ocurren muchas más cosas que hacer con este sirope de chocolate que a ti.

—Ni se te ocurra ponerle las manos encima a mi sirope de chocolate. Tengo planes para él.

—¿Para el bote entero?

Sarah le guiñó el ojo.

—Puede que no.

Sacó dos cuencos bajos del armario, alineó todos los ingredientes y se puso manos a la obra, pelando y cortando las bananas a lo largo. Puso las tiras de bananas en los cuencos y las bordeó con los barquillos de vainilla. A continuación sirvió el helado.

—Para mí sólo vainilla —dijo Cahill, mirándola con fascinación—. No soy demasiado caprichoso con el helado.

—Te estás perdiendo una fantástica experiencia culinaria.

—Ya te saborearé a ti después.

Tres bolas de vainilla para él y una de vainilla, una de fresa y otra de chocolate para ella.

—¿Piña y nueces pecanas? —preguntó Sarah con las jarritas en la mano. Cahill asintió. Sarah añadió generosas porciones en ambos cuencos. A continuación llegó la salsa de caramelo y luego el sirope de chocolate. Culminó el voluminoso montículo con generosas cucharadas de nata montada, coronándolo todo con cerezas marrasquinas. Puso dos cerezas en su helado, simplemente porque le gustaban.

—Toma ya —dijo Cahill cuando vio el cuenco—. Esto pesa por lo menos un kilo.

—Que aproveche —dijo Sarah, llevándose el suyo a la mesa y hundiendo la cuchara en el helado.

—Dios mío —gruñó media hora más tarde—. No me puedo creer que te lo hayas comido todo.

—Tú te has terminado el tuyo —le replicó Sarah, mirando intencionadamente el cuenco vacío de Cahill.

—Soy más grande que tú. Y estoy lleno.

—Y yo —reconoció Sarah—. Pero estaba bueno, y se me ha pasado el antojo.

Sarah llevó los cuencos al fregadero y los enjuagó, metiéndolos a continuación en el lavavajillas. Estaba tan llena que tenía la sensación de ir a estallar de un momento a otro, y no quería volver a ver un helado en el próximo milenio… o al menos durante un mes.

—Ahora —dijo Cahill—. ¿Qué hay de ese sirope de chocolate?

—Ni se te ocurra.

Naturalmente, a Cahill se le ocurrió, y así lo dijo. Es más, un par de horas más tarde, terminaron intentándolo. Sirope de chocolate sobre el cuerpo de ella, sirope de chocolate sobre el de él… Era una lástima que Sarah hubiera gastado tanto en los banana split. Se sobresaltó al pensar en lo que podrían haber hecho con una botella entera.

A primera hora de la mañana siguiente, Sarah todavía sonreía mientras volvía en coche a la casa de los Lankford. Todavía no eran las seis, pero quería llegar despierta y temprano y empezar con sus tareas diarias. Se detuvo en la verja de entrada y cogió el periódico de la mañana del buzón, luego pulsó el código y las puertas se abrieron con suavidad. Entró con el coche y aparcó como siempre junto al pequeño bungalow. Después de entrar sus cosas, se cambió deprisa de ropa y cruzó el patio hacia la casa principal, entrando con su llave.

Se giró para introducir el código en el panel de seguridad y se detuvo cuando se dio cuenta de que no daba la pequeña señal indicadora de que se había abierto una puerta mientras estaba activada la alarma. Frunció el ceño y examinó las luces. Claro que no había dado ninguna señal. La alarma no estaba activada. Merilyn debía de haber olvidado activarla. Sonny y ella eran un poco negligentes con el sistema de seguridad de la casa, ya que la propiedad estaba protegida por muros y verjas. Suponían que si la propiedad que rodeaba la casa estaba protegida, también lo estaba el edificio.

Sarah fue a la cocina y encendió la cafetera. Luego llevó el periódico a través de la maraña de pasillos y habitaciones hasta el estudio de Sonny, donde a él le gustaba leer mientras veía las noticias de la mañana. No le gustaba apresurarse, así que solía estar despierto y en la planta baja a eso de las seis y media, lo que le daba tiempo de sobra para leer el periódico y para tomar el desayuno antes de salir a la oficina a las ocho y cuarenta.

Las luces bajas estaban encendidas en el pasillo, y también las lámparas. Ahora que lo pensaba, la luz de encima de la puerta de entrada también lo estaba. Sarah frunció el ceño, repentinamente inquieta. Algo iba mal; quizá alguno de los Lankford hubiera enfermado durante la noche, porque creyó percibir el olor de...

El olor.

El pánico la golpeó como una oleada, enviándola tambaleándose de vuelta a la cocina. ¡Ese olor! No podía significar lo que creía. Lo que ocurría era simplemente que lo asociaba con algo terrible. Cualquier cosa similar le devolvía la pesadilla. O quizá Sonny o Merilyn sufrieran algún virus estomacal, eso era. Tenían el número de su móvil, deberían haberla llamado y ella habría vuelto inmediatamente para ocuparse de todo.

Tragó la bilis que se le acumulaba en la garganta.

—¿Señor Lankford? —gritó—. ¿Hola?

No hubo respuesta. La casa estaba en silencio a su alrededor, excepto quizá por el casi inaudible zumbido que anunciaba que la instalación eléctrica estaba conectada y que todo funcionaba.

—Hola —volvió a gritar.

No llevaba la pistola. No se la habían devuelto. Como ya no ejercía de guardaespaldas para los Lankford, no se había preocupado de recuperarla. El departamento de policía se la devolvería cuando lo considerara oportuno. En ese momento, sintiendo que se le ponían los pelos de punta, se arrepintió de no tenerla.

Debía retirarse, quizá llamar a Cahill para que viniera a registrar la casa. Pero tenía la sensación de que la casa estaba… vacía, exactamente la misma sensación que había tenido en casa del juez, cómo si en ella no hubiera vida.

Avanzó lentamente por el pasillo y se detuvo, controlando una pequeña arcada.

El olor. Aquel maldito olor.

«No puedo volver a hacer esto». Las palabras le quemaron en la cabeza. Aquello no podía estar ocurriendo. No de nuevo. Estaba imaginando cosas. Quizá no imaginara el olor, pero se estaba dejando llevar por el pánico. Tenía que descubrir lo ocurrido, quién estaba enfermo. Debía mantener la calma y controlarse. Era parte de su trabajo: ocuparse de cualquier crisis que tuviera lugar allí.

Avanzó un poco más. La puerta del estudio estaba quizá a tres pasos de ella. Se obligó a dar esos pasos, prácticamente impulsándose hacia delante como alguien que por fin ha conseguido aunar el suficiente valor para tirarse de una torre en caída libre. El olor tenía algo de aceitoso y se le pegaba a la garganta, bañándole la lengua. Volvió a reprimir una arcada y se tapó la boca y la nariz con la mano mientras miraba dentro del estudio.

Estaba en el suelo, medio sentado, con la cabeza y los hombros sostenidos por la pesada mesita de café. Su cabeza inclinada dibujaba un ángulo antinatural, como si le faltara espacio para quedar tendido horizontalmente. La herida era…

No buscó a Merilyn. Cómo ya había hecho en una ocasión, retrocedió despacio, temblando, mientras de su boca escapaban pequeños lloriqueos. Se sobresaltó vagamente al oír sus propios lloriqueos. Sonaban muy débiles, y ella era una mujer fuerte. Siempre lo había sido.

Sin embargo, en esos momentos no se sentía fuerte en absoluto. Deseó salir corriendo y gritando de aquella casa y encontrar algún lugar oscuro y seguro donde refugiarse hasta que todo aquel horror hubiera pasado.

Deseaba… deseaba llamar a Cahill. Sí. En cuanto él estuviera allí con ella, no se sentiría tan impotente, tan conmocionada. Tenía que llamar a Cahill.

Siguió retrocediendo por el pasillo, y, como le había ocurrido en su momento, se encontró de pie en la cocina. Ahora temblaba violentamente y sabía que estaba al borde de la histeria.

No. No se dejaría vencer por ella. No podía. Tenía cosas de las que ocuparse y esa importantísima llamada que hacer.

A Cahill no. No podía llamarle a él primero. La primera llamada tenía que ser al 091. Tenía que hacer bien las cosas. Quizá

Merilyn todavía estuviera viva, quizá la ambulancia consiguiera llegar a tiempo para salvarla si primero llamaba al 091.

Le temblaba tanto la mano que no era capaz de marcar los números correctos en el teclado del teléfono. Colgó y volvió a intentarlo, con idéntico resultado. Golpeó el teléfono contra la encimera sin dejar de llorar y de maldecir.

—¡Funciona, maldita sea! ¡Funciona!

El teléfono se le hizo pedazos en la mano en una lluvia de pequeños fragmentos de plástico. Tiró lo que quedó del aparato contra la pared. Necesitaba otro teléfono. Necesitaba... otro... ¡maldito... teléfono!

Intentó pensar. En la casa había teléfonos por todas partes, pero ¿dónde exactamente? No llevaba trabajando allí el tiempo suficiente para localizarlos automáticamente, sobre todo en esos instantes en que apenas era capaz de dar forma a un solo pensamiento coherente.

Y no podía ir en busca de ninguno. Corría el peligro de encontrarse con Merilyn.

No podía pensar en eso. No podía imaginar a aquella mujer enérgica, alegre y de buen corazón tendida en el suelo sobre un charco de sangre. Tenía que concentrarse. Tenía que encontrar un teléfono.

El bungalow. Sabía dónde estaba el teléfono en el bungalow.

Intentó correr, pero le fallaron las piernas y se tambaleó, cayendo sobre una rodilla encima de las piedras del patio. No notó dolor, sino que se levantó como pudo y siguió tambaleándose durante todo el camino hasta que llegó a la puerta del bungalow.

Justo dentro había un teléfono, en el salón. Lo cogió y empezó a pulsar los números, pero se detuvo y logró tomar aire unas cuantas veces, soltando unos suspiros profundos y temblorosos. Costó, pero por fin encontró un pequeño paréntesis de calma. Tenía que controlarse. No le serviría a nadie si se dejaba vencer por los acontecimientos y terminaba derrumbándose.

Le seguían temblando las manos, pero consiguió marcar el 091 y esperó.

Cahill no podía creerlo. No, no podía. En un primer momento pensó que había oído mal, que el informe era una broma o que la dirección no era correcta. Cualquier cosa. Y es que ya era poco habitual que ocurriera un asesinato en Mountain Brook, pero ¿un doble asesinato sólo unas semanas después del primero? ¿Y descubierto por la misma mujer que había denunciado el primero? Jodidamente increíble.

Tenía un agujero en la boca del estómago, un nudo frío y duro de miedo que no tenía nada que ver con la seguridad de Sarah (había sido ella quien había llamado para dar parte del crimen, de modo que estaba bien) y sí todo con el hecho de ser policía. Era un buen policía en el que se combinaban la experiencia, la intuición y un gran talento para analizar los hechos puros y duros sin dejar que sus emociones interfirieran en el caso en cuestión. La intuición le decía ahora que lo ocurrido era demasiada coincidencia.

Cuando llegó a la casa, la escena hizo que la que había tenido lugar en casa del juez Roberts pareciera organizada. Coches patrulla, coches de la secreta, camionetas, ambulancias y un coche de bomberos abarrotaban el camino de acceso a la casa y la calle, aunque al menos su presencia estaba justificada. Los curiosos, los mirones, los furgones de los medios y los reporteros de prensa escrita formaban una multitud que había provocado que el tráfico se detuviera entre chirridos. Dios, pero si hasta había un helicóptero sobrevolando la casa.

Se enganchó la placa al cinturón donde quedara fácilmente a la vista y avanzó con dificultad entre la masa de mirones, pasando por debajo de la cinta que acordonaba la escena y preguntando al primer hombre de uniforme al que encontró:

—¿Ha visto al lugarteniente?

—Está dentro.

—Gracias.

Sarah estaba dentro, en alguna parte, o quizá estuviera en aquella pequeña casa situada detrás de la piscina. Sin embargo, no fue a buscarla. Primero tenía que ver al lugarteniente.

La casa era un laberinto. Un gran laberinto, sí, pero no por ello menos laberíntica, como si el arquitecto hubiera sido a la vez esquizofrénico y disléxico. Por fin dio con el lugarteniente. Estaba de pie en un pasillo, mirando dentro de una habitación, aunque sin entrar en ella y teniendo mucho cuidado en no tocar nada. Eso quería decir que la habitación era la escena del crimen, o una de ellas.

—Tengo que hablar contigo —le dijo al lugarteniente, indicando a un lado con la cabeza.

—Menudo desastre tenemos aquí —murmuró el lugarteniente por lo bajo, sin dejar de mirar dentro de la habitación. A pesar de que la jornada acababa de empezar, parecía cansado.

—¿Sí? ¿Qué pasa?

—Creo que será mejor que me mantenga al margen del caso. Conflicto de intereses. Tengo una relación con Sarah Stevens.

—¿Con la mayordomo? —preguntó bruscamente el lugarteniente Wester—. ¿Qué tipo de relación? ¿Habéis salido un par de veces?

—Prácticamente vivimos juntos —respondió Cahill. En realidad estaba exagerando, aunque tampoco demasiado.

—Creía que ella vivía en la casita que está en la parte de atrás.

—Esas son sus dependencias cuando está de servicio. Cuando no lo está duerme en mi casa.

—Mierda —soltó el lugarteniente frotándose la cabeza con la mano. No tenía mucho pelo, y llevaba el poco que le quedaba muy corto, de modo que su gesto no cambió su aspecto en lo más mínimo—. ¿Desde cuándo?

—Desde que dejó de ser sospechosa del asesinato del juez Roberts.

—Mierda. Tengo que decirte algo, Doc. Esto me da muy mala espina. Quizá nos precipitamos al descartarla tan pronto del otro caso. Porque ¿adónde apunta todo? —preguntó con un furioso susurro—. Aquí no hemos tenido un asesinato en años. Entonces llega ella a la ciudad y todo aquel que la contrata termina con una bala en la cabeza. Un disparo limpio, profesional. El primer tipo le dejó cien de los grandes en su testamento. Ahora desaparece un enorme diamante valorado en un cuarto de millón de dólares y, toma nota: ha sido ella quien se ha dado cuenta al identificar el cuerpo de la mujer. ¿Coincidencia? Los cojones. Coincidencias así no existen. Algo me dice que esto no pinta bien para tu chica.

—Sí —dijo Cahill desolado—. Ya lo sé.

23

El lugarteniente Wester tenía un dilema. Necesitaba a todos sus detectives, pero no quería poner en peligro el caso enturbiando las aguas con un conflicto de intereses. El conflicto sólo tendría lugar si Cahill permitía que las emociones se interpusieran en su trabajo. Supuso que Cahill podría llevar a cabo el trabajo. Cahill sabía que podía hacerlo. Dolería, pero podía hacerlo. Sin embargo, lo mejor era que se le asignara otro caso.

Cahill sabía que era lo mejor, aunque no por eso dejaba de estar enfadado. Y no porque el lugarteniente tomara la decisión, sino por el hecho de que hubiera que tomar una decisión. Cahill no dejaba de pensar que tendría que haber sido más listo. Algo se le había escapado, en algún punto. Si Sarah era la autora de todos los asesinatos (o había contratado a alguien para que se encargara de ellos, posibilidad que no podía olvidar), la había cagado por no seguir adelante con su primera idea, y dos personas más habían muerto.

Y si Sarah era inocente (posibilidad que cada minuto que pasaba parecía más remota), en ese caso algo estaba colosalmente equivocado. La historia del colgante: ¿se habría ligado Sarah a algún pirado o se lo habría enviado ella misma a fin de poder desviar posibles sospechas, en caso de ser necesario?

Quizá le hubieran apartado del caso, pero su mente no dejaba de trabajar, barajando todos los escenarios posibles.

Pidió permiso para verla. Una parte de él quería asegurarse de que Sarah estaba bien, pero su parte de policía quería ver qué aspecto tenía, cómo actuaba. El lenguaje corporal y las reacciones físicas decían mucho.

Sarah estaba en el bungalow, sentada en el sofá del acogedor salón mientras un enfermero le vendaba la rodilla derecha y un oficial de patrulla vigilaba desde la puerta. Tenía la pierna del pantalón desgarrada y Cahill vio que tenía manchas de sangre, del color del óxido, en la pierna. Tenía la cara blanca como el papel.

—¿Qué ha pasado? —preguntó, quedándose de pie a cierta distancia y mirándola.

—Se cayó en el patio y se ha hecho daño en una rodilla —dijo el enfermero sin inmutarse mientras terminaba de vendar la herida azulada que no dejaba de sangrar—. Mañana le dolerá un poco—le dijo a Sarah.

Sarah asintió, ausente.

—¿Cuándo te caíste? —le preguntó Cahill—. ¿Y cómo?

—No me caí —respondió Sarah. Su voz era tan débil que casi resultaba transparente, y sin la menor inflexión. No miró a Cahill—. Me fallaron las piernas y me vine abajo sobre una rodilla.

—¿Cuándo? —repitió Cahill.

Sarah hizo un gesto vago.

—Cuando intentaba encontrar un teléfono.

—¿Por qué estabas intentando encontrar un teléfono?

Por lo que Cahill había visto, había teléfonos por toda la casa, incluido uno que había quedado hecho añicos en la cocina.

—Para llamar. Para denunciar... —volvió a hacer un gesto vago, está vez señalando a la casa.

—Hay teléfonos en la casa. ¿Por qué viniste hasta aquí?

—No sabía dónde estaba ella. No quería... verla —respondió. Hizo una pausa y por primera vez los ojos de ambos se encontraron—. Pero de todos modos la vi. Me pidieron que la identificara. La vi de todos modos.

Los síntomas que indicaban una conmoción mental eran muy buenos, muy convincentes. Maldición, quizá fueran auténticos. El lenguaje corporal de Sarah también iba acorde con la conmoción: estaba sentada totalmente inmóvil a menos que se le pidiera algo, y en esos casos sus movimientos eran lentos y pesados. Estaba muy pálida. ¿Maquillaje? También tenía las pupilas dilatadas, pero eso podía conseguirse fácilmente con gotas para los ojos.

Odiaba pensar de aquella manera, pero no podía permitir que algo volviera a cegarle. Quizá no llevara el caso, pero eso no significaba que sus análisis no fueran a ser de alguna utilidad.

Se le ocurrió otra cosa: ¿Había Sarah empezado una relación con él para así evitar sospechas, quizás, o para mantenerse al corriente de cualquier progreso que tuviera lugar en el caso del asesinato del juez Roberts? De ser así, debía de haber estado felicitándose por su éxito, ya que el caso Roberts estaba yendo exactamente a ninguna parte.

Deseaba seguir interrogándola, pero sería mejor que se retirara y dejara que los detectives asignados al caso hicieran las preguntas. Además, necesitaba comprobar algo.

Saludó con la cabeza al oficial de patrulla y salió del bungalow, aspirando una gran bocanada de aire cálido y puro. Volvió a buscar al lugarteniente Wester.

—¿Tenemos ya la hora estimada en que se produjeron las muertes?

—Los del ME todavía no se han decidido, pero vi los cuerpos personalmente y el rigor mortis está bastante avanzado. Calculo unas… —sacudió la mano— doce horas. Más o menos.

Mierda. Eso coincidía con el período de tiempo durante el cual él había salido de servicio y ella había hecho aquella inesperada salida al supermercado, a pesar de que ya había estado allí horas antes ese mismo día. La segunda visita al supermercado había sido perfectamente explicada y justificada a partir de un antojo repentino y oportuno de banana split. ¿Tenía Sarah la sangre fría suficiente para haber ido hasta allí, matar a dos personas y luego pasar por el supermercado para comprar helado de regreso a su casa? O ¿había comprado el helado como excusa para su salida? Una coartada para poder enseñarle la factura y decirle «¿Lo ves? Estuve aquí. No podía haber estado en la casa».

Se trataba de una situación prácticamente idéntica a la del asesinato del juez Roberts. Sarah carecía de una coartada presencial que pudiera confirmar definitivamente que estaba en otra parte en el momento del crimen, pero conservaba el recibo de las tiendas donde había estado comprando.

Por otro lado, ella no podía saber que él iba a salir de servicio la noche anterior. No podía haber planeado nada con antelación. ¿Había estado esperando, a sabiendas de que en algún momento él tendría que salir de servicio durante la noche, y cuando eso ocurriera, ella se pondría en marcha? No debía de tener ninguna prisa. Podía esperar el momento oportuno. Al fin y al cabo, ganaba un sustancioso sueldo, y si le había echado el ojo al diamante amarillo del anillo desaparecido, no iba a llegar muy lejos.

Sarah no había guardado el recibo del supermercado. Cahill recordaba perfectamente haberla visto tirar a la basura las bolsas de plástico y el recibo. Si era una asesina tan lista y organizada, deshacerse del recibo era una torpeza. O quizá fuera una muestra de inteligencia. Podría decir: «Si hubiera creído que necesitaba una coartada, ¿por qué habría tirado el recibo a la basura?»

Dios, se estaba volviendo loco. Fuera cual fuera el ángulo al que llegara, un pequeño cambio daba una luz totalmente distinta a las acciones más significativas o insignificantes.

Se fue a casa y revisó el cubo de la basura. Las bolsas seguían allí, prácticamente encima de todo, con sólo las cáscaras de fruta y el envase vacío de yogur del desayuno encima. Sacó las bolsas (había dos), las estiró y miró dentro. Ahí estaba el ticket, arrugado aunque seco y en perfecto estado, sin ninguna mancha.

Miró la hora que marcaba el ticket. Las ocho y cincuenta y siete. Más o menos la hora en que él había llegado a casa. ¿Dónde había estado Sarah durante el resto del tiempo que él había estado fuera?

La sala de interrogatorios era pequeña, práctica y en absoluto amenazadora, con una cámara pegada al techo que grababa el interrogatorio.

Rusty Ahern, el detective, era un buen interrogador: metro setenta y tres de altura, pelo rojizo, pecas y una expresión abierta que invitaba a la confesión. Nada amenazador, muy comprensivo. Por mucho que Cahill intentara dotar de neutralidad a su voz y a la expresión de su rostro, jamás lograría resultar tan inofensivo como Rusty. Era demasiado corpulento, y, como el propio Rusty había observado, «tienes la mirada de un tiburón». A Rusty se le daban especialmente bien las mujeres. Se fiaban de esa expresión de inocente bonachón.

Cahill, junto con el lugarteniente y otros dos detectives, miraba el interrogatorio en un monitor mientras se grababa. Sarah estaba sentada y prácticamente no se movía, la mayor parte del tiempo con la mirada perdida, como si se hubiera aislado emocionalmente. Cahill recordó que así había actuado después del primer asesinato. ¿Quizá una respuesta protectora? ¿Una forma de distanciarse? ¿O una gran actuación?

—¿Dónde estuvo la noche pasada? —preguntó Rusty amablemente.

—En casa de Cahill.

—¿Del detective Cahill?

—Sí.

—¿Por qué estaba usted allí?

—Pasé con él el fin de semana.

—¿Todo el fin de semana?

—No, el sábado no. Hubo una fiesta la noche del sábado. Trabajé.

—¿A qué hora llegó a casa del detective Cahill el sábado después de la fiesta?

—¿A las cuatro? —dijo, convirtiendo su respuesta en una pregunta—. No lo recuerdo con exactitud. Temprano. Antes del amanecer.

—¿Por qué fue a esa hora de la mañana?

—Para que pudiéramos estar juntos.

Gracias a Dios, Rusty no hizo ni una sola pregunta sobre su relación. Pasó rápidamente a intentar establecer una franja horaria—. ¿Estuvieron juntos todo el domingo?

—Sí.

—¿Y pasó la noche del domingo con el detective Cahill?

—Sí.

—¿Y ayer? Lunes. Cuando el detective Cahill se fue a trabajar, ¿qué hizo usted?

—Maldita sea, Rusty debe de creer que es un abogado —murmuró el detective Nolan—. Menudas preguntas.

Las preguntas eran inusualmente detalladas, paso a paso. Normalmente las entrevistas no eran tan estructuradas e invitaban así al sospechoso a hablar. Pero Sarah no parloteaba. Se limitaba a responder a las preguntas que se le hacían, y la mayoría con la mayor brevedad. Como no ofrecía ninguna información voluntariamente, Rusty tenía que sacársela.

—Entrené e hice la compra.

—¿Eso es todo?

—Fui a hacerme la manicura.

—¿Dónde entrenó?

—En el sótano.

—¿En el sótano de dónde?

—En casa de Cahill.

Más y más preguntas, cuyas respuestas dejaban constancia de cuándo y dónde se había hecho la manicura, dónde había hecho la compra, a qué hora estuvo allí. ¿Qué hizo después? Preparó la cena. Spaghetti. Estaban listos cuando Cahill llegó a casa. Entonces él recibió una llamada y tuvo que salir. Dijo que estaría fuera unas horas.

Rusty echó un vistazo a sus notas. Tenía la hora exacta en que Cahill había recibido esa llamada, así cómo la hora en que había vuelto a casa. Tenía el ticket de compra del helado. Si Sarah intentaba engañarle con la hora, lo sabría.

—¿Qué hizo entonces?

—Limpié la cocina y miré la televisión.

—¿Eso es todo?

—Fui a comprar helado.

—¿A qué hora fue eso?

—No lo sé. Después de las ocho.

—¿Adónde fue?

Sarah le dio el nombre del supermercado.

—¿A qué hora salió del supermercado?

—No lo sé.

—¿Puede calcular cuánto tiempo estuvo allí?

Sarah alzó un hombro.

—Quince minutos.

—¿Adónde fue cuando salió del supermercado?

—Volví a casa de Cahill.

—¿Estaba él allí?

—Sí. Regresó antes de lo que había calculado.

—¿A qué hora fue eso?

—No lo sé. No miré la hora.

—¿Se detuvo en algún otro sitio entre el supermercado y la casa del detective Cahill?

—No.

—Dice que había hecho la compra antes durante el día. ¿Por qué no compró entonces el helado?

—Porque hasta entonces no había tenido el antojo.

—¿De repente tuvo un antojo de helado?

—Sí.

—¿Se le antoja helado muy a menudo?

—Una vez al mes.

Rusty pareció un poco confundido.

—¿Por qué una vez al mes?

—Justo antes de mi período. En ese momento quiero helado.

—Uy —dijo Nolan a Cahill al oído—. DI. Demasiada información. No le convenía saber lo de los ciclos menstruales.

También Rusty parecía ligeramente perplejo, como si no supiera qué hacer con aquella información. Cahill se mantuvo impasible mientras seguía mirando. Ya era bastante duro ver cómo hurgaban en su vida privada. ¿En qué pensaba Sarah? ¿Qué estaba ocurriendo detrás de esos ojos oscuros?

Maldición, ¿qué sabía él? En lo que hacía referencia a las mujeres, estaba claro que estaba ciego y que era un estúpido. Era detective, y aún así le había costado un año darse cuenta de que Shannon le engañaba. Pero una cosa era dejarse tomar el pelo por una esposa infiel, y otra perder totalmente la cabeza con una asesina. Había tenido relaciones sexuales con aquella mujer. Había dormido a su lado. Se había reído con ella. Habría apostado su vida a que era una de las personas más íntegras que había conocido, y ahora lo estaba pasando realmente mal intentando reconciliar lo que sabía de ella con las circunstancias que decían que podía ser una asesina con la sangre fría como el hielo.

Y ahí estaba el problema. Todo era circunstancial. Las coincidencias iban más allá de lo creíble y sin embargo no tenían el menor índice de prueba física que ligara a Sarah a los asesinatos.

—A mi mujer se le antoja chocolate —dijo el lugarteniente Wester—. Siempre sé cuándo le va a venir el período porque no para de meterse chocolatinas en la boca como una ardilla que hiciera acopio de provisiones para el invierno.

—Dios, ¿podemos hablar de otra cosa? —gruñó Nolan.

Rusty había llevado a Sarah hasta el momento en que llegó a la casa de los Lankford.

—¿Qué hizo entonces?

—Fui a la casa principal a encender la cafetera.

—¿Notó algo fuera de lo común?

—La alarma no estaba activada. No sonó cuando abrí la puerta de la cocina y entré.

—¿Eso no era habitual?

—Cuando estoy allí, siempre activo la alarma. Pero la señora Lankford a veces se olvida.

—¿Entonces no fue algo anormal?

—No, no del todo.

—¿Qué hizo entonces?

—Encendí la cafetera y luego llevé el periódico… llevé el periódico al estudio. Al señor Lankford le gustaba leerlo allí, mientras veía las noticias. Las luces estaban encendidas —dijo, y su voz fue apagándose hasta quedar en silencio.

—¿Las luces?

—Las luces del pasillo. Estaban encendidas. Y las lámparas. No tendrían que haber estado encendidas tan temprano.

—¿Por qué no?

—Soy la única que se levanta tan temprano, y acababa de llegar.

—¿Qué pensó?

—Pensé… que alguien debía de haberse puesto enfermo.

—¿Por qué pensó eso?

—Por el olor. Noté el olor.

Se agarró de los brazos con fuerza, abrazándose, y empezó a acunarse levemente, adelante y atrás. El balanceo era signo de angustia, el intento automático del cuerpo por encontrar consuelo. Alguien debería abrazarla, pensó Cahill, mientras el estómago se le cerraba aún más.

—¿Qué olor era ese?

Sarah le miró sin verle y de pronto dejó de balancearse y se llevó la mano a la boca. Rusty alcanzó de un salto el cubo de la basura y se lo acercó justo a tiempo. Sarah se inclinó sobre el cubo, víctima de violentas arcadas, aunque de su boca no salió fluido alguno. Cahill apretó los dientes. Seguro que no había comido nada desde el desayuno, y de eso hacía horas. Sarah siguió sufriendo arcadas, incluso con el estómago vacío, y resultaba doloroso oír los sonidos que hacía al intentar vomitar.

—Le traeré una toalla de papel —dijo Rusty, yendo hacia la puerta.

Sarah siguió con la cabeza inclinada sobre el cubo. De vez en cuando los espasmos le recorrían el cuerpo. La cabina de escucha estaba en silencio mientras la miraban. Cahill luchó contra la necesidad de entrar a buscarla, a cuidarla. Tenía que mantenerse al margen. Tenía que dejar que Rusty hiciera su trabajo.

Rusty volvió con una toalla de papel húmeda. Sarah la cogió con manos tremendamente temblorosas y se empezó a limpiar la cara.

—Lo siento —dijo con voz apagada. Luego hundió la cara en las manos y empezó a llorar en largos y estremecedores sollozos que recordaron a Cahill cómo había llorado tras la muerte del juez Roberts.

Dios. No podía seguir mirando. Se levantó y se paseó por la habitación, frotándose la nuca para relajar los músculos del cuello.

Si Sarah era autora de esos crímenes, era sin duda la mejor actriz del mundo. Lo que veía en la pantalla era una mujer en estado de shock que sufría. A veces la gente que había matado por un arrebato reaccionaba así al darse cuenta de lo que habían hecho. Los asesinos que ejecutaban a sangre fría a sus víctimas pegándoles un tiro limpio en la cabeza no sufrían por sus víctimas después. Las circunstancias eran tan sospechosas que apestaban, pero los detalles no concordaban. Sarah no concordaba.

Sarah no concordaba. Fueran cuales fueran las circunstancias, ella no concordaba.

—No lo hizo —dijo Cahill en voz baja, de repente totalmente seguro. Bien, podía estar ciego cuando se trataba del rollo romántico y bien lo había tenido que pagar. Pero como policía, tenía buen ojo, y Sarah no era culpable.

El lugarteniente Wester le miró compasivamente.

—Doc, tú duermes con ella. No dejes que tus genitales piensen por tu cabeza.

—Dalo por hecho —dijo Cahill—. La conozco. No puede haberlo hecho.

—Estás demasiado involucrado —dijo Nolan—. Deja que hagamos nuestro trabajo. Si ella no lo hizo, lo descubriremos, y si lo hizo, también.

Volvieron a mirar al monitor. Rusty había esperado en silencio a que la tormenta de sollozos amainara y ahora preguntó con suavidad:

—¿Quiere beber algo? ¿Café? ¿Agua? ¿Una Coca cola?

—Agua —logró decir Sarah con la voz espesa—. Gracias.

Rusty le llevó un vaso de agua y Cahill se giró para mirar la pantalla mientras ella bebía un par de sorbos con sumo cuidado, como si no estuviera del todo segura de que pudiera retener el agua.

—¿Qué ocurrió cuando notó el olor?

Volvió a empezar el balanceo, sutil y desgarrador.

—Casi… casi eché a correr. Recordaba aquel olor. Cuando el juez fue asesinado, el olor era… era el mismo. No podía entrar ahí. Quería echar a correr.

Al menos ahora hablaba un poco más. No se limitaba a responder a las preguntas con monosílabos.

—¿Echó a correr?

Sarah sacudió la cabeza.

—No dejé de repetirme que simplemente se debía a que alguien se había puesto enfermo. Un virus estomacal. Mi trabajo era ocuparme de esas cosas, limpiar cualquier desaguisado…

Su voz volvió a apagarse.

—¿Qué hizo?

—Fui hasta la puerta del estudio y miré dentro. Él estaba… estirado allí. Tenía el cuello inclinado —empezó. Inconscientemente, inclinó la cabeza para mostrar la postura en que había encontrado a Sonny Lankford. Rusty esperó para ver si Sarah iba a seguir hablando, pero ella cayó en un nuevo silencio hasta que fue aguijoneada por una nueva pregunta.

—¿Qué hizo entonces?

—Volví a la cocina e intenté llamar al 091. Quería llamar a Cahill primero. Le necesitaba allí. Pero el 091, la ambulancia… quizá ellos pudieran ayudar. De modo que primero intenté llamar al 091.

—¿Intento llamar?

—No pude… temblaba tanto que pulsé los números equivocados. El teléfono no funcionaba. Lo golpeé contra la encimera y se rompió. El teléfono se rompió.

—¿Estrelló el teléfono contra la encimera?

—Sí.

—¿Por qué?

—No funcionaba. ¡No funcionaba!

—¿Y luego?

—Lo tiré al suelo.

Sarah era la persona con mayor dominio sobre sí misma que conocía, pensó Cahill. Si había perdido el control hasta ese punto, tenía que haber estado histérica. Estaba asustada y dolida y él ni siquiera se había acercado a tocarle la mano cuando había ido a verla al bungalow. No era de extrañar que se estuviera abrazando a sí misma. Alguien tendría que estar haciéndolo por ella.

—Necesitaba otro teléfono —dijo Sarah, hablando por primera vez sin necesidad de que se le hiciera ninguna pregunta—. No podía pensar, no podía recordar dónde había uno. No hace mucho que trabajo allí, y es una casa complicada. No quería ir a la búsqueda de un teléfono porque no sabía dónde estaba la señora Lankford y no quería encontrármela, no quería verla —dijo mientras nuevas lágrimas le bañaban la cara—. De modo que fui a mis dependencias, al bungalow. Allí sí sé dónde está el teléfono. No tuve que buscarlo. Llamé al 091 y me mantuvieron en línea. Quería colgar, pero no me dejaron hacerlo. Me mantuvieron en línea.

—¿Por qué quería colgar?

—Cahill —dijo Sarah, con voz temblorosa y con los ojos cegados por las lágrimas—. Quería llamar a Cahill. Le necesitaba.

De pronto Cahill salió de la habitación. Fue al cuarto de baño, cerró la puerta con pestillo y a continuación se inclinó sobre el retrete y vomitó.

24

Lógicamente, pasó un tiempo hasta que Sarah empezó a pensar coherentemente, aunque era tiempo lo único que tenía. Estaba sentada sola en la sala de interrogatorios durante largos períodos de tiempo, interrumpidos sólo en los momentos en que el detective de pelo rojizo y pecas le hacía un montón de preguntas. Si tenía que ir al servicio, iba escoltada. Si pedía algo para beber, se lo traían.

Se preguntaba si la dejarían irse si lo pedía. No la habían arrestado, ni esposado. Había ido hasta allí voluntariamente. Además, no tenía adónde ir. No podía quedarse en el bungalow, no había podido pensar con la claridad suficiente como para dar instrucciones para que recogieran su ropa y otras cosas que necesitaba si tenía que volver a quedarse en un hotel, y, desde luego, no podía regresar a casa de Cahill. En cuanto fue capaz de volver a pensar, se dio cuenta de que eso era obvio.

Cahill la creía culpable. Creía que había cometido un asesinato.

No se había acercado a ella antes, en el bungalow. Se había limitado a quedarse ahí, mirándola con frialdad. No era como cuando el juez Roberts había sido asesinado. También entonces había estado bajo sospecha hasta que él había comprobado la veracidad de su historia, pero no había sido nada personal. Lo había entendido. Pero ahora... ahora él la conocía como nunca nadie la había conocido. La noche anterior había estado con él todo el tiempo, excepto cuando él había salido al recibir esa llamada. Habían hecho el amor varias veces. Y, aun así, él creía que ella había salido de la casa poco después que él, había ido a casa de los Lankford, les había disparado en la cabeza, había pasado por el supermercado y había comprado helado de camino a casa.

Sarah habría entendido que Cahill tuviera que hacer su trabajo. Habría dolido, pero lo habría entendido. Pero no entendía que de verdad la creyera culpable.

Eso la hería, tan profundamente y con tanta crueldad, que no estaba segura de que las heridas pudieran llegar a cerrarse alguna vez. De un solo tajo él había cortado los lazos que les unían, dejándola a la deriva. Se sentía como una astronauta cuyo cable de seguridad se hubiera soltado y ninguno de los miembros a bordo de la nave matriz estuviera haciendo ningún esfuerzo por ayudarla a volver. Estaba perdida, flotando cada vez más lejos, y ya no le importaba demasiado.

La angustia que había sentido cuando el juez fue asesinado no era nada en comparación con la que ahora la embargaba. No era sólo la muerte violenta de los Lankford, esa pareja cariñosa y prosaica que tanto le había gustado. También estaba angustiada por la pérdida de Cahill, de la magia que había creído compartir con él. Le amaba, pero él no la amaba a ella, no podía amarla, porque para amar a alguien de verdad había que conocer a esa persona, saber lo que la hacía funcionar, saber lo que la conformaba como ser humano. Obviamente, Cahill no tenía la menor idea sobre ella. De haber sido así, se habría acercado a ella y le habría dicho:

—Sé que esto tiene mala pinta, pero te creo. Cuenta conmigo.

En vez de eso, él la había mirado con asco y se había ido.

Eso no era amor. Él había querido tirársela, eso era todo. Y, desde luego que lo había conseguido.

Ahora comprendía por qué Cahill era tan acerbo y desconfiado después de descubrir que su mujer le era infiel. Tampoco ella estaba segura de si iba a ser capaz de volver a confiar en alguien. En su familia sí. Podía confiar en ellos a ciegas, podía poner la mano en el fuego por ellos. Pero ¿en alguien más? No, no lo creía. Las lecciones que más dolían eran las que más enseñaban.

Mientras tanto, hizo algo que nada tenía que ver con su carácter: resistir. Siempre había sido una de esas personas que, cuando algo no era de su agrado, no descansaba hasta haber luchado, hasta haber peleado con uñas y dientes y conseguir moldear lo que fuera hasta darle una forma más acorde con sus gustos. Sin embargo, en este caso, no había nada que pudiera hacer. No podía cambiar el pasado. Cahill la había dejado sola cuando más le necesitaba, y por mucho que luchara, por mucho que peleara con uñas y dientes, nada podría cambiar eso.

Qué extraño era ese amor que un día hablaba de matrimonio y al siguiente le daba la espalda. Entonces, ¿por qué no se estaba riendo?

En vez de eso, seguía sentada en la silla de aquella pequeña sala de interrogatorios desprovista de ventanas, dejando que el tiempo se deslizara sobre ella. No tenía ninguna prisa. No tenía nada que hacer ni ningún sitio adónde ir.

• • •

El lugarteniente Wester se pasó la mano por su cabeza casi calva.

—De acuerdo —dijo con voz cansada—. ¿Qué tenemos? ¿La retenemos aquí o dejamos que se marche?

Todos estaban exhaustos. Los medios de comunicación estaban escandalizados, el alcalde estaba escandalizado, el ayuntamiento estaba escandalizado, y los vecinos de Mountain Brook estaban aterrados. Tres de los suyos habían sido asesinados en sus casas en lo que iba de mes, lo cual habría sido una gran noticia en cualquier comunidad. En Mountain Brook, eso resultaba horripilante. Las víctimas de los asesinatos creían estar seguras y a salvo con sus sistemas de seguridad y con sus propiedades amuralladas, las puertas electrónicas y los focos. Sin embargo, no habían estado más a salvo que una joven madre en un barrio infestado por las drogas que escondiera a sus hijos en la bañera por la noche porque las paredes eran demasiado delgadas para detener las balas que zumbaban por las calles.

La gente pagaba un alto precio por vivir en Mountain Brook. El impuesto sobre el valor de la propiedad era asfixiante. Se pagaban fortunas por el valor astronómico de las propiedades, el excelente sistema de enseñanza, la ilusión de un entorno seguro. Los impuestos sobre la propiedad aseguraban una ciudad sin zonas marginales y un departamento de policía que debía de mantener los niveles de criminalidad al mínimo y resolver los pocos crímenes que ocurrieran. Cuando la gente que vivía en casas que costaban millones de dólares perdían esa ilusión de seguridad, no dudaban en manifestar su infelicidad. Hacían infeliz al alcalde, que a su vez hacía infeliz al capitán, etc, etc. La presión recaía en la división de investigadores. Debían obtener resultados, no había más que hablar.

Rusty Ahern consultó los papeles que tenía delante.

—Bien, esto es lo que pienso: tenemos tres casquillos de bala que, tras las pruebas preliminares, parecen concordar con la bala que mató al juez Roberts. No tenemos ninguna huella dactilar viable, en ninguno de los casos. No tenemos ninguna prueba física aparte de los tres casquillos, punto. Tampoco tenemos el menor indicio de que se haya forzado la entrada en ninguna de las casas, lo cual indica que las víctimas conocían al tipejo y le abrieron la puerta. Tenemos una cerradura forzada en una puerta interior. La llamada hecha a casa de los Lankford procedía de uno de los teléfonos de La Galleria, el mismo desde el que se produjo la última llamada al juez Roberts. No sé lo que pensáis vosotros, chicos, pero eso me lleva a pensar que la señorita Stevens no cometió ninguno de los asesinatos.

—¿Y eso por qué? —preguntó Nolan—. No te sigo.

—No tenía ninguna razón para llamar con antelación, para asegurarse de que las puertas electrónicas estuvieran abiertas o que las víctimas estuvieran en casa, o lo que sea —dijo Cahill—. Tenía libre acceso a ambas casas. Lo único que tenía que hacer era entrar, a cualquier hora.

—Exacto. ¿Y cuál sería el móvil? —Ahern dijo—. Eso es lo que me está volviendo loco. No se llevaron nada en el asesinato de Roberts. La señorita Stevens se llevó un buen mordisco en su testamento, aunque todavía está bajo proceso de legalización. No es como si te dan un cheque en cuanto han enterrado al cuerpo. Y, como tú has observado, Doc, no necesita dinero.

—Eso no significa nada —dijo Nolan—. Hay gente que siempre quiere más. Y no olvidemos ese anillo con el enorme diamante que ha desaparecido. Una piedra valorada en un cuarto de millón llamará la atención de mucha gente. Además, hay gente que está totalmente pirada.

Cahill controló su genio.

—Pero no ella. Está tan cuerda y equilibrada como cualquiera, y, Nolan, si vuelves a decirme una vez más que me tiene atrapado por el coño, te voy a hacer tragar los dientes.

Ya se habían enfrentado un par de veces en lo que iba de día. Ambos estaban cansados y muy irritables, y Nolan tenía la costumbre de llevar la broma demasiado lejos.

—Tranquilizaos, chicos —dijo Wester—. Doc, ¿qué pasa con la foto que conseguiste del teléfono público en el caso Roberts? ¿La han visto los vecinos de los Lankford?

—Todavía no. Nos hemos concentrado en Sarah.

—Bueno, hazla circular. Teniendo en cuenta que la última llamada a casa de los Lankford se hizo desde ese mismo teléfono, tiene que ser nuestro hombre.

—Pero sigue sin tener ningún sentido —intervino Nolan—. ¿Por qué matar al juez Roberts y no llevarse nada, a menos que el móvil fuera el dinero del testamento? De acuerdo, todavía tiene que ser legalizado, pero ella lo cobrará algún día. Mirémoslo así: ella trabaja para Roberts y él recibe un tiro. Luego se va a trabajar para los Lankford y más de lo mismo. ¿Alguien ve en eso alguna pauta?

—Entonces ¿cuál es tu teoría sobre el tipo que aparece en la foto? —preguntó Wester.

—Muy sencillo. Operan juntos. Tiene que ser así. Ella entra y consigue toda la información, los códigos de la alarma, las llaves, todo lo necesario. No sé cómo deciden cuándo hacerlo. Quiero decir, ella trabajó para el juez Roberts durante casi tres años. Entonces ¿por qué esperar tanto para matarle? Luego está con los Lankford sólo un poco más de una semana y también ellos mueren. Quizá maten siempre que necesitan dinero. ¿Quién sabe? Pero ella se asegura de tener una coartada y él se cuela en la casa y lleva a cabo el trabajo. Ellos ni siquiera saben que él está en la casa hasta que aparece y aprieta el gatillo. No tiene conexión conocida con las víctimas, de modo que esencialmente se trata de un asesinato cometido por un desconocido, y jodidamente difícil de resolver.

—¿Tienes sistema de alarma en casa? —preguntó Cahill.

—Sí, se llama perro.

—Bueno, las víctimas oirían entrar al asesino. En ambas casas, siempre que se abría una de las puertas o ventanas exteriores, suena un timbre de alerta. Si no estuvieras esperando a nadie, irías a ver qué pasa, ¿no? No te quedarías esperando en tu sillón reclinable.

—A menos que creyeran que era Stevens.

—En el caso de los Lankford, sabían que ella no volvería hasta el martes por la mañana.

Wester frunció el ceño.

—Estás diciendo que en ambos casos las víctimas conocían al asesino.

—Eso es lo que creo.

—Y en ambos casos el asesino es el mismo tipo.

Se miraron.

—Todavía hay algo que no encaja —dijo Ahern—. El móvil.

—Te repito que es el dinero —dijo Nolan.

—Y yo te repito —dijo Cahill impaciente— que la única forma de que lo del dinero tenga sentido es que Sarah sea la autora de los crímenes.

—O que encargue el trabajo a alguien.

347

—Pero las víctimas conocían al asesino, que probablemente sea el hombre que hizo las llamadas. Tú mismo has dicho que su supuesto cómplice no tenía ninguna conexión con las víctimas, así que no puede ser. O las víctimas le conocían, o no le conocían. Si no le conocían, ¿por qué le dejaron entrar en la casa? ¿Por qué se sentó a hablar con él el juez Roberts? El asesino era un conocido de Roberts y de los Lankford.

—Vale, mierda —soltó Nolan, frunciendo el ceño sin dejar de concentrar la mirada en la superficie de la mesa.

—Entonces nuestro tipo es alguien al que las víctimas conocían por negocios o que se movía en sus mismos círculos. Intuyo que es alguien que tiene negocios con ellos —dijo Cahill—. El juez Roberts estaba ya entrado en los ochenta y no participaba del circuito de fiestas. Tenía su círculo de amigotes con los que jugaba al póquer, eso era todo. Pero sí tenía asuntos de negocios de los que se encargaba personalmente, y Sonny Lankford tenía más negocios de los que cualquiera de nosotros jamás habría podido controlar.

—Visto así, puede que después de todo el móvil haya sido el dinero —dijo Ahern—. Tenemos que averiguar qué negocios comerciales o qué asuntos financieros tenían en común, algún asunto que fuera mal pero del que ambos salieron limpios, dejando a alguien en la ruina.

—Pero en ese caso sería mera coincidencia que Sarah Stevens estuviera trabajando para Roberts y para los Lankford cuando fueron asesinados —dijo Wester—. Menuda gilipollez. Las coincidencias así no existen.

—Quizá las cosas no sean tan rebuscadas como creéis —dijo Ahern, garabateando furiosamente en su libreta de notas mientras pensaba con avidez—. ¿Cuánta gente puede permitirse tener mayordomo, sobre todo uno acostumbrado a cobrar los honorarios de Sarah Stevens? No mucha. Sería un círculo pequeño, incluso en Mountain Brook. Aquí la mayoría de la gente trabajan como locos para pagar los impuestos sobre sus propiedades, las hipotecas y poder enviar a sus hijos al colegio. Pero la gente rica que podría permitirse los servicios de Sarah probablemente se conozca a través de los negocios, si es que no frecuentan el mismo circuito social. De algún modo tenían que hacerse ricos, ¿no? Mi opinión es que el nexo de unión entre ambos son los negocios.

—Muchas compañías han pasado por apuros durante el último año. Es posible que a alguien le haya ido mal y que no se lo haya tomado demasiado bien —intervino Wester, considerando la posibilidad. Hasta ese momento, tenía más sentido que cualquier otra teoría que hubieran estado sopesando—. Vale, le llevaré esto al capitán. Haremos unas declaraciones lo suficientemente vagas para no asustar al tipo ese. Ya ha matado a tres personas y puede que le haya encontrado el gusto. No queremos más cadáveres en esta ciudad.

Miró a Ahern.

—Puedes dejar libre a la señorita Stevens. Llévatela a algún motel y que alguien le recoja algo de ropa. Y, no, no puede quedarse en tu casa —le dijo a Cahill intencionadamente—. Quiero que te mantengas apartado de ella durante un tiempo. La prensa se nos va a echar encima por soltarla, y si uno de esos tipos la sigue y averigua que está viviendo con un detective de Mountain Brook, nos van a quemar el culo. ¿Está claro?

Cahill vio acertado que Sarah no se quedara en su casa. Sin embargo, estar lejos de ella no figuraba entre las posibilidades que había barajado. Tenía mucho trabajo por delante: había que volver a reconstruir el puente que le unía a Sarah y no pensaba esperar a que se resolviera el caso para ponerse manos a la obra. Durante todo el día, la forma en que ella se había echado a llorar cuando había dicho que le necesitaba le había estado abrasando por dentro. Esa misma mañana, Sarah había caído de lleno en el horror, un horror doblemente insufrible al ser una repetición de la escena vivida en casa del juez Roberts. La había encontrado echa una piltrafa y no se había acercado a ella, no la había abrazado. Sarah había estado sola todo el día, balanceándose lentamente adelante y atrás, abrazándose. Peor aún, sabía que él creía que era una asesina.

No se trataba simplemente de estar haciendo su trabajo. Se trataba de una falta de confianza en ella tan inmensa que no sabía si podría volver a recuperar el terreno perdido. Sin embargo, moriría en el intento. Si tenía que arrastrarse hasta ella a cuatro patas, literal o figurativamente, para conseguir que le perdonara, de ser preciso desgastaría las rodilleras de todos sus pantalones.

En ese momento Sarah estaba en un estado de total fragilidad. Se acordó de que cuando el juez fue asesinado ella no había sido capaz de comer nada. No había duda de que no había comido nada desde el desayuno, y de eso, por cómo se sentía él, hacía mil años. Habían ofrecido comida a Sarah, pero ella la había rechazado, sacudiendo la cabeza en silencio. Normalmente ella era la fuerte, la persona a la que acudir en momentos de crisis, pero ahora necesitaba que alguien cuidara de ella.

Lo primero que había que hacer era ir a buscar sus cosas al bungalow y reservarle habitación en algún hotel bajo nombre falso para que pudiera descansar. Ahern se encargaría de eso.

Sin embargo, nada podría impedir que Cahill la dejara marchar sin disculparse, aunque no estaba seguro de que fuera a servir para algo.

Recorrió el corto pasillo y abrió la puerta de la sala de interrogatorios. Sarah levantó los ojos y rápidamente desvió la mirada en cuanto le reconoció. Todavía estaba pálida. Tenía la cara cansada y los ojos sin vida. Al haber ocurrido tan poco tiempo después de la muerte del juez Roberts, el golpe había sido devastador.

Cahill entró y cerró la puerta. La cámara instalada en el techo no estaba encendida. Estaban a solas. Si Sarah quería darle una bofetada, la aceptaría. Si quería darle una patada en los huevos, supuso que también la aceptaría sin rechistar. Le aceptaría cualquier cosa si con ello se ganaba su perdón. Pero Sarah no se movió, ni siquiera cuando él se agachó junto a su silla para que pudiera verle la cara.

—Ahern te va a llevar a un hotel para que puedas descansar —dijo en voz baja—. Iremos a buscarte ropa al bungalow y te la llevaremos. Deja que sea él quien te reserve la habitación. Estarás bajo nombre falso para que la prensa no dé contigo.

—¿No me habéis arrestado? —preguntó con un descolorido hilo de voz.

—Sarah… sabemos que no lo hiciste.

—¿Por qué? ¿Ha aparecido alguna prueba? Esta mañana creías que era culpable.

No había acusación en sus palabras, ni siquiera el menor atisbo de enfado, tan solo una declaración de hechos. Cahill tuvo la sensación de que Sarah había puesto kilómetros de distancia mental entre ambos, entre ella y el mundo. Era la única forma de poder seguir entera.

—Me equivoqué —dijo Cahill sin más—. Lo siento muchísimo. Dios, no puedo decirte cuánto lo siento. La coincidencia me estalló en plena cara y en lo que único que podía pensar era en que habías salido justo después de que yo lo hiciera.

—Lo entiendo.

Cahill pestañeó ante la carencia absoluta de inflexión en la voz de Sarah.

—¿También perdonas?

—No.

—Sarah… —empezó, haciendo ademán de ir a tocarla. Ella se apartó. Había desesperación en la expresión de su rostro.

—No me toques.

Cahill dejó caer la mano.

—De acuerdo. Por ahora. Sé que la he jodido, y bien jodida, pero no pienso perderte. Creemos que estamos a punto de resolver esto, y…

—No depende de ti —le interrumpió.

—¿Qué? ¿Qué es lo que no depende de mí?

—Dejarme libre. No tienes elección.

Se abrió un enorme agujero negro bajo los pies de Cahill, y se sintió como si se lo estuviera tragando. Si la perdía… bueno, eso no iba a ocurrir. Se negaba a que ocurriera. En cuanto ella hubiera superado la conmoción inicial, por lo menos le escucharía. Sarah era la persona más razonable que había conocido. Y si no le escuchaba, en ese caso no le importaba jugar sucio. Haría lo que hiciera falta para no perderla.

—Hablaremos más tarde —dijo Cahill, retrocediendo para darle el espacio que en ese momento ella necesitaba.

—No hace falta.

—Ya lo creo que hace falta. Ahora te daré tiempo y espacio, pero ni se te pase por la cabeza que me he dado por vencido. Jamás.

—Deberías —dijo ella y volvió a fijar la vista en la pared.

Quince minutos más tarde, Ahern se la llevó a toda prisa por la puerta trasera y cruzó con ella el aparcamiento hasta su coche. Los reporteros de televisión y de prensa escrita que campaban por la parte delantera del edificio les vieron y las cámaras consiguieron grabar algunas imágenes, pero eso fue todo. Un tipo más avezado se metió en su coche y empezó a seguirles, pero quedó bloqueado cuando un Jaguar blanco pasó a toda velocidad por delante de él. Cuando consiguió maniobrar para volver a incorporarse al tráfico, tanto el coche común como el Jaguar blanco habían desaparecido sin dejar rastro.

25

Trevor Densmore no había vivido una conmoción semejante a la que sufrió cuando el reportaje en las noticias dejó claro que Sarah había sido retenida como sospechosa. Eso era terrible. ¿Cómo se les había ocurrido…? Sin duda, no tenían contra ella la menor evidencia de su implicación en lo ocurrido. Ninguna evidencia. ¿Cómo podrían tenerla? La noche anterior no se había mostrado demasiado cuidadoso y había dejado tras de sí los casquillos de bala, lo que le causó un instante de preocupación, pero de ninguna manera podían relacionarlos con Sarah. En cuanto a él, lo único que tuvo que hacer a continuación fue deshacerse de la pistola, naturalmente después de haber hecho desaparecer el número de serie del arma. Detestaba tener que ocuparse personalmente de ese tipo de detalles domésticos, pero tampoco podía esperar que su secretaria se encargara de eso, ¿no?

Lo más importante era asegurarse de que Sarah se encontrara bien. Se la veía muy pálida en las imágenes que mostró la televisión. Había descubierto los cuerpos de su anterior jefe, el juez Lowell Roberts, y los de los Lankford, lo que sugería que era como esos cretinos que prenden fuegos y luego denuncian el hecho, fingiendo que acaban de descubrirlo para apartar de sí cualquier tipo de sospecha. La policía conocía perfectamente ese tipo de tácticas, lo que, según supuso, explicaba que Sarah hubiera quedado bajo sospecha. Pero, oh, Dios… le había causado un daño terrible.

A Trevor no se le había pasado por la cabeza que Sara era la persona con más probabilidades de encontrar los cuerpos. Ni se le habría ocurrido. Tendría que haberlo calculado, ya que, sin duda, era ella la candidata más lógica a hacerlo. Era una mujer muy concienzuda y eso quería decir que sería la primera en empezar a trabajar por la mañana. Las conmociones que la había obligado a soportar debían de haber sido terribles. No se le ocurría cómo podría haberlo dispuesto para que fuera otro quien encontrara los cuerpos, pero sí podría haberlos cubierto con una manta o algo así. Hoy en día la gente tenía ese tipo de cobertores por todos lados, como chales para los muebles. Personalmente, detestaba esa clase de desorden. Sin embargo, podría haberlos utilizado para ahorrar a Sarah parte del shock.

Le angustiaba tanto haber sido tan desconsiderado que ordenó a su secretaria que cancelara todas sus citas y salió temprano del despacho. ¿Qué podía hacer?

Lo primero era lograr que la dejaran libre, pero ¿cómo? No podía llamar al departamento de policía y exigir su puesta en libertad, o, por lo menos, no sin dar ciertas explicaciones que no se atrevía a facilitar. Entonces tuvo una brillante idea. Era arriesgada, pero valía la pena jugársela si con ello liberaba a Sarah.

A pesar de lo eficiente que era, le llevó unas horas llevar a cabo su hazaña. Luego, sin saber qué hacer, fue en coche hasta el ayuntamiento, aparcó en el aparcamiento del banco próximo y esperó. No quería unirse a los chacales que merodeaban por ahí con sus camionetas llenas de parabólicas y videocámaras, y ciertamente no sabía cuánto tiempo pasaría hasta que los efectos de su plan se descubrieran. Pero cuando Sarah fuera puesta en libertad, estaba decidido a estar ahí para ofrecerle su apoyo.

Retrospectivamente, las cosas no podían haber salido mejor. Sarah estaría deshecha y necesitaría un puerto en el que refugiarse. Él podía darle ese refugio, y más… mucho más.

Había escogido con sumo cuidado su punto de mira, y cuando necesitara cambiar el ángulo de visión para ver mejor lo que ocurría —resultaba frustrante no saberlo con exactitud; odiaba tener que actuar en la oscuridad—, se limitaría a acercarse caminando por la acera como si fuera de camino a la tintorería, por ejemplo.

Tenía la suerte de su parte, aunque, a decir verdad, eso era siempre así. Empezó a exasperarse cada vez más mientras esperaba. Menudos palurdos incompetentes. ¿Por qué tardaban tanto? Justo cuando llegó al límite de su desesperación y decidió volver a casa (al fin y al cabo, nadie le pedía que esperara eternamente) vio a Sarah salir del departamento de policía por una puerta lateral situada en la parte trasera del edificio. Iba con un hombre, probablemente un detective, puesto que la escoltaba por el estrecho camino que llevaba al aparcamiento que utilizaba la policía. Por supuesto, fueron vistos por los equipos de reporteros mientras se metían en un coche común. Uno de los reporteros corrió hasta su coche y se metió en él, pero Trevor calculó todo a la perfección e introdujo tranquilamente el Jaguar en el tráfico en el momento justo para bloquear la salida del reportero. Tras él había más coches que, involuntariamente, ejecutaron la misma maniobra de bloqueo.

Trevor no perdió del vista al coche común mientras lo seguía, dejando entre ambos un coche como mínimo. La verdad es que se estaba convirtiendo en todo un experto.

¿Adónde la llevaba? ¿A la casa de los Lankford? Seguro que no. Pero Sarah no tenía otro sitio donde ir. Quizá a casa de algún amigo, o a un hotel. La buena noticia era que obviamente no había sido arrestada, sólo detenida e interrogada, y ahora habían decidido que no tenían ninguna razón para retenerla. No sabía con exactitud cómo funcionaba el procedimiento policial, pero sabía que si la hubieran arrestado, habría seguido detenida hasta la primera vista oral, en la que se fijaría o se negaría la libertad bajo fianza.

Lo único que tenía que hacer era seguir al coche para ver dónde se la llevaban, y luego decidiría cuál era el mejor modo de acercarse a ella. Esta vez la conseguiría. Estaba seguro de ello.

—¿Tiene alguna preferencia? —le preguntó el detective Ahern—. Me refiero al hotel.

—Me da igual.

Ahern la miró de soslayo, sin saber qué decir. Como todos los demás, había entrado en la sala de interrogatorios creyéndola culpable. Las reacciones de Sarah durante el interrogatorio, además de otras consideraciones lógicas, le habían convencido de lo contrario. Normalmente no le preocupaba demasiado si alguien estaba enfadado; en su línea de trabajo, era algo a esperar, y a menos que estuvieran histéricos y empezaran a repartir puñetazos o a lanzar objetos, les dejaba que ellos mismos lidiaran con sus sentimientos a su manera. Sin embargo, este caso era distinto. Dada su conexión con Cahill, Sarah era una de ellos. Este era un caso más personal.

—El lugarteniente le dijo a Doc que se mantuviera alejado de usted hasta que las cosas se calmaran. La prensa iba a enloquecer si se enteraba de que usted vivía con él.

—No vivo con él —dijo Sarah sin la menor emoción.

Estaba a punto de llenarse de mierda hasta el cuello. Ahern lo sabía, pero insistió.

—Eso explica que Doc no se deje ver demasiado. A él le gustaría estar a su lado. Por cierto, no ha parado de intentar convencernos durante todo el día de su inocencia. Cree en usted, Sarah. Estamos dejándonos la piel para resolver este caso, pero él…

—Detective Ahern —dijo Sarah.

—¿Qué?

—Cierre la boca.

Sarah echó la cabeza hacia atrás y cerró los ojos.

Le salvó una llamada al móvil. Con los ojos abiertos como platos, escuchó la noticia sin dar crédito a lo que oía.

—¡Mierda! —dijo, explosivamente.

Sarah se incorporó de golpe y Ahern tuvo la impresión de que había llegado a dormirse durante aquellos pocos segundos.

—¿Qué?

—Ha habido otro asesinato —contestó Ahern, pisando el acelerador—. Si no le importa, la llevaré al Mountain Brook Inn. Está cerca y tengo que llegar a la escena del crimen.

—No hay problema.

Ahern estaba inquieto.

—Suena como si se tratara del mismo modus operandi, Sarah. Sabremos más cuando investiguemos, pero si es así, queda usted fuera de toda sospecha. La prensa no la molestará.

—¿Por qué? —preguntó Sarah, sacudiendo la cabeza—. ¿Quién?

—No lo sé. Sólo tengo la dirección. Pero evidentemente el crimen es reciente. Ha ocurrido hace sólo unas horas. Usted no puede haberlo cometido —concluyó apretando las manos sobre el volante—. Mierda. Tenemos a un maníaco entre manos.

Cuando llegaron al hotel, Sarah dijo:

—Déjeme frente a la puerta. Yo misma pediré habitación —decidió, encogiéndose de hombros—. Ya no importa que sepan que estoy aquí, ¿no? Puede que reciba algunas llamadas, pero no intentarán echar abajo la puerta.

Con aquel último acontecimiento, Sarah había pasado de ser sospechosa a... ¿qué? ¿Testigo presencial? ¿Increíblemente desafortunada?

—Hágame un favor —dijo Ahern—. De todos modos utilice un nombre falso. Utilice Geraldine Ahern. Es el nombre de mi madre. Así podremos encontrarla.

—Bien —accedió Sarah—. No era algo que en ese momento le preocupara. De hecho, nada le preocupaba. Sólo deseaba estar sola y dormir.

Cogió el bolso y salió del coche. Antes de que cerrara la puerta, Ahern se inclinó hacia ella y dijo:

—Haré que le traigan su ropa. No se mueva de aquí.

Tendría que quedarse ahí, pensó Sarah mientras veía alejarse a Ahern, a menos que llamara a un taxi, porque no tenía forma de ir a ninguna parte. El Trailblazer seguía en casa de los Lankford.

Estaba tan exhausta que durante un largo instante simplemente se quedó allí, envuelta en la calidez de la tarde, intentando disipar el frío que parecía recorrerle los huesos. ¿Qué haría si los empleados de recepción se negaban a darle una habitación? Si habían visto la televisión durante el día, su cara y su nombre debían de haber aparecido constantemente en las noticias. Quizá incluso pensaran que había huido de la custodia de la policía, aunque no era capaz de imaginar qué razón podía haberla llevado en ese caso a intentar buscar alojamiento en un hotel cercano.

Los acontecimientos del día cayeron sobre ella, sorbiéndole la poca energía que todavía le quedaba, haciendo que se balanceara sobre sus pies. Cerró los ojos, luchando por mantener el control.

—¿Señorita Stevens? —preguntó una voz suave y vacilante—. ¿Sarah?

Aturdida, Sarah abrió los ojos y se encontró mirando fijamente a un hombre cuyo rostro le pareció conocido, aunque no conseguía ubicarlo del todo. El hombre estaba a un par de metros de distancia, mirándola con evidente preocupación. No había oído sus pasos, no se había dado cuenta de que había alguien cerca.

—¿Está usted bien? —preguntó el hombre con timidez. En ese momento lo reconoció. Sábado por la noche. La fiesta.

—Señor Densmore —dijo.

Él pareció satisfecho al ver que ella le recordaba.

—Por favor, llámeme Trevor. Llevo todo el día pensando en usted, querida. Es terrible lo que ha ocurrido. Debe de haber estado muy asustada.

Se le cerró la garganta y miró fijamente al señor Densmore. Después de todo lo ocurrido durante el día, esa amable compasión estuvo a punto de desarmarla.

—Por lo que decían en las noticias, sonaba como si la policía sospechara de usted, pero eso es ridículo. Usted es incapaz de hacer algo así. Valiente estupidez. ¿Va a quedarse en el hotel a partir de ahora?

—Yo... —tragó con dificultad antes de seguir—. Todavía no he pedido habitación.

—Entonces entremos y pidámosle una habitación para que pueda descansar. ¿Ha comido algo hoy? Creo que hay una cafetería dentro. Sería un honor si me dejara que comiera con usted.

Era prácticamente un desconocido, pero con sólo un encuentro tenía más fe en ella que Cahill. La diferencia entre ambos la abofeteó en plena cara, haciendo que se tambaleara. No se dio cuenta de que volvía a tambalearse hasta que el señor Densmore le tocó el brazo.

—Querida, está usted al borde del colapso. Acompáñeme. Le prometo que se sentirá mejor en cuanto haya comido algo.

Resultaba muy fácil dejar que él se encargara de todo. La acción más insignificante parecía estar fuera de sus capacidades. Era un alivio no tener que tomar decisiones, ni siquiera tener que decidir qué comer. Antes incluso de que pudiera darse cuenta, estaban en la cafetería y el señor Densmore estaba pidiendo en voz baja sopa y té caliente para ella, haciendo tiernos comentarios que, aunque no requerían respuesta, tejían a su alrededor un espacio balsámico y le daban algo diferente en lo que concentrarse. Las mismas escenas habían ido repitiéndose en su cabeza durante todo el día, las mismas ideas horribles habían ido dándole vueltas y más vueltas, y él le ofrecía un poco de alivio. Sarah le escuchaba, permitiéndose olvidar durante un rato, sólo durante un rato.

El señor Densmore se mostraba amable en su insistencia para que comiera. Amable pero implacable. Después de sentirse maltratada durante todo el día, sentaba bien que cuidaran de ella. Se obligó a comer la mitad del cuenco de sopa y le dio unos sorbos al té caliente. Al menos empezó a entrar un poco en calor, pero todavía tenía la mente envuelta entre densas capas de nebulosa y se sorprendió cuando de pronto logró enfocar su atención en lo que el señor Densmore decía.

—¿Todavía quiere contratarme? —preguntó, totalmente perpleja.

El señor Densmore se sonrojó y jugueteó con su cucharilla, removiendo innecesariamente y por enésima vez el té y a continuación dejando con ademán preciso la cucharilla en el borde del plato.

—Sé que es un momento terrible para usted —dijo—. Lo siento. Me avergüenzo de mi torpeza.

—No, no es eso —se apresuró a decir Sarah—. Es sólo que… le ruego que me disculpe. Estoy muy cansada y no puedo concentrarme. Muchas gracias por su oferta, pero, señor Densmore… puede ser arriesgado para usted. Mis jefes parecen estar… —dejó de hablar. De pronto le empezaron a temblar los labios y fue incapaz de seguir hablando.

—Es imposible que eso tenga algo que ver con usted —dijo con firmeza—. Es sólo una horrible coincidencia. Han dicho en las noticias que ha habido otro incidente, lo que prueba que usted no está en absoluto involucrada en el caso.

Los medios estaban a la que saltaba si ya se habían enterado del último asesinato, pensó Sarah agotada. Pero estaban en estado de alerta máxima, controlando las radios de la policía y las llamadas al 091, de manera que era posible que hubieran llegado a la escena del último crimen incluso antes que la policía.

Otra persona había muerto. Debería de estar horrorizada por la víctima, por la familia, pero lo único que podía sentir era agradecimiento por no estar allí.

—Mi oferta sigue en pie —dijo el señor Densmore, mientras en sus labios empezaba a dibujarse su tímida sonrisa—. Quedé impresionado por sus habilidades cuando la vi en televisión, y de nuevo el sábado pasado. Por favor, le ruego que lo piense. Mi propiedad es enorme. Me las he arreglado con empleados a tiempo parcial, pero realmente le conviene una supervisión permanente en manos de un experto. Es muy tranquila y dispone de un sistema de seguridad excelente.

Tenía la sensación de tener la cabeza llena de algodón, aunque al menos sí tenía algo claro: esta vez no iban a lloverle las ofertas de trabajo como había ocurrido tras la muerte del juez. Después de lo ocurrido con los Lankford, cómo mínimo iba a ser considerada como una especie de gafe, a pesar de que al menos el último asesinato probaba que no era ninguna asesina. No había mucha gente que quisiera tener a alguien como ella en su casa. Probablemente tampoco el señor Densmore la querría si no la conociera ya y se hubiera formado su propia opinión sobre su carácter.

Iba a tener que tomarse su tiempo para encontrar otro empleo. Tendría que poner anuncios en los periódicos de Atlanta y de Palm Beach, quizá hasta en Nueva Orleáns. Podía quedarse en casa de sus padres mientras buscaba, siempre, por supuesto, que la policía le permitiera salir de la zona. En ese momento, incluso a pesar del último acontecimiento, eso era asumir demasiado.

Teniendo en cuenta que aquel empleo le había caído del cielo, lo más sencillo habría sido aceptarlo. Tendría un lugar donde vivir y algo en lo que ocupar la cabeza. Cuando se encontrara mejor, en cuanto fuera de nuevo ella misma, podría decidir qué hacer de forma permanente.

—Seré sincera con usted, señor Densmore. Después de todo lo que ha ocurrido, creo que no quiero seguir en esta zona. Le agradezco su oferta, y si sigue interesado en darme el puesto aún a sabiendas de que puede ser temporal…

—Lo estoy —se apresuró a decir él—. Comprendo perfectamente cómo se siente. Pero una vez que las cosas se hayan calmado y usted haya visto las tareas que precisa mi propiedad, espero que cambie de idea y decida quedarse.

Sarah tomó aliento.

—En ese caso, acepto su oferta.

26

El nombre de la víctima era Jacob Wanetta, de cincuenta y seis años, presidente y CEO de Wanetta Advertising. Vivía en Cherokee Road, y tanto él como su mujer eran grandes aficionados al golf. Ese día, el señor Wanetta estaba trabajando en casa y estaba fuerte como un roble cuando un amigo de su esposa la pasó a recoger poco después del almuerzo para jugar nueve hoyos en el Mountain Brook Country Club y tomarse luego unos cócteles. Jacob Wanetta había salido a despedirles a la puerta de la casa, de modo que no se trataba de que la esposa *dijera* que estaba vivo en ese momento, sino que también el amigo le había visto con vida. Cuando la esposa volvió a casa tras una divertida tarde de golf y ginebra, se encontró a su marido tendido junto a la chimenea de su estudio con una bala en los sesos.

Los técnicos en pruebas encontraron el casquillo de bala bajo el sofá, hasta donde había llegado rodando, y de inmediato se llevaron a cabo comparaciones para comprobar si el casquillo coincidía con los tres hallados en casa de los Lankford. A juzgar por la herida producida, parecía que la bala era del mismo calibre que las demás, aunque el departamento de ingeniería mecánica tendría que examinar la bala para cerciorarse. Al parecer el tiro había sido efectuado del mismo modo que dos de los anteriores. A excepción de la señora

Lankford, a la que habían disparado entre los ojos, el resto de las heridas de bala habían penetrado por la izquierda, lo cual indicaba que el asesino se había colocado de pie a la izquierda de la víctima y era diestro. Su colocación tenía que ser mera coincidencia, aunque quizá no. Quizá, al ser diestro, maniobró deliberadamente hasta colocarse a la izquierda de la víctima, dándose así una posición de tiro que no dejara abierta la posibilidad a la menor traba. Si se colocaba a la derecha de la víctima, para disparar tendría que haber girado el cuerpo, y la víctima quizá hubiera tenido tiempo de reaccionar.

Fuera como fuera, ninguna de las víctimas había tenido la menor posibilidad frente al asesino. Apenas habían tenido tiempo de pestañear, y quizá ni eso. Todas excepto Merilyn Lankford. Obviamente, la señora Lankford había intentado llamar para pedir ayuda.

Jacob Wanetta había sido un tipo atlético y corpulento. Si alguna de las víctimas podía haberle plantado cara al asesino, era él. Pero había sucumbido como los demás, sin oponer la menor resistencia. No había sillas volcadas, ni lámparas atravesadas en el suelo, nada… sólo aquella eficaz forma de matar.

El señor Wanetta había sido asesinado mientras Sarah estaba a buen recaudo en el departamento de policía. No había la menor duda de su inocencia, y puesto que todo indicaba que él y los Lankford habían sido asesinados por la misma persona, los medios no tardaron en dejar de interesarse por ella. El jefe de policía facilitó una declaración en la que informaba de que el departamento había estado en todo momento preocupado por la seguridad de la señorita Stevens, pero que en ningún momento había sido considerada sospechosa. Eso era totalmente falso, pero si así se lograba que los medios dejaran de estar interesados en ella, ¿qué más daba?

Ahern dijo que había dejado a la señorita Stevens en el Mountain Brook Inn, después de haberle dado instrucciones para que tomara una habitación utilizando el nombre de su madre, Geraldine Ahern. Cahill lamentó que Ahern no hubiera entrado al hotel con ella y se hubiera encargado personalmente de reservarle la habitación, pero comprendía que necesitara llegar a la escena del crimen con absoluta urgencia. Cuando el 091 recibió la histérica llamada de la señora Wanetta, allí en el departamento de policía, todos habían salido en desbandada como pilotos de combate prestos a enfrentarse a una oleada de bombarderos.

Apenas daban abasto, intentando lidiar con los problemas habituales que iban acumulándose más tres asesinatos en un solo día. Con el último acontecimiento, el lugarteniente Wester decidió que no había razón alguna para mantener a Cahill apartado del caso Lankford. Para empezar, Wester sólo disponía de cinco investigadores, de modo que les necesitaba a todos concentrados en los asesinatos. En cuanto a Cahill, lo ocurrido también le liberaba de las restricciones que afectaban a su relación con Sarah, aunque la verdad era que tampoco tenía intención de hacerles demasiado caso. En cualquier caso, le tranquilizaba saber que no se iba a meter en problemas por hacerlo.

Ya era casi medianoche cuando Wester decidió que estaban todos tan cansados que estaban perdiendo efectividad. Tendrían que esperar y ver si los técnicos en pruebas encontraban alguna prueba material. Ya habían entrevistado a todos los vecinos y amigos que habían podido —sin empezar a sacar a la gente de sus camas— y, como dijo Nolan, estaban empezando a sufrir de «resaca de estupidez».

Cahill no había dejado de pensar en Sarah durante todo el día, y de repente se acordó de preguntar:

—Ahern, ¿has enviado a alguien para que le lleve a Sarah su ropa?

Ahern le miró sin verle y soltó un gruñido.

—Mierda, se me ha olvidado —soltó. Miró entonces su reloj. Había llamado a su esposa hacía dos horas y le había dicho que estaría pronto en casa.

—Yo lo haré —dijo Cahill. Wester les estaba escuchando y al ver que no decía nada, Cahill supo que contaba con su permiso.

—¿Estás seguro? —le preguntó Ahern, con una mirada astuta—. Quizá te convendría mantenerte un poco alejado de ella unos días.

—No. Eso es precisamente lo que no pienso hacer.

Había dormido tan poco como los demás —probablemente menos, a tenor de lo que Sarah y él habían hecho con el sirope de chocolate la noche anterior—, pero no tenía la menor intención de volver a casa sin haberla visto antes. Por otro lado, era probable que a ella no le alegrara verle a ninguna hora, y menos aún al amanecer.

Lo tenía difícil.

Primero pasó por su casa para coger la ropa de Sarah, suponiendo que ella no se negaría a verle si le llevaba sus cosas. Se lo llevó todo. Cogió sus maletas y vació por completo el armario, dando por sentado que de todos modos ella no volvería a quedarse en aquella casa. Sin embargo, en el poco tiempo que Sarah había estado allí, ya le había dado sus pequeños toques personales al bungalow con sus libros y sus fotos, además de su colección de música. Estuvo a punto de embalar también eso, pero Sarah no tendría espacio suficiente en una habitación de hotel y Cahill no quería perder el tiempo en ese momento. Ella necesitaba su ropa, el resto de las cosas podía esperar.

Actuó con rapidez aunque con gran precisión, acordándose de recoger todos los enseres de aseo y de maquillaje que Sarah guardaba en el baño y la ropa interior de los cajones del armario. Fue fácil empaquetar sus pertenencias. Sarah era muy ordenada, lo que aceleraba las cosas. Quizá no hubiera estado allí el tiempo suficiente para que sus cosas hubieran adquirido vida propia. Cahill tenía la tozuda esperanza de que llegara el día en que la ropa de Sarah sacara la suya a empujones del armario y así pudiera quejarse de que necesitaban una casa más grande sólo para llenarla de armarios. Albergaba una tozuda esperanza con respecto a muchas cosas y todas ellas giraban en torno a Sarah.

Por fin lo tuvo todo empaquetado en la camioneta y, mientras avanzaba sinuosamente hacia la 280, llamó al móvil de Sarah. El mensaje grabado saltó de inmediato, informándole de que el abonado tenía el teléfono apagado o estaba fuera de cobertura en ese momento. Estaba acostumbrado a que Sarah lo tuviera conectado a todas horas cuando estaba en su casa, para ponerlo a cargar de noche, pero ahora ella no tenía ningún motivo para facilitarle la tarea a todo aquel que quisiera ponerse en contacto con ella. Cahill soltó un gruñido y llamó a Información, donde le dieron el teléfono del Mountain Brook Inn. Llamó al hotel y pidió por Geraldine Ahern.

Sarah era una de esas personas que se despiertan al instante cuando se las molesta, saltando de la cama prestas a presentar batalla, frustrar robos o preparar el desayuno. Cahill empezó a preocuparse después de que el teléfono sonara cuatro veces y Sarah no contestara. Sin embargo, sí contesto a la sexta, y su voz sonaba pesada.

—Hola.

—Te llevo tu ropa —dijo Cahill—. ¿Cuál es tu número de habitación?

Sarah se quedó callada durante unos segundos.

—Déjala en recepción.

—No.

—¿Qué?

Eso, así estaba mejor. Había una pizca de vida en su voz.

—Si quieres tu ropa tendrás que verme.

—¿Estás reteniendo mi ropa como rehén?

Más vida. Ultraje, cierto, pero al menos era un signo de vida.

—Si no la quieres ahora, me la llevaré a casa y puedes venir a recogerla allí.

—Maldito seas, Cahill… —se detuvo y Cahill la oyó exhalar por la nariz, exasperada—. De acuerdo—. Le dijo su número de habitación y estampó el auricular contra el aparato al colgar.

Había dado un paso adelante.

A Cahill no le importaba discutir. Lo que le volvía loco era no hablar. Mientras ella siguiera hablándole, aunque fuera a fuerza de coaccionarla, tendría una oportunidad.

Ya en el hotel, Cahill consiguió un carro para el equipaje y cargó en él todas las cosas de Sarah, luego lo empujó hasta el ascensor, pasando por delante de la mirada vigilante del empleado encargado de recepción. Cahill abrió un poco su chaqueta, dejando que la placa que llevaba colgada al cinturón destellara, y el recepcionista se interesó de pronto por otras cosas.

Sarah debía de estar esperándole en la puerta, porque la abrió de golpe antes incluso de que pudiera llamar. Probablemente el rechinar del carro la había alertado. Tenía ya una mano extendida para coger una bolsa cuando se dio cuenta de todo lo que había en el carro.

—Te lo he traído todo —dijo Cahill bajando la voz para no despertar a los clientes que dormían en las habitaciones de esa planta. En realidad era casi un milagro que tuviera en cuenta un detalle como aquel, teniendo en cuenta que Sarah estaba desnuda, envuelta sólo en una sábana—. No creí que fueras a quedarte allí otra noche.

—No —respondió Sarah, temblando—. ¿Y qué pasa con mis…?

—Puedes recoger el resto de tus cosas más adelante.

No se sintió muy orgulloso de hacer valer su estatura para conseguir lo que quería. Cogió dos maletas y se adelantó, obligando a Sarah a apartarse de la puerta. Cahill dejó las maletas en el suelo, plantándose en el umbral, y se giró para ir en busca de las otras maletas. Antes de que ella apartara las dos que ya estaban dentro, Cahill metió las restantes en la habitación y se adelantó, cerrando la puerta tras él. Sarah había encendido todas las luces de la habitación, asegurándose de que el espacio resultara lo menos íntimo posible, llegando incluso a recolocar el edredón sobre la cama después de haber cogido la sábana con la que se había envuelto.

Pero no se había vestido y era evidente que había tenido tiempo para hacerlo. Se había limitado a cubrirse con una sábana, y aparte de eso estaba desnuda. Cahill se preguntó si era consciente de lo que eso revelaba acerca de sus emociones. En una situación normal habría pensado que sí, pero después del día que Sarah había tenido, probablemente no se daba cuenta.

Sarah se arropó aún más en la sábana y levantó la cabeza.

—Gracias. Ahora vete.

—Pareces una joven victoriana defendiendo su virtud —dijo Cahill, moviendo él mismo las maletas.

Sarah todavía estaba pálida y se le marcaban los rasgos de la cara, aunque ahora entrecerraba los ojos y le había vuelto el color a las mejillas. Pero era una buena estratega. Debía de haber notado que lo que él quería era una buena pelea para aclarar la atmósfera entre ambos, porque se calló lo que iba a decir y se apartó unos metros de él.

—Vete.

Cahill se acercó a ella. Quizá pudiera hacerla enfadar lo suficiente para que intentara golpearle. En ese caso tendría que soltar la sábana.

—Oblígame —la invitó.

—No pienso hacerlo —dijo Sarah, cerrando los ojos durante un breve instante y sacudiendo la cabeza—. Si me obligas, llamaré a tu supervisor y te denunciaré por acoso. Se acabó. No funcionó. Fin de la historia.

—No —dijo él. En una ocasión Shannon le había dicho que podía dar lecciones de testarudez a una mula y estaba decidido a hacer honor a su reputación—. Te quiero, Sarah.

Sarah levantó la cabeza de golpe y por la expresión de sus ojos no había duda de que estaba furiosa.

—No, eso no es cierto.

Cahill entrecerró los ojos.

—Ya lo creo que sí.

En ese momento Sarah empezó a avanzar hacia él, sujetando la sábana con una mano y señalándole con el dedo de la otra.

—Ni siquiera sabes quién soy —le soltó, escupiendo fuego—. Si lo supieras, si me hubieras prestado un mínimo de atención, aparte de la que me prestabas cuando me la querías meter, jamás, ni siquiera durante una décima de segundo, me habrías creído capaz de matar a nadie, y menos a alguien a quien tenía tantísimo cariño como a M-Merilyn —concluyó. Le temblaba la barbilla y se le empezó a arrugar la cara—. Y… y también quería al juez —añadió con voz temblorosa, haciendo denodados esfuerzos por no llorar—. No se puede querer a alguien a quien no se conoce, y tú no me conoces.

No sólo le temblaba la voz. Le temblaba todo el cuerpo. Cahill sintió que se le encogía el pecho. Maldición, no le había gustado nada cuando Sarah había dicho que él se la había querido meter. No le gustaba el término ni lo que implicaba. Follar sí; cuando hacían el amor, todo era sudoroso, pasional y ardiente, y eso era follar. Pero también había sido siempre hacer el amor. Jamás había sido sólo meterla.

Sarah se derrumbó delante de él. Cahill soltó una maldición entre dientes y la atrajo hacía él, estrechándola entre sus brazos, fácilmente calmando los débiles puñetazos que ella le propinaba en el pecho. Luego, Sarah se acurrucó contra su pecho y empezó a llorar como lo había hecho otras veces, con grandes y desesperados sollozos.

La cogió entre sus brazos y se sentó en la cama, con ella sobre las rodillas, sin dejar de murmurarle cosas dulces al oído, haciendo lo que tenía que haber hecho esa misma mañana. Ahora Sarah ya no sujetaba la sábana, tenía las manos agarradas a su chaqueta y la sábana empezó a deslizarse por su grácil cuerpo. Cahill fue apartando la sábana implacablemente, tirando de su chaqueta para liberarla de las manos de Sarah, quitándosela a la vez que seguía apartando la sábana, dejando cada vez más a la vista la cálida piel de Sarah.

Cahill cayó de espaldas sobre la cama, girándose de modo que Sarah quedara boca arriba y él encima de ella al tiempo que tiraba de la sábana, deshaciéndose de ella del todo. Sarah seguía llorando e hizo un débil intento por recuperar la sábana, pero él le sujetó la mano y la sostuvo con firmeza mientras inclinaba la cabeza para besarla y empezaba a acariciar sus suaves pechos con la mano que le había quedado libre. Siguió acariciándola, bajando por el estómago plano hasta llegar por fin a la suavidad extrema de los pliegues de la entrepierna.

Sarah tenía la boca salada a causa de las lágrimas. Soltó un gemido de protesta, aunque ya arqueaba el cuerpo contra él, y cuándo Cahill le soltó la mano, ella la deslizó tras su cuello. Cahill se movía deprisa. Se bajó la cremallera del pantalón y se colocó encima de ella, abriéndole las piernas y situándose entre ellas. Guió su pene hasta ella y empujó. Sarah no estaba mojada pero sí lo bastante húmeda, aunque tuvo que retroceder y empujar varias veces hasta lograr penetrarla del todo.

Sarah volvió a gemir y se quedó quieta, con una mirada empapada y desgarradora en los ojos.

—Shhh —murmuró Cahill, moviéndose con suavidad dentro de ella. Normalmente, Sarah daba tanto como recibía, manteniéndose a su altura tanto si estaban luchando como si hacían el amor, y la vulnerabilidad que ahora veía en ella le dolía en lo más profundo. Quizá se equivocaba al amarla ahora, cuando ella estaba con la guardia baja, pero era la forma más rápida que conocía para reestablecer la conexión entre ambos. La unión de la carne… no sólo sexo, sino la unión de dos cuerpos, la forma más primitiva de buscar consuelo y de no sentirse solo.

De haber podido, Cahill habría seguido durante toda la noche. De hecho, paraba cada vez que sentía cercano el orgasmo, quedándose quieto hasta que éste remitía, volviendo luego a moverse despacio dentro de ella. Mientras tanto no dejaba de besarla, de acariciarla, diciéndole que la amaba mientras conseguía que pasara de la aceptación a la reacción. Jamás se había concentrado en ninguna mujer como ahora se concentraba en Sarah: estaba alerta a cualquier matiz, cualquier suspiro, a cualquier movimiento de sus piernas. Siempre había estado extremadamente atento a ella cuando hacían el amor, pero ahora lo estaba mucho más. Sentía como si su propia supervivencia dependiera de amarla en ese momento, de conseguir volver a forjar el nexo que había quebrado con sus sospechas.

Tardó en llegar, pero por fin Sarah empezó a mover las caderas, buscándole, clavándole las uñas en los hombros. Cahill mantuvo el ritmo lento, disfrutando al notar cómo ella se estrechaba a su alrededor, como si intentara retenerle dentro. Notó el martilleo del pulso en la base del cuello de Sarah y sus pezones duros, llenos de color. La tensión se arremolinaba en la elegante tersura de su cuerpo, levantándola cada vez que él la penetraba mientras cerraba las piernas sobre las de Cahill, aprisionándole, reteniéndole como tan bien sabía hacerlo, como si nunca fuera a tener suficiente de él.

Echó la cabeza hacia atrás y de su garganta escapó un profundo gemido.

Cahill empujó aún más, quedándose ahí hasta que notó que ella iba a llegar al clímax. Él estaba casi a punto. Llevaba tanto tiempo conteniéndose que también él empezó a llegar al orgasmo en cuanto notó en ella la primera contracción. Intentó no moverse, mantenerse quieto y clavado en ella hasta el fondo para darle todo el placer, y entonces su propio placer le recorrió entero como cera recién derretida.

Sarah estaba debajo de él, respirando con fuerza mientras las lágrimas se deslizaban silenciosamente desde sus ojos, perdiéndose en los cabellos de las sienes.

—No puedo creer lo que he hecho —dijo con voz entrecortada.

Intentando recuperar el aliento, Cahill se apoyó en un codo y le enjugó la mejilla mojada con el pulgar.

—Borraría todo lo que ha ocurrido hoy si pudiera —dijo con voz ronca—. Dios, lo siento muchísimo. Y no es sólo porque sea policía. Después de haber sido tan idiota como para haber confiado en Shannon, yo…

—¡Yo no soy tu ex mujer! —le gritó Sarah furiosa, empujándole los hombros—. Me importa un bledo lo que ella te hiciera. Apártate, maldita sea. ¡Me estás rascando el estómago con la placa!

Oh, mierda. Cahill rodó hasta quedar junto a ella y se dejó caer boca arriba. Tampoco se había quitado la pistolera. Supuso que había tenido suerte de que Sarah no le hubiera cogido la pistola y le hubiera pegado un tiro.

Sarah logró incorporarse hasta quedar sentada y le miró con absoluta frialdad y con el rostro todavía húmedo por las lágrimas.

—Escúchame bien —dijo con amargura—: me has enseñado una lección. No verás el día en que confíe en… —se detuvo, soltando un largo y agotado suspiro—. Oh, Dios, hablo como tú.

Cahill se levantó y fue al cuarto de baño, donde se lavó y recompuso su aspecto, metiéndose la camisa dentro de los pantalones. Sarah se levantó y se quedó de pie junto a él, totalmente despreocupada de su propia desnudez mientras se lavaba la cara y a continuación se limpiaba los resultados de su actividad amorosa. Los ojos de ambos se encontraron en el espejo.

—Te quiero —dijo Cahill—. Eso no hay nada que lo cambie.

Sarah se encogió de hombros.

—Lo peor de todo es que yo también te quiero. Simplemente en este momento no puedo superar esto.

—Puedo esperar —dijo Cahill, apartándole el pelo hacia atrás y acariciándole la mejilla—. Me da igual lo que tardes. Pero no nos tires por la borda. No tomes ninguna decisión drástica. Date tiempo y veamos qué pasa.

Sarah le miró fijamente por el espejo y suspiró, como derrotada.

—De acuerdo. Por ahora. Supongo que no habría sido capaz de dejar que me hicieras el amor si no quedara nada, de modo que tengo que creer que todavía queda algo. Pero... dame un poco de tiempo, ¿vale? Deja que me recomponga.

Cahill soltó un profundo suspiro. Se sentía como si le hubiera tocado la lotería o como si le hubieran suspendido una condena a muerte. Algo así.

En el rostro de Sarah se dibujó una mueca irónica.

—No sé si es drástico, pero he tomado una decisión apresurada. Ya tengo un nuevo empleo.

Cahill se quedó mudo de asombro.

—¿Qué? ¿Cómo? ¿Aquí?

—Sí, aquí. Es alguien a quien ya conocía y que me había ofrecido trabajo. Me ha visto esta tarde cuando entraba en el hotel y ha vuelto ha hacerme la oferta en cuanto nos hemos encontrado. La he aceptado.

—¿Cómo se llama?

—Trevor Densmore —respondió Sarah. Su voz sonaba totalmente agotada. Toda su energía se estaba desvaneciendo a toda prisa.

Cahill no recordaba aquel nombre.

—¿Le he investigado ya?

—No, su nombre no figuraba entre los de los posibles candidatos.

—Entonces, ¿por qué le has dicho que sí si antes no habías tenido en cuenta su oferta?

—Porque es un buen lugar donde esconderme —dijo Sarah sin más preámbulos.

27

Cuando Sarah despertó a la mañana siguiente, le dolía todo el cuerpo. Se quedó en la cama, intentando encontrar una razón por la que levantarse. Aunque había dormido profundamente estaba tan exhausta como lo había estado cuando se había acostado la noche anterior. La visita de Cahill a altas horas de la noche tampoco había sido de mucha ayuda.

Le había mandado a casa después. Cahill no había querido marcharse, aunque Sarah suponía que él creía haber conseguido todas las victorias que esperaba conseguir esa noche. Se llevó al irse las llaves de la camioneta de Sarah para poder enviar a alguien a buscarla para llevársela. Sarah sospechaba que pensaba hacerlo él mismo. Cahill se mostraba totalmente servil, y no sabía si eso la hacía feliz o provocaba en ella ganas de llorar. Quizás ambas cosas.

Todavía le costaba creer que le había dejado hacerle el amor, sobre todo teniendo en cuenta cómo estaban las cosas entre ambos. Pero Cahill se había mostrado dolorosamente tierno y ella necesitaba desesperadamente que alguien la abrazara. El aroma del cuerpo de él era cálido y le resultaba familiar, excitantemente masculino. Conocía a la perfección todos los detalles de ese cuerpo, desde la rasposa textura de su mejilla a la forma de los dedos de sus pies. Lo único que deseaba era acurrucarse en sus brazos y encontrar allí refugio, de modo que cuando él la tomó en sus brazos, ella se derrumbó con asombrosa rapidez.

Cahill nunca había sido tan tierno, o tan lento. Sarah se había quedado dormida sintiendo todavía aquel profundo cosquilleo en el cuerpo. Pero ahora, al despertar, le dolía todo y los calambres le recorrían los músculos agarrotados.

—Maldita sea —murmuró, deseando darse la vuelta y volver a hundir la cara en la almohada. Le había llegado el período. Eso era lo que le causaba los calambres, por eso le dolía tanto el cuerpo. Le había llegado puntualmente, de modo que no tenía por qué haberle pillado por sorpresa, pero el trauma del día anterior le había borrado cualquier otra cosa de la mente.

Salió de la cama con un gruñido. Gracias a Dios que Cahill le había llevado todas sus cosas, de lo contrario se habría visto en buen aprieto. Buscó entre las maletas hasta que encontró la que contenía lo que necesitaba y luego llegó a rastras al baño donde se dio una larga ducha de agua caliente.

Se sentía como si tuviera que estar haciendo algo, pero no había nada que hacer. La situación nada tenía que ver con la que había vivido con la familia del juez Roberts. Les conocía, con el tiempo se había acercado a ellos y ellos dependían de ella. Nunca había llegado a conocer a Bethany ni a Merril, las dos hijas de los Lankford. Le dolía el corazón al pensar en ellas, pero en este caso era una extraña para ambas, e incluso si hubieran querido que las ayudara, Sarah no estaba segura de ser capaz de hacerlo. Esta vez no. No ahora. Estaba demasiado destrozada emocionalmente, demasiado agotada.

Después de ducharse temblaba de puro agotamiento, pero más que dormir, lo que necesitaba era estar con alguien que la quisiera incondicionalmente, alguien que estuviera siempre ahí. Sacó el móvil del bolso, lo conectó y llamó a su madre.

—Ah, hola, cariño —dijo su madre. Sonaba extrañamente agotada. Normalmente la madre de Sarah era un remanso de paz, una maestra en el arte de la organización. Sarah se puso alerta de inmediato.

—¿Mamá? ¿Qué pasa?

Para su consternación, su madre rompió a llorar, aunque controló el llanto casi inmediatamente. Sin embargo, a esas alturas Sarah ya se había puesto en pie, totalmente alarmada.

—¿Mamá?

—No iba a llamaros a ninguno de vosotros todavía, pero anoche tu padre sufrió dolores en el pecho. Hemos pasado la noche en la UCI. Le han hecho algunas pruebas y han dicho que no se trata de un ataque al corazón...

Sarah dejó escapar un profundo suspiro y volvió a sentarse.

—Entonces ¿qué tiene?

—No lo sabemos. Todavía está un poco dolorido, aunque ya le conoces, sigue conservando su mentalidad de Marine y cree que puede superarlo si se muestra fuerte. Le he pedido hora para un internista esta tarde: le hará un reconocimiento y algunas pruebas más —concluyó tomando aliento—. Supongo que no estaría tan asustada si no hubiera tenido siempre tan buena salud. Nunca le he visto tan dolorido como anoche.

—Puedo coger un avión y llegar esta misma tarde —empezó Sarah, y de pronto se calló, preguntándose si le permitirían irse. ¿Qué era lo que le había dicho Cahill después de que el juez Roberts fuera asesinado? No salgas de la ciudad. Pero había sido exculpada, de modo que no tenía por qué haber ningún problema. Entonces se acordó del señor Densmore y soltó un gemido. Se suponía que debía empezar a trabajar con él de inmediato.

—No, no seas tonta —dijo su madre, ahora con voz más enérgica—. No ha sido un infarto. Todas las enzimas, o lo que sea, estaban a niveles normales. No tiene sentido que vengas por lo que quizá sea simplemente un caso agudo de acedía. Si esta tarde el médico parece preocupado, por poco que sea, te llamaré.

—¿Estás segura?

—Naturalmente que estoy segura. Y ahora, a otra cosa. ¿Qué tal te va con tu nuevo trabajo?

Sarah se moría de ganas de llorar sobre el hombro de su madre, figurativamente hablando, pero de ninguna manera iba a darle más preocupaciones, teniendo en cuenta las que ya tenía.

—No funcionó —respondió—. De hecho, ya tengo un nuevo empleo, y te llamaba para darte mi nuevo teléfono.

—Creía que te gustaban mucho tus nuevos jefes, los Lankford.

Así era. Se le encogió la garganta y tuvo que tragar.

—No era eso. Ocurrió algo inesperado y tuvieron que trasladarse —dijo. Lamentó no haber pensado en otra mentira puesto que aquella era terriblemente cierta. No era en absoluto mentira.

—Esas cosas pasan.

Como esposa de militar, su madre era toda una experta en traslados.

—Bien, tengo un bolígrafo. ¿Cuál es tu nuevo teléfono?

Sarah lo había anotado la noche antes. Sacó su pequeña libreta de notas y la hojeó hasta dar con la página correcta. Luego leyó el número en voz alta.

—Y siempre puedes llamarme al móvil, aunque quería informarte de las últimas novedades.

—Tú concéntrate en adecuarte a tu nuevo puesto. Estoy segura de que tu padre se recuperará. Ya se encuentra mejor y no para de gruñir y de protestar, diciendo que no necesita ningún médico. Voy a tener que retorcerle el brazo para llevarlo esta tarde a la consulta del especialista.

—Llámame si algo no va bien, por insignificante que sea, ¿de acuerdo?

—Lo haré.

Sarah colgó y se quedó sentada durante un buen rato, intentando asimilar esa nueva preocupación. No había nada que ella pudiera hacer, al menos no en ese instante. Necesitaba cuidar de sí misma para poder actuar en caso de que su ayuda fuera necesaria.

Buscó las aspirinas entre sus desparramados efectos personales, encontró el bote y se tomó dos. Luego volvió a tumbarse en la cama y se quedó dormida en cuestión de minutos.

Eran casi las dos cuando sonó el teléfono. Rodó sobre la cama y parpadeó, incrédula, al ver la hora que marcaba el reloj. Luego buscó el teléfono a tientas.

—Te llevo la camioneta —dijo Cahill—. Un policía me dejó en casa de los Lankford para que pudiera pasar a recogerla, de modo que tendrás que llevarme de regreso a la comisaría.

Sarah parpadeó, somnolienta.

—De acuerdo —respondió. Su voz le sonó pastosa incluso a ella misma.

—¿Te he despertado? —le preguntó Cahill con mucha cautela.

—Sí. He pasado una mala noche —dijo Sarah, y dejó que él se imaginara lo que le diera la gana.

—Estaré ahí en diez minutos, más o menos —dijo Cahill, y colgó.

Sarah se arrastró fuera de la cama y avanzó tambaleándose hacia el cuarto de baño. Tenía toda la ropa en las maletas, de modo que estaba arrugada. De hecho, ella misma parecía la Malvada Bruja del Oeste en uno de sus peores días. Cahill podía esperar a que consiguiera adecentarse.

Así lo hizo, aunque sin demasiada paciencia. Sarah se negó a dejarle entrar en la habitación, de manera que regresó al vestíbulo del hotel. Cuando ella estuvo lista y se disponía a salir de la habitación, descubrió por qué no la había despertado el servicio de habitaciones. De la puerta colgaba el letrero: «No molestar». Cahill debía de haberlo colgado al salir. Dejó el letrero donde estaba y cogió el ascensor para bajar al vestíbulo.

—¿Habéis descubierto hoy algo nuevo? —preguntó Sarah durante el trayecto hasta la comisaría.

—Nada excepto que se utilizó la misma arma para matar a las cuatro personas. ¿Has visto hoy las noticias o has leído el diario?

—No, ¿por qué?

—Me preguntaba si recuerdas haber visto a Jacob Wanetta en alguna parte.

—¿Es él la cuarta víctima?

—Sí.

—No me suena ese nombre.

Un instante después Cahill paró en una estación de servicio, metió unas monedas en una máquina expendedora de periódicos y sacó el último ejemplar del periódico de la mañana. Cuando se sentó frente al volante, tiró el periódico sobre las rodillas de Sarah.

Sarah no leyó la historia, no se permitió concentrarse en los titulares. En vez de eso, se concentró en la fotografía granulada en blanco y negro de un hombre de pelo negro y de mandíbula marcada que daba la impresión de ser fuerte como un toro. No había nada en él que le resultara familiar.

—No recuerdo haberle visto nunca —dijo, dejando el periódico a un lado. No pudo evitar sentirse aliviada. Al menos, no tenía ninguna conexión con ese asesinato.

Cahill paró el coche antes de llegar al ayuntamiento y a la comisaría, metiéndose en un aparcamiento y apagando el motor.

—Algunos reporteros han estado merodeando por aquí —dijo—. Yo caminaré el tramo que me queda para que no te vean —concluyó, girándose un poco en su asiento y rozándole la mejilla con el anverso de la mano derecha—. Te llamaré esta noche. Intentaré verte, pero estamos trabajando a tope y no sé a qué hora terminaremos hoy.

—No tienes por qué preocuparte por mí. Estoy bien.

Sarah estaba mintiendo, al menos en ese preciso instante, aunque sí estaría bien en el futuro. Necesitaba recomponerse, dormir mucho y dejar que el tiempo pusiera un poco más distancia entre ella y los asesinatos. También necesitaba un poco de distancia entre ella y Cahill, un poco de tiempo durante el cual no tuviera que vérselas con él. No quería darle vueltas a las cosas. De hecho, no quería pensar en absoluto.

—Lo hago para quedarme tranquilo ¿vale? —murmuró Cahill—. Sé que las cosas no están claras entre nosotros, todavía no, así que necesito verte con la mayor frecuencia posible para asegurarme de que sigues ahí.

—No voy a escaparme, Cahill —dijo Sarah, dolida al saber que era eso lo que él creía—. Si me escapo, lo sabrás con tiempo. Y ya he aceptado el trabajo en casa del señor Densmore, ¿recuerdas?

Cahill soltó un gruñido. Incluso a pesar de todo lo que estaba ocurriendo, había encontrado tiempo para investigar por encima a Trevor Densmore.

—No tiene ningún tipo de antecedentes, aunque eso no quiere decir nada.

—Nunca creí que los tuviera. Lo mejor que puedo hacer es llamarle y quedar en una hora para mudarme a su casa.

Cahill la miró con evidente preocupación en los ojos.

—¿Por qué no esperas un día más? Todavía pareces estar exhausta.

Sarah sabía el aspecto que tenía: blanca como la cera y con círculos oscuros bajo los ojos. Estaba agotada, incluso después de todas esas horas de sueño. El problema no era el agotamiento físico, sino la sobrecarga de estrés que estaba acabando con ella.

—Quizá me sentiría mejor si tuviera algo que hacer. No puede hacerme daño.

El traslado de Sarah a casa del señor Densmore quedó resuelto en poco tiempo y precisó de escaso esfuerzo. Sin embargo, «casa» no era el término correcto. Era una hacienda, una fortaleza, dos hectáreas de propiedad salvaguardadas por un muro alto de piedra gris. La entrada estaba protegida por enormes portones de hierro forjado que se abrían y se cerraban automáticamente, vigilados por cámaras posicionadas a intervalos regulares.

La casa constaba de tres plantas y estaba construida con la misma piedra gris, que le daba un aspecto medieval. Dentro de los muros, los jardines estaban cuidadosamente recortados: no había ni un solo arbusto, ni una sola hoja fuera de sitio, ni una sola brizna de hierba más alta que las que la demás.

Dentro, más de lo mismo. O bien al tímido señor Densmore le gustaba una pauta de color monocromática, o su decorador era frígido y carecía de imaginación. No había más que gris por todas partes. El mármol del pulcro cuarto de baño era gris. El mullido alfombrado era de un gris pálido y gélido. Todos los muebles parecían ser grises y blancos, entre los que se intercalaban grises más oscuros para dar un poco de contraste. El efecto era el de estar en una cueva de hielo.

Pero el señor Densmore estaba orgulloso de su casa. Se mostraba casi infantil en su ansiedad por mostrársela a Sarah, de modo que ella se vio obligada a ensalzar al decorador. Densmore adoraba la estéril atmósfera que le rodeaba. Sarah emitió sonidos apropiados de admiración, a la vez que se preguntaba por qué a él le importaba su opinión. Era mayordomo, no un posible comprador.

Sarah se alegraba de haber dejado bien claro desde un principio que el puesto era temporal porque no le gustaron nada sus dependencias. Prefería tener dependencias separadas, un pequeño oasis que fuera suyo y que le permitiera disfrutar de una vida aparte de su trabajo. La habitación a la que el señor Densmore la llevó era espaciosa y estaba provista con prodigalidad, como la habitación de un hotel caro. De hecho, resultaba demasiado grande, lo cual le daba un aspecto cavernoso. Había en ella una cama enorme con dosel y un pequeño salón, y los muebles no llenaban ni de lejos todo el espacio. Tuvo frío en cuanto la vio. El cuarto de baño adyacente era de un impoluto mármol gris, casi negro, con una pulida grifería de cromo. Hasta las gruesas toallas eran de color gris oscuro. Sarah lo odió en cuanto lo vio.

El señor Densmore se había puesto casi rosa de excitación.

—Prepararé un poco de té —dijo, frotándose las manos como si no pudiera contenerse—. Podemos tomarlo mientras repasamos sus obligaciones.

Sarah tenía la esperanza de que le fueran encomendadas muchas obligaciones y así mantenerse ocupada. Un lugar tan grande debería tener servicio. La casa del juez no era la mitad de grande que aquella, pero parecía estar llena de vida. El mausoleo de piedra del señor Densmore parecía vacío.

Llevó las maletas a su habitación, pero no empezó a deshacerlas. El señor Densmore le dio instrucciones para que aparcara el Trailblazer en la plaza vacía del garaje adicional con cabida para cuatro coches, junto a un Ford azul sorprendentemente anodino. El Jaguar blanco aparcado en la plaza más cercana a la casa parecía mucho más propio del señor Densmore, o el Mercedes blanco Clase-S que estaba a su lado. Cuando Sarah entró en la cocina —más mármol gris oscuro y útiles de acero inoxidable Trevor Densmore estaba vertiendo agua caliente en dos tazas que había dispuesto una junto a la otra.

—Aquí está el té —dijo, armándose un pequeño lío con el cuenco del azúcar y una pequeña jarra de leche, como una solterona entrada en años agasajando a un pretendiente. En ese instante Sarah fue consciente de que el señor Densmore debía de sentirse solo en aquella casa enorme, y eso la inquietó.

Lo suyo era gestionar establecimientos, no proporcionar compañía emocional o física. Con el tiempo, entre el juez y ella se había forjado una relación cercana y de mutuo cariño, pero las circunstancias habían sido totalmente distintas. El señor Densmore no era sólo banquero; era el dueño de un banco, y aunque Sarah no sabía qué edad tenía, calculó que, como mucho, debía de tener poco más de sesenta años. Era lo bastante joven para ir a una oficina todos los días; la banca era un negocio complicado, e incluso con un capacitado equipo de dirección, a buen seguro debía haber mucho que supervisar y decisiones que tomar. Sabía que tenía vida social puesto que le había conocido en una fiesta, de modo que aquella casa estéril y vacía resultaba de algún modo discordante, como si la vida profesional del señor Densmore no traspasara en lo más mínimo a su vida privada, como si no tuviera vida privada. Durante el recorrido que habían hecho por la casa, Sarah no había visto ni una sola fotografía familiar ni ninguno de los toques individuales que caracterizaban cualquier casa.

No podía trabajar allí. Odiaba dejarle plantado, pero no se veía capaz de quedarse. Se sentía como si en realidad no se la necesitara, o al menos no se la necesitara hasta el punto que ella consideraba necesario para considerar la posibilidad de quedarse. El agotamiento y la desesperación la habían llevado a tomar una decisión errónea, aunque no definitiva.

—Aquí tiene —dijo el señor Densmore, llevando la bandeja con el té a la mesa y dejándola encima. Puso una taza con su platito delante de ella—. Espero que le guste. Es una clase de té que me traen de Inglaterra. El sabor es un poco extraño, pero a mí me resulta bastante adictivo.

Sarah dio un sorbo a su taza. El sabor era ciertamente extraño, aunque no desagradable. Era un poco más amargo que el té al que estaba acostumbrada, de modo que añadió una fina rodaja de limón para ajustar el sabor.

El señor Densmore la miraba con una expresión ansiosa y expectante, así que Sarah dijo:

—Es muy bueno.

Él resplandeció.

—Sabía que le gustaría.

Cogió entonces su propia taza y Sarah volvió a dar otro sorbo mientras intentaba encontrar las palabras correctas.

Tras unos instantes, Sarah se dio cuenta de que no había palabras correctas, sólo sinceras.

—Señor Densmore, he cometido un error.

Él dejó la taza sobre la mesa y parpadeó.

—¿A qué se refiere, querida?

—Jamás debí aceptar su oferta. Aprecio profundamente su gesto, pero mi decisión fue demasiado apresurada y hay varios factores que no tuve en cuenta. No puedo decirle hasta qué punto lo siento, pero no puedo aceptar el puesto.

El señor Densmore parpadeó un poco más rápido.

—Pero ha traído su equipaje con usted.

—Lo sé. Lo siento —repitió—. Si le he causado alguna molestia, si ha hecho usted planes contando con mi presencia aquí, naturalmente cumpliré con ellos, y, teniendo en cuenta las circunstancias, no me sentiría bien aceptando un sueldo por ello. No he estado pensando con claridad. Si lo hubiera hecho no habría tomado una decisión tan precipitada.

El señor Densmore bebió su té en silencio y con la cabeza baja. Luego suspiró.

—No se atormente. A veces se cometen errores, y se ha comportado usted con gran dignidad. Pero sí, he hecho planes para el próximo fin de semana, de modo que le agradecería que se quedara hasta entonces.

—Por supuesto. ¿Se trata de una fiesta?

Se produjo una leve pausa.

—Sí, la clase de fiesta que usted ya conoce: se trata de corresponder a las invitaciones que he recibido. Naturalmente, habrá un servicio de catering. Serán una cincuenta personas.

Podría quedarse hasta entonces. Teniendo en cuenta que ya era miércoles por la tarde, a buen seguro tendría trabajo suficiente para mantenerse ocupada si tenía que encargarse de organizar una fiesta con tan poca antelación. Esperaba, eso sí, que el señor Densmore tuviera un servicio de catering con el que trabajara regularmente y que estuviera disponible, incluso aunque eso implicara contratar a personal adicional. De no ser así, tendría que mover cielo y tierra para encontrar un servicio de catering con tan poco tiempo.

—Me encargaré de todo —dijo Sarah.

El señor Densmore suspiró.

—Habría deseado que las cosas hubieran salido de otro modo.

28

Estaba muy decepcionado con Sarah, aunque suponía que debía mostrarse permisivo por el disgusto que ella había sufrido, parte del cual era culpa suya. Simplemente no había esperado que ella fuera tan... huidiza, aunque quizá esa no era la palabra correcta. Indecisa. Sí, esa era una mejor descripción.

No podía enfadarse con ella porque era obvio que había sufrido durante el último día y medio, pero decididamente sí podía estar disgustado. ¿Cómo podía ni siquiera pensar en irse de allí? ¿Es que no era capaz de ver hasta qué punto su casa era perfecta para ella: un entorno maravilloso y adecuado para su fresca perfección? Naturalmente, Sarah no se marcharía. No podía permitirlo. Había albergado la fantasía de que ella le cuidara, aunque era obvio que, al menos durante algún tiempo, era él quien tendría que cuidar de ella.

Mm. Ahí debía de estar el error. Sarah no era ella misma. Estaba muy pálida y el brillo sereno que le había atraído de ella en un primer momento se había desvanecido. La tendría allí con él y cuidaría de ella, y cuando se hubiera recuperado se mostraría más razonable.

Afortunadamente, lo había planeado todo al detalle. No, no se trataba de suerte, sino de una planificación cuidadosa y de plena atención al detalle. Esa era la clave del éxito, tanto en el mundo de los negocios como en cuestiones personales. No había creído que Sarah fuera a sentirse infeliz allí, pero sí había considerado esa remota posibilidad, y consecuentemente ahora era capaz de ocuparse de ello. Si había pasado algo por alto, era no haber previsto lo ocurrido después de haber apreciado lo terriblemente alterada que la había encontrado el día anterior. Pronto estaría mucho mejor y no volvería a mencionar esa locura de irse.

La copia impresa de la compañía telefónica registraba tres llamadas a los Lankford desde el teléfono público de La Galleria el domingo por la noche. Había habido una cuarta llamada el lunes por la noche, aproximadamente a la misma hora en que se habían producido los asesinatos. Resultaba imposible determinar la hora exacta de las muertes sin un testigo. Lo único que pudieron obtener fue una franja horaria. Pero al parecer el asesino había tenido intención de ir a casa de los Lankford el domingo por la noche. Según Merrill, la hija menor de los Lankford que estaba en la universidad de Tuscaloosa, sus padres habían ido hasta allí a cenar con ella esa noche y habían estado juntos hasta casi las once. Eso les había alargado la vida veinticuatro horas, y había dado a su hija una última oportunidad de verles.

Cahill lamentó lo indecible no haber tenido esa copia impresa el martes, porque era imposible que Sarah hubiera hecho esas llamadas. El domingo no se había separado de él durante todo el día. Lamentaba muchas cosas. La primera era haber conocido a su ex mujer y haberle permitido joderle la mente. Ese era el análisis final: había dejado que su experiencia con ella le afectara. Pero nunca más. Pasara lo que pasara a partir de ahora, se concentraría en la persona afectada y dejaría de filtrar todo por los recuerdos que tenía de Shannon. Llevaba dos años emocionalmente libre de ella, pero por primera vez se sentía mentalmente liberado. Ella ya no tenía la menor influencia sobre él.

Esas múltiples llamadas abrieron una avenida de oportunidades que no había estado ahí antes. Había vuelto a la tienda del centro comercial que tenía la cámara colocada en el mejor ángulo y consiguió la cinta correspondiente a las noches del domingo y del lunes. Las tomas seguían siendo lamentables y no había ninguna imagen buena, pero se trataba del mismo hombre. El mismo pelo, la misma complexión, el mismo estilo a la hora de vestir.

Aquél era el bastardo. Ése era el asesino. Ya no le cabía la menor duda, ni a él ni a nadie del departamento.

El problema era que nadie parecía reconocerle. Era innegable que las instantáneas obtenidas de la cinta y ampliadas eran granulosas y de muy baja calidad, y que en realidad en ninguna de ellas se le veía la cara. Pero sí podían dar una impresión del tipo. A pesar de eso, nadie había dicho: «Vaya, me recuerda a tal y cual». La policía necesitaba un respiro, un golpe del destino, un milagro. Necesitaban a alguien con el ojo de un artista capaz de percibir el perfil de la mandíbula, la forma de la oreja, y conectar eso con un ser humano vivo.

La señora Wanetta no reconoció al hombre, pero estaba tan sedada que probablemente no habría reconocido ni a su madre. Ninguno de sus hijos adultos vieron en él nada que les resultara familiar, de modo que eso eliminaba la posibilidad de que se tratara de un amigo de la familia. Lo mismo podía decirse de las dos hijas de los Lankford. Tenía que tratarse de alguien relacionado con las víctimas por negocios, aunque ninguno de los empleados de Jacob Wanetta reconoció al hombre de las fotos.

Alguien, en algún lugar, tenía que reconocer a ese bastardo.

El genio en electrónica del departamento, Leif Strickland, Asomó la cabeza por la puerta. Tenía los ojos abiertos como platos de puro entusiasmo y los pelos de punta en las zonas de la cabeza por donde se había pasado la mano.

—Oye, Doc, ¡creo que tengo al hijo de perra grabado en una cinta!

Todos los que habían oído el anuncio de Leif se apiñaron en su guarida electrónica.

—Esto procede del contestador automático de los Lankford —dijo Leif. La policía se adueñaba de todas las cintas de los contestadores automáticos como proceder rutinario. Si el contestador era digital, el aparato entero era confiscado.

—No me digas que dejó un mensaje —dijo Cahill.

—No, no es eso. El teléfono que estaba intentando utilizar la señora Lankford disponía de uno de esos botones de grabación instantánea. Ya sabes, esos que puedes apretar cuando la persona con quien estás hablando empieza a amenazarte y, bingo, lo graba todo en tu contestador. De hecho, ella no estaba intentando grabar nada. La señora Lankford intentaba llamar para pedir ayuda, pero estaba nerviosa ¿de acuerdo? Coge el teléfono y pulsa botones que no tiene intención de pulsar. He escuchado todos los mensajes, pero entre ellos había un espacio en el que se oía un ruido extraño. No era exactamente… no sé, sonaba raro, así que lo aislé y le apliqué algunos programas de mejora, y…

—Por el amor de Dios, no necesitamos saber cómo —le interrumpió Cahill—. Oigámoslo.

Leif le dedicó una de esas miradas heridas propia de un verdadero técnico teniendo que vérselas con filisteos que en nada apreciaban la belleza de la electrónica.

—Vale, aquí lo tenéis. No suena demasiado nítido, todavía tengo que mejorarlo un poco, eliminar parásitos... —se interrumpió cuando Cahill le miró con frialdad y, todavía en silencio, pulsó un botón.

Parásitos, manoseo, el rasposo quejido de una respiración aterrada. Luego se oyó un leve sonido, seguido de un imperceptible susurro y un ruido seco.

—¿Qué ha sido eso?

—El último ruido era el del disparo —dijo Leif sin alterarse lo más mínimo—. El del silenciador. Pero volved a escucharlo, prestad atención a lo que se oye justo antes de eso.

Todos volvieron a escuchar, y a Cahill le sonó como si fuera una voz.

—Dijo algo. El bastardo dijo algo. ¿Qué era? ¿Puedes aislarlo?

—Trabajaré en ello. Volved a escucharlo y podréis distinguir las palabras.

Cuando Leif volvió a poner la cinta, no se oía nada en la habitación, ni siquiera la respiración de los allí reunidos.

Qué dulce y qué suave sonaba esa voz. Cahill entrecerró los ojos, concentrado.

—Algo «niña».

—¡Premio para el caballero! —cacareó Leif—. Dice: «Niña mala».

Leif volvió a poner la cinta, y ahora que todos sabían lo que esperaban oír, resultaba inteligible, y horripilante.

«Niña mala». El tono era casi de amonestación, de tierna regañina. Luego se oía el «pop» del silenciador, y eso era todo.

Tenían una grabación del asesinato de Merilyn Lankford. Si lograran obtener una identificación —en cuanto lograran obtenerla—, podrían comparar registros de voz y dar con él.

—Bingo —dijo Leif alegremente.

—Querida, espero que no le moleste lo que voy a decirle, pero tiene aspecto de estar al borde de sus fuerzas —dijo amablemente el señor Densmore—. Ha pasado por una experiencia extraordinariamente difícil. No le hará ningún daño sentarse y tomarse otra taza de té, ¿no le parece? El té es un maravilloso reconstituyente. Pondré la tetera al fuego —se ofreció.

Aunque quizá con retraso, Sarah se dio cuenta de que, más que té, lo que necesitaba era comer algo, mientras intentaba recordar cuándo había comido algo por última vez. Tenía que haber sido la sopa que se había tomado con el señor Densmore a última hora de la noche anterior, lo que significaba que hacía más de veinticuatro horas que no probaba bocado.

Acababa de servirle la cena al señor Densmore. Su cocinera llegaba a las tres y le preparaba la cena. Cuando Sarah llegó a la casa ella ya se había marchado. Obviamente, había dejado comida preparada sólo para el señor Densmore, pero no importaba. En cuanto Sarah le hubiera dado de cenar y le hubiera retirado los platos, encontraría algo de comer.

El señor Densmore había estado revoloteando ansioso a su alrededor, haciendo que se sintiera incómoda, aunque ahora Sarah se daba cuenta de que lo hacía porque temía que ella se derrumbara. Esa idea se abrió paso entre su depresión y la hizo sonreír.

—Señor Densmore, ¿le ha dicho alguien alguna vez lo dulce que es usted?

Los ojos de Trevor Densmore se abrieron como platos y se sonrojó.

—Oh, yo... bueno, no.

Dulce y solo. Sarah sintió pena por él, pero no tanta como para quedarse en aquella horrible casa y proporcionarle la compañía que él tan claramente necesitaba. De todos modos, quizá la cafeína del té la reanimara y le diera fuerzas para continuar hasta que tuviera la oportunidad de comer algo.

—Me encantaría una taza de té —dijo, y a él se le iluminó la cara al oírla.

—¡Excelente! Estoy seguro de que la ayudará a encontrarse mucho mejor.

El señor Densmore se levantó de la mesa y Sarah se apresuró a decir:

—Termine primero de cenar, por favor. Ya me encargo yo del té.

—No, yo lo haré. Para el té soy muy puntilloso.

Puesto que su té parecía ser tan importante para él y ya que, de todos modos, su cena era un plato frío —ensalada de pollo con nueces pecanas y uva roja—, y como, aunque no pensara cobrarle nada por sus días de estancia allí, esa era su casa y él seguía siendo el jefe, Sarah dejó de protestar.

Trevor Densmore fue a la cocina y puso agua a calentar. Luego volvió al comedor y se sentó a la enorme mesa de cromo y de cristal a terminar de cenar. Como no tenía nada que hacer hasta que él terminara, Sarah se retiró a una esquina. Pocas veces se había sentido tan inútil. Tenía la sensación de que el señor Densmore no esperaba que se ocupara de nada; sólo espera de ella que... estuviera allí. No había encontrado en la casa el respiro que tanto deseaba. Allí no había paz, ni calma, sólo aburrimiento y una vaga sensación de incomodidad.

Estaba tan cansada que apenas podía mantenerse en pie y ahora sufría un tremendo dolor de cabeza, probablemente provocado por el hambre. También podía ser por la falta de cafeína. De ser así, y ya que esa mañana no se había tomado su café, el té sería doblemente bienvenido. Quizá hasta tomara dos tazas.

El señor Densmore terminó de cenar justo cuando la tetera empezaba a silbar.

—Ah, el agua esta lista —dijo, como si ella no fuera capaz de oír aquel estridente pitido. Fue a la cocina a paso rápido y Sarah se mantuvo ocupada recogiendo los platos de la mesa y llevándolos a la cocina, donde los enjuagó y los metió en el lavavajillas.

Cuando terminó con los platos y con otros pequeños quehaceres, el señor Densmore estaba vertiendo el té cargado en las tazas.

—Aquí tiene —dijo con satisfacción, llevando la bandeja al comedor. Sarah se vio obligada a seguirle y, ante su insistencia, se sentó a la mesa.

—Dígame una cosa —dijo el señor Densmore mientras ella daba pequeños sorbos al caliente y aromático brebaje—. ¿Qué le hizo convertirse en mayordomo?

Podía hablar de su trabajo, pensó Sarah aliviada.

—Mi padre era coronel en los Marines —empezó—. Crecí observando a los camareros y cómo se ocupaban de todas las funciones, y lo encontraba fascinante. Conocían el protocolo, se ocupaban de las listas de invitados, de cualquier emergencia, aliviaban cualquier momento de tensión… es una maravilla verlos en acción. Me gustaba cómo estaban adiestrados para ocuparse de todo.

—Pero obviamente no fue usted camarera en el ejército, ¿no?

—Oh, no. De hecho hay una escuela para mayordomos.

El señor Densmore hacía una pregunta tras otra, y Sarah, agradecida, se concentraba en responderlas. Por fin había algo a lo que su agotada mente podía aferrarse, algo que no requería demasiado esfuerzo mental.

Quizá fuera el atontamiento producido por un cansancio extremo, pero lo cierto era que Sarah estaba empezando a sentirse... casi mareada. De pronto empezó a darle vueltas la cabeza y se agarró a la mesa.

—Vaya, le ruego que me disculpe, señor Densmore, pero de repente estoy mareada. Hoy no he comido nada y creo que estoy empezando a pagarlo.

El señor Densmore pareció alarmado.

—¿Que no ha comido nada? Querida, ¿por qué no lo ha dicho hasta ahora? No debería haberse quedado ahí de pie mientras me atendía. Debería cuidarse. Venga, quédese aquí sentada y le traeré algo. ¿Qué le apetece?

Sarah parpadeó como si fuera un buho. ¿Cómo decirle lo que le apetecía si ni siquiera sabía que era lo que tenía en la cocina? De todos modos, no le «apetecía» nada en aquel momento. Comería porque lo necesitaba, pero lo último que deseaba era...

—Helado —murmuró. Le costó un esfuerzo terrible pronunciar esa palabra.

—¿Helado? —preguntó el señor Densmore. Se calló unos segundos mientras la miraba con esos ojos tan suyos—. No creo que tenga helado. ¿Le apetece otra cosa?

—No —dijo Sarah, intentando explicar—. No es eso lo que quiero. Lo último que me apetece...

Sarah perdió el hilo de lo que estaba diciendo y se quedó mirando al señor Densmore, totalmente confundida. Todo estaba empezando a dar vueltas despacio a su alrededor y tenía la vaga y sorprendente sensación de que iba a desmayarse. Nunca se había desmayado.

El señor Densmore estaba empezando a alejarse de ella, o eso parecía. No podía estar segura ya que todo le daba vueltas.

—Espere —dijo, intentando levantarse, pero le fallaron las piernas.

Él se adelanto a toda prisa y la cogió con sorprendente fuerza antes de que cayera al suelo.

—No se preocupe —le oyó decir mientras se le nublaba la vista y empezaba a sentir los oídos como si se le hubieran llenado de algodón—. Yo la cuidaré.

29

Lo primero que notó fue dolor de cabeza, un pulso literal dentro del cráneo. Oh, eso era... se había ido a la cama con dolor de cabeza. Estaba en una postura incómoda, pero tenía miedo de moverse, temerosa de que con el menor movimiento los martillazos la golpearan aún con mayor violencia. También tenía náuseas y creyó que podía vomitar. Algo no iba bien, pero la nebulosa que le empantanaba la cabeza le impedía averiguar de qué se trataba.

Intentó recordar... algo. Nada. Durante un nauseabundo instante no hubo nada, ningún sentido del tiempo ni del espacio, sólo una horrible sacudida en lo desconocido. Luego, la textura de la tela bajo su cuerpo tuvo sentido, y supo que estaba en la cama. Sí, eso tenía sentido. Tenía dolor de cabeza y estaba en la cama. Recordaba haber ido... no, no recordaba haber llegado a la cama. Lo último que recordaba con claridad era... pero también eso se le escapaba, y dejó de intentar recordarlo, permitiendo que la oscuridad y el olvido se la tragaran.

Cuando despertó de nuevo, pensó que debía de tener la gripe. ¿Cómo, si no, explicar aquel aplastante malestar? Enfermaba en muy raras ocasiones, ni siquiera se resfriaba, pero sin duda sólo algo tan grave como la gripe podía hacer que se encontrara tan mal. Por primera vez entendió a lo que se refería la gente cuando decían que estaban demasiado débiles para ir al médico. De ningún modo podría ir al médico en ese estado. Algún médico tendría que ir a visitarla.

Algo le palpitaba en la cabeza. Se trataba de un palpitar suave y calmante que, en vez de empeorar el dolor de cabeza, de hecho lo alivió, como si la sensación amortiguara su percepción del martilleo.

Le dolían los brazos. Intentó moverlos y se dio cuenta de que no podía.

La alarma se abrió paso entre la nebulosa de su cabeza. Volvió a intentar moverlos con el mismo resultado.

—Mis brazos —gimoteó. Su voz sonó horrible, tan ronca que no la reconoció.

—Pobrecilla —murmuró una voz suave—. Te pondrás bien. Toma. ¿A que te sientes mejor?

El rítmico palpitar continuó, lento y fluido, y un instante después Sarah se dio cuenta de que alguien le estaba cepillando el pelo.

Era una sensación placentera, pero no quería que le cepillaran el pelo. Quería mover los brazos. A pesar del dolor de cabeza, a pesar de su estómago revuelto, se movió con dificultad en la cama y se dio cuenta de que tampoco podía mover las piernas.

El pánico, un pánico brillante y duro, le hizo abrir los ojos del todo. Su visión navegó entre imágenes borrosas que no tenían demasiado sentido. Había un hombre… pero no era Cahill, y eso era imposible. ¿Por qué un hombre que no era Cahill le estaba cepillando el pelo?

—Te traeré un poco de agua —canturreó la voz suave—. Te apetece, ¿verdad, querida? Un poco de agua fría le sentará bien a tu garganta. Has dormido tanto tiempo que me has tenido preocupado.

Una mano fría se deslizó tras su cuello y le levantó la cabeza y notó el contacto de un vaso en los labios. El agua fría le entró en la boca de golpe, empapando tejidos resecos, despegándole la lengua del paladar. Se le agitó el estómago al tragar, pero gracias a Dios no vomitó. Volvió a tragar una vez más antes de que el vaso le fuera retirado.

—No bebas demasiado, querida. Has estado muy enferma.

Debía de estar todavía muy enferma si estaba paralizada, pero quizá aquel hombre no supiera que no podía moverse. Cerró los ojos, intentando recuperar fuerzas, pero, Dios, no las había perdido por completo. Estaba tan débil que a duras penas sentía los huesos en el cuerpo.

—Dentro de un rato te traeré un poco de sopa. Tienes que comer algo. No sabía que no habías comido nada y me temo que por puro accidente te hice enfermar.

De pronto, la dulzura de aquella voz chasqueó en su cabeza y poco a poco recuperó la memoria.

—¿Señor Densmore?

—Sí, querida, estoy aquí.

—Me encuentro muy mal —susurró, abriendo los ojos y parpadeando. Esta vez comprobó que se le había aclarado un poco la vista y que podía verle perfectamente la cara, cuya expresión denotaba gran preocupación.

—Lo sé y lo siento de verdad.

—No puedo moverme.

—Naturalmente que no puedes. No podía permitir que te auto lesionaras, ¿no te parece?

—¿Que me auto lesionara?

Sarah estaba ganando la batalla contra la nebulosa. Cada segundo que pasaba estaba menos confundida, más consciente de lo que le rodeaba. Se sentía como si estuviera despertando de la anestesia, sensación que recordaba a la perfección de cuando se había roto el brazo a los seis años y le habían puesto anestesia general para recolocárselo. Había odiado la anestesia mucho más de lo que había odiado la escayola.

—Que intentaras marcharte —explicó el señor Densmore, aunque no le encontró el sentido a su respuesta.

—No puedo. No lo he hecho.

¿Intentar marcharse? Había intentado levantarse de la mesa y eso era lo último que recordaba.

—Lo sé, lo sé. No te enfades. Quédate tranquila y todo irá bien —dijo el señor Densmore mientras el cepillo se deslizaba despacio por sus cabellos—. Tienes un pelo muy hermoso, Sarah. En general estoy muy contento contigo, a pesar de que tu indecisión fue una sorpresa desagradable. Sin embargo, soy consciente de que has pasado por acontecimientos muy duros. Estoy seguro de que, con el tiempo, te tranquilizarás.

Nada de lo que él decía tenía sentido. ¿Tranquilizarse? Sarah frunció el ceño y arrugó la frente, cuyas líneas él frotó con la yema del dedo.

—No frunzas el ceño, se te arrugará esa hermosa piel. Estaba en lo cierto al creer cuán bello luciría un rubí sobre tu piel. Pero he revisado todas tus cosas y no he conseguido encontrar el colgante. ¿Por qué no lo llevas?

¿El colgante?

Un escalofrío la recorrió y se quedó totalmente quieta cuando una terrible sospecha se apoderó de ella. Volvió a notar una sacudida en el estómago, pero esta vez provocada por el miedo.

—¿Por qué no llevas el colgante que te envié? —preguntó el señor Densmore, en un tono levemente petulante.

Era él. Él era el hombre que la había acosado, el pirado cuya presencia ella había percibido como se percibe un cáncer oculto. Había esperado hasta disponer de la ocasión propicia. Sarah se dio cuenta de que no estaba enferma. El bastardo la había drogado y, como no había comido nada durante todo un día, la droga la había afectado con exagerada contundencia.

Tenía que darle una respuesta. No le enojes, pensó. No hagas nada que pueda ponerle en guardia. Piensa. Necesitaba una excusa que la exculpara. ¡Piensa!

—Soy alérgica —susurró.

El cepillo se detuvo.

—Querida, cuánto lo siento —dijo él contrito—. No lo sabía. Naturalmente que no debes de llevar nada que pueda irritarte. Pero ¿dónde está? Quizá podrías ponértelo sólo un momento para que pudiera verte con él puesto.

—En mi joyero —susurró—. ¿Puedo beber un poco más de agua?

—Por supuesto, querida, ya que has retenido la que te he dado antes —respondió el señor Densmore. Le levantó la cabeza y volvió a acercarle el vaso a los labios y Sarah tragó tanta agua como pudo—. Suficiente —dijo él mientras volvía a apoyarle la cabeza sobre la almohada—. ¿Dónde tienes el joyero?

—En el bungalow. En casa de los Lankford. La escena del crimen… la policía lo ha sellado. No puedo entrar.

El señor Densmore soltó un sonido de exasperación.

—Tendría que haberlo supuesto. No te preocupes, querida, yo me encargaré de traerte el resto de tus cosas. Te sentirás mucho más cómoda con el resto de tus pertenencias contigo.

Sarah volvió a intentar mover los brazos y esta vez notó que algo le aprisionaba las muñecas. La verdad la asaltó como una oleada nauseabunda: estaba atada a la cama. Luchó contra el pánico que amenazaba con apoderarse de ella. No podía dejarse amedrentar, tenía que pensar, tenía que concentrarse. Si se dejaba llevar por el pánico quedaría totalmente indefensa, pero si se mantenía serena quizá pudiera engañarle.

Gozaba de una gran ventaja: sabía que él era peligroso y él no sabía que ella también lo era.

Cahill. Él sabía que ella estaba allí. Antes o después llamaría e intentaría verla, hablar con ella. Lo único que tenía que hacer era mantener la calma y el control hasta entonces. No debía hacer nada que pudiera alterar a Densmore, nada que le pusiera violento. Densmore era un maníaco y estaba obsesionado con ella. Ahora estaba feliz porque ella estaba allí, bajo su control. Mientras él lo creyera, estaba a salvo. Pero si llegaba a pensar que intentaba escapar de él, probablemente tuviera un estallido de violencia. Si eso ocurría, si Sarah no conseguía escapar, tenía que asegurarse de que estaba preparada para enfrentarse a él.

Pero no había forma de saber cuánto le llevaría a Cahill intentar ponerse en contacto con ella. Sabía que Sarah estaba allí, pero todos los policías estaban trabajando sin descanso para dar con el asesino. Primero intentaría encontrarla en el móvil y, si no contestaba, volvería a intentarlo más tarde. Sin embargo, «Más tarde» podían ser días.

No. Cahill no esperaría demasiado. Era demasiado tenaz.

Pero mientras tanto tenía que ayudarse a sí misma. Lo primero que tenía que hacer era convencer a Densmore para que la desatara.

Hizo que su voz sonara más débil de lo que realmente estaba. Si él la quería dulce y vulnerable, ella le daría a la Sarah dulce y vulnerable, al menos hasta que pudiera enfrentarse a él.

—¿Señor Densmore?

—¿Sí, querida?

—Me da… me da mucha vergüenza decir esto.

—No tienes por qué avergonzarte de nada. Estoy aquí para cuidarte.

—Tengo que ir al cuarto de baño —susurró. Contaba con el beneficio de que de hecho la necesidad era tan real que estaba a punto de ponerse en evidencia. A eso había que añadir que tenía el período, de modo que la situación no pintaba nada bien.

—Vaya. Eso sí es un problema.

—Creo… creo que estoy paralizada —dijo Sarah, dejando que le temblara la voz. Era mejor que él creyera que estaba más incapacitada de lo que estaba. De hecho, todavía no iba a ser capaz de luchar ni de huir aunque él la desatara, pero quería que él creyera que se estaba recuperando muy despacio.

—Eso no puede ser —exclamó el señor Densmore con un cálido tono compasivo—. Sólo te he atado para que no te auto lesionaras. A ver, deja qué piense cómo podemos solucionar esto.

Sarah se retorció un poco. Tan agudo era el dolor que no le costó soltar una lagrima. Tenía que saber si podía caminar o si todavía le quedaba en el cuerpo gran parte de la droga que él le había administrado.

—Sí, podemos hacerlo así —murmuró el señor Densmore, destapándola. Sarah se sintió inmensamente aliviada cuando vio que estaba vestida. Le había quitado los zapatos, pero nada más. El señor Densmore actuaba con diligencia. Le desató los tobillos y a continuación hizo una especie de traba con el amasijo de ligaduras de fino nylon entrelazado al que añadió hilo extra que sujetó con la mano. Si lograba caminar, tendría que hacerlo a pasos muy cortos, y si intentaba algo, el señor Densmore sólo tenía que tirar de la cuerda y Sarah daría con la cara en el suelo.

Lloraba de verdad cuando por fin él terminó de tenerlo todo a punto y empezó a soltarle las manos.

—Lo siento. Sé que debes de estar pasándolo muy mal —canturreó—. Sólo unos minutos más y te ayudaré a ir al cuarto de baño.

—Dése prisa, por favor —gimió, cerrando los ojos con fuerza.

Por fin, el señor Densmore la ayudó a incorporarse y de inmediato Sarah se dio cuenta de que aunque la hubiera desatado no iba a poder conseguir demasiado. Más valía no hacer nada que levantara sus sospechas por el momento y esperar a estar en mejor forma. No podía olvidar que él era más fuerte de lo que parecía si se las había ingeniado para subirla a la habitación sin ninguna ayuda. Resultaba tremendamente duro trasladar a alguien inconsciente, puesto que eso suponía lidiar con un peso muerto.

Sarah estaba tan mareada que apenas pudo incorporarse. De hecho, no pudo hacerlo, no sin ayuda, y se recostó pesadamente en el señor Densmore. En cuanto le tocó se le revolvió el estómago, pero tuvo que concentrarse en mitigar sus sospechas, y si eso significaba que tenía que aceptar su ayuda, apretaría los dientes y lo haría.

El señor Densmore la ayudó a ponerse en pie. Al instante se le doblaron las rodillas y él tuvo que soportar todo su peso. Sarah se aferró a él mientras él tiraba de ella, a veces ayudándola a caminar, otras arrastrándola tras él, hasta el gran cuarto de baño de mármol que formaba parte de sus dependencias.

Todos sus útiles de aseo estaban dispuestos sobre la cómoda. Dado que él le había deshecho las maletas, esperaba que sus efectos personales estuvieran en los cajones de la cómoda. Sí, ahí, encima de una repisa, estaba la bolsa donde lo había puesto todo. Incluso si el señor Densmore había dejado los tampones en la bolsa, podría alcanzarlos.

El señor Densmore la dejó sobre el retrete y se quedó ahí un instante, aparentemente violento.

—Mm… ¿necesitas ayuda?

Sarah apoyó la mano en la pared, jadeando.

—Creo que puedo arreglármelas.

El señor Densmore podía sentirse seguro dejándola ahí. Había una ventana, pero no era más que un ladrillo de vidrio. No podía ver lo que había en el exterior y desde fuera no se veía lo que había dentro, y no podía abrirse. Incluso aunque lograra romperla, la habitación que le había asignado el señor Densmore estaba en el segundo piso. Según había visto, el primer piso de la casa tenía unos techos de casi tres metros de altura, de modo que la caída sería desde una altura muy superior a la de la ventana de un segundo piso común.

Pero si no había otra forma de escapar, se arriesgaría.

El señor Densmore miró a su alrededor, y Sarah puso ver cómo catalogaba mentalmente todo lo que contenía la habitación para ver si había en ella algo que Sarah pudiera utilizar para huir. Sarah se apoyó pesadamente contra la pared, magnificando su debilidad.

—De acuerdo —dijo por fin el señor Densmore—. Estaré ahí fuera por si me necesitas.

—¿Podría dejar la puerta un poco abierta? —le pidió Sarah—. ¿Por favor? Así podrá oírme si me caigo.

Qué mejor ejemplo de sicología inversa, pedirle que hiciera justo lo que de todas formas pensaba hacer. Quizá con eso le convenciera de que no tenía intención de huir.

El señor Densmore pareció satisfecho y le dedicó su tímida sonrisa a la vez que salía del cuarto de baño y dejaba la puerta entreabierta. Esa era toda la privacidad que iba a tener, pero a esas alturas no podía importarle menos.

Se sintió casi dolorosamente aliviada y aquellas malditas lágrimas volvieron a rodarle por las mejillas. Encontró la caja de tampones en el último cajón de la cómoda y también se ocupó de ese problema. En cuanto se encontró mejor, y no tan desesperada, aunque todavía muy débil, se acercó como pudo al lavamanos y se apoyó contra él mientras humedecía una toalla y se lavaba la cara y las partes íntimas. Si él la espiaba, que la espiara; le daba igual. Era mayor la necesidad que tenía de refrescarse que la de preocuparse por su modestia.

Bebió más agua, tragando con fruición, y luego fue despacio y tambaleándose hacia la puerta.

—Por favor —dijo débilmente—. Ayúdeme a volver a la cama.

Densmore acudió corriendo a su lado.

—Apóyate en mí —dijo con ternura—. Pobrecilla—. Le sirvió de apoyo en el trayecto de regreso y la ayudó a tumbarse. Sarah temblaba y no fingía. Sentía como si las piernas no fueran a aguantarla un minuto más. El señor Densmore le acarició la mejilla, le apartó el pelo de la cara y se lo echó hacia atrás y empezó entonces a atarle las muñecas y los tobillos. Sarah tuvo que morderse el labio cuando él la tocó, pero no se quejó, sino que se limitó a quedarse ahí inmóvil con los ojos cerrados. Cahill a veces hacía eso, apartarle el pelo y acariciarle la mejilla, y odiaba que Densmore hubiera imitado la acción con tanta fidelidad—. Volveré con algo de comida —murmuró y salió de la habitación, cerrando la puerta tras él.

Atada como estaba, Sarah no podía hacer nada, de modo que ni siquiera tiró de las ligaduras de nylon. No le extrañaría que el bastardo hubiera puesto dispositivos de audio y de vídeo en la habitación, y si la estaba viendo por cámara, no tenía la menor intención de alertarle.

La breve excursión al baño había agotado la poca fuerza que le quedaba. Dio un profundo suspiro y fue sumergiéndose en la oscuridad de la espera. Esta vez, utilizaría la oscuridad para recuperar fuerzas.

—¿Sarah?

La voz parecía proceder de la lejanía, pero Sarah estuvo alerta y despierta de inmediato. Siguió sin moverse, dejando que pareciera que iba despertando gradualmente.

—Sarah, despierta. Te he traído sopa.

Sarah se movió inquietamente e hizo rodar la cabeza a un lado.

—¿Qué…?

—Necesitas comer. Despierta, querida.

Sarah abrió los ojos y él dejó una bandeja encima de la mesita de noche.

—Bien, bien —dijo el señor Densmore, sonriéndole—. Veamos, ¿cuál será el mejor modo de hacer esto? Creo que debería darte de comer, ¿no te parece? Te pondré otra almohada detrás de la espalda para levantarte más la cabeza, y aquí tengo una toalla por si se te cae algo.

Actuó de acuerdo a sus palabras sin mediar segundo, levantándole la cabeza y poniéndole una almohada detrás de la cabeza y de los hombros, elevándola a una postura más reclinada y cubriéndole el pecho con una toalla que le pasó por debajo de la barbilla.

—Esta sopa de pollo te va a sentar bien —dijo y se echó a reír por lo bajo—. No podría haber elegido nada más típico. Pero está muy buena y apetitosa. No es necesaria la carne roja para dar sabor a una sopa o a un caldo, a pesar de que mucha gente parece pensar lo contrario. Yo no como carne roja, sólo pollo, pavo y pescado.

En ese caso, teniendo en cuenta en lo que se había convertido, debería darse un paseo hasta Milo's, a ver si se salvaba, pensó Sarah sarcástica mientras él le acercaba la cuchara a los labios y los abría obedientemente como una niña. Le sentaba bien el sarcasmo. Por fuera tenía que mostrarse sumisa, pero por dentro seguía siendo feroz, seguía siendo ella misma.

Sin embargo, la sopa estaba buena, y se obligó a comérsela toda. Tenía que concentrarse en recuperarse lo antes posible. Necesitaría todas sus fuerzas.

Cuando terminó la sopa, miró al señor Densmore y parpadeó, somnolienta.

—Gracias —murmuró—. Estaba muy buena —dijo soltando un bostezo—. Le ruego que me excuse. Todavía tengo mucho sueño.

—Por supuesto —respondió el señor Densmore a la vez que le limpiaba los labios con pequeños golpecitos con la servilleta y le quitaba la toalla de la barbilla—. Te dejaré sola para que puedas descansar, pero vendré a verte de vez en cuando por si necesitas algo. Tengo una sorpresa para ti —dijo maliciosamente.

—¿Una sorpresa?

—Te estará esperando cuando despiertes.

Una afirmación así no invitaba al sueño. Cuando él se marchó, Sarah examinó detenidamente el techo y las paredes, intentando encontrar algo que pudiera ser una cámara. Era imposible hacerlo sin mirar más de cerca, de modo que tuvo que conformarse con asumir que estaba siendo vigilada. No tiró de sus ataduras abiertamente, pero sí empezó a tensar y a relajar los músculos, empezando por las piernas y siguiendo cuerpo arriba. Tenía que librarse de los efectos remanentes de la droga que le había suministrado, mantener activa la circulación y desentumecer los músculos. Si llegaba a presentársele la ocasión de escapar, tenía que estar preparada para aprovecharla.

¿Por qué demonios Sarah no contestaba al móvil? Cahill la había llamado en repetidas ocasiones, negándose a pasar demasiado tiempo sin hablar con ella a tenor de cómo estaban las cosas entre ambos. Sí, habían hecho el amor y ella había accedido a concederle un tiempo, la oportunidad de ver si podían solucionar las cosas, pero el carácter temporal del acuerdo le fastidiaba. No quería nada temporal. Lo quería permanente.

Sarah se había marchado a casa de Densmore a última hora de la tarde del día anterior. Bien. Podía comprender que no contestara el móvil mientras se estaba instalando, pero lo tenía encendido y cuando lo mirara vería que tenía algunas llamadas. Ya debería haberle llamado. Ese día el teléfono había estado apagado. No hacía más que saltar el mensaje de «móvil apagado o fuera de cobertura».

El número de teléfono de Densmore no aparecía en el listín pero, con la ayuda del software y del buscador adecuado, eso no importaba. Cahill sacó la información y llamó a la casa, encontrándose con un contestador que respondió con una voz grabada. Dejó un mensaje muy sencillo: «Llame al detective Cahill del departamento de policía de Mountain Brook». No era nada personal y sí la clase de mensaje que la gente solía devolver de inmediato. Sin embargo, Sarah todavía no había llamado.

La gente, asustada, llamaba dando pequeñas pistas que no llevaban a ninguna parte, pero cada una de ellas tenía que ser comprobada y literalmente Cahill no pudo parar a comer. Sin embargo, estaba tan frustrado por no haber conseguido ponerse en contacto con Sarah que sacó tiempo para coger el coche e ir a casa del señor Densmore como un adolescente enfermo de amor para ver si el 4x4 de ella estaba aparcado allí. Los portones de hierro forjado estaban cerrados a cal y canto y no logró ver ningún vehículo.

De todos modos, aquel maldito lugar parecía una fortaleza con ese alto muro de piedra a su alrededor. Sólo el muro tenía que haber costado una fortuna y, por lo que pudo ver, estaba tan electrificado como el Fuerte Knox. No había duda de que el señor Densmore valoraba su privacidad.

Llamó por teléfono a la casa y dejó otro mensaje, esta vez evidenciando su impaciencia y dando la impresión que la señorita Stevens debía ponerse en contacto con el departamento por su propio bien. Si había alguien en la casa, su mensaje a buen seguro tendría una respuesta.

Le sonó el teléfono poco después y lo cogió de inmediato.

—Cahill.

—Detective Cahill —dijo la voz de un hombre. Era una voz suave, la clase de voz que uno espera oír en un cura, aunque también profundamente autoritaria—. Soy Trevor Densmore. Le ha dejado usted dos mensajes a la señorita Stevens y me ha parecido que era imperativo que ella le llamara. Lo siento, pero la señorita Stevens está enferma y no puede hablar.

—¿Enferma? —preguntó Cahill con aspereza, sintiendo cómo un escalofrío de alarma le subía por la espalda—. ¿Qué tiene?

—Laringitis —dijo Densmore riéndose entre dientes—. Cuando digo que no puede hablar estoy hablando literalmente. Quizá dentro de unos días pueda llamarle.

El hijo de perra colgó antes de que Cahill pudiera decir nada más. ¡Maldición! Quería verla, pero la casa de Densmore estaba cercada por aquel muro y por el portón de hierro. No podía entrar sin una invitación o una orden de registro, posibilidades que no parecían demasiado factibles.

¿Sarah enferma? Ella le había dicho que casi nunca enfermaba, ni siquiera con un insignificante resfriado, de modo que resultaba irónico que hubiera cogido algo justo en esos momentos. Había soportado mucho estrés y eso era terrible para el sistema inmunológico, pero… ¿tan rápido? ¿Literalmente al día siguiente? Ni hablar. Aunque quizá le estuviera evitando.

No, Sarah tampoco actuaría así. No era de las que evitaban una situación. Se enfrentaba a las cosas de frente. Incluso aunque tuviera laringitis se habría puesto al teléfono y le habría soltado alguna respuesta.

Cahill tenía la sensación de que el tal Densmore mentía. No conocía al tipo, y al parecer a Sarah le gustaba, o al menos apreciaba su oferta, pero a Cahill la intuición le decía que algo iba mal. ¿Por qué iba Densmore a mentir? No había ninguna razón para ello, lo cual dejó a Cahill aún más inquieto. Aunque tampoco es que no hubiera motivo para mentir; lo que ocurría era que Cahill no sabía cuál podía ser el motivo.

En fin, de un modo u otro, si Sarah no se ponía pronto en contacto con él, iría a verla aunque tuviera que escalar aquel maldito muro. Probablemente le arrestarían por allanamiento de morada, pero al menos sabría si ella estaba bien.

Cuando Sarah despertó de nuevo, todavía le dolía la cabeza, más de lo que le había dolido al quedarse dormida. Había vuelto aquella espantosa sensación de nebulosa, pero esta vez no tuvo que preguntarse qué le pasaba. Lo sabía. Densmore había vuelto a drogarla. Fuera lo que fuera tenía que haber estado en la sopa.

Pero ¿por qué había vuelto a drogarla? La tenía atada y totalmente indefensa.

Se quedó muy quieta, luchando contra el atontamiento, obligándose a librarse de los efectos de la droga. No debía dejar que aquello le sucediera de nuevo.

No podía permitirse perder más fuerzas negándose a comer o a beber, pero tampoco podría escapar si seguía inconsciente todo el tiempo.

Tenía demasiado frío y se revolvió, incómoda, pero, con las manos atadas, no pudo taparse con la manta hasta los hombros. Sintió que el aire le acariciaba la piel del cuerpo…

Se le agarrotó la mente, paralizada al darse cuenta de la horrible verdad que la atenazaba. Densmore le había quitado la ropa. Estaba desnuda.

30

—¡Sorpresa!

La voz de Densmore sonó alegre, casi burbujeante de buen humor.

—Sé que estás despierta. Esta vez no te he puesto tanto. Deja de hacerte la muerta y abre esos hermosos ojos.

Llena de un horror que apenas podía empezar a comprender, Sarah abrió los ojos y le miró fijamente. La oscuridad de la noche se pegaba a las ventanas, indicándole que habían pasado las horas, horas durante las que había estado inconsciente y totalmente a merced del señor Densmore. Todas sus intenciones de aplacarle, de fingir que le seguía el juego, se habían disipado por completo.

—¿Qué me ha hecho? —preguntó con voz ronca.

El señor Densmore estaba sentado junto a ella encima de la cama, totalmente vestido. Parpadeó, sorprendido, sin dejar de mirarla.

—¿Que qué te he hecho? Nada. ¿Por qué lo preguntas?

—Mi ropa…

—Ah, eso. Estaba sucia. Dios mío, la llevabas puesta desde ayer y además habías dormido con ella. Te la quité. Bueno… digamos que la logística resultaba un poco complicada, así que tuve que cortarla. De todos modos, estaba muy estropeada.

Sarah contuvo el horror que la atenazaba, el pánico que le agarrotaba el estómago, y se recorrió el cuerpo con la mirada. Las mantas estaban echadas hacia atrás, dejándola al descubierto. Pero todavía tenía las piernas juntas y atadas para que no pudiera moverlas. Nunca hubiera imaginado que llegaría a agradecer estar atada así, pero en un caso como aquel…

Suspiró hondo unas cuantas veces, intentando liberarse de la pesadilla que había empezado a apoderarse de ella.

—¿Estropeada? —logró jadear.

El señor Densmore hizo una mueca y con un gesto le señaló el pubis.

—Ya me entiendes. Tendrías que haberme dicho que estabas floreciendo. No me habría permitido excitarme tanto. Me decepcionó mucho tener que esperar, pero me las apañé.

¿Floreciendo? Debía de referirse a que tenía el período. Si eso le había echado para atrás, nunca había agradecido tanto tener la regla. Pero eso también quería decir que él la había mirado y Sarah deseó llorar de pura humillación. No lo hizo, combatió el impulso de hacerlo y luchó con furia por controlarse. Entonces volvió a mirarse: vio las salpicaduras húmedas y pegajosas sobre el estómago, repartidas por sus muslos, y estuvo a punto de vomitar.

Se olvidó del autocontrol. Se le quedó la mente en blanco y arqueó el cuerpo, luchando enloquecidamente contra las ataduras en su necesidad por quitarse aquella innombrable suciedad del cuerpo.

—¡Límpiemelo! —chilló—. ¿Cómo se atreve? ¿Cómo se atreve?

El señor Densmore pareció realmente apabullado.

—¿Qué pasa? ¿Qué tienes?

—¡Se ha masturbado encima de mí, miserable bastardo!

Sarah empezó a llorar sin dejar de intentar inútilmente romper las ligaduras de nylon.

—¡Límpiemelo! —le gritó.

—Te prohíbo que emplees ese tono conmigo, jovencita —dijo el señor Densmore cortante.

—¡Me ha tocado! —rugió Sarah, furiosa, liberando toda su rabia—. ¡Me ha mirado! ¡No tenía ningún derecho!

—Basta. Basta ya. Entiendo tu modestia, pero a buen seguro eres consciente de que tu estado actual no ha hecho más que retrasar la progresión natural de nuestra relación. En cuanto te vi supe que estabas hecha para mí. Este es tu sitio, conmigo. Seremos muy felices, querida mía. Ya lo verás. Te daré lo que quieras. Te trataré como a una reina. Mira, ya te he regalado este anillo. Hay que reajustar la piedra, pero el color y la forma son perfectos para ti. En cuanto la vi supe que esta piedra era demasiado buena para esa vulgar mujer. Te lo quitaré enseguida porque sé que eres alérgica a las joyas, pero quería que la vieras primero. Cuando lo lleve a reparar, haré que revistan el anillo con algo hipoalergénico para que puedas ponértelo —dijo, levantándole la mano izquierda lo más lejos que pudo del colchón, teniendo en cuenta las ligaduras que le sujetaban las muñecas—. Mira. ¿No es precioso?

Sarah miró fijamente el anillo que el señor Densmore le había puesto en el dedo y se quedó con la vista clavada en el enorme diamante amarillo rodeado de diamantes más pequeños. Conocía aquel anillo. Le había maravillado el tamaño de la piedra central cada vez que la había visto en el dedo de Merilyn Lankford.

Se le hizo un vacío en el estómago, que llegó acompañado de una oleada de náuseas mientras miraba la cara sonriente de un asesino.

Cahill miró su reloj y frunció el ceño. Se estaba haciendo tarde, el centro comercial estaba a punto de cerrar sus puertas y él estaba hasta las narices de enseñar aquellas fotografías a los cansados clientes y dependientes de las tiendas. Algo le tenía fastidiado, algo que no conseguía identificar. Llevaba sin dormir más horas de las que se atrevía a calcular, lo cual le recordaba cierta misión en la que había participado cuando estaba en ejército, y lo único que quería era poder sentarse en algún lugar tranquilo y pensar. Densmore había dicho algo que le había molestado, pero había repasado mentalmente la conversación una y otra vez y no había descubierto nada. Sin embargo, allí estaba. Lo sabía… fuera lo que fuera.

Era última hora del jueves. Sarah llevaba en casa de Densmore poco más de veinticuatro horas —bueno, ya casi eran treinta, y no es que las estuviera contando—, pero daba la sensación de que hacía días que no hablaba con ella y la falta de contacto le corroía por dentro. Quizá fuera eso, más que algo que hubiera dicho Densmore, lo que le molestaba. Estaba preocupado por ella, sabía que estaba allí y por eso asociaba automáticamente su inquietud con él. Sí, sí, ya conocía la explicación psicológica. Lástima que no creyera en ella.

Detuvo a una mujer muy bien conservada de unos sesenta años y con ese tipo de serena elegancia que grita «dinero».

—Disculpe, señora, pero estamos intentando encontrar a este hombre. ¿Le reconoce?

Intentaría llamar a Sarah de nuevo, pensó. Si no lograba hablar con ella, se presentaría en el portón de entrada y exigiría que le dejaran entrar. Podía decir que tenía una orden de arresto. Cualquier cosa.

La señora cogió la fotografía y la observó brevemente. Luego se la devolvió a Cahill.

—Sí, claro que le reconozco —dijo con frialdad—. Creo que es mi banquero.

—Gracias —dijo Cahill automáticamente, mordiéndose la lengua para no soltar lo que realmente le hubiera gustado decir. Otra fan de William Teller. Menuda gracia. Estaba harto de esa mierda—. Un momento. ¿Qué ha dicho?

La mujer arqueó levemente las cejas para sugerir que le impresionaba muy poco su actitud en particular y él en general. Repitió:

—Creo que es mi banquero. Tiene cierta distinción, un porte muy característico. Y, por supuesto, está el pelo.

Cahill ya no estaba cansado. La adrenalina le recorría el cuerpo.

—¿Cómo se llama?

—Trevor Densmore. Es el dueño de…

Cahill no esperó a oír de qué era dueño Trevor Densmore. Corría hacia la salida con el corazón palpitándole de puro terror mientras marcaba el teléfono de Wester. Salió al aire de la noche y cruzó a toda velocidad el aparcamiento hasta llegar al Impala que conducía.

—Tengo un nombre —le ladró al teléfono cuando Wester contestó—. Trevor Densmore. Es banquero. Tiene a Sarah, maldita sea. Tiene a Sarah.

Abrió la puerta del coche y entró, encendiendo el motor y colocando la transmisión en primera antes de cerrar la puerta. Las ruedas rechinaron sobre el asfalto cuando el coche fue dando bandazos por el aparcamiento hacia la salida.

—¿Qué quieres decir con eso de que «tiene a Sarah»? —le soltó Wester.

—La ha contratado. Sarah se trasladó a su casa ayer por la tarde y no he podido ponerme en contacto con ella desde entonces. Voy de camino hacia allá.

—Doc, no pierdas la cabeza, ¡maldita sea! Tenemos que hacer esto bien. Conseguiré una orden de registro…

—He hablado con él por teléfono esta tarde —gruñó Cahill—. Es la misma voz que la de la cinta que encontramos en casa de los Lankford. Sabía que algo iba mal, había algo en él que me molestaba, pero no lograba saber qué.

Cuando llegó a la autopista 31, el semáforo estaba en rojo. Encendió las luces del coche y cruzó la intersección, girando a la izquierda hacia la I-459. Alcanzó la salida a la carretera a más de noventa kilómetros por hora.

Wester seguía hablando cuando Cahill tiró el teléfono a un lado. Si la arrestaban, la arrestaban, pero nada ni nadie iba a dejarle fuera de aquel muro gris.

Ahora todo tenía sentido: el *porqué* eso se les había escapado y había impedido que las piezas encajaran. Los asesinatos nada tenían que ver con asuntos de negocios, ni con venganza, ni con dinero. Habían sido llevados a cabo por Sarah. Recordaba que ella le había llamado semanas atrás para decirle que había recibido una regalo anónimo por correo. Ese era el primer contacto de aquel bastardo, el primer signo de su obsesión. Desde entonces Cahill no le había prestado demasiada atención porque aquél había sido el único contacto. No había habido cartas ni llamadas que normalmente habrían indicado la progresiva obsesión de un maníaco.

Pero Sarah lo sabía. Había percibido que algo iba realmente mal. Había intentado que su admirador desconocido se diera a conocer. Cuando el juez Roberts fue asesinado, lo primero que pensó era que su acosador —por llamarlo así— había sido el autor del crimen.

Y tenía razón.

Primero había intentando contratarla cuando estaba al servicio del juez. Cuando eso no funcionó, eliminó el obstáculo y de nuevo le ofreció un empleo. Cuando Sarah se fue a trabajar con los Lankford, él se movió rápidamente y se los quitó de encima, con lo que Sarah volvió a quedar disponible. Esta vez no habría una gran avalancha de ofertas como había ocurrido antes. Al fin y al cabo, ¿quién iba a querer contratar a alguien que parecía llevar consigo el beso de la muerte y que estaba bajo sospecha de haber cometido los asesinatos? Trevor Densmore. Él sí. A él no le preocupaban los asesinatos. No tenía por qué.

Lo único que quería era a Sarah. Cuando los medios enloquecieron tras el asesinato de los Lankford, diciendo que Sarah había sido arrestada, Densmore había solucionado ese pequeño problema saliendo de inmediato y matando a alguien más para así probar que Sarah no podía en ningún caso ser la asesina. En cuanto ella quedó en libertad, él movió ficha, y esta vez había funcionado.

Tenía a Sarah. El hijo de perra tenía a Sarah.

Un escalofrío la recorrió al ver la expresión de su rostro, su turbia mirada. Trevor Densmore miró su cuerpo desnudo y alargó la mano, pasándola por sus pechos. Sarah dijo de un tirón:

—No puedo llevar el anillo. Por favor, quítemelo. Me escuece.

Él se detuvo y levantó la mano con un parpadeo.

—¡Por supuesto! Lo siento. Sólo quería que lo vieras. Tendría que haberme dado cuenta de lo sensible que es tu piel —dijo, quitándole el anillo del dedo y guardándoselo en el bolsillo. En sus ojos volvió a dibujarse una expresión soñadora—. Eres perfecta —canturreó, volviendo a alargar la mano para tocarle el pecho. Sarah se encogió.

Tenía que detenerle. No podía soportar que siguiera tocándola. Prefería que la matara a que la tocara.

Los acosadores solían comportarse así cuando el objeto de su obsesión no se correspondía con la fantasía que habían ido perfilando en su cabeza. La obsesión se convertía en rabia y entonces atacaban, destruyendo a la persona que tanto les había fallado por no haber estado a la altura de la ficción.

Le llevaría a ese estado antes de permitirle que la violara. Pero Trevor Densmore todavía no había llegado a ese punto. Sin embargo, teniendo en cuenta lo que le quedaba de período, no disponía de mucho tiempo. No tenía ni idea de cuánto tiempo lograría seguir conteniéndole, pero seguiría haciéndolo mientras pudiera. Conocía a Cahill. No tardaría mucho en llamar al portón de hierro. Quizá fuera a la mañana siguiente, o quizá tuviera que esperar hasta la noche del día siguiente, pero llegaría. Si no podía escapar, lo único que tenía que hacer era resistir y mantener a Densmore a raya.

—No me gusta que me toquen —dijo, encogiéndose para apartarse de los dedos del señor Densmore cuando le pellizcaron un pezón. Hizo que su voz sonara inocente y deshecha, tal y como a él parecía gustarle.

Trevor Densmore volvió a parpadear deprisa varias veces seguidas, como si se estuviera conectando a la realidad. Parecía confundido.

—Pero… yo sí puedo tocarte. Se supone que estamos juntos.

—No me gusta que me toquen —repitió Sarah—. Duele. Me duele la piel.

Densmore retiró la mano, mirándola fijamente, consternado.

—Oh, querida, no sabía que tuvieras la piel tan sensible. Ese es un problema en el que no había pensado. Pero no tienes alergia a que te toquen. Es más una sensibilidad aguda al tacto, ¿verdad? Seré muy cuidadoso, querida, y poco a poco te acostumbrarás a…

Oh, Dios. Sarah apretó los dientes.

—No —dijo, manteniendo la suavidad en la voz—. Lo siento, es una enfermedad. No se me pasará.

—¿Una enfermedad? —preguntó, sorprendido. Había vuelto a alargar la mano para tocarla, pero se detuvo, a la vez que la expresión soñadora en sus ojos se transformaba en algo duro y feo—. Nunca he oído nada semejante.

—Y tiene usted razón. Es una sensibilidad aguda. Mis terminaciones nerviosas están permanentemente inflamadas. Puedo tolerar la ropa, siempre que esté hecha de cierto material, pero tengo que tomar medicación contra el dolor hasta para eso—. Sarah balbuceaba y le daba igual si lo que decía tenía sentido o no mientras él la creyera lo suficiente para no volver a tocarla—. Y antiinflamatorios. Se me han terminado los antiinflamatorios. Con todo lo que ha pasado estaba tan nerviosa que he olvidado pasar a buscarlos. Cada vez que me toca es como si me estuviera quemando con una plancha caliente.

—Dios mío —exclamó el señor Densmore. Aquello parecía haberle calmado. Si hubiera demostrado tener mayor contacto con la realidad, jamás habría funcionado, pero estaba tan sumergido en su mundo de fantasía que no podía concentrarse en nada más—. Desde luego que no quiero hacer nada que te cause dolor —dijo, sonriéndole—. A menos que tenga que castigarte, naturalmente. Pero nunca harás nada para enfadarme, ¿verdad que no? Me plancharás el periódico y me prepararás el desayuno como lo hacías para Lowell Roberts, ese viejo chocho.

—Si es lo que quiere —consiguió decir Sarah, dolida al pensar en el pobre juez, en los Lankford y en el otro hombre que había matado aquel lunático.

—Me cuidarás —canturreó el señor Densmore—. Y yo cuidaré de ti —concluyó, inclinándose y pegando su boca a la frente de Sarah.

Sarah contuvo una arcada y perdió el control.

—¡No me toque! —gritó.

Rápida como el rayo, la mano del señor Densmore se cerró alrededor de su cuello a la vez que se agachó hasta que su cara estuvo muy cerca de la de ella. Estaba lívido de rabia.

—No vuelvas nunca a hablarme así —chirrió.

La estaba dejando sin aliento. Sarah volvió a reprimir una arcada. Se estaba ahogando e intentaba frenéticamente pensar qué hacer. Le había llevado demasiado lejos. Tenía que contenerle y a la vez mantenerle lo más calmado posible hasta que Cahill llegara. Estaba segura de que no tardaría. Podía arreglárselas hasta la mañana.

—¡Lo sien… lo siento! —logró jadear—. Duele.

El señor Densmore todavía tenía la cara colorada cuando le soltó el cuello y se puso de pie. Sarah tomó aire desesperadamente, debatiéndose contra la oscuridad que había empezado a nublarle la visión.

—Tienes que aprender —siseó el señor Densmore, quitándose el cinturón del pantalón—. Habrá que disciplinarte hasta que aprendas el comportamiento apropiado. No... vuelvas... a... hablarme... así.

Sarah reprimió otro grito e intentó rodar sobre la cama para alejarse de él cuando el cinturón silbó al caer sobre su cuerpo.

Aquellos jodidos portones debían de medir casi cuatro metros de altura. El muro debía medir al menos tres. Llegó a pensar en llevarse los portones por delante con el coche, pero con ello activaría la alarma y avisaría al bastardo de su llegada. Cahill aparcó el coche lo más cerca del muro que pudo y luego se subió encima. De pie sobre el techo del coche, dio un salto y alcanzó el extremo superior del muro.

El dolor le atravesó las manos. El borde del muro estaba lleno de fragmentos de vidrio o de alambrada espinosa. Algo de eso. Volvió a dejarse caer, se quitó la chaqueta y la tiró para que cubriera la parte superior del muro. Saltó de nuevo con la esperanza de que la chaqueta quedara prendida y no se moviera en vez de deslizarse y caer al suelo. Así fue. Se agarró con las manos a la chaqueta y subió a pulso hasta el borde del muro, saltando al otro lado y aterrizando sobre la hierba, rodando al tocar suelo. Se puso de pie, recuperando precariamente el equilibrio y desenfundó la pistola. Luego cruzó la vasta extensión de césped en dirección a la mansión de piedra gris que se cernía en la oscuridad de la noche como una bestia grande y pesada.

Un timbre agudo cortó el aire. Densmore detuvo el cinturón en el aire y levantó la cabeza.

—Creo que tenemos compañía —dijo en tono pacífico—. Me pregunto quién podrá ser. Discúlpame, querida.

Sarah soltó un jadeo, sollozando cuando la puerta se cerró tras el señor Densmore. Había manejado el cinturón con una furia salvaje, provocándole verdugones sangrientos y dejándole la espalda y los costados en carne viva. Sarah había conseguido rodar hasta quedar boca abajo, protegiéndose así los pechos y la barriga, pero no antes de recibir al menos un par de golpes en el estómago. Lloraba tanto que apenas podía respirar, pero en cuanto la puerta se cerró se puso boca arriba.

Una de las ataduras que le sujetaba las manos se había soltado. Jamás habría podido darse la vuelta si no se hubiera soltado, pero en una de sus aterradas acometidas la había liberado del cabezal donde el señor Densmore la había atado. Cegado por la rabia, él no se había dado cuenta.

Tenía la mano derecha libre, pero tal y como las ataduras estaban entrelazadas y cruzadas para impedir cualquier movimiento, Sarah necesitaba llegar debajo de la cama para liberar su mano izquierda, y con las piernas inmovilizadas no tenía la libertad de movimiento suficiente para conseguirlo. Haciendo caso omiso del terrible dolor que le martirizaba la espalda, tiró frenéticamente de la atadura de nylon, con la esperanza de que la que tenía alrededor de la mano izquierda también diera de sí.

No fue así.

Había un vaso de agua en la mesita de noche. Lo cogió y lo estampó contra el borde de la mesita. El agua salpicó la cama y su piel desnuda, y el fino cristal se hizo añicos, enviando pequeños fragmentos de cristal por todas partes. Sarah se quedó con gran parte de la base del vaso en la mano, que ahora sangraba por una docena de pequeños cortes. Empezó a cortar frenéticamente las ataduras de nylon, sin importarle lo más mínimo cortarse también la piel. Por fin su mano izquierda quedó libre y concentró toda su atención en las ligaduras que le inmovilizaban los tobillos.

En cuanto estuvo libre, se puso de pie. Enseguida le fallaron las rodillas y cayó de bruces sobre la alfombra. Volvió a levantarse, maldiciendo y sollozando, y avanzó tambaleándose hacia la puerta. Cuando llegó al vestíbulo había empezado a correr.

Fue entonces cuando sonó el primer disparo. Luego el segundo.

Cahill.

Cahill había dejado de pensar en su trabajo y en la posibilidad de terminar entre rejas. Cuando llegó a la casa ya sólo pensaba en Sarah. No tuvo la cortesía de llamar al timbre. Metió dos balas de calibre cuarenta en el cerrojo de seguridad y luego abrió la puerta de una patada. Entró agachado, rodando por el suelo, pero el bastardo le esperaba escondido en la oscuridad del pasillo.

El primer tiro pasó rozando la cabeza de Cahill. Disparó al punto donde había visto el pequeño destello. La segunda bala le dio en la parte superior del pecho, golpeándole con la fuerza de una mula. Cahill llevaba el chaleco antibalas, pero el impacto le dejó sin respiración y cayó de espaldas al suelo, inconsciente.

• • •

—Cahill —susurró Sarah, de pie en lo alto de la escalera, mirando fijamente la amplia extensión del vestíbulo y el cuerpo de Cahill tendido inerte e inmóvil sobre el suelo de granito.

Se quedó paralizada. Aquello no estaba ocurriendo. Cahill no. El bastardo no podía haberle arrebatado a Cahill.

Se tambaleó, alargó la mano y casi tropezó contra una lámpara de pie de metal gris que hacía guardia junto a una mesa de esmalte negro.

Cahill no.

La rabia fue abrasándola como una oleada roja, elevándose en una inmensa corriente y envolviéndola en toda su fuerza. No fue consciente de haber desenchufado la lámpara. Tampoco de haberse puesto en movimiento. Bajó las escaleras con paso seguro y decidido, ganando velocidad a medida que avanzaba.

—Densmore.

No era su voz. Sonaba como una voz sacada de «El Exorcista», brutal y profunda. Llegó al pie de la escalera.

—Maldito bastardo. ¿Dónde estás?

Algo se movió a su derecha, entre las sombras. Se giró en esa dirección y vio a Densmore materializándose desde la oscuridad y saliendo a la pálida luz como un fantasma, como un demonio. La furia le retorcía el rostro.

—Te dije que no me hablaras así —siseó, levantando la mano.

A Sarah no le importó. La rabia que la colmaba hacía que la lámpara no pesara nada en sus manos mientras avanzaba hacia la pistola, hacia la bala, balanceando la lámpara como un bate de béisbol. Si Cahill estaba muerto, ya no le importaba lo que pudiera ocurrir. La explosión del disparo fue ensordecedora en el cavernoso vestíbulo: un estallido de viento caliente junto a su costado izquierdo justo cuando golpeaba el cráneo de Densmore con la base de la lámpara de pie. Densmore cayó hacia atrás contra la pared y una fina lluvia de sangre salió despedida de su cabeza y de su pecho, y Sarah volvió a clavarle la lámpara de nuevo, y otra vez más, gritando sin palabras.

—¡Sarah! ¡Sarah!

Los gritos por fin se hicieron hueco en su conciencia. De pronto, la lámpara resultó demasiado pesada y sus adormecidos dedos la soltaron. Despacio, como en un sueño, Sarah se giró mientras Cahill intentaba ponerse de pie. Se había llevado la mano al pecho y resollaba, pero Sarah no vio rastro de sangre.

—Tranquila, cariño —dijo—. Ese hijo de perra no puede morir más de una vez.

Epílogo

Cahill se echó la chaqueta al hombro cuando entró en la casa. Estaba de buen humor. El comité de investigaciones había estimado que su disparo estaba plenamente justificado y le había sido retirada la baja administrativa. Había echado de menos su trabajo, aunque durante la primera semana se había alegrado de poder tomárselo con calma. Incluso a pesar de la chaqueta antibalas, un disparo golpeaba con fuerza el cuerpo y dejaba un terrible hematoma. En un principio, Cahill había creído que también le había partido un par de costillas, aunque sólo habían quedado contusionadas, como si eso fuera poco. Se sentía como si la mula no sólo le hubiera pateado, sino que después se hubiera girado para pisotearle.

Sarah y él se habían recuperado juntos. Cahill estaba bien, y la madre de Sarah la había llamado para confirmarle que su padre padecía una acedía aguda, con lo que Sarah tuvo una preocupación menos. Y físicamente Sarah estaba bien. Vivía con él desde que habían salido del hospital a primera hora de la mañana del día siguiente, después de él hubiera sido examinado, de pasar por una radiografía, y de que le cosieran los cortes de las manos. Sus heridas curarían con facilidad. Sarah, sin embargo…

Superficialmente, no estaba malherida. Tenía algunos cortes en la mano, para uno de los cuales fueron necesarios cuatro puntos de sutura, pero el resto eran de menor consideración. Los verdugones que cruzaban su suave piel y que le habían dejado heridas sangrantes y en carne viva, habían sido tratados del mismo modo con que se trata una rodilla desollada: limpiándolos y aplicándoles un ungüento antibiótico a los que tenían peor aspecto. Por muchos años que viviera, Cahill nunca olvidaría la imagen de ella bajando aquellas escaleras, segura e imparable, desnuda y tan cubierta de sangre que el corazón le había dejado de latir. Pero los ojos de Sarah brillaban como fuego negro en su blanco rostro. Llevaba esa pesada lámpara de pie en una mano, rugiendo el nombre de Densmore, y cuando el bastardo empezó a dispararle, ella no se detuvo, sino que se limitó a arremeter con aquella lámpara como si fuera DiMaggio bateando a por todas. Cahill, intentando recuperar el aliento, todavía mareado, se quedó perplejo al ver que había sido capaz de disparar. Por poco no había alcanzado a Sarah, y la bala había estallado en el corazón de Densmore. Densmore había muerto antes de que la lámpara le golpeara el cráneo, aunque un pequeño detalle como aquel no podía detener a Sarah.

Cuando por fin Cahill llegó a su lado, pudo oír sirenas mientras coches patrulla convergían en la casa. Tenía que abrirles el portón, pensó, pero en ese momento tenía que cuidar de Sarah. Se había quitado la camisa y la había cubierto con ella, y ella se había quedado quieta, con la mirada fija en Densmore y en el agujero que tenía en el pecho. Entonces se giró. La expresión de su rostro empezaba ya a ser remota cuando dijo:

—Maldito seas, Cahill. Quería matarle yo.

Cahill deseó abrazarla, pero no había forma de que pudiera rodearla con los brazos sin causarle dolor. Optó por cogerle la mano izquierda, la que no estaba cortada, manchándola por completo con la sangre de sus propios cortes. Había apartado la lámpara a un lado y se había asombrado al ver lo que pesaba. La mayoría de la gente habría necesitado dos manos para levantarla, por no hablar de hacerla girar.

Después de abrir el portón, Sarah y él fueron enviados al hospital, y desde entonces había estado de baja administrativa, de modo que no se había visto implicado en la investigación del caso ni había tenido que ocuparse de que limpiaran los remanentes de la escena. Sin embargo, el resto de los compañeros del departamento le tenían bien informado.

Densmore había planeado que Sarah no abandonara nunca aquella habitación. Encontraron pequeñas cámaras por todas partes, hasta en el cuarto de baño. No habría tenido la menor intimidad. La habitación, como la casa, era una fortaleza. Las ventanas eran irrompibles y no se abrían. La puerta estaba hecha de acero blindado. La única razón por la que Sarah había podido escapar esa noche era que, con las prisas por ir al encuentro del intruso, Densmore no había cerrado con llave la puerta de la habitación.

¿Cómo saber de qué estaba hecha la mente de un bastardo así? Todos los que le conocían decían que parecía un hombre encantador —ya, siempre lo eran—, callado, un poco tímido, pero un tiburón en los negocios. Sin embargo, sí tenía tendencia a obsesionarse con nimiedades y podía sacar a flote su maldad si no quedaba satisfecho con el modo en que se hacían las cosas. Según su secretaria, se había ido volviendo más obsesivo con los años, hasta el punto que ella tenía que tener siempre su silla en el mismo sitio o él empezaba a echar pestes.

Los documentos personales de Trevor Densmore habían sido más reveladores. Evidentemente, el dulce y tímido Trevor Densmore había matado a su propio padre a causa de un desacuerdo sobre negocios. Nadie entendía por qué había documentado algo así, puesto que, si no hubiera estado muerto ya, aquel documento habría sido otro clavo en su ataúd —Alabama era un estado en el que existía la pena de muerte, y aquél habría sido un caso en el que ésta se habría aplicado—, pero el psicólogo del departamento leyó los documentos y dijo que lo que contenían era un ejemplo casi perfecto de cómo funcionaba la mente de un ególatra. Trevor Densmore creía que era más listo que los demás, mejor que los demás, y que merecía sólo lo mejor. Simplificándolo mucho, así era: Densmore creía que debía tener todo lo que quisiera, y no tenía ningún freno interno cuando se trataba de conseguirlo. Si surgía algún obstáculo, o bien lo apartaba o lo destruía.

Evidentemente, al ver a Sarah en televisión había desarrollado una obsesión instantánea por ella —eso Cahill podía llegar a comprenderlo, dados sus propios sentimientos hacia ella— y se había empeñado en conseguirla. Cuando, movida por su fidelidad al juez, Sarah rechazó su primera oferta, Densmore se había librado de ese obstáculo matando al juez Roberts. Pero ella seguía sin aceptar su propuesta. Se había ido a trabajar con los Lankford, lo cual le había hecho enfurecer, ya que consideraba que los Lankford estaban muy por debajo de él. Para él, matar gente no tenía mayor valor que pisar una cucaracha. La gente no tenía la menor importancia, no era nada. Lo importante era conseguir lo que quería.

Cahill deseó poder volver a matar a aquel hijo de perra. Lo que le había hecho a Sarah…

Desde entonces ella había estado ensimismada y Cahill no podía alcanzarla, a pesar de que ya habían pasado más de tres semanas. Las contusiones y los verdugones habían desaparecido y estaban curados, le habían quitado los puntos y ahora vivían los dos juntos bajo el mismo techo todo el tiempo, pero Cahill no podía llegar a ella. Sarah se había refugiado en algún lugar de sí misma al que él no tenía acceso y eso le estaba volviendo loco.

Cuando la vio por primera vez, desnuda y ensangrentada, había sentido un segundo golpe en el pecho, creyendo que Densmore la había violado. Se lo había preguntado, antes de que apareciera el primer policía con el arma desenfundada, y Sarah había negado con la cabeza. Pero el asalto al que había sido sometida la había dejado herida por dentro, y esa herida no estaba curada.

No era sólo la brutalidad de la paliza, o haber visto la muerte cara a cara. Era todo: la acumulación de conmoción, sufrimiento y horror. Se había visto impotente, a merced de un loco, y no podía olvidarlo ni superarlo.

Desde entonces Sarah y Cahill no habían vuelto a dormir juntos. Ella dormía en uno de los otros dormitorios. Al principio a él no le había importado. Ambos estaban dolidos y heridos, y ella no había logrado soportar el más leve contacto físico durante varios días. Pero ahora, después de tres semanas, sí le importaba. La deseaba, la necesitaba, y quería volver a rehacer su vida con ella. Sarah se había limitado a ignorar todo lo que él decía.

—¿Sarah? —la llamó, deseoso por contarle las novedades acerca de la investigación.

No hubo respuesta, pero vio que la puerta que daba al sótano estaba abierta. Bajó las escaleras. El sólido zumbido de puños golpeando el saco de boxeo le indicó que Sarah estaba deshaciéndose de una importante carga de hostilidad.

Llevaba puestos unos pantalones de chándal grises y un sujetador de deporte negro y era evidente que llevaba un buen rato acribillando a golpes el saco de boxeo, porque tenía los hombros brillantes de sudor y la goma elástica de la cintura del chándal oscurecida. En su rostro se dibujaba una feroz expresión de concentración.

Cahill se apoyó contra la pared y la observó. Todavía se veía la piel descolorida de los puntos donde estaban las tiras recién curadas, pero habrían desaparecido por completo en cuestión de meses. Había perdido peso, unos kilos, lo cual pronunciaba un poco más sus acerados músculos. Sarah estaba delgada y en forma, un poco como Linda Hamilton en «T2», y Cahill notó que estaba empezando a tener una seria erección.

Sarah le miró.

—¿Cómo ha ido?

—Me han retirado la baja administrativa. Han decidido que mi disparo fue una acción correcta. Vuelvo al trabajo mañana.

—Bien.

Sarah propinó una lluvia de puñetazos que impresionaron a Cahill por su agresividad. Se alegró de que se estuviera desahogando con el saco de boxeo y no con él.

Se arriesgó y dijo:

—¿Y tú?

—¿Te refieres a cuándo voy a volver al trabajo?

—Sí.

—No sé si volveré a trabajar, por lo menos durante un tiempo. Y tampoco sé si podré volver a encontrar un empleo en esta zona. En este momento tengo mala reputación entre mis posibles clientes.

—¿Vas a buscar trabajo en otra parte? —preguntó Cahill, intentando que pareciera algo sin mayor importancia, a pesar de que sentía como si los pulmones se le estuvieran descomprimiendo.

—Eso depende.

—¿De qué?

Sarah dejó de dar puñetazos al saco y se secó la cara y los brazos con una toalla.

—Se llevó algo de mí —dijo en voz baja—. No necesitó violarme para hacerme todo este daño. Cada vez que pienso en el sexo, pienso en estar indefensa, y en odiar, y en sentir tanto asco, tanta repulsión, que casi no puedo respirar. Pienso en todas las horas que he invertido en entrenarme, y en que cuando llegó el momento no me sirvieron para nada. Me quedé indefensa frente a él.

—No del todo —dijo Cahill—. Le trituraste la cabeza.

—Eso no cuenta. Ya estaba muerto —añadió con una sonrisa fúnebre—. Aunque, de todos modos, me sentí bien haciéndolo.

—Ya lo creo —aunque hasta ese instante no lo había verbalizado, la idea estaba ahí—. Yo disfruté matándolo.

La expresión en los ojos de Sarah decía que le entendía y que le envidiaba por haber gozado de aquel privilegio.

—Entonces ¿dónde nos deja eso? —preguntó. Con todo lo que había pasado, ésa seguía siendo la pregunta más importante.

Sarah caminó hacia él con un ritmo peligroso, felino y totalmente femenino que le aceleró el corazón.

—Eso depende.

Cahill se sintió como un disco roto.

—¿De qué?

443

Tenía a Sarah tan cerca que podía olerla. Estaba sudada y caliente, y olía a hembra. Estaba tan excitado y la tenía tan dura que le dolía.

Sarah le pasó las manos por la cintura y Cahill notó un tirón cuando ella le sacó las esposas.

—De ti —dijo Sarah, y por primera vez en tres semanas, sonrió—. A ver si todavía encajamos.

Cahill estaba estirado sobre el tatami, con los brazos estirados sobre la cabeza y esposados a una cañería. Estaba desnudo y sudaba, y tan desesperado que suplicaba. Aquella mujer le estaba matando.

Sarah no tenía la menor prisa. Estaba sentada encima de él, pero no lo montaba. Se había metido su miembro dentro, dejando que se deslizara hasta el fondo y se había quedado sentada así. Al principio Cahill se preguntó qué estaba haciendo, luego se dio cuenta. Sintió cómo ella le apretaba con sus músculos internos, le soltaba, volvía a apretarle, ordeñándole mientras seguía sentada sobre él, prácticamente inmóvil. La sensación había sido eléctrica y enloquecedora, y le había llevado al borde del orgasmo sin dejarle estallar.

Sarah se había corrido ya dos veces. La primera vez parecía haberla pillado por sorpresa mientras se convulsionaba en torno a él, pero fue decidida a por la segunda. A esas alturas, él ya suplicaba, muriéndose por empezar a moverse dentro de ella, pero cada vez que movía las caderas Sarah paraba.

Dios, Sarah era increíble. Sólo con mirarla, Cahill tenía la sensación de que le iba a estallar el corazón. Estaba magnífica, desnuda y totalmente entregada a lo que hacía, con la cabeza hacia atrás y los ojos entrecerrados y con los pezones rojos y duros. Sin duda, para entonces ya había sustituido todos los malos recuerdos por otros buenos, aunque si no era así, Dios, él moriría feliz así.

Sarah se inclinó sobre él y le besó. Tenía la boca caliente y su lengua prometía cosas salvajes.

—Todavía encajamos —murmuró.

—Nunca lo he dudado —logró decir Cahill, pero sus palabras terminaron con un gemido.

—Yo sí, pero no podía dejar que él venciera. Me importas demasiado, Cahill. Tenía que asegurarme de que podía deshacerme de él.

—¿Sí? ¿Se ha ido?

Sarah hizo rotar las caderas.

—Oh, sí.

—Entonces, por el amor de Dios —dijo lloriqueando—, remátame.

Para su eterno alivio, Sarah así lo hizo. Cuando Cahill pudo hablar de nuevo, y oír y pensar, Sarah estaba estirada a su lado, apoyada sobre un codo y acariciándole tranquilamente el pecho.

—Te quiero, Cahill —dijo muy en serio.

—Yo también te quiero. ¿Y no te parece que ya es hora de que empieces a llamarme Tom?

—Lo pensaré. Quizá el día de nuestro quinto aniversario.

Vaya, eso sonaba bien.

—¿Y cuándo va a ser el primero? —preguntó, intentando que pareciera algo sin mayor importancia.

—Mmm, déjame ver. ¿Qué te parece julio del año que viene?

Dado que estaban en la última semana de mayo, sonaba perfecto.

Sarah se estiró encima de él y le soltó las esposas. En cuanto Cahill estuvo libre, rodó hasta quedar encima de ella. Sarah se tensó durante un breve instante y luego se relajó bajo su peso a la vez que deslizaba las manos por la espalda de Cahill hacia sus hombros.

—Creí que te había matado —susurró furiosa, hundiendo la cara en su hombro—. Le odio por todo lo que le ha hecho a nuestras vidas, por el daño que ha hecho a tantas vidas.

—Vencerá sólo si le dejamos, cariño —dijo Cahill, besándola despacio, muy despacio—. ¿Hablabas en serio, o es que he leído en tu respuesta más de lo que debía? ¿Vas a casarte conmigo?

—Oh, sí —contestó Sarah con una amplia sonrisa—. Al menos, él ha servido para que me aclare en ese sentido. Cuando creí que habías muerto, supe que no había nada más importante que quererte: ni viajar por el mundo, ni aunque también me disparara a mí. Dejé de estar furiosa contigo al instante.

—Pues no pienso tener que dejar que me disparen cada vez que te enfades conmigo —murmuró él.

—No tendrás que hacerlo, cariño.

Sarah le besó el hombro y se acurrucó contra él.

—No tendrás que hacerlo.